Inhaltsverzeichnis

AF281791

-Kapitel Eins bis Vierzig-

I

Natascha Bialy
Das schlafende Haus

Die Zwillingsschwestern Crystal und Diamond kommen im
New Orleans, mitten in den Zeiten der Sklaverei, im Jahre
1888 unter tragischen Umständen zur Welt.

Kurz nach ihrer Geburt sterben ihre Eltern, erneut unter mysteriösen Umständen. Zudem tritt bald ein unheimlicher Gesel-
le auf den Plan, der nichts weniger als das Teuflische selbst
verkörpert: Belphegor. Er versucht, die Pflegeeltern der Zwillinge und später auch die Zwillinge selbst für seine dunklen
Absichten zu gewinnen mit

dem Ziel, eine Terror- und Weltherrschaft aufzubauen. Wird
ihm diese gelingen?

Natascha Bialy

Das schlafende Haus

Mystery Thriller

Bibliografische Information der Deutschen Nationalbibliothek: Die Deutsche Nationalbibliothek verzeichnet diese Publikation in der Deutschen Nationalbibliografie; detaillierte bibliografische Daten sind im Internet über http://dnb.dnb.de abrufbar.

© 2024 Natascha Bialy (Collin J.)

Lektorat: Carsten S. Leimbach, M. A.

Coaching-Büro: Konrad-Adenauer-Promenade 18 *** 35578 Wetzlar (Dom-&Goethestadt)

Korrektorat: Carsten S. Leimbach, M. A.

Verlag: BoD · Books on Demand GmbH, In de Tarpen 42, 22848 Norderstedt

Druck: Libri Plureos GmbH, Friedensallee 273, 22763 Hamburg

ISBN: 978-3-7597-3418-1

III

Kurzinformation:

Für den Slogan Krimilesen – warum wir Kriminalromane lesen und was wir an ihnen lieben…"

Ist Natascha Bialys Buch eine messerscharfe Antwort:

Weil wir in spannenden Abenteuern schwelgen und weil wir in gefährliche und packende Situationen kommen wollen. Beides wird im sogenannten realen Leben immer weniger, und daher verblüfft es nicht, wenn die Zahl der Krimis in den letzten Jahren nicht nur deutlich zugenommen hat, sondern die Sprache und die Szenerien auch eindeutiger und brutaler inszeniert werden dürfen.

Denken wir nur an Sebastian Fitzeks „Killer-Knüller". Genau das tut auch der hier vorliegende Mystery-Thriller

„Das schlafende Haus" vorbildlich und nimmt uns nicht nur mit in eine packende Welt aus Habgier, Eifersucht und Skrupellosigkeit, sondern zeigt uns ganz nebenbei auch die Abenteuerlichkeit des Lebens, die, wenn schon nicht in unserem wirklichen Leben, so doch einmal in der Literatur Wirklichkeit wird.

Kapitel Eins

IM VIKTORIANISCHEN HERRN HAUS

~Prolog~

~New Orleans, 1888

Das verheiratete Paar Elaine und Elijah Gardener erwarten ihren Ersten Nachwuchs.

Die junge Frau steht mit ihren einundzwanzig Jahren, kurz vor der Geburt, sie schreit vor Schmerzen. Dunkelhäutige Sklavinnen bringen ihr in Eile Schüsseln mit heißem Wasser und saubere Handtücher. Ihr älterer Ehemann Elijah, im Alter von zweiundvierzig Jahren, versucht seine verängstigte Frau zu beruhigen. Ihre schmerzhaften lauten Schreie beunruhigen ihn. Er hält Ausschau nach dem Doktor und Hebamme Jenny, die lange auf sich warten lassen. Elaine kämpft darum, ihre Kräfte aufrechtzuerhalten, ihre Schreie werden lauter. Sie stößt versehentlich die Schüssel mit Wasser um. Ihr Ehemann schreit nervös nach einem Sklaven, da alle außer ihm jetzt das Schlafzimmer verlassen haben, um vor dem Haus zu beten, um zur Kirche zu gelangen ist es schwierig helfende Hände zu finden. Elaine verlangt aufgeregt nach einem Arzt und einer Hebamme.

„Wo sind der Arzt und die Hebamme, meine Fruchtblase ist geplatzt?"

Sie schaut sich immer wieder ängstlich um.

„Schatz, warum verlässt du mich jetzt?"

Elaine weint und erschreckt sich zugleich, denn ein Schwall Blut verteilt sich unter ihr.

„Was geschieht hier mit mir, muss ich jetzt sterben?"

Die Schwangere hat Angst um ihr Leben und das ihrer Kinder.

Elijah ist außer sich vor Wut, er versucht seiner erschöpften Frau zu erklären, warum er so schnell das Haus verlassen muss. Er kann seine Wut nicht verbergen, da er zugleich verzweifelt um das Leben seiner noch jungen Frau und seines noch ungeborenen Kindes bangt.

„Meine Liebe, alle rannten hinaus, um zu beten, ich weiß nicht warum sie dies taten."

„Aber ich schwöre dir, alle werden dafür bezahlen, wenn unser Kind sterben sollte!"

„Die Sklaven werden es bereuen, dass verspreche ich dir!"

Traurig nimmt er Elaine in seine Arme und tröstet sie. Nachdenklich sieht Elijah aus dem Fenster seines Herrn Hauses. Anklagend erhebt er erneut seine Stimme:

„Der Arzt mit Hebamme hätten schon längst hier sein sollen!"

Unruhig läuft er im Schlafzimmer hin und her.

„Mein Schatz, ich verlasse dich für einen Moment, es ist notwendig, denn ich muss jemanden finden, der uns hilft."

Für einen kurzen Moment reißt er sich noch mal zusammen, er küsst seine Frau zärtlich auf den Mund, bevor er sich umdreht um das Zimmer zu verlassen.

Während er eilig aus dem Zimmer läuft, lässt Elijah ein paar letzte Worte an Elaine durch die Luft sausen:

„Ich werde nicht zulassen, dass die Voodoo-Hexe dich berührt, sie wird alles nur noch schlimmer machen. Vertraue mir alles wird gut. Ich werde mich beeilen, vertraue mir!"

Elaine schaut aus ihrem Bett heraus ihrem Mann traurig hinterher. Sie ist zu erschöpft um ihm hinterher zu laufen, so wie sie es früher getan hätte. Ihr fehlt es an Kräften und vielleicht würde es ihr nicht helfen, denn er wäre viel schneller. Sie setzt sich für einen kurzen Moment auf, um zu testen ob sie aufstehen kann, doch bemerkt sie schnell, dass es ohne Hilfe von Anderen nicht möglich ist.

So findet sie sich mit der Situation ab und lässt ihren Kopf auf die Daunen Kissen ihres Ehebettes fallen.

Kapitel Zwei

DER ZORN DES MASTERS

Elijah rennt in Eile aus seinem Haus und sieht den dunkelhäutigen-sechzehn jährigen Michael, der betrunken an der Wand der Sklaven-quartiere lehnt. Er zieht Michael an seinem Hemdkragen hoch, drückt ihn wütend gegen die Wand, lässt ihn zu Boden fallen, er schlägt abwechselnd mit beiden Händen auf den Teenager ein, bis sein Blut auf Elijahs weißes Hemd spritzt und Michael zu Boden fällt.

Verängstigt bleibt der Sklaven Junge auf dem Boden hocken, er-schrocken sieht er zu seinem Master hinauf, der mehrfach auf ihn einschlägt mit seinen blutverschmierten Händen.

„Master was habe ich denn getan, das ich sie so wütend mache, so dass sie mich derart schlagen?"

„Heute ist doch mein Geburtstag, haben sie doch Verständnis mich!"

Michael küsst flehend den Saum von Elijahs Hose. Aber Elijah würdigt ihn keines Blicks, für ihn hat er nichts als Verachtung übrig. Selbst als Michael versucht alles zu erklären und in Ordnung zu bringen.

„Master, ich trank den Whiskey von den Flaschen aus ihrem Keller, ähm ich dachte mir nichts dabei. Ich hatte keine Ahnung das sie dies bemerken würden, sie waren doch so beschäftigt wegen der bevor-stehenden Geburt ihres Kindes."

Elijah stampft mehrfach zornig mit seinen Füssen auf den lehmigen Untergrund. Michael stammelt dadurch mit zitternder Stimme, um seinen Herren zu beruhigen.

„Ähm…, ich ersetze ihnen die Flasche, mit meinem Lohn, dass verspreche ich ihnen. Auch dass ich das Baumwollfeld den ganzen Tag alleine abernten werde. Erbarmen sie sich meiner, ich werde wirklich alles für sie tun, nur bitte töten sie mich nicht, ich will nicht sterben, noch nicht!"

Der Junge weint und schreit, er erhebt sich. Am liebsten würde er weglaufen.

Seine Worte ändern so rein gar nichts, voller Raserei über das Gesagte greift er nach dem Sklaven Jungen. Als Elijah ihn erneut schlagen will, zieht ihn selbst ein Mann in schwarzen Leder Handschuhen, einem Kutschermantel und einem Zylinderhut von dem jetzt stark Verletzten weg, als Michaels Schmerzens Schreie in der Dunkelheit der Nacht letztlich verstummen.

Melvin Morgan, der sechsundfünfzig Jährige Doktor Freund nimmt mit seiner Hand Elijah beiseite. Melvin bringt Elijah zurück zur Villa, seinem Landgut. Während Michael immer noch vor Angst auf dem Boden zitternd steht, beobachtet heimlich von der betroffenen Mommy Frame. Als Großmutter im Alter von achtundsiebzig Jahren, dunkler Hautfarbe und weißem zerzaustem weißen Haaren, in ihrem bunten Voodoo-Ritual-Kleid aus der Ferne. Sie murmelt Beschwörungen gegen den reichen Farmer und dessen Familie, sowie gegen den Doktor, gegen seine achtunddreißig Jährige Hebammen Ehefrau Jenny.

Während Mommy grinsend einer Ratte die Kehle durch schneidet, um deren Blut zu gewinnen, schneidet sie anschließend einem Hahn und einem Huhn, die Halsschlag Adern durch. Sie lässt danach von den getöteten Opfer Tieren das Blut in eine bronzene Schüssel laufen, welches sie zum Schluss mit einem kräftigen Schluck rülpsend hämisch lachend trinkt. Wie in Trance sich bewegend nimmt sie anschließend zwei mumifizierte Frösche, die an Bäuchen zusammengewachsen sind, trennt sie mit einer Schere, nimmt eine Zigarrenkiste, füllt sie mit Stroh, legt beide Frösche eng aneinander hinein, positioniert Strohhalme als Haare über den Köpfen der Frösche, mit einem blutbefleckten Taschentuch befestigt sie zusätzlich die Köpfe der toten Frösche. Schließlich legt sie eine schmutzige Schere auf die Körper. Dann verschließt sie die kleine Zigarrenkiste mit heißem Wachs, während ihre Enkel Söhne in ihrem Auftrag leise wie heimlich eine Leiter an die Hauswand der Villa stellen, welche genau bis unter das Fenster des Kinderzimmers im obersten Stock reicht.

Kapitel Drei

DAS VERSTECK IM KINDER ZIMMER

Mommy schleicht sich zur Villa der Gardeners, wo ihre Enkel warten, klettert unerschrocken die Leiter hinauf, die Michael, der inzwischen aufgestanden ist, der diese mit seinem älteren Bruder an ein offenes Fenster im obersten Stockwerk angelehnt hat.

Während die Voodoo Hexe in das Kinder Zimmer mit der Babywiege, einem Schaukelstuhl und bunter Blumentapete betritt, dort sucht sie ein Versteck für ihre kleine Holzkiste. Sie tastet den Boden mit ihren faltigen kleinen Händen ab, findet eine Erhöhung unter einem gewebten bunten Teppich, schiebt ihn zu Seite, danach entfernt sie zwei lose Holzdielen. Mommy legt die kleine Zigarren Kiste hinein, zusammen mit zwei getrockneten dornigen frisch geschnittenen Rosenstielen zusätzlich innen.

Im Haus merkt keiner der im ehelichen Schlafzimmer befindlichen Personen, das Jemand unbefugt in das Kinderzimmer eingedrungen ist. Die kurz vor der Geburt stehende Elaine ist viel zu sehr mit sich selbst beschäftigt, so dass sie nichts mitbekommt was um sie herum geschieht.

Doch als ihr Ehemann zurück ist, verlangt er nach Wasser zum Trinken und um das Gesicht seiner Frau zu Kühlen. Er schickt zwei Sklavinnen Wasser holen. Weil die Frauen auf sich warten lassen, geht er aus dem Zimmer um sie zu suchen.

Weder in der Küche, als im ersten Badezimmer sind sie zu finden. Ihn beschleicht ein ungutes Gefühl.

Verwundert geht er die Treppe hoch in Richtung Kinderzimmer, um zum zweiten Badezimmer zu gelangen

Doch als er ein quietschendes Geräusch hört, bleibt er wachsam stehen. Er versucht zu Orten wo das Geräusch her kommt, auch was es sein könnte.

Dann wird es still, ihm wird schwindelig. Elijah schafft es noch sich am Holzgeländer der Wendel Treppe festzuhalten. Es dreht sich um ihn herum, er schwächelt und setzt sich auf eine Stufe aus Angst nicht die Treppe herunter zu Stürzen.

Elijah ruft nach seinen Sklavinnen: „Alice und Josie wo seid ihr verdammt noch mal, wenn man euch braucht?"

Er fängt nervös an zu schwitzen und lehnt sich erschöpft an das Treppen Geländer.

Als seine Frau ungeduldig nach ihm und auch nach den Sklavinnen ruft, hält es ihn nicht mehr auf der Treppe.

Die Frauen kommen verwundert aus dem Keller des Hauses gelaufen, als sie die Stimme ihrer Herrin hören.

Plötzlich hört sie Schritte auf der knarrenden Holztreppe bis zum Flur hin, die hinauf zum Kinderzimmer führt. Stimmen von zwei aufgeregten Frauen sind zu hören die auf die Treppe zu laufen. Schnell schließt sie die Holzdielen und legt den Teppich wieder darüber. Mommy läuft zum Fenster, eilig klettert sie die Leiter herunter, ohne sich umzusehen. Unten angekommen empfangen sie ungeduldig ihre zwei Enkel.

Alle Drei laufen in der dunklen Nacht zu den Sklavenhütten. Dort angekommen nehmen sie die vor der Hütte liegenden Tier Kadaver mit, werfen sie in einen angefeuerten Kessel, um einen Eintopf zusammen mit gestohlenen Süßkartoffeln zu kochen.

Nach dem Kochen sitzt die Großmutter entspannt mit ihrem jüngsten verwundetem Enkel Michael am Tisch in der kleinen Küche, mit dem riesigen, gusseisernen Kochkessel hängend im Kamin.

Mommy`s neunzehnjähriger Enkel Jake kommt hinzu. Vor Hunger gierig essen die Drei rasch den Eintopf.

Kapitel Vier

DIE GEBURT

Um das Ehe Bett herum stehen der Doktor, Elijah, die Sklavinnen Alice als auch Josie um ihr zu helfen. Bis Elaine ihre Töchter unter schmerzenden, lauten Schreien zur Welt bringt. Die Kinder werden von der befreundeten Hebamme Jenny aus Elaines Unterleib mit mühsamen Hangriffen in einer Drehbewegung heraus gezogen.

Ihre Nachgeburt, der Mutterkuchen verbleiben noch in ihrem Unterleib Gesundheitlich nicht gut für die junge Frau, denn der Körper scheidet diese Nachgeburt üblicher Weise nach der Kindesgeburt aus.

Deshalb liegt Elaine noch erschöpft, aber dennoch freudig in ihrem Bett, um sich Auszuruhen. Aber als ihr ihre neugeborenen Kinder gezeigt werden, verändert sich ihr Gesichts Ausdruck so sehr, dass sie vor Entsetzen in Ohnmacht fällt.

Entsetzt versucht Elijah seine Frau zu wecken und sieht schreiend die anderen Personen an, die rings herum stehen.

Durch das laute Schreien erwacht sie erschöpft, aber reagiert auf ihn, in dem sie seine Tränen mit ihrer Hand zärtlich wegwischt, ihn ansehend streichelt sie sein Gesicht, tröstet ihn und hört ihm beruhigend zu.

Der aufgeregte Elijah lässt seinen extremen Gefühlen wörtlich freien Lauf:

„Oh mein Gott, was sind das für hässliche Kreaturen? Wo kommen diese Monster her? Wo sind unsere Kinder? Was habt ihr mit ihnen gemacht? Haben die Sklaven, oder hat die Hexe unsere Kinder mitgenommen?"

Er schlägt mit seiner Hand vor Wut gegen Tür Pfosten.

„Ich habe die Voodoo Hexe mit ihren Enkelkindern hier aufgenommen.

13

Man warnte mich vor ihr. Die Drei gab so billig auf dem Sklaven-Markt zu kaufen. Seit dem habe nur Ärger mit ihr und auch mit ihren Enkeln, ihr Jüngster stahl unseren Whisky aus dem Keller. Darüber hinaus hat der Ältere der Beiden die sechzehn-jährige Tochter des Bürgermeisters in unserer Scheune vergewaltigt wurde und geschwängert!"

Elijahs seelischer Schmerz ist innerlich für ihn kaum noch zu ertragen.

„Was für ein Skandal, ein schwarzer Sklave hatte einem hilflosen Mädchen mit weißer Hautfarbe, ihre Jungfräulichkeit ganz gegen ihren Willen beraubt, das ist mehr als schrecklich!"

Er schämt sich, weil es nicht verhindert hat.

„Aus Rache, weil mein Freund, der Bürgermeister, weil er mir so viel bedeutet, dachte ich nach. Ich beschloss den Sklaven Michael, den jüngeren Bruder des Vergewaltigers, der den Whiskey stahl, als Strafe zu verprügeln. Vielleicht hat das seine Großmutter alles heimlich mit angesehen und uns deshalb verflucht."

Elaine hört Elijah weiter aufmerksam zu und versucht geschwächt aus dem Bett aufzustehen. Sie scheitert jedoch, weil ihre sie zu schwach ist, denn ihre Nachgeburt hat sich noch immer nicht gelöst.

Er hebt seine Frau aus dem Bett, er trägt sie durch den dunklen Flur hinaus dem Schlafzimmer. Elijahs schmutziges Hemd ist voller frischem Blut durch die Geburt der Zwillinge.

Die Plazenten der neugeborenen Kinder lösen sich endlich, gleiten aus Elaines Vagina und fallen klatschend auf den Boden des Flurs. Angewidert steigt ihr Mann über die mütterlichen Ausscheidungen und umklammernd trägt sie sicher weg.

Elijah legt seine Frau vorsichtig auf eine Chaiselongue aus rotem Samt. Er holt tief Luft und versucht erneut seine erschöpfte Frau zu beruhigen.

„Ich werde dich in Sicherheit bringen, wir lassen diese schrecklichen Kinder von hier wegbringen. Ich kann es nicht ertragen, sie weiter anzusehen zu müssen.

Es ist sehr schlimm, für uns Beide. Sie werden uns Unglück bringen, ins Verderben stürzen."

Draußen braut sich ein Gewitter zusammen. Die Fensterläden knallen laut auf und zu. Entsetzte Schreie hallen durch die Bibliothek, als Elaine an ihre Neugeborenen denkt, sie steht auf, rennt aus dem Zimmer in das Schlafzimmer zurück. Ihr Mann Elijah will ihr folgen, doch Elaine ist schneller. Beide sind im Schlafzimmer angekommen,

Melvin der Doktor Freund legt dem geschockten Elijah ein scharfes Skalpell in die Hand; er hält auch eins in der Hand, um das siamesische Zwillingspaar damit zu trennen, das an der Haut an ihren Bäuchen zusammengewachsen ist.

Melvin ist in Alarm Bereitschaft und bereitet sich vor, auf das was da kommen mag. Nervös bedrängt er Elijah.

„Lass uns die beiden voneinander trennen. Ich würde lieber Engel machen, als Monster zu erschaffen. Gott hat uns eine Prüfung gegeben, nur gemeinsam können wir den Fluch der Hexe brechen, Elijah."

Er kann nicht lange darüber nachdenken, denn schließlich ging es um Leben und Tod. Sein Freund Melvin drängte ihn.

„Elaine sollte dem Eingriff nicht beiwohnen, bringe sie bitte zurück in die Bibliothek. So ist es für uns Alle einfacher, denn die meisten Frauen sind sehr sensibel, was das betrifft, vor allem nach einer Geburt, oder Geburten mit solchen Komplikationen."

Melvin grübelt ein Wenig über die Sachlage, ist sich aber dann ziemlich sicher mit seinem Vorschlag.

„Wir werden die Kinder jetzt voneinander trennen und sie anschließend von hier wegbringen. Ich kümmere mich persönlich mit Jenny darum, mach dir keine weiteren Gedanken, mein Freund."

Er zieht an Elijahs Hemd Ärmel um ihn wachsam zu halten.

„Komm schon, es ist Zeit zu beginnen bevor es zu spät ist und ihr es euch anders überlegt!"

Melvin öffnet seine Arzttasche und legt alle gesäuberten chirurgischen Instrumente auf das Bett wie Skalpelle, neben die schreienden Babys. Er nimmt eine Pipette und träufelt Äther in ihre kleinen offenen Münder, um sie zu betäuben. Er gibt nur ein paar Tropfen Äther, die Schreie der Kleinen verstummen, sie schließen ihre Augen und fallen in den Schlaf.

Zufrieden wäscht er die kleinen Körper mit Wasser und Tüchern ab, die ihm die jetzt stumme, verängstigte Sklavin Josie gebracht hatte. Er ignoriert sie und winkt Elijah zu, das er besser an dem Eingriff teilnehmen sollte.

Angewidert lässt er sich nicht die Bitte seines Freundes abschlagen. Aber er ist nur einverstanden wenn er die Kinder nicht berühren muss und Melvin nur assistieren muss, dessen Operationsbesteck anzureichen.

Damit ist sein Freund einverstanden. Er erwartet von ihm zusätzliches Stillschweigen über das Gesehene und das spätere Wegbringen der Kinder. Ohne Elijah zu verraten wo die Kinder hingebracht werden würden. Aber es war ihm so wie so egal, Hauptsache weg von ihm und seiner Frau.

Lieber ist es ihm keine Kinder zu haben, als dämonische Kinder die verflucht sind und dem Ehepaar nur noch mehr Unglück über sie bringen, als sie selbst schon haben.

Sie wollten gemeinsam wieder endlich wieder Glücklich sein, von vorne anfangen, alles hinter sich lassen, ihren herrschaftlichen Besitz aufgeben und in einem anderen Land ein neues Leben anfangen ohne Verpflichtungen, Ärger mit Sklaven und unter unzureichenden Ernten mit Dürren oder Überschwemmungen zu Leiden.

Genug Geld hatten Beide, sie könnten Anderswo ein glücklicheres Leben führen. Sie brauchten niemandem eine Rechenschaft abzulegen.

Kapitel Fünf

DAS FEUER SCHICKSAL

Elaine setzt sich erschöpft auf, ihre zwei Sklavinnen weichen nicht von der Seite und eine Andere macht sich schnell daran, die geschwächte und starre, stille Herrin des Hauses von den Spuren der Geburt zu säubern.

Während die Anderen Elaine wie eine Marionette neu einkleiden. Selbst die anstrengende Engschnürung in ihr Korsett lässt die erschöpfte Frau über sich ergehen. Ein wuchtiges Rüschen Seiden Kleid mit Puff Ärmeln wird ihr angezogen, zwei zusätzliche Dienerinnen setzen sie auf einen Stuhl vor den Kamin in der Bibliothek.

Dort versucht Elaine schließlich, Ruhe zu finden, was ihr jedoch versagt bleibt, denn sie wird gleich zweimal vom lauten Schreien ihrer Babys erschreckt, deshalb weint sie.

Wegen ihres Schocks fällt sie vom Sessel und verfängt sich mit ihrem Unterrock am Gitter Korb der Holzspalten der vor dem Kamin steht. Sie fällt so weit, dass sie mit einem ihrer Puff Ärmel des Seidenkleides in die offene Feuerstelle des Kamins gerät, mit ihrem Arm in Mitten der Feuer Flamen. Das Feuer breitet sich rasend schnell an ihren Arm aus, bis zu ihrer Hand. Die Feuer Flammen fressen sich tief in ihre junge, zarte Haut.

Ihre entsetzlichen Schmerzensschreie sind schrill und anklagend. Niemand ist bei ihr, denn sie hatte Alle weggeschickt, um die Schreie ihrer Kinder zu ersticken.

Alle Sklaven und Diener laufen schnell zusammen mit Doktor Melvin, der noch seine blutigen Hände vom Trennen der kleinen Körper hat, mit ihnen zur Bibliothek. Gemeinsam löschen sie das Feuer mit Wasser getränkte Decken, wie auch Eimern gefüllt mit Wasser. Melvin versorgt vorsichtig ihre Verbrennungen am Arm und der Hand, behandelt diese mit Salben aus verschiedenen Kräutern. Doch Elaine fällt nur noch erschöpft in Ohnmacht.

Melvin untersucht ertastend ihren gesamten Körper auf weitere Verbrennungen, um sich ihren Körper besser betrachten zu können, zerreißt er ihr teilweise verbranntes Kleid; schnell schnürt er auch ihr zu enges Korsett auf.

Elijah, der auch das entsetzliche Schreien vernommen hat, lässt seine noch schlafenden Neugeborenen im Stich, denn das Leben seiner geliebten Frau ist ihm viel wichtiger. Er lässt sie alleine auf dem Ehebett liegen.

Ganz außer Atem und voller Sorge erkundigt er sich nach ihrem Zustand bei seinem Freund Melvin:

„Was ist mit meiner Frau, warum hat man sie alleine gelassen?" Elijahs Gesicht wird rot vor Zorn. Muss ich nochmal Jemanden von euch bestrafen?"

Fragt er die Sklaven und Diener die mit herunterhängenden Köpfen rund um seine Frau und um den Doktor herum stehen, sich trauen nicht aus Angst ihrem Herrn zu wiedersprechen.

Elijah baut sich Drohend vor ihnen auf:

„Es ist eure eigene Schuld, ihr Sklaven des Voodoo. Ihr erschafft Monsterbabys aus der Hölle, ihr habt meine Kinder verhext!"

Der Ehemann kann seine Tränen der Wut und Trauer nicht verbergen.

„Meine liebe Frau hat sich verbrannt. Was wird hier noch passieren?"

Verzweifelt bricht Elijah schließlich zusammen, er fällt zu Boden. Beschämt will er nur noch alleine für sich sein, er will Niemanden mehr sehen.

„Alle sollen jetzt hier raus gehen, ich möchte allein sein, nehme die beiden Kreaturen mit und bringe sie von hier weg Melvin, bevor hier noch etwas passiert!"

Melvin nickt ihm bejahend zu, während er Elijah hilft aufzustehen. Dann stützt er sich bei Melvin ab und bittet ihm erneut zu helfen.

„Mache mit den Beiden was du willst und hilf Elaine das sie wieder gesund, als auch glücklich wird."

Doktor Melvin verlässt die Bibliothek, um wieder zurück in das Schlafzimmer zu gehen, um den Auftrag seines Freundes auszuführen. Zwischen Zeitlich Elaine ist aufgewacht und ihr Mann lächelt sie mit verweintem Gesicht an.

Sie holt tief Luft, spricht unter starkem Schmerzen zu ihm:

„Ah mein Arm tut so weh, Schatz! Bitte hilf mir, es ist alles so schlimm verbrannt. Ich kann meinen Arm und meine Hand nicht bewegen."

Elaine versucht erneut aufzustehen, sie schaut sich verwundert um. Ihr Mann lehnt sich kuschelnd an sie und fragt die Bediensteten:

„Wo ist Melvin, er wollte noch eine andere Salbe aus dem Drug Store holen? Es dauert alles so lange. Davor noch die schreckliche Geburt und dann das. Wo ist er verdammt?"

Die Bediensteten zucken nur ängstlich mit den Schultern und schweigen. Elaine seufzt lethargisch hoffnungslos:

„Was haben wir denn getan? Wir waren immer gut zu unseren Sklaven als Haus-und Hof Bedienstete. Aber warum werden wir so hart von Gott bestraft?"

Elijah streichelt seiner Frau sanft über ihre wunderschönen Haselnuss-Braunen-langen Haare, die offen über ihre Schultern runter hängen um sie zu beruhigen.

„Nein, so etwas kann nicht von Gott sein. Er vergibt nicht so viele schlechte Strafen. Das ist wohl eher teuflische Voodoo-Hexerei!"

Besessen von Wut gegen die schwarze Bevölkerung verlässt er das Zimmer, läuft zu einer Besen Kammer, er nimmt einen Besen heraus, nicht um zu Fegen. Im Zimmer wieder angekommen schlägt er wütend auf seine Slaven ein, die schreiend in Panik aus dem Zimmer hinaus laufen, aus dem Haus hinaus ins Freie.

Elaine will die Flüchtenden aufhalten, damit sie ihrer Strafe nicht entgehen. Aber sie ist immer noch zu schwach. Stattdessen spuckt sie ihnen entwürdigend nach und schreit ihnen in ihrer Wut hinterher. Ihr Mann lässt ihrer sie schreien, um ihre Gefühle der Verzweiflung loszuwerden.

„Das haben wir den Schwarzen zu verdanken, die wir alle aus Afrika befreit haben. Wir werden alle nackt in das Feuer gehen. Frauen werden verkrüppelte Kinder gebären. Der Bürgermeister findet heraus, wer Schuldig ist. Die Verbrecher werden hängen, der Tod wird euch zu sich nehmen! Jake, das schwarze Schwein, das Lilly vergewaltigt hat, soll in der Hölle schmoren, die Tochter des Bürgermeisters ist nun ungewollt schwanger!"

Die letzten der Bediensteten die draußen durch ein offenes Fenster alles mit angehört hatten liefen entsetzt verstreut über das gesamte Gelände verstreut davon. Elaines Mann hat Alle mit seiner Frau vertrieben. So sind sie Beide alleine. Ihr Mann verlässt das Zimmer und stellt sich draußen vor seine Villa, seine lautstark markigen-Worte verlassen den Mund.

„Der Tod wird morgen früh an seiner Türe klopfen und er wird ihn hinein bitten. Seit Beginn ist er der Peiniger seiner Rache an uns, in unserem Haus und den friedlichen, rechtschaffenen Bürgern dieser Stadt."

Elaine humpelt in den Resten ihrer Unterwäsche aus der Bibliothek, um zu sehen, ob ihre Neugeborenen noch im Schlafzimmer sind. Es ist sehr still geworden, niemand außer ihr war noch im Schlafzimmer. Entlastet und erschöpft lässt sie sich ins Bett fallen und wartete immer noch unter Schmerzen auf Melvin.

Elijah reinigt ihre Brandwunden, kühlte sie mit kalten Handtüchern. Zwischendurch streichelt er liebevoll den Kopf seiner Frau, der heiß geworden ist.

Er wird unruhig, verlässt das Schlafzimmer und will neue kalte Handtücher holen. Da hört er knisternde Geräusche aus der Bibliothek, Rauch drang aus dem Türrahmen der offenen Tür in das Zimmer im ersten Stock.

Das Glas in den einzelnen Fenstern zerspringt mit lautem Krachen. Elijah hält sich eines der nassen Handtücher vor Mund und Nase. Er ruft nach einem der Sklaven, aber niemand antwortet ihm.

Es wird still im Haus des Herrn, so dass nur die Zerstörung des Feuers zu hören ist.

Der Herr des Hauses bewegt sich nicht mehr, er liegt tot auf dem Boden. Er hatte versucht, all das Feuer in der Bibliothek zu löschen und wertvolle Bücher aus dem Fenster zu werfen.

Vergeblich ist er gestorben, denn mehrere Glasstücke stecken in seinen Augäpfeln und eine riesige Glasscherbe steckt sehr tief in seinem noch pochenden Herzen. Es ging alles so schnell, so dass er nicht mal schreien konnte.

Elaine schreit in Sorge nach ihrem Mann, als die Flammen nun auch den Flur und das Schlafzimmer erreicht haben.

Sie schreit vor Schreck und gerät in Panik, so dass sie in den brennenden Flur hinunter rennt, bis die Flammen ihren ganzen Körper in Flammen des Feuers einhüllen, verbrennen ihre Haut rasant und das teilweise verbrannte Fleisch an ihren Beinen von den Knochen fällt, als sie versucht zur Bibliothek zu kommen.

Sie sieht entsetzt, dass ihr Mann, als verkohlte schwarze Leiche vollständig verbrannt ist.

Voller Trauer, Wut und zusätzlich von seelischen Schmerzen gequält, legt sich Elaine seensüchtig neben ihren Mann Elijah. Sie verbrennt wie er zu schwarzer Asche. Ein Wind kommt auf von draußen auf, der durch das Fenster hineinkommt, er weht die Asche des Paares vollständig hinaus ins Freie, bis nichts mehr davon übrig ist.

Niemand geht auch nur in die Nähe des Hauses, auch als es vollständig verbrannt ist.

Und Melvin erscheint nicht mit der Salbe, nicht in diesem Moment.

Zehn Jahre später im Garten des anderen Hauses der Familie Morgan , am Stadtrand im Jahr 1898.

Zwei zehnjährige Zwillingsmädchen spielen Mittags- im Sonnen-Schein in der Sommerhitze, in ihre rotbraunen langen Haare flechten sie sich bunte Blumen Kränze hinein, ihre dunkelbraunen; fast schwarzen Augen glänzen vor Freude als sie noch weitere Blumen ein paar Meter weiter entdecken. Mit ihren fertigen Kränzen auf den Köpfen laufen sie an die Stelle, sie pflücken so viele Blumen wie sie tragen können und machen zwei wunderschöne Sträuße daraus. Sie setzen sich in die Wiese legen die Sträuße beiseite, um herum zu albern.

Als sie anfangen wollen kommt eine ältere Frau an den angrenzenden Gartenzaun. Sie bittet beide zügig, Rechtzeitig zum Mittagessen hereinzukommen.

Lächelnd folgen sie der Bitte und gehen Hand in Hand mit Blumen-sträußen. Die Frau nimmt die Blumensträuße dankbar entgegen.

„Sind diese schönen Blumen Sträuße für mich? Ihr habt euch wirklich viel Mühe gemacht, sehr zauberhaft von euch meine Lieben."

Eine andere Person, eine dunkelhäutige ältere Hausangestellte, nimmt die Blumen von der Mutter, die der Schwestern und verschwindet im Haus, um die Blumen in die Vase zu stellen.

Während die Mädchen von ihrer stolzen Mutter aus Dankbarkeit umarmt werden.

„Das Blumen pflücken hat uns viel Spaß gemacht, Mama. Für dich sollten es die schönsten Blumen sein, du kannst sie jetzt dein Eigen nennen. Es sollen auch nicht die letzten Blumen gewesen sein, die wir für dich gepflückt haben, da kannst du dir sicher sein."

Alle sind zusammen im blauen viktorianischen Haus der Familie Morgan.

Im viktorianischen Esszimmer an einem großen Tisch sitzend, genießen die Mädchen mit ihren Eltern dass Mittag Essen im Sonnenlicht erleuchteten Raum. Die Familie scheint aber noch nicht komplett zu sein.

Melvin, der stolze Vater der seine Töchter für die Blumen lobt, verlangt auch nach sein Söhnen.

„Vielen Dank, für diese schönen Blumen als Geschenk an eure Mutter, das ist sehr nett von euch. Sie haben es wirklich gut gemacht. Nicht wahr, Jenny mein Liebling? Oh, wo sind unsere Söhne, sind sie immer noch mit den Experimenten beschäftigt? Sie sollten aber pünktlich beim Abendessen sein."

Die Esszimmertür öffnet sich plötzlich mit lautem Knallen, als Dr. Melvins Söhne James mit seinen vierzehn Jahren und sein älterer sechzehnjähriger Bruder Charles eilig in den Raum gelaufen kommen, um sich an den Esstisch zu setzen.

Schüchtern mit hängenden Köpfen blicken sie nur kurz in die Gesichter ihrer leicht verärgerten Eltern.

Bevor die Brüder anfangen können zu essen, werden die Speisen, die ihnen von Dienern gereicht werden liebevoll auf deren Teller kredenzt. Melvin schaut beide beim Essen streng an, schweigt aber lieber und isst an seiner Scheibe Braten weiter.

Weiter flüstert Mama Jenny den Zwillings Mädchen ein Lob zu, die über ihre älteren Brüder lachen und tuscheln, ohne dass diese es bemerken. Sie sind zu beschäftigt mit dem anscheinend leckeren Essen. Die Familie beendet glücklich das gemeinsame Mittagessen, bis es laut an der Haus Türe läutet. Melvin bittet alle Familien Mitglieder, im Speisezimmer zu bleiben.

Ein Dunkelhäutiges Zimmermädchen öffnet die Tür und umarmt danach glücklich einen jungen Mann mit seinen sechsundzwanzig Jahren, ebenfalls dunkelhäutig.

Deshalb schaut Melvin, das achtzehn Jährige Zimmermädchen Lydia, erstaunt an.

„Kennt ihr euch und wenn ja warum stört er uns beim Mittagessen? Lydia, du weißt das ich es nicht mag, wenn man mich beim Mittagessen stört, das habe ich dir oft genug gesagt."

Dem Doktor ist es unbehaglich, so gut wie es geht verbirgt er vornehm seine Gefühle.

Das Zimmermädchen Lydia spürt dies trotzdem, weil er nur schweigt und den unbekannten Gast nur kurz seines Blickes würdigt. Sie versucht die Situation mit ihrer Freude ins Reine zu bringen.

„Entschuldigen sie, Master Melvin, darf ich ihnen meinen älteren Bruder vorstellen? Er kam zu Fuß hierher vom anderen Ende der Stadt."

Lydia verbeugt sich ehrfürchtig entschuldigend vor Melvin, während sie ihm signalisiert, dass ihr Bruder willkommen ist. Melvin schaut Jake anerkennend von unten nach oben an und bittet ihm die Gastfreundschaft an. Er lädt Jake an den Esstisch ein, der reichlich gedeckt ist.

Alle Familien Mitglieder freuen sich zusammen über diesen außergewöhnlichen vom anderen Ende der Stadt. Jeder der Anwesenden zeigt ihm dies mit einem herzlichen Lächeln über seine überraschende Anwesenheit.

Nach dem Alle zu Ende gegessen haben, will der Haus Herr als auch Familien Oberhaupt ein paar Worte an den neuen Ankömmling richten. Aus ihm selbst sprudelte die unerwartete Neugier heraus.

Ganz aufgeregt tritt Melvin an den Stuhl seines Gastes, fragend sieht er ihn an:

„Nun mein Freund sei nicht so schüchtern, wir kennen nicht mal deinen Namen. Was ich jedoch ist, dass ich vor kurzem eine Anzeige in die Zeitung gesetzt habe, zum Drucken als Anzeige für eine Anstellung zum Kutscher, um uns in einer Kutsche durch die Stadt zu fahren."

Erklärt Melvin es ernst, mit einem gewissen Touch an Freundlichkeit.

„Wir haben hier bei uns ein fleißiges Team. Du musst in der Lage sein, dich einzufügen und die Pferde zu führen, du musst das Pferdegeschirr sauber halten, mit deinen Händen. Du wirst auch die Trauerkutsche fahren, das Vier-Pferde-Gespann mit dem Eichen Sarg im

Inneren, weil hier Trauer Feiern stattfinden für die wir zusätzlich verantwortlich sind. Das gehört nun mal mit zu deiner Arbeit hier bei uns, so wie die Fütterungen und das Umsorgen der Pferde. Du bist jetzt der Kutscher und gleichzeitig der Pferde Pfleger."

Erzählt er im Vertrauen seinem neuem Bediensteten.

„Also mach das Beste daraus. Ich zähle auf dich, enttäusche mich bitte nicht."

Die Ernsthaftigkeit zeichnet sich sichtbar im Gesicht des Doktors ab.

Melvin steht auf, er holt eine Whisky Flasche aus dem Schrank, gießt etwas davon in das Whisky Glass von Jake, seinem neuen Stallburschen ein, danach sich selbst.

Jake nimmt dankend an, er trinkt genießt Schluck für Schluck bis er sein Glass gelehrt hat.

Nach dem Trinken kommt Melvins Frau Jenny, sie bittet ihn sich zu erheben. Überrascht steht er auf, sie stellt sich vor ihn und schüttelt Jake die Hand, um ihn zu begrüßen. Dabei übergibt sie ihm ein Taschentuch, das mit der Initiale „M" bestickt ist.

Der überwältigte Jake verbeugt sich demütig vor dem Ehepaar, richtet schluchzend ein Paar ehrbare Worte an sie:

„Lieber Master und liebe Madame, mein Name ist Jake. Ich habe noch nie ein Geschenk von einem Herrn als Sklave bekommen, vor allem nicht so ein wertvolles Geschenk. Was bedeutet eigentlich das Zeichen?"

Fragt Jake peinlich berührt.

Schade, ich kann nicht lesen was auf dem Taschen Tuch steht, habe es leider nie gelernt."

Betroffen, doch gleichzeitig gerührt nimmt er respektvoll die Hand seines Herrn und küsst sie. Erstaunt dankbar streichelt er tröstend mit der ungeküssten Hand über Jakes gesenkten Kopf, er bittet ihn, aufzustehen.

Melvin steht auf, um eine kleine hölzerne Schmuck Schatulle aus einer Kommode im Zimmer zu nehmen.

Er öffnet sie, innen befindet sich eine fein gearbeitete Goldkette, mit einem goldenen Kreuz Anhänger, die er mit einem leichten Lächeln heraus nimmt, die Kette um Jakes Hals hängt. Melvin genießt fröhlich mit seiner Frau die Freude ihres neuen Helfers und Familien Mitgliedes.

„Du gehörst zu unserer Familie, Jake. Hier ist jetzt dein Platz. Vergiss, was in der Vergangenheit passiert ist. Jetzt ist hier deine Gegenwart, das Hier und Jetzt. Der große Buchstabe „M" auf dem Taschentuch ist unser Familienname „Morgan".

Das Kreuz an der Kette ist das Kreuz, unseres lieben Herrn Jesus Christus. Amen!

Es ist jetzt deins, mein Sohn. Du bist kein Sklave mehr. Willkommen in unserer Familie. Jetzt lasst uns etwas trinken! Prost, auf dich mein Sohn."

Jake küsst Melvins Hand; er verbeugt sich zum Dank. Freuden Tränen fließen über seine Wangen.

Nachdem er sich beruhigt hat, hebt im Gegenzug sein Whisky Glas und entleert es in einem Schluck.

Jenny füllt das leere Glas nach. Dieses wird erneut zusammen geleert.

Als Alle sich wieder hin setzen wollen, stehen die Zwillinge „Crystal und Diamond" von ihren Stühlen auf, sie stürmen aufgeregt auf Jake zu.

Die Beiden berühren voller Freude den erstaunten Jake. Die Mädchen streicheln zärtlich die Arme von ihm.

Der schüchterne Jake genießt das alles. Alle verlassen das Esszimmer, gemeinsam gehen sie nach draußen, um Jake die Ställe der Pferde zu zeigen und ihm das Aussehen der Pferde beurteilen zu lassen, wie auch die Kutsche.

Kapitel Sechs

MYSTERIÖSER BESUCH

Auf dem blühenden, grünen Grundstück, umgeben von weißen Holzzäunen mit den vielen Obstbäumen, die dem Herrenhaus ihren Schatten spenden.

Ein grobsteiniger Weg führt vom Haus zu einem weißen holzvertäfelten Gebäude, welches wie eine riesige amerikanische Scheune aussieht. Mit einem großen ebenso weißen Tor, es steht offen es wirkt daher einladend.

Dadurch kann man hineinsehen. Im Stall Bereich aus weiß lackierten Holzpaneelen, abgetrennten Pferdeboxen mit Halbtoren und Namensschildern der Pferde arbeiten fleißige Stallburschen aller Nationalitäten.

Die Familie hat mit Jake, inzwischen die Ställe erreicht. Zwei junge dunkelhäutige Stallburschen öffnen das große Tor des Stalls. Alle betreten den Pferde Stall mit der Scheune, in der es Stroh und Heuballen gibt, der mit Futter Säcken gefüllt ist, der sich genau in der Nähe der angrenzenden Pferdeställe gleich nebenan im selben Gebäude befindet.

Die Pferde sind in den ordentlichen, mit Stroh ausgekleideten Pferdeboxen untergebracht, in denen sich Futterbehälter und Wassertröge die gefüllt sind befinden.

Ein fröhliches Wiehern aus den Stellen ist zu hören. Jedes der Pferde in den Pferdeboxen schien zufrieden zu sein.

Die kindlichen Zwillings-Schwestern Crystal und Diamond nehmen gleichzeitig Jakes Hände und ziehen ihn zu zwei weißen Pferden, die an den Balken des Stalls angebunden sind. Diese werden gerade gebürstet, von zwei jungen asiatischen Männern.

Die Morgans begrüßen ihre Diener des Stalls mit Umarmungen. Er steckt einen Zehn-Dollar-Schein in jede der Westentaschen von den Männern.

Die beiden anderen dunkelhäutigen Männer, die zuvor das Tor der Scheune geöffnet hatten, kommen mit Haferfutter Säcken. Melvin winkt sie mit Handzeichen heran. Die arbeiteten Männer stellen die Säcke in eine Nische im Stallbereich ab. Melvin steckt auch ihnen einen 10-Dollar-Schein in ihre Westentaschen.

Crystal sieht stolz zu ihrem Vater herüber, sie freut sich über die Großzügigkeit ihres Vaters. Sie will es ihm Gleichtun, sie steckt Jake einen 10-Dollar- Schein in seine Hosen Tasche, ohne das ihr Vater es sieht.

Aber Jake hat diese Aktion mitbekommen, als er sich bedanken will stupst das Mädchen ihn am Arm an, um ihn abzulenken, lächelnd verwickelt sie ihn in ein Gespräch.

„Jake, das sind unsere Pferde "Snow und Flake", sie sind Zwillinge genauso wie wir. Beide sind so identisch, wie wir sind. Mein Name ist Crystal und das ist meine Schwester Diamond. Also Willkommen in unserer Morgan-Familie."

Die Mädchen lächeln, sie nehmen Jakes Hand, ziehen ihn zwischen die beiden Pferde. Jake lächelt zurück und streichelt den Pferden dankbar über den Hals und zärtlich hinter den Ohren.

Die Pferde wiehern zufrieden wegen der Streicheleinheiten die sie von Jake bekommen. Jake spürt wie alle sich wohlfühlen und glücklich zu sein scheinen.

Er stellt sich den Schwestern freundlich vor:

„Hi, ich bin Jake, der neue Assistent und Kutschenfahrer. Es sind wirklich sehr schöne Tiere. Die Pferde sind gepflegt und gesund. Ihr Mädchen könnt stolz auf euch und es ebenso auch auf eure tollen Pferde sein."

Die Mädchen sind ganz angetan davon, dass Jake so tierfreundlich zu ihren Pferden ist, sie haben das Gefühl das er mehr als nur ein Stallbursche/Assistent oder Kutscher ist.

Trotz ihrer Kindheit spüren sie eine gewisse Anziehungs-Kraft zu ihm.

Noch können sie längst nicht erkennen was es später mal für Auswirkungen auf ihre gemeinsame Zukunft haben könnte; die noch in weiter Ferne liegt.

Wie ist es auch ist, so ist es gut. Jedenfalls für den Moment und wer weiß was sonst noch alles passiert.

Aber bis dahin haben sie drei größere Brüder. Was Besseres könnte ihnen gar nicht passieren als das hier. Sie lächeln ihren neuen Bruder Jake an und der macht einen Knicks vor ihm.

Jake lacht amüsiert:

„Habt ihr mich jetzt zum König erkoren, nach so kurzer Zeit? Erstaunlich, das hätte ich jetzt nicht erwartet. Aber gut, dann will ich mal ein Auge zu drücken."

Die Schwestern fangen an zu kichern und tanzen mädchenhaft wie kleine Ballerinen um ihn herum.

Sie strecken ihm ihre Hände entgegen, ziehen die Hände geschwind wieder weg. Sie necken ihn lachend an und schubsen ihn etwas herum. Jake lässt das mit sich machen, denn er hat selbst den Spaß daran.

Er muss so herzhaft lachen, dass die Mädchen sich darüber freuen und vor allem haben sie einen neuen Spiel Gefährten bekommen.

Ihr Spiel Gefährte spielt gerne seine neue Rolle als König, ohne sich zu beschweren.

Die Mädchen machen Hofknickse vor ihm, um ihm im Spiel ihre ehrfürchtige Darbietung zu erweisen.

Das Ganze wirkt wie ein komödiantisches Theater Spiel, denn Jake stellt sich etwas tollpatschig an, er fällt von seinem provisorischen

Thron, den die Kinder vorher emsig aus Ästen gebaut haben, gehackten Holzspalten, die sie kreuz und quer durcheinander übereinander gestapelt hatten.

„Eure Majestät, eure Majestät wir wollen eure Dienerinnen sein. Jetzt ziert euch doch nicht so! Ist doch nur Spaß. Wir wollen aus Dankbarkeit doch nur dir dienen Jake. Ein bisschen Nonsens nur so als Spiel."

Ihr neuer Bruder, den sie nun mit einer geflochtenen Krone aus Stroh zu ihrem König krönen lässt, bejaht es und nimmt gerne an ihrem Spiel Teil ohne sich zu Beschweren.

Er denkt sich das es ein Theater Stück ist, zusammen gemixt mit fröhlichem Kinder Spiel aus dem Reich ihrer noch jungen Fantasie entsprungen.

Wie schnell verfliegen die Jahre der Jugend, ohne dass wir es wollen, nun lasse ich sie wie sie es wollen.

Denkt Jake sich wohlwollend. Sie schaden niemandem und auch nicht sich selbst.

Auch zum Lachen ist es alle mal.

Also, was will man mehr, als einfach nur zufrieden zu sein und die Kindheit zu genießen.

Kapitel Sieben

AUFREGUNG ACHT JAHRE SPÄTER

Eine Gruppe von mehreren älteren Männern in Anzügen mit Zylindern haben sich auf ihre Stühle gesetzt, alle aufgeregt streitend. Die meisten von ihnen sind wütend. Sie drücken ihre Unzufriedenheit laut untereinander aus, bis plötzlich ein Holzhammer auf ein Stück Holz geschlagen wird, wie von einem Richter in der Gerichts Verhandlung und der Sprecher die versammelten Herrn damit aus ihren Diskussionen reißt.

Es wird plötzlich sehr still und Jeder schaut achtsam zum Sprecher auf die Bühne. Nach dem Gesagten applaudieren sie alle dem Bürgermeister der Stadt New Orleans. Aufgeregt begrüßen alle Herren einen streng drein blinkenden, hochgewachsenen Mann, der Jeden ansehend zuwinkt. Die Menge jubelt ihm erwartend und froh zu.

Bürgermeister Keys fängt erneut, aber diesmal sehr aufgeregt mit seiner Rede an, während der scheinbar bekannte Gast ihm stumm Platz macht, indem er ihm den Platz am Redner Pult überlässt. Die Blicke der Beiden treffen sich wohlwollend, der Bürgermeister sieht zu den Versammelten, während er von den Blättern abliest die fein säuberlich aufeinander vor ihm auf dem Pult liegen. Jetzt spricht er zu ihnen, dringender denn je.

„Hallo, ich bin Major Marshall Keys, der Bürgermeister dieser schönen Stadt, wie sie Alle wissen."

Er räuspert sich ein wenig, um besser seine Rede halten zu können, dann schaut er neugierig in die einzelnen Sitz Reihen um zu sehen wer alles gekommen ist. Zufrieden beginnt er zu sprechen:

„Sehr geehrte Herren, freie Männer, Ratsmitglieder, Geschäftsleute. Der Polizeichef unserer Stadt New Orleans und der Pastor, sind hier zusammengekommen, um Lösungen gegen diese schrecklichen Verbrechen zu finden. Denn die Sicherheit von uns Allen ist gefährdet, deshalb ist es dringend erforderlich, dass das Treffen hier stattfindet."

Die Stimmung unter den versammelten nervösen Männern ver-
schlechterte sich immer mehr. Hilflosigkeit breitet sich in den
trostlosen Gesichtern aus. Ihre Gespräche untereinander werden
wieder fortgesetzt, jeder redet unverständliches Durcheinander.
Deren Redensarten lassen den Keys und seinen Gast den Polizei
Chef leicht wütend werden, weil sie das Gefühl haben nicht ernst
genommen zu werden, das die Versammelten die Situation zu sehr
auf die leichte Schulter nehmen würden.

Der alte, fünfundsechzig Jährige rundliche Bürgermeister Keys rät
deshalb erneut zur Ordnung auf und Jeder, der aufgestanden ist,
muss sich jetzt wieder hinsetzen.

Einzelne Stühle zum Sitzen werden daher geschoben, einige fallen
mit einem lauten Knall auf den holzgetäfelten Boden der Halle, denn
nicht jeder will ihm zu hören und draußen fühlt sich so Mancher
wohler. Warum auch immer vermag Keiner zu Wissen.

Nachdem also Ruhe eingekehrt ist, betritt der hagere sechsundfünfzig Jährige Polizeichef Pete Sanders die Bühne und begrüßt seinen
Freund Bürgermeister Keys und Alle anderen mit einem freund-
schaftlichen Handschlag.

Der nachdenkliche Polizeichef Sanders richtet sich auch an sich die
Anzahl derer die nicht den Saal verlassen haben, mit ernster Mimik.

„Hallo, ich bin Pete Sanders, für diejenigen unter euch, die mich
noch nicht kennen, ich bin der Polizeichef der Stadt New Orleans.
Bürgermeister Keys hat mich beauftragt, zusammen mit meinen
Männern von unserer Polizei Station den gruseligen Mordfällen auf
den Grund zu gehen. In Kombination mit Geistern und Voodoo –
Zaubersprüchen. Und auch den Mörder letztendlich unter Verschluss
zu halten, bis die Verurteilung mit der Todesstrafe, vollstreckt wird
durch Richter McDaniels."

Lauter Applaus mit Händeklatschen erfüllt nach dem Gesagten den
noch nicht ganz so leeren Saal, am Nachmittag. Doch dann verdunkelt sich plötzlich der Himmel ins Dunkle bis er schwarz wird, begleitet von einem heftigen Sturm der einige Fenster aufspringen
lässt.

Das Glass in den offenen Fenstern zerbricht, die Glasscherben fallen klirrend auf den Boden, lautes Bellen von Hunden ist draußen zu hören.

Die versammelten Männer werden unruhig, sie gehen immer wieder hin und her. Einige gehen ängstlich aus dem Saal, vorher verabschieden sie sich noch. Andere die Unerschrocken sind, versuchen die zerbrochenen Fenster mit Brettern festzunageln, die sie von draußen mitgebracht hatten. Jemand entfernt die Glasscherben vom Boden. Nachdem die Fenster zugenagelt sind, nehmen die restlichen Leute wieder Platz.

Die Hälfte der Stühle bleibt aber unbesetzt. Der Bürgermeister selbst hat seinen Stuhl auf die Bühne gebracht. Er nimmt seinen Platz neben dem Rednerpult ein. Draußen hört es nun auf zu regnen, es herrscht Windstille.

Die Stimmung der noch Anwesenden wird jetzt ruhiger, sie versuchen sich mehr auf die Rede des Bürgermeisters zu konzentrieren. Bürgermeister Keys wirkt nachdenklich aber schockiert, behutsam klärt er die versammelte männliche Bevölkerung auf so gut wie es geht.

„Es ist gut, dass ihr euch alle beruhigt. Hier herrscht kein Frieden, nur noch Todes Angst. Ich meine nicht die Angst vor dem verdammten Sturm. Wie der Polizeichef bereits erwähnt hat, geschehen hier grässliche Morde. Das Seltsame ist, dass allen Opfern, egal ob männlich oder weiblich die Haare abgeschnitten wurden. Die Haare wurden hinterher anscheinend mitgenommen. Neben den Toten lagen jedes Mal zwei mumifizierte weibliche Frösche mit je einer getrockneten Rose."

Er sieht sich die entsetzten Gesichter der Anwesenden genau an und nickt ihnen bestätigend zu, dann redet er weiter.

„Das ist jedoch noch nicht alles, denn die meisten Einwohner dieser Stadt berichten, dass an den Plätzen, wo die Leichen abgelegt wurden, die Geister der dort Ermordeten herum spuken. Ich habe so das Gefühl, dass das Ganze mit dem mystischen Voodoo – Zauber zu tun hat, von den schwarzen Sklaven hier, als Ritual. Oder Jemand, der das aus Spaß und Langeweile praktiziert. Ich glaube zwar nicht wirklich daran, aber ich würde es eher diesen Afrikanern zuschreiben. Denn Alles begann, nachdem wir neue Sklaven bekommen hatten. Sogar eine Voodoo-Hexe befand sich unter ihnen. Das ist alles sehr gruselig, ich verspreche ihnen aber, dass wir das zusammen mit der Polizei aufklären werden."

Die innere Ruhe der versammelten Männer mit allgemeiner Panik tritt in dem Saal ein, als sich plötzlich die Tür öffnet; zwei eingeladene Männer in Arzt Kitteln schieben hastig eine Bahre, auf der etwas in Form eines menschlichen Körpers liegt, bedeckt mit einem weißen Leinentuch und bewegungslos scheint. Die Trage der Bahre wird hochgehoben und anschließend vor die Bühne gestellt wo sich das Pult befindet, genau vor die Sitzreihen der staunenden Zuschauer, die untereinander leise flüstern. Das Leinentuch wird schnell durch die Beiden entfernt.

Mit entsetzten Gesichtern des Ekels sehen diejenigen, die bleiben, was jetzt darunter zu sehen ist. Es taucht ein blasser, leicht bläulich toter menschlicher Körper auf. Ein lautes Raunen mit Würgereizen ist in dem halbvollen Saal zu hören.

Einige der Anwesenden halten sich ein Stoff Taschentuch vor den Mund, um hineinzuspucken.

Denn ein scharfer beißender Geruch von leicht zersetztem Fleisch verteilt sich und reduziert die Luft zum Atmen.

Einige verlassen den Saal würgend, während sie sich Andere beim Rauslaufen übergeben.

Zwei Polizeibeamte, die den Polizei Chef begleitet haben, rennen auch schnell heraus. Danach kehren beide Polizisten mit einer Zange zurück. Sie laufen zu den kaputten Fenstern, ziehen schnell die Nägel aus den Holzbrettern, damit frische Luft herein kommen kann. Die Morgen Sonne scheint jetzt durch die offenen Fenster, es ist Früh am nächsten Tag, die frische Luft erfüllt die ganze Halle. Der bestialische Geruch vom Beginn der Verwesung verschwindet langsam.

Die übrigen Männer beginnen, ihren Ekel beim Anblick der Leiche zu überwinden, aber abgelenkt von dem Interesse, die Morde aufzuklären und Dr. Morgans -Rede weiter zu verfolgen.

Der Doktor macht sich daran seinen Assistenten zu bitten, ihm zu helfen den Leder Koffer zu öffnen, den Dr. Morgans Assistent, der sechs und dreißig Jährige Doktor Jenson zuvor aus einer, vor dem Rathaus geparkten Landau-Kutsche entnommen hatte.

Dr. Morgan fokussiert sich dann nach auf sein wartendes Publikum, welches Antworten von ihm erwartet.

Ich möchte mich euch allen vorstellen:

„Mein Name ist Dr. Melvin Morgan, ich bin der Chefarzt des Haupt-Krankenhauses hier in New Orleans. Ich bin auch an der Aufklärung der Morde beteiligt, die hier geschehen. Das mag ihnen vielleicht absurd erscheinen, aber es ist wichtig, dass wir Jedem Hinweis nachgehen, egal wie umständlich oder gefährlich es sein wird.“

Er seufzt und holt tief Luft, nach einer kurzen Sprechpause huscht ihm ein leichtes Grinsen über sein Gesicht.

„Sollten sie immer noch einen schwachen Magen haben, so wäre es ratsam jetzt zu gehen und nicht weiter hier zu verweilen, da es kein schöner Anblick sein wird. Diejenigen, die es ertragen können, sollten hier bleiben. Es liegt also ganz bei ihnen ob sie den Mut besitzen.“

Ein Händeklatschen und Applaudieren von den noch anwesenden Personen mit starkem Magen und dem Mut sind geblieben.

Doktor Jenson benutzt ein Skalpell Messer, um einen Schnitt am Bauch durch zuführen. Er schlitzt den Torso des Toten in *Y-Form* von oben nach unten auf. Verklumptes Blut läuft viskos aus den Öffnungen des Schnittes.

Jenson blickt neugierig und erstaunt zu den besetzten Stuhlreihen.

Dort geblieben waren nur diejenigen, die trotz ihres Ekels ihrer Neugier nachgeben. Sie beobachten die beiden Ärzte ganz genau bei ihrer Arbeit, ohne Zusammen zu zucken.

Nach einiger Zeit der Prozedur gehen zwei Helfer des Bürgermeisters hinaus, die am Ausgang wartend stehen. Wenig später kommen sie mit einem Korb voller sauberer beiger Baumwoll-Tücher zurück.

Der Chef Arzt Doktor Morgan übergibt das von Körperflüssigkeiten verschmutzte Messer schnell an seinen Assistenz Arzt weiter. Er nimmt es, reinigt das Messer mit einem der Tücher, die man ihm gebracht hatte.

Dann legt er das Messer wieder zurück in die Arzt Tasche. Er nimmt eine Knochensäge heraus und will die Rippenknochen damit auf sägen.

Doch noch bevor Jenson anfangen will, reißt Morgan ihm die Säge aus der Hand und lässt sie verärgert auf den Boden fallen.

Morgans Gesicht verfinstert sich vor Ärger über seinen Assistenten, er packt ihn am so stark am Kragen seines Kittels, so das er fast keine Luft bekommt. Aufgeregt lässt er ihn nach kurzer Zeit von ihm ab, richtet aber direkt im Anschluss ernsthafte Worte an ihn um ihn streng zu Maßregeln. Jenson lässt sich erschöpft auf einen Stuhl in der Nähe von Morgan nieder.

„Wer hat dir gesagt, dass du seine Brust auf sägen sollst? Du arbeitest alleine, ohne mich zu fragen. Deine Arbeitsweise entspricht so gar nicht meinen Regeln. Und du weißt das. Wenn du so weiter machst und machst was du willst…, muss ich dir kündigen, du verlierst deinen Job.

Du hast doch eine Familie, die zu versorgen hast. Ist dir deine Familie so egal? Oder ist es der Alkohol der dich dazu verleitet diese unüberlegten Dinge zu tun?"

Doktor Jenson sitzt nur schweigend da, er sieht in die Augen der versammelten Männer die ihn nur noch anklagend ansehen und ebenso anschweigen.

Die Anwesenden schütteln nachdenklich ihre Köpfe, doch bevor sie Alle ihren Unmut kundtun können, werden sie vom entsetzten Bürgermeister nervös mit einem Handzeichen gestoppt und auch der Arzt wird von ihm gebeten einen Moment schweigend zu Ruhe zu kommen.

Diesen Moment nutzt der Arzt Jenson geschickt, um sich zu Rechtfertigen.

„Es tut mir leid, meine Herrn, ich dachte ich täte das Richtige. Ich wollte eigentlich beweisen, dass ich genauso gut arbeite wie mein Vorgesetzter Doktor Morgan; der angesehene gute Herr Doktor Morgan."

Lachend erhebt sich Jenson von seinem Stuhl und in seinem Gefühlsausbruch redet er weiter.

Morgan schüttelt entsetzt seinen Kopf, er unterbricht nicht die Rede seines ihm untergebenen Arztes. Der unruhige Jenson fährt also weiter fort. Die Anwesenden hören ihm interessiert weiter zu.

„Wenn ihr Alle wüsstet, wer wirklich hinter dieser Fassade steckt. Er hat eine ganze Familie auf seinem Gewissen, unser Herr werter Ober Doktor, wenn er überhaupt eins hat. Die Eltern sind tot, beide hat er mit Hilfe der Sklaven verbrannt."

Jensons Stimme wird lauter, sein Körper zittert vor Wut, er läuft hin- und her. Auch die Versammelten werden unruhig, auch sie bleiben nicht mehr ruhig. Jeder der Männer melden sich durcheinander zu Wort. Sie stehen von ihren Sitzplätzen wütend auf. Alle reden auf den verzweifelten Doktor Jenson ein.

„Sie und ihr Alkohol, sie können doch nicht ohne. Wir alle glauben ihnen diese Anschuldigungen gegen ihren Vorgesetzten Doktor Morgan niemals. Es ist Jedem hier bekannt, dass sie nach seiner Position streben. Es gibt viele Gründe dazu, die ihnen selbst bekannt sind, Herr Doktor Jenson. Jaja, das Trinken und die eigene Kariere, das alles ist für sie wichtiger, als ihre Familie. Wir kennen sie ganz genau und ihren Vater wollen sie ja auch nicht erneut enttäuschen. Nicht wahr?"

Dagegen kann Jenson nicht gegen argumentieren, er gibt die Enttäuschung seines Vaters zu, der heute noch erbost darüber ist, dass sein Sohn nur die Assistenz Stelle als Arzt unter Doktor Morgan im Krankenhaus von New Orleans erhalten hatte und damals die Tochter eines armen Farm Besitzers geheiratet hatte.

Er gibt den Anwesenden zu verstehen, dass dies alles unter Umständen geschehen ist, auf die er selbst keinen Einfluss hatte. Seiner sicher und von sich überzeugt, schubst er Morgan grob beiseite.

Dieser wehrt sich nicht, schaut ihn nur irritiert an und geht zur ersten Sitzreihe, er nimmt Platz auf einem der der freien Stühle.

Jenson beachtet ihn gar nicht, sondern setzt seine Erklärungen erneut fort, um auf sich und angebliche Ungerechtigkeiten aufmerksam zu machen. Er schlägt mit seiner Faust auf das hölzerne Pult vor sich, um das plötzliche Getuschel der Herren zu unterbrechen, damit ihm alleine zugehört wird.

„Meine Herrn, ich sie haben einen Mörder und Verbrecher in ihrer Reihe sitzen. Seine Sklaven haben ihm dabei geholfen, die neugeborenen Kinder seines Freundes wegzuschaffen. Nur weil sie angeblich nicht normal aussehen würden. Keiner weiß bis heute wo die Kinder, zwei Mädchen geblieben sind. Wenn sie mich fragen, denke ich dass sie getötet wurden, genau wie deren Eltern die im Feuer umgekommen sind, bei einem Brand in der Villa der Gardeners, des befreundeten Ehepaars vom sehr geehrten Doktor Morgan, kurz nach der Verschleppung der Mädchen. Alles war nieder gebrannt, bis auf die Grund Mauern. Tja, der Doktor ist auch noch ein Brandstifter, es wird immer besser. So viele Zufälle."

Ein Raunen erfüllt den Saal, Morgans Kopf wird knall rot vor Zorn. Der Polizei Chef Sanders kommt mit einem Glas Wasser auf ihn zu. Beide Männer flüstern leise miteinander, Morgan trinkt das Glas aus.

Er geht auf den aufgebrachten Sanders zu, er greift in seine Polizei Jackettasche und zieht eine kleine Flasche mit Whiskey heraus. Er reicht sie ihm und klopft ihm beruhigend auf den Rücken. Dieser sieht den Polizeichef erstaunt an, nachdem er einen kräftigen Schluck genommen hat und vorher die Szene zwischen den beiden Männern beobachtet hat. Es hatte etwas geärgert und er fühlt sich von Sanders nicht ernst genommen. Er spricht den Polizisten direkt an, dabei ignoriert er die Anderen.

„Sanders, sie erinnern sich doch sicherlich noch an diesen Fall? Schließlich haben sie doch lange mit ihren Leuten Polizeilich ermittelt."

Lautes Gemurmel erfüllt den ganzen Saal. Als der Bürgermeister erneut auf die Bühne an das Podium tritt und freundlich bittet den inzwischen etwas angeheiterten Arzt bittet das Podium frei zu machen, dann zum Polizeichef geht, wird es plötzlich still. Der leicht betrunkene Arzt geht zurück zu seinem Stuhl.

Dem Polizeichef wird das Wort durch eine Handbewegung in seine Richtung durch den Bürgermeister erteilt.

Der nachdenkliche Polizeichef Sanders äußert sich in aller Ruhe.

„Ja, ich erinnere mich ganz genau daran. Leider konnten wir damals nicht herausfinden, wer den Gardeners das angetan hat. Das waren nette Leute, die haben lange versucht Kinder zu bekommen. Es war eine starke Belastung für das Paar. Die Beiden taten mir wirklich leid, Miss Gardener hat sogar versucht sich das Leben zu nehmen."

Der Polizeichef erinnert sich, in einer Rückblende in Wehmut mit Tränen in den Augen an die Vergangenheit.

„Es geschah in der ruhigen Parkanlage im City Park an der Langles-Bridge am See mitten am Tag im Sommer.

Ein junger neuer Kollege Namens Ray war mit seinen Söhnen zum Ausflug im New Orleans-City Park, um dort am See Fische für das Familien Abendessen zu Angeln."

Sanders muss schlucken und wirkt sehr betroffen, als er weiter erzählen will, zieht er sich erst ein Stoff Taschen Tuch aus seinem Jackett. Er reibt damit an seiner goldenen Polizei Plakette befestigt an seinem schwarzen Polizei Jackett mit den goldenen Knöpfen. Nach er fertig ist, putzt er sich mit dem Tuch die Nase, er holt danach tief Luft. Erneut führt er weiter mit seiner Erzählung, was ihm nicht leicht fällt.

„Also, als er Miss Gardener sieht wie sie so auf der Langles-Bridge steht, betrunken und nicht mehr Herr ihrer Sinne war, sie hatte sich so hin gestellt, als wollte sie jeder Zeit hinunter springen. Ray handelt sofort, sie hatte noch nicht mal bemerkt, dass er anwesend war, was wiederum hilfreich für diesen Moment war. Ray konnte ihren Selbstmord verhindern, indem er sie festgehalten hatte und schnell hochgezogen hat, bevor sie sonst die Brücke herunter gestürzt wäre. Er hat also das Schlimmste verhindert, dank seinem Einsatz mit nur einem Handgriff."

Seine Erinnerung verblasst, alles wird wieder klar in Sanders Verstand. Diese schreckliche Erinnerung hat ihn so erschöpft, dass er tief durch atmen muss. Er lässt sich ein Glass Wasser bringen, leert es zügig, er ruft nach Ray, der inzwischen verändert aussieht, nicht mehr Jung ist. Er trug wie er selbst eine Polizei Plakette, kleiner als seine, die eines Polizei Kommissars. Beide tragen dieselben schwarzen Polizei Uniformen. Der Polizei Chef war von kräftiger Statur mit weißen Haaren kurz geschnitten, weißem kurz rasiertem Schnauz Bart und Kommissar Ray Portmann war von hagerer Statur, kurzen braunen Haaren mit grauen Schläfen, grauen Kotletten über den Wangen und einem glattrasierten Gesicht.

Ray Portmann und Pete Sanders umarmen sich. Pete schüttelt stolz Rays Hände. Ray nimmt sich eine schwarze Leder Umhänge Tasche, er zieht eine goldene Box heraus, mit der Aufschrift:

In ewiger Dankbarkeit zur Rettung eines wertvollen Lebens.

Viele der versammelten Männer schauen nun betroffen zum Polizeichef hin. Dieser erwidert mit traurigen Blicken zurück. Ray bietet ihm genauso betroffen eine Zigarre an, er nimmt genauso ein Streichholz, er zündet ihm diese an. Er zieht an der Zigarre um sich zu beruhigen. Ray tut ihm dies gleich, wie auch einige Männer im Saal.

Nach dieser kurzen Redepause greift Sanders das Gespräch erneut auf, auch wenn es im sichtlich schwer fällt.

„Miss Gardener wurde also zurück zu ihrem Ehemann gebracht. Ray hat sie gerettet, aus ihrer Misere. Ich habe mich danach eine Weile mit ihrem Ehemann unterhalten. Er berichtete mir von einer Idee wie das Paar doch noch ein Kinder, oder Kinder bekommen könnten. Seine afrikanisch stämmige Haushälterin hatte ihm eine andere Möglichkeit gegen die Kinderlosigkeit offenbart."

Ein erstauntes Raunen ist im ganzen Saal unter den Versammelten zu hören. Sie spitzen sehr interessiert ihre Ohren, um genau zu zuhören.

„Sie schlug also vor, dass die Gardeners gemeinsam mit dem Sohn der Haushälterin nach Südafrika zu vereisen, der auch als Sklave auf der Farm der Gardeners arbeitete. Die Reise sollte zu einem Dorf gehen, wo seine Tante, also die Schwester seiner Mutter als Medizin Frau praktizierte und lebte, bei dem isolierten Volk der *Nama*."

Der Polizeichef erinnert sich erneut, wieder in einer verschwommen Rückblende der Vergangenheit.

Das Dorf der *Nama* mit seinen wenigen Lehm-Stroh Hütten erscheint inmitten bei Tag in der Sommerhitze, im *Namaqualand*, in der Nordkappprovinz Südafrikas.

Fasziniert und spannend finden die versammelten Männer seine Erzählung aus der Erinnerung, die lange her ist.

„Stellen sie sich eine Runde Lehm Hütte vor, mit einer Liege in der Mitte stehend, einige Tier Fälle liegen auf dem Boden verteilt. Die zwanzig Jährige junge Miss Gardener, mit ihren langen herunter hängenden dunkelbraunen Haaren, liegt auf der Liege in ihr Nachthemd gekleidet. Um sie herum kniet eine kleine Gruppe von rötlichbraun Männern und Frauen im Alter von fünfundfünfzig und sechsundachtzig Jahren. Sie sprechen leise Heilungs-Formeln um die noch schlafende Miss herum. So leise, dass aus ihrem ruhigen Schlaf nicht erwacht. Als Alle um sie herum aufstehen, dabei anfangen zu tanzen und zu singen, öffnet sie ihre Augen."

Einige der Männer sagen zu Sanders, dass es sich um Hexerei, Voodoo Hexerei handeln könnte und dass davon nichts Gutes zu erwarten wäre. Die junge Frau tut ihnen leid. Sie hoffen, dass Miss Gardener die Prozedur unbeschadet überstanden hat.

„Meine Herrn, machen sie sich keine Sorgen, ihr ist nichts passiert, zumindest nichts was ihr geschadet hat, nicht in diesem Moment."

Jetzt werden die Herren unruhig und wollen natürlich wissen, wie es für die damals junge Frau ausgegangen ist. Sie lassen es sich nicht nehmen, sich nicht beim Zuhören abzulenken zu lassen. Der Polizeichef hat inzwischen seine Zigarre fertig geraucht, er drückt den Rest des Zigarren Stummels in einem Aschenbecher auf seinem Redner Pullt aus. Seine Laune hat sich wesentlich ins Gute verbessert. Er freut sich auch über das Interesse aller Beteiligten an der Geschichte des Paares. So wollte er die Anwesenden nicht länger warten lassen und führt die Unterhaltung lächelnd weiter fort.

„Die liebreizende Miss sieht sich um, sie erblickt eine ältere fünfundsiebzig jährige Frau in einem bunten Kleid mit ebenso buntem Kopfschmuck mit Muscheln und Knochen. Die Alte sieht sie lächelnd an, trinkt dabei einen Schluck aus ihrem tönernen Becher. Die Medizin Frau küsst mit den Resten des Getränkes auf ihren Lippen die junge Elaine Gardener auf deren Lippen."

Elaine greift wie in Trance, nach dem Becher mit dem Medizin Getränk. Sie hält ihren Kopf ruhig und die Alte reicht ihr den Becher mit dem rostfarbenen Gebräu. Elaine trinkt voller Vertrauen, schnell ohne Skepsis.

Alle versammelten Leute des afrikanischen Dorfes klatschen draußen voller Freude in die Hände, singen, trommeln laut und tanzen auch in der Hütte mit Elaine im Nachthemd.

Aus einer Hütte neben ihrer Lehm Hütte läuft voller Freude und Hoffnung Elijah zu seiner Frau.

Einige der Versammelten werden ein wenig rot vor Scharm in ihren Gesichtern, sie lächeln ein wenig und träumen wahrscheinlich selbst davon so etwas Wunderbares zu erleben. Geheime Sehnsüchte machen sich in den Stuhl Reihen breit, doch sind sie weiterhin gespannt, ihre Beine Zittern ein wenig.

Mister Gardener zieht also den Vorhang des Eingangs zu, damit das Paar ungestört ist. Die Beiden ziehen sich gegenseitig zärtlich küssend streichelnd die Kleidung aus. Sie pressen ihre beiden Körper eng aneinander. Voller Leidenschaft streicheln und liebkosen Beide im Stehen sich gegenseitig ihre nackten Körper. Sie schieben die Liege beiseite. Elaine legt sich auf den Boden mit den Fellen. Sie setzt sich mit ihrer feuchten Vagina aufrecht hin. Fordernd bittet sie ihren Mann, ihre Perle zwischen den Beinen Oral mit seiner Zunge zu verwöhnen. Sie genießt dies in vollen Zügen und bestätigt ihm durch ihr heimlich leises Stöhnen, ihre Zufriedenheit.

Jetzt werden die Herren, die nicht mehr ruhig auf ihren Stühlen sitzen können, selbst von starkem Verlangen geplagt, welches sie im Gesicht schwitzen lässt. Sie verlangen nach kalten Getränken und greifen nach ihren Stoff Taschen Tüchern. Auch Sanders grinst, er gerät ebenso ins Schwitzen. Er reißt sich zusammen, wie auch die Herren.

„Wie ich sehe sind sie alle stark daran interessiert wie es weiter geht. Wir kommen nun zum Höhepunkt der körperlichen Vereinigung des Paares. Sie sitzt anschauend auf ihn und führt seinen Penis tief in sich ein. Elaine bewegt sich dabei reitend auf ihm hin- und her. Sie stöhnt etwas lauter auf. Er legt einen Finger auf ihre Lippen, damit sie nicht zu laut stöhnt. Elijah stößt sie so heftig, dass er zuckend einen Orgasmus bekommt, den er leise stöhnend bestätigt. Nach einiger Zeit des leidenschaftlichen heftigen Liebens, wechseln sie die Position. Elaine legt sich nun auf den Rücken, während sie ihre Beine weit auseinander spreizt. Er beugt sich über seine Frau, nimmt seinen Penis dringt sehr schnell voller Lust in tiefer Leidenschaft in sie ein. Während sie ihm während sie zärtlich ihm den Rücken streichelt und seinen Mund fordernd küsst."

Sanders muss sich wieder vor Aufregung der Erregung die verschwitzte Stirn trocken tupfen. Die Herren trinken und verlangen nach Obst, um damit ihre eigene Lust unter Kontrolle zu halten. Für einen Moment vergessen Alle worum es hier wirklich geht; warum sie hier Alle zusammen gekommen sind.

Ihnen werden Tabletts mit Heimischen und importiertem Obst aus orientalischen Ländern gereicht. Sie greifen zu und lassen sich kurze Zeit das Obst schmecken. Selbst der Polizeichef hält das für eine gute Idee und greift zu.

Er isst schnell einen Apfel und will nicht vergessen wo er in seinem Gesagten stehen geblieben ist.

Sein Mund ist leer, der Apfel ist verschwunden und die Geschichte aus der Vergangenheit ist noch nicht zu Ende erzählt.

„Ich bin bereit weiter zu berichten, ich gehe davon aus, dass sie sich alle wieder erholt haben und nun wieder bereit sind, nun freuen sie sich nicht zu früh, bewahren sie weiter ihren vornehmen Anstand, so wie ich auch. Dann dürfte sicher nichts schief gehen. Elijah hat nun seinen Verstand verloren und ist seiner Lust ausgeliefert, so wie seiner wunderschönen Frau."

Sanders meldet sich, das Tempo seiner Stimme wird schneller und auch ernster. Man merkt es ihm an, dass es ihm peinlich ist, er will möglichst rasch zum Ende kommen, damit er mit seinen Ermittlungen weiter kommt.

„Zu guter Letzt stößt Elijah seine Frau mit seiner Manneskraft so stark, das er unter leisem Stöhnen doch einen lauten Schrei loslässt. Seine Frau kommt gleichzeitig zum Orgasmus. Sie schreien Beide zusammen leidenschaftlich ihre Lust heraus. Ihnen ist es inzwischen egal ob sie dabei gehört werden und man über sie reden wird. Ihnen war es wichtiger ans Ziel Zukommen, mit voller Leidenschaft ihren Nachkommen, ihre Nachkommen in diesem innigen Moment gezeugt zu haben. Erschöpft aber glücklich schlafen die Beiden in voller Hoffnung nebeneinander ein."

Die einstigen Erinnerungen aus der Vergangenheit von Sanders verblassen und alles wird klar, bis in die Gegenwart. Die Freude über diesen Schluss der Geschichte ist nun zu spüren. Die Nachmittagssonne strahlt überall im Saal bis auf den Holz- Fußboden.

Alle klatschen und Jubeln, als Sanders ihnen verrät was viel später geschah, denn die Mühe der Beiden hatte Früchte getragen.

„Also konnte den Gardeners geholfen werden. Zwei Monate später kehrten die Beide mit wunderbaren Nachrichten nach Hause zurück. Neun Monate später waren sie dann zu viert."

Tuscheln ist in den Stuhlreihen zu hören und freudig verwunderte Gesichter sind zu sehen.

Sanders fragt den Bürgermeister, ob er mit seinen Hilfs Polizisten gehen darf. Zurück bleiben der Bürgermeister und die Doktoren. Die Türen des Saals öffnen sich. Junge Männer kommen mit Servierwagen, um alkoholische und nicht- alkoholische Getränke zu Servieren. Die versammelten Leute nehmen diese Getränke dankend an, an den für sie vorbereiteten Steh Tischen. Dr. Morgan beobachtet Doktor Jenson verärgert, der sich großzügig in mehrere Gläser den Whiskey gut gelaunt eingießt. Dr. Morgan nimmt ihm ruckartig die Flasche aus der Hand und drängt ihn belehrend provozierend zu Seite.

„Trinken Sie nicht wieder so viel, Dr. Jenson. Sie wissen doch, dass sie den Alkohol schlecht vertragen. Soll denn wieder etwas passieren? Beim letzten Mal sind sie doch rasend vor Wut geworden. Ich sage es ihnen zum letzten Mal, wenn sie sich nicht bald zusammen reißen, mache ich ernst mit der Kündigung vom Posten als Assistenz Arzt. Der Kollege Dr. Nohlen wird dann ihre Position übernehmen. Ich meine es wirklich ernst mit ihnen. Es ist jetzt langsam genug mit ihrer Trinkerei."

Zur Beruhigung seiner Nerven nimmt er einen großen Schluck Whiskey aus einem Glass welches er sich vorher halb gefüllt beiseite gestellt hatte. Jenson sieht es, grinst, denkt sich seinen Teil, schweigt aber lieber, um seinen Chef nicht noch mehr zu reizen. Er lässt dessen markige Worte weiter über sich ergehen.

Schon längst hatte er gegen dessen Wortgewalt nichts mehr entgegenzusetzen, auch wenn dieser im Unrecht war.

„Ich bereue jetzt schon, das ich ihnen diese durchaus wichtige Position überlassen zu haben. Aber nun mal war ihr Vater der Freund meines Vaters und seine Bitte war, dass sie später mal diese Assistenz Stelle bekommen. Also, mein Vater tat ihm diesen Gefallen. Doch was bekam ich für diese Dankbarkeit? Ärger nichts als Ärger habe ich mit ihnen seit dem beide Väter tot sind."

Dr. Morgan dreht sich von ihm weg, er wendet sich beschämt und wütend Bürgermeister Keys zu. Während sich Dr. Jenson wundert, lässt er die weiteren Belehrungen durch ihn über sich ergehen. Traurig versucht er seine Position zu wechseln, sich aus der Situation zu entfernen. Doch es ist ihm nicht möglich, da er von Morgan mit dessen Händen festgehalten wird, seine Fingernägel bohren sich in das Fleisch seiner Oberarme, vor Schmerz beißt Jenson die Zähne zusammen. Die Situation wird unterbrochen, als der Bürgermeister zusammen mit dem Polizei Chef auf die beiden Männer zu zukommt. Es scheint so als gäbe es etwas dringendes, was nicht auf sich warten lässt, denn Sanders wirkt sehr nervös. Er möchte auf keinen Fall länger auf ihn warten.

„Dr. Morgan bitte folgen sie uns bitte! Wir haben etwas Wichtiges wegen der Mordfälle mit ihnen zu besprechen, nur ohne ihren Assistenten. Sie wissen schon, es ist streng Vertraulich. Es sollen nur Wenige von unseren geheimen Ermittlungs-Methoden wissen. Beeilen sie sich, um ihren betrunken Doktor können sie sich später noch kümmern. Wir können ihn auch aus der Halle entfernen lassen, sollte er ihnen Probleme bereiten. Wir brauchen keinen, der uns verraten könnte, wie würden wir da stehen? Alles wofür wir gearbeitet haben, würde mit einem Schlag zerstört werden. Das wollen sie doch nicht, Dr. Morgan? Sie gehören wie wir zu den Freimaurern, vergessen sie niemals, sie haben ihren Schwur abgegeben, als man ihnen die Messer Spitze von außen gegen das pochende Herz entgegen gesteckt hat."

Still schweigend, aber nachdenklich und mit dem Kopf nickend folgt Dr. Morgan alleine den Männern aus dem Saal durch einen langen dunklen, nicht beleuchteten Flur mit kahlen Wänden, bis zu einem kleinen Seiten Gang, der durch eine eingelassene Öl Lampe im Mauerwerk schwach beleuchtet ist.

Neben der Öl Lampe befindet sich eine kleine schwere eisenbeschlagene Eichenholz Türe, die Bürgermeister Keys mit einem rosenartigen in Form geschwungen dicken gusseisernen Schlüssel mit nadelartigen Stacheln, den er aus einem innen blau-beamteten Schlüssel Kästchen heraus nimmt und dieses öffnet. Dann nimmt er eine kleine Flasche mit blauer Flüssigkeit aus seiner Jackett Tasche, er legt dieses in das Kästchen zusammen mit dem Schlüssel zurück, nachdem er die schwere Türe aufgeschlossen hat.

Freudig folgen die beiden anderen ihm. Der Polizei Chef schiebt einen Riegel von innen an der Türe zu.

Kapitel Acht

DAS ALTE ZIMMER

Mit schweren blauen Leinen Vorhängen an den schmutzigen Fenstern mit Spinnen Weben, ein alter verdunkelter kleiner runder Raum, in dem es vermodert riecht, inmitten von Kerzenschein, aber schwach beleuchtet wirkt nicht gerade einladend. Im Inneren mittig des Raumes befindet sich ein runder dunkler Tisch aus Eichenholz, mit viktorianischen Schnitzereien jeweils mit kleinen Zirkeln und Winkeln, in der Mitte verziert mit einer Pyramide mit dem allsehendem Auge im Dreieck darüber. Ringsherum um den Tisch befinden sich ebenso dunkle Holz Stühle mit blauem Samt bezogen. Sonst wirkt der geheime Raum recht kahl, keine anderen Möbelstücke befinden sich darin. Außer einem unbedeutendem alten Schrank der von Holzwürmern gelöchert und staubig ist.

Eine geöffnete Truhe mit Talar artigen schwarzen Umhängen, sauberen weißen, Gold verzierten Schurzen aus Stoff, mit den Zeichen der Freimaurer (Zirkel und Winkel), mit weißen Handschuhen, Bijous und hohen schwarzen Hüten. In der hintersten Ecke befindet sich ein Sarg der aus stark veraltetem Holz ist, der so aussieht als hätte er ein Jahrhundert hinter sich gebracht.

Er ist sehr verstaubt, es ist befindet sich eine eingeschnitzte Schrift mit den Worten, eines Namens mit Rang, Geburtstag und Sterbe Datum:

Freiheit; Gleichheit; Brüderlichkeit; Toleranz; Humanität

Alt Logenmeister „Lawrence Nohlen"

Geboren 1712, Gestorben 1789

Dr. Morgan putzt den Staub mit einem Stofflappen vom Sarg und nimmt eine Kette mit blauem Stoffband mit Zirkel und Winkel aus dem alten Schrank, legt diese auf den Tisch in die Mitte. Er dreht sich zu den Anderen um.

„Sie können den Sarg von Lawrence öffnen, er ist bereit, ich denke sie haben sich bestimmt sehr viel Mühe gegeben, Dr. Morgan."

Erwähnt Bürgermeister Keys in bester Laune, er strahlt bestens vorbereitet. Dr. Morgan lächelt stolz zurück und hört ihm weiter zu, während er auf einem der Stühle Platz nimmt, was die anderen ihm gleich tun.

„Auf das er wieder leben kann! Beim letzten Mal sah er furchtbar aus. Wir hatten jede Menge Arbeit beim letzten Mal, ihn dementsprechend herzurichten und anzukleiden. Wir mussten ihn mit Drähten präparieren, so dass keine Körperteile herunter fallen. Die Kleidungsstücke anziehen, mit Perücke, Bart und Hut gekrönt. Mommy war uns auch eine Hilfe, sie hat einen Voodoo Zombie Trunk gebraut, den Lawrence besser aussehen lässt."

Vorsichtig öffnet Morgan seitlich den vom Staub befreiten Sarg. Er erschreckt sich, bleibt verwundert stehen und sieht sich die halb zerfallene männliche Mumie an. Er berührt die Pergament Papier artige menschliche Haut, welche unter seinen groben Fingern zu Staub zerfällt. Dadurch muss Dr. Morgan muss durch den Staub der Mumie und vom inneren des Sarges laut nießen, was Sanders den Polizei Chef verärgern lässt, er schimpft etwas.

„Gehen sie doch bitte vorsichtig mit Lawrence um, er ist wieder stark beschädigt. Wir wollen ja nicht, dass unser Alt Logenmeister aufwacht und wütend wird. Der Letzte der mit ihm so umgegangen ist, fand man ein paar Tage später in der *Canal Street* in der Nähe vom *French Quarter* hier in *New Orleans* erstochen, auf dem Boden liegend, mit einem Dolch. Seine Leiche war völlig Blutleer, seine Haut war so weiß wie Kreide, ich schwör ihnen Dr. Morgan so etwas habe ich in meinem Leben noch nie gesehen und ich habe schon viele Ermordete gesehen. Aber dieser armen Seele hatte der brutale Mörder die Augäpfel aus den Augen Höhlen gerissen, seine Haare alle abgeschnitten, wirklich grauenhaft. Hier muss der Teufel persönlich am Werk gewesen sein.

Das ist jetzt fünf Jahre her, aber ich kann den Anblick nicht vergessen. Das hat mich in meinen Träumen verfolgt, zumal es ein junger Mann von achtzehn Jahren war, der jüngste Sohn des Bankiers, unschuldig jung."

Erschöpft und entsetzt lässt sich Polizei Chef Sanders, der vorher aufgestanden war wieder zurück auf einen der Stühle am runden Tisch fallen, der Bürgermeister stützt ihn und verhindert, dass er dadurch vom Stuhl runter fällt. Keys greift hinter sich in den alten Schrank mit dem verstaubten Vorhang, er zieht eine Flasche Whiskey heraus, stellt die Flasche auf den Tisch, dann greift er ein zweites Mal hinein und zieht drei kleine verzierte Kristall Gläser hinaus und stellt diese in die Nähe der Flasche Whiskey auf. Er gießt in alle drei Gläser ein.

Morgan lässt die Mumie in ihrem Sarg liegen, er beachtet sie nicht weiter. Den Sarg Deckel lässt er offen stehen.

Der Doktor nimmt am runden Tisch Platz. Keys zieht sich sein Jackett aus, er nimmt es mit sich, zusammen mit einem neben sich stehenden Stuhl und stellt diesen neben den Sarg mit der Mumie des Alt-Logenmeisters auf. Das Schlüssel Kästchen mit der blauen Flüssigkeit befindet sich noch immer versteckt in der Jackett Tasche.

Aber durch das Aufhängen des Jacketts auf den Stuhl, rutscht plötzlich das Kästchen etwas aus der Jackett Tasche, der Verschluss des Schlüssel Kästchens hat sich leicht geöffnet.

Keys bemerkt dies nicht, seine Augen sind auf der auf dem Tisch befindlichen Whiskey Flasche gerichtet.

Er setzt sich hin, schiebt jedem eines der Gläser hin. Bürgermeister Keys beruhigt die Beteiligten.

„Meine Herrn, beruhigen sie sich unser Problem wird bald gelöst sein. Cheers, trinken sie das wird helfen. Guter schottischer Whiskey hilft immer."

Alle Drei leeren die kleinen Gläser in einem Zug.

Ihre Blicke treffen sich gegenseitig zufrieden. Sie schenken sich gegenseitig erneut von dem gut schmeckenden Whiskey ein.

Sanders greift sich in seine rechte Jackett Tasche und zieht ein länglliches, hellbraunes Holz Kästchen hervor, mit eingebrannten Tabak Blättern, er legt diese stolz auf den runden Tisch. Er bietet jedem der Herren nach dem Öffnen eine dicke gerollte kubanische Zigarre an.

Diese werden gerne genommen und sofort von ihnen geraucht, nach dem Morgan ihnen Streichhölzer zum Anzünden gereicht hat. Die Luft im kleinen Raum ist stark verqualmt mit Zigarren Rauch.

Dazwischen trinken alle noch mehr Whiskey bis sie betrunken sind. Stark betrunken steht Keys auf, er hält sich zittrig am Tisch fest, im schwankendem torkelndem Gang bewegt er sich zu einem der Fenster unter dem sich der Sarg befindet, um es zu öffnen. Es lässt sich schwer öffnen, es klemmt. Ungeschickt macht er eine ruckartige Bewegung mit seinem Ellenbogen und stößt den Stuhl neben dem Sarg versehentlich um. Das Fenster springt auf, das Jackett fällt auf die im Sarg liegende Mumie.

Ein Sturm der durch das Fenster herein kommt, wirbelt den Qualm mit Staub auf; gelangt in einen Schrank, mit voller Wucht fallen alte Bücher und zusammen gerollte Papyrus Pläne aus dem Schrank; sie landen mit lautem Knallen krachend auf den harten Holz Dielen Boden.

Durch die Bewegungen des Sturms ist das Kästchen aus der Jackett Tasche des Bürgermeisters ganz heraus gerutscht, hat sich dabei selbstständig geöffnet. Die Flasche fällt aus dem Kästchen und die sich darin befindliche blaue Flüssigkeit ergießt sich auf das Gesicht der im Sarg liegenden Mumie. Der Bürgermeister ist vor lauter Angst ganz beunruhigt.

„Oh nein! Das hätte nicht passieren dürfen. Das Unheil wird jetzt über uns kommen. Ich bin jetzt zu Betrunken um noch richtig zu Handeln. Was jetzt passiert liegt nicht mehr in meiner, oder unserer Macht. Mommy hat mich gewarnt, aber jetzt ist es zu spät."

Keys sackt vor Entsetzen auf den steinigen Boden zusammen. Im tempelartigen kleinen Raum mit den wenigen Möbeln wird es plötzlich sehr still, keine Stimmen, kein Sturm ist nun mehr zu hören. Sanders und Dr. Morgan helfen ihm aufzustehen, stützen ihn sogar Betrunken wie er ist bis zu seinem Stuhl zurück. Da er unter Schock steht und nicht mal mehr ansprechbar ist. Aus seiner Trance heraus zeigt er nur noch auf den Sarg. Aber eine Veränderung ist hier nicht zu sehen. Also beruhigen ihn seine Freunde.

Alle sitzen leicht beunruhigt und unwissend verharrend auf ihren Stühlen, abwartend was weiter passieren wird.

Bis Sanders plötzlich aufsteht und zur Truhe läuft. Er zieht eilig die Schurzen, talartigen Umhänge wie Ketten mit den Zeichen der Freimaurer heraus. Er legt jedem der Drei die Ritual Kleidungs-Stücke auf den Tisch.

Zwei von ihnen ziehen sich die Kleidung über, ohne nachzudenken. Während Keys fast leblos und immer noch in Trance ins Leere schaut. Seine Augen haben jetzt keine Pupillen mehr, sie sind komplett weiß geworden. Dr. Morgan sieht ihn entsetzt an, ihm schaudert es derartig das er zittert vor Angst vor dem was da noch kommt.

„Was geschieht hier, was ist mit ihnen, Bürgermeister Keys? Soviel haben sie doch nicht so viel getrunken, so dass es ihnen hätte schaden können. Aber warum haben sich ihre Augen so verändert? Sie können doch gar nichts mehr sehen. Ich werde ihnen deshalb beim Anziehen helfen. Oder sollen wir besser hier weg gehen?"

Eine unbekannte Geisterstimme eines wütenden alten Mannes, der aber nicht zusehen ist, ist plötzlich zuhören, Begleitet von einem knarrenden Geräusch und einem schrecklichen Jammern. Der tote Lawrence, beziehungsweise dessen Geist ist jetzt für alle erschreckend sichtbar. Sein Zorn verbreitet sich rasant.

„Nein, ihr bleibt! Diesen Raum wird niemand verlassen, weder tot noch lebendig. Wer mich erweckt hat, muss nun dafür büßen!"

Die Nervosität der Drei wird stärker. Angst und Panik brechen jetzt aus ihnen heraus. Sie springen von ihren Stühlen auf, reißen sich ihre Kleidung vom Leib, schmeißen sie schnell auf den Boden. Bis auf Keys, der sitzt immer noch regungslos auf seinem Stuhl. Der nackte Sanders spricht ihn an und stuppst ihn an. Da fällt der Körper von Keys auf den Boden. Erschreckt will der Polizei Chef nach ihm greifen, doch es ist zu spät, er selbst erblindet, seine Aug Äpfel fallen aus den Augen Höhlen. Er schreit vor Schmerzen, als der plötzlich mumifizierte Körper des Bürgermeisters auf dem Boden zu

Staub zerfällt. Melvin versucht die schwere Türe mit den Händen zu Öffnen. Er schiebt den Riegel, doch dieser schiebt sich wie von Geister Hand wieder zurück in die Anfangs Position zurück. Entschlossen und noch sehend geht er von der Tür weg um zum Sarg zu kommen, in dem immer noch die unveränderte Mumie liegt. Er greift nach dem Jackett. Darunter findet er das offene Schlüssel Kästchen, doch der Schlüssel ist nicht mehr zu sehen. Er durchsucht den Sarg, doch die Mumie von Lawrence ist ihm im Weg.

Melvin hebt Lawrence der wie zu seinen Lebzeiten jetzt selbst als Geist wie ein siebenundsiebzig Jähriger alter Mann aussieht hoch, als dieser anfängt seine Arme zu bewegen. Er greift mit seinen knöchernen Händen in das Gesicht des Doktors, der aufschreit, denn die Fingernägel von Lawrence bohren sich in die Augen des Angst erfüllten, schreienden Melvin, aufgespießt zieht er diese aus dessen Augenhöhlen.

Die immer mehr lebendig werdende Mumie steckt sich die Augäpfel in seine eigenen leeren Augenhöhlen. Er sieht den auf den Boden gefallenen Melvin an, der sich vor Schmerzen windet. Der Doktor faltet die Hände zum Gebet, doch voller Zorn greift der sich noch im Sarg befindliche Lawrence nach ihm, in sein Genick.

„Glauben sie etwa, dass das helfen wird?"

Lacht der Geist von Lawrence höhnisch.

„Sie waren nie gläubig und jetzt seid ihr es auch nicht."

Er seufzt amüsiert.

„Hören sie doch auf so schlecht Theater zu spielen, das hilft jetzt nicht. Dafür ist es zu spät, auf einmal denken sie, sie brauchen Gott, dann rufen sie nach ihm."

„Haha…, er antwortet ihnen noch nicht mal. Oh Gott, wie armselig ist das denn? Ich habe mich selten so amüsiert wie hier. Tagtäglich haben sie doch nie an Gott gedacht, das könnt ihr mir nicht weiß machen. Wenn das so wäre, wäre ich der Erzengel Gabriel. Aber ich bin nur ein einfacher Botschafter Gottes und Vollstrecker im Namen Gottes. Schließlich habt ihr einen Frevel an Gott und seinen Gottes Kindern begannen."

Der erblindete Sanders tastet sich bis zur offenen Truhe durch, aus der vorher die Ritual Kleidungsstücke der Freimaurer genommen wurden, er fühlt langsam mit seinen Händen ob er etwas finden kann.

Nach einigen Minuten ist da etwas wirklich Nützliches zu sehen. Er greift diesen scharfen, nützlichen Gegenstand und schneidet sich durch die Berührung in seine Finger. Sein Blut tropft auf die Klinge des Schwertes, welches er durch sein Ertasten entdeckt hat. Mit Schmerzen hält er das schmutzige Schwert. Er hat das Gefühl, das das Schwert trotz seiner Verletzung von Nutzen sein könnte.

Deshalb ist er so kampfeslustig mit seinem Schwert an der blutigen Hand torkelnd orientierungslos unterwegs in Richtung Sarg. Doch er ist zu langsam, er kann nicht verhindern was geschieht trotz seiner Bemühungen.

Es ist zu spät, so wie es Lawrence angedroht hat, Melvin liegt nun gekrümmt und kraftlos ohne seine Gliedmaßen auf dem staubigen Boden. Nur sein Kopf mit Haaren und mit dem auch geschrumpften Torso ist übrig geblieben.

Neben ihm steht jetzt Lawrence, dessen Aussehen sich sehr verändert hat, mächtiger denn je. Er sieht sich das an was von Melvin übrig geblieben ist, mit all seiner Bösartigkeit triumphierend über ihnen.

Lawrence begutachtet seinen neuen regenerierten Körper, der stark dem Körper von Sanders gleicht.

Doch vollständig ist dieser nicht, wie er dann feststellt. Es fehlen schließlich die Haare, die Nase, der Mund, der Hintern, das Geschlechts Teil und noch die Ohren.

Entschlossen sieht der verwandelte Lawrence nun zu den Beiden rüber, der sich triumphierend über seinen kahlen Kopf streichelt. Danach greift er entspannt nach der Flasche mit der restlichen blauen Flüssigkeit und entleert diese hinterhältig grinsend über die wehrlosen Männer, beziehungsweise über das was von ihnen übrig geblieben ist. Mit letzter Kraft hebt Melvin noch seinen Kopf, er versucht Sanders keuchend etwas mitzuteilen:

„Hier bin ich Sanders, genau hier! Gehen sie immer dem nach, was sie hören, dann werden sie mich finden."

Melvin hofft das seine Botschaft zur Orientierung Sanders erreicht hat, auch wenn die Beiden so kurz vor ihrem Tod sind. Aber etwas musste noch zu Ende gebracht werden zu guter Letzt.

„Sie haben wahrscheinlich ihre Augen so wie ich verloren, Sanders, oder dessen Sehkraft. Hoffentlich haben sie noch ihre Ohren, sonst scheint alles verloren. Ich kann sie selbst hören, Sanders. Sie sind nicht weit entfernt, beeilen sie sich, sonst werden wir hier alle verlieren und unser tot wird umsonst gewesen sein. Ah, nein bitte nicht!"

Die ausgesprochene Warnung des Doktors erreicht Sanders, der verzweifelt versucht Melvin zu erreichen.

Doch dieser kann nicht mehr sprechen, die blaue Flüssigkeit auf ihm hat den Rest seines Körpers aufgelöst, wie Salzsäure welche auf Fleisch trifft, zersetzt. Was Sanders nicht mehr sehen konnte, denn er hat keine Augen mehr, nur das Todes Schreien des Doktors hat er mit Schrecken gehört, was ihn umso mehr vor Angst und Wut erzittern lässt.

„Sie gemeiner Kerl, dafür werden sie bezahlen, sie haben meinen besten Freunde getötet! Wahrscheinlich haben sie all die Morde an den unschuldigen Bewohnern unserer schönen Stadt New Orleans auch begangen. Aber ich werde so sterben wie ich das will und wann ich will! Doch bevor ich hier sterbe, werde ich vorher allen beweisen, dass sie als Alt Logenmeister Lawrence Nohlen die Morde zu verantworten haben. Dann sind sie nicht mehr die berühmte Persönlichkeit der Freimaurer, sondern ein verachteter, verfluchter Massenmörder des Teufels! Sie können selbst auch noch als Untoter bestraft werden, denn die Reste die von ihrem alten Körper übriggeblieben sind, können zerstört werden, ihre Seele landet dann in Gottes Namen, ohne Umwege direkt in der Hölle."

Es zieht erneut ein Sturm auf, diesmal wird es richtig dunkel. Der Sarg kippt plötzlich zur Seite, das Jackett ragt unter dem Sarg hervor, dann fangen die Gardienen an zu Brennen; zugleich brennt wie von Geisterhand angezündet die gesamte Ritual Bekleidung der Freimaurer.

Lawrence lacht laut und hämisch über Sanders, der sich versucht mit dem Schwert gegen ihn zu wehren. In der Luft Schwert schwingend, dabei immer kraftloser werdend, erreicht er den teuflischen Lawrence nur schwer.

Ihn weiter auslachend baut er sich vor dem schwachen Sanders auf, dieser stößt versehentlich an die leere kleine blaue Glass Flasche, die auf dem Boden liegend an sein Bein gerollt ist.

Abgelenkt weicht der Blick von Lawrence zur Flasche auf dem Boden, das hört Sanders an dessen Atmung, er nutzt die Chance, holt mit dem scharfen Schwert aus, Lawrence wird mehrfach mit der Schwert Spitze getroffen.

Blaues Blut fließt aus den Löchern des neuen Körpers vom bösen Lawrence, ein kurzer Aufschrei.

Für einen kleinen Moment ändert sich das Erscheinungs-Bild der reinkarierten Mumie zurück in das, was diese ursprünglich gewesen war. Lawrence ist vor Schreck erstarrt, er war sich seiner neuen Macht so sicher wie nie.

„Warum haben sie das getan, sie Unwürdiger, sie wagen es so über mich zu richten? Dann haben sie nicht nur gegen mich und die Freimaurer gehandelt, sondern auch gegen unser Allerheiligsten Gott. Und hier Jemand für Sünden andere bestraft, dann bin ich es. Ich bin der Henker, Gott ist der Richter und sie sind der Angeklagte, Herr Doktor. Sehen sie sich vor, alles was jetzt passiert, liegt ganz alleine in ihrer Verantwortung."

Verwundert lässt der Polizei Chef einen Moment von dem teuflischen Lawrence ab, der beobachtet hat, dass der verwundete und körperlich entstellte Sanders nicht mehr aufmerksam ist. Er greift also dessen Hand, das Schwert fällt dadurch krachend zu Boden. Die Flamen des Feuers breiten sich rasant über den Holz Sarg aus, die Kleider Truhe steht auch in Flammen, der gesamte Raum ist vom Feuer hell erleuchtet, Qualm breitet sich aus. Sanders sucht das Schwert, mit der Hand auf dem Boden danach greifend. Der teuflische Lawrence sieht das, in dem Moment tritt er mit seinem nackten

Fuß nach dem sich sein Feind, der sich etwas erholt hat und seine neue Gestalt wiederbekommen hat, mit vollem Zorn auf dessen Hand. Er schreit voller Schmerzen auf, die Knochen knacken in seiner Hand. Schnell zieht er ihm die Kleidung aus, so dass er nackt da liegt. Sanders bemerkt das mit Entsetzen, dass sein grinsender Gegner ihn vom Boden hoch nimmt und ihn in seinem Todeskampf hoch hebt. Dann verliert der Polizei Chef seine körperlichen Kräfte. Seine Gliedmaßen hängen nur noch schlaff herunter.

Lawrence wirft Sanders Körper in die brennende True, hebt das Schwert auf, nimmt es, sticht damit in sein Herz des Polizei Chefs, Sanders lässt einen letzten lauten Todes Schrei los, bis er schließlich wie sein Freund verstummt.

Triumphierend genießt der Sieger die Niederlage seines Opfers. Nach dem Genießen dreht er zum Schluss noch zwei Mal das im Herz steckende Schwert um und schneidet mit einer Schere die er noch aus dem alten Schrank geholt hat die Haare ab. Lawrence lacht noch ein letztes Mal laut dämonisch, als die Löcher sich in seinem Körper verschließen. Der rasch genesene Körper von Lawrence verwandelt sich nun endgültig, er nimmt komplett die Gestalt von Sanders dem Polizei Chef an. Freude strahlend, mit seinen Händen begutachtend berührt er die Haare, die auf seinem Kopf gewachsen sind. Wie auch alles andere, was den ehemaligen Körper von Sanders ausmachte. Er nimmt dessen Kleidung, die schwarze Polizei Uniform, zieht sie sich selbst an, denn er beschließt den brennenden Raum zu verlassen.

Angezogen sieht er sich noch ein letztes Mal um, nimmt die ebenso schwarze Polizei Mütze, mit einem silbernen Polizei Emblem. Nimmt er sich den Rosen verzierten Schlüssel vom Boden und wirft einen Kerzen Ständer mit brennenden Kerzen der auf dem Boden an einer Wand steht, mit einem kräftigem Ruck um. Schnell schließt er in Eile die schwere Eichen Türe auf und rennt aus dem brennenden Raum, während die letzte Leiche der drei Männer zu Asche verbrennt.

Im kleinen runden Raum brennt alles nieder, mehrere Flammen lodern, sie haben sich komplett ausgebreitet. Drinnen knackt und kracht es, die Möbel fallen auseinander, der Schrank knallt mit voller Wucht auf den Boden.

Kapitel Acht

DAS UNERWARTETE TREFFEN

In dem Badezimmer mit dem großem Waschtisch aus dunklem
Marmor, einer großen viktorianischen Holz Kommode, mit einem
riesigem kristallenem Spiegel an der Wand neben dem Waschtisch
stehend, Holzboden und hellblauer Farbe an den erst kürzlich reno-
vierten Wänden.

Der Sanders in seiner neuen Gestalt verschließt zügig die Badezimmer Türe im Flur des Rathauses. Er läuft ganz entspannt geradeaus,
den Flur herunter zu einen kleinen Zimmer, mit dem großen Spiegel,
der Kommode, dem Wasch Tisch mit Schüssel. Er geht dort hinein,
wäscht seine blutigen, verschmutzten Hände, wie auch das schmutzige Gesicht mit Stoff Lappen aus der Kommode, die er dort heraus
gezogen hat. Er stellt sich dann vor den großen Spiegel an der Wand
und erfreut sich über sein Aussehen, heimlich mit teuflischem Lächeln.

Da klopft jemand fordernd nach dem Polizei Chef rufend an der
Türe des Badezimmers, die von innen immer noch verschlossen ist,
was ihn sehr nervös macht. Er lässt es sich aber nicht anmerken. Er
lauscht der männlichen Stimme, die noch jung klingt und überlegt
wie er antworten soll, denn Derjenige scheint ihn persönlich zu
kennen. Es ist der junge Doktor Jenson, der inzwischen nicht mehr
betrunken ist und mit klarer, aber dennoch beunruhigter Stimme zu
ihm vor der immer noch verschlossenen Türe stehend zu ihm spricht.

„Mister Sanders, sind sie hier drinnen? Wenn ja, antworten sie mir
doch bitte! Hm, ich dachte ich hätte ein Lachen von ihnen im Badezimmer gehört. Aber wahrscheinlich habe ich doch zu viel vom
Whisky getrunken und mich geirrt. Der ach so gute Doktor Melvin
hatte mich ermahnend belehrt, dass ich durchdrehen würde, wenn
ich nicht bald mit der Trinkerei aufhöre. Haha, der hat gut reden, der
kennt meine Situation nicht genau."

Er schüttelt verlegen seinen Kopf. Auch wenn Jenson besorgt ist, will er wissen was es mit den großen Geheimnissen seines Vorgesetzten auf sich hat. Er klopft, spricht weiter mit dem Polizei Chef und hofft auf eine Antwort.

„Verstehen sie, dass ihr Freund mich öfters bedroht hat? Dann verschwindet der Doktor mit ihnen und dem Bürgermeister gemeinsam. Das Kuriose ist, dass ich noch nicht mal informiert werde, warum es hier wirklich geht. Ich hörte nur immer „das Geheimnisvolle Zimmer", dass nie einer zu Gesicht bekommen hat, von irgendeiner Sekte oder Vereinigung die Bekannt sein soll und doch wieder nicht. Das soll Jemand verstehen, seltsam. Seit vier Stunden seid ihr verschwunden. Eine geheime Besprechung, hattet ihr gesagt. Den Ort, oder die Räumlichkeit habt ihr drei mir nicht verraten, genauso geheimnisvoll, dass sie sich jetzt hier verstecken. Und die Anderen, wo sind die Anderen geblieben?"

Jeremy lauscht noch ein letztes Mal an der Türe, bevor er beschließt in einen anderen Gang des Flures weiter nach den drei Vermissten zu suchen. Gerade als er sich umdrehen will springt die Türe mit einem Knall auf.

Der in Sanders verwandelte Lawrence rennt fast in den erschrockenen Jeremy Jenson, der es noch schafft nicht die Balance zu verlieren. Denn er stemmt sich gegen die Gestalt von Sanders, dieser aber fällt rückwärts auf den Holzboden und landet unsanft mit seinem Rücken auf dem harten Boden. Auf dem Boden liegend erblickt Jeremy den Polizisten, er ist froh ihn endlich gefunden zu haben.

„Da sind sie ja Mister Sanders! Ich und die Anderen aus dem Fest Saal suchen sie, den Bürgermeister und meinen Vorgesetzten, ähm... ich meine Doktor Melvin schon länger."

Jeremy reicht Lawrence alias Sanders die Hand, damit er vom Boden aufstehen kann.

Ruckartig zieht er sich daran hoch. Dankbar lächelt Jeremy ihn an. Sanders, der sich vor Jeremy gestellt hat, er nimmt ihn in seine Arme und gibt ihm einen zärtlichen Kuss auf seinen Mund.

Darüber erschreckt zieht er seinen Kopf weg, als Jeremy sich beschämt umdrehen will, um schnell zum Fest Saal zurück zu gehen, hält ihn der verzückte Sanders am Arm fest, so das er sich nicht wegbewegen kann.

Inzwischen ist es draußen Nacht, es ist windig, laute Schreie und Glockenschläge zur Feuerwarnung sind zu hören, panisch rennen die Anwesenden des Rathauses mit Wasser Eimern hin und her.

Die beiden Männer ignorieren für einen kurzen Moment den Trubel draußen. Der Polizist will noch zum Schluss bei Jeremy sichergehen, dass er ihn mit seinen Gefühlen der zärtlichen Küsse nicht zu sehr erschreckt hat.

„Sind sie sich wirklich sicher, dass sie es nicht wollen? Sie sollten wissen was ich für sie empfinde, Jeremy. Niemand wird sie je wieder schlecht behandeln, oder beleidigen. Sie werden es nicht bereuen, wenn sie mein Geliebter werden. Ihr Ansehen wird steigen, so wie sie es noch nie erlebt haben. Sie werden auch einen Sprung in ihrer ärztlichen Kariere machen. Ihre Familie benötigt doch dringend ihre finanzielle Unterstützung soweit ich mich erinnere. Natürlich wäre alles geheim, also unsere Beziehung zueinander. Denn auch ich bin verheiratet und habe Kinder. Doch in der Ehe mit meiner Frau komme ich nicht mehr auf meine Kosten, was Liebe wie auch im Bett beim Sex. Wir werden uns Beide vor Niemandem rechtfertigen müssen, wenn wir es geheim halten. Denken sie auch an ihre eigenen Bedürfnisse. Also warum wollen sie diese Beziehung nicht zulassen? Kommen sie, ich weiß sie wollen es doch auch, Jeremy. Geben sie sich einen Ruck, mein Lieber. Ich weiß alles über sie, Jeremy Jenson. Entschuldige sie bitte, ich vergaß ihren Doktor Titel."

Sanders Amüsiert sich lachend, aber das stört den jetzt verliebten Jeremy nicht, auch wenn er unsicher wirkt.

„Trinken sie was sie wollen und wieviel sie wollen, niemand darf ihnen sagen wieviel sie trinken dürfen. Grämen sie sich nicht, aber vor allem genieren sie sich doch nicht so. Sie mögen, oder sollte ich besser sagen sie lieben doch ältere Männer. Besonders die, die wesentlich älter als sie selbst sind."

Verwundert schiebt Jeremy, Sanders in das Bade Zimmer zurück. Der belächelt ihn und Jeremy lächelt verliebt im Gegenzug liebreizend zurück.

Die Bade Zimmer Türe wird nun geschlossen, der Polizist steckt den Schlüssel in seine blaue Uniform Tasche.

Geräusche der Lust mit ganz viel Liebe der Leidenschaft sind zu hören, die nach und nach verstummen aus dem Bade Zimmer, während sich das Feuer in allen Fluren und Korridoren im ganzen Gebäude ausbreitet.

Draußen ist der Wind still geworden, während das entsetzliche Schreien einiger Menschen immer lauter wird.

Doch die Beiden beenden ihr Liebesspiel, da es ihnen doch zu unruhig wird. Sie verlassen nacheinander fluchtartig das Badezimmer.

Die Türe des Badezimmers wird eins mit der Wand, sie verschwindet und am Ende ist nur noch als einziges die weiße Wand zu sehen.

Kapitel Zehn

FEUER IM RATHAUS

Eine Schaar aufgeregter Bewohner in schwarzer und weißer Hautfarbe der Stadt *New Orleans*, mit Wassereimern bewaffnet, hintendrein ein von Pferden gezogener Löschwagen steht genauso bereit.

Jeder Bewohner, ob Sklave oder nicht, versuchen mit all ihren Kräften das Feuer, dass sich immer mehr lodernde ausbreitet zu löschen. Der Löschwagen kommt nun zum Einsatz, auch wenn es mühsam ist, weil das Wasser immer wieder nach gepumpt werden muss, bis der Tank endgültig leer ist. So fährt dieser davon und der nächste Wagen kommt mit vollem Wasser Tank gefahren. Doch bei aller Mühseligkeit und der gemeinsamen Hilfe aller, kann das Feuer trotzdem nicht gelöscht werden. Das Rathaus brennt schließlich bis auf die Grund Mauern nieder.

Am nächsten Morgen ist der Nebel in der ganzen Stadt zu sehen und die mit Rauch überzogenen Ruinen des Rathauses sind kaum noch zu sehen, davor sind geparkte schwarze Transport Kutschen von Bestattungs-Unternehmen zum Transportieren von Särgen, die weinenden Leute verschiedenen Alters sieht man nur noch davor stehend; oder suchend.

Die Bestatter fahren nun mit ihren schwarzen Kutschen vor, deren schwarze und braune Pferde mit schwarzen Federn auf dem Kopf setzen sich im Schritt Tempo in Bewegung, mit schwarzem Geschirr zur Trauer bestückt, um die Opfer des Feuers in ihren hellbraunen Holz Särgen abzuholen.

Doch unter den Trauer Kutschen fährt plötzlich eine schwarze edle Personen Kutsche mit blauen Samt Stoff innen ausgestattet und einem blau geschmückten Zweier-Gespann mit weißen Pferden vor.

Als die Kutsche hinter den Anderen geparkt hat, wird die Türe innen von einer zierlichen Frauen Hand mit weißem Handschuh geöffnet.

Das Gesicht der Frau ist mit einer venezianischen Gesichts Maske unkenntlich gemacht worden, sie trägt ein festlich verziertes Ballkleid mit einem ebensolchen Umhang. Neben ihr sitzt in genau derselben Kleidung noch eine andere Frau, wie sie mit einer ebenso zierlicher Figur und auch der selben venezianischen Maske mit aufgemalten roten Rosen mit Stielen und Stacheln im weißen Hintergrund, mit Seiden Bändern verziert, die beiden Frauen haben ihre dunkelbraunen Haare gleich hochgesteckt, mit denselben roten Stoff Rosen und Seiden Stoff Bändern zur Verzierung. Sogar an ihren rosafarbenen seidenen Tanz Schuhen sind rote Rosen aufgenäht.

Ihnen gegenüber sitzt ein dunkelhäutiger mittelalter Mann, der eine dunkelblaue einfache venezianische Maske trägt, ein hellblaues Hemd, zusammen mit einer türkisfarbenen Weste, mit dunkelblauem Sakko, mit einer hellblauen Hose mit aufgestickten roten Rosen an den Seiten am Hosenbund.

Auch seine schwarz lackierten Schuhe sind mit einer goldenen Rosen Schnalle verziert.

Das Liebespaar, welches in wundersamer Weise mit dem Bade Zimmer verschwunden waren, sind jetzt wieder aufgetaucht und laufen in aller Eile aus einem anderen Haus, dass sich zwei Häuser weiter befindet, in festlicher Bekleidung auf die wartende Kutsche zu. Während ihnen die trauernden Leute auf der Straße verwundert hinterher schauen.

Es sind Sanders und sein geliebter Jeremy zu sehen. Die Beiden sind nicht mehr in Polizei Uniform gekleidet, auch nicht mehr im Arzt Kittel mit brauner alter Stoff Hose und zerknittertem weißem Hemd, sondern in prächtigen gold-blauen Westen, wie auch hellblauen Sakkos und dunkelblauen Hosen mit Rosen, verziert genau gleich gekleidet, wie auch in ihren türkisen Seiden Schuhen mit den blauen, aufgemalten Rosen.

Sie werden deshalb im Gesicht erkannt, weil sie nicht wie die Anderen aus der Kutsche die Masken tragen.

Kapitel Elf

MENSCHENLEERE STRASSEN

Im eiligen Tempo laufen sie zur geöffneten Kutsche und springen hinein. Die Türe schließt sich hinter.

Der Kutscher schwingt mit einem lauten Knall die Peitsche. Die Pferde laufen im Galopp so schnell, dass sie hart mit ihren Hufeisen an Hufen auf dem gepflasterten Boden aufkommen, dadurch erzeugen sie ein irre lautes Klappern.

Die Personen die sich langsam auf der Straße im Schritt Tempo bewegen, springen nun vor Schreck zur Seite und machen der schnellen Kutsche Platz, die so plötzlich aus dem Nebel gefahren kommt. Die Leute in der geheimnisvollen Kutsche halten sich hinter den Vorhängen versteckt, sie geben dem Kutscher das Kommando, dass er jetzt noch schneller die Pferde lenken und Tempo geben soll. Deshalb fährt die Kutsche fährt in rasender Geschwindigkeit.

Die rasende Kutsche verlässt die Hauptstraße und biegt in eine Seiten Straße ein. Dort halten sie vor kurz vor einem Stoff Laden, bis der Kutscher schließlich vom Kutsch-Bock absteigt, nachdem die Kutsche zum Stehen gekommen ist. Fünf Minuten später kommt er dann mit mehreren Seiden Stoff Ballen, einem Karton mit Näh Garn in verschiedenen Farben, auch anderen Näh Utensilien wie Nadeln, Spulen und einigen Scheren in einem gesonderten extra beschrifteten Karton, auf einer Schub Karre zurück. Er verstaut die Sachen von der Schubkarre, mit den Kartons in den hinteren Teil, im Stauraum hinter und auf dem Gefährt.

Hinter den Gardinen pfeift Jemand mit einer Triller Pfeife, worauf der Kutscher gegen die Kutsche mit der Hand klopft, um so zu antworten. Nach dem Entladen, schiebt er die Schub Karre zurück in das das Geschäft und springt wieder zurück auf den Kutschbock. Er schwingt wieder die Peitsche, erneut startet die Kutsche und nimmt die Fahrt auf, zurück zur Hauptstraße.

Diesmal lenkt der Kutscher noch schneller, damit die noch übrig gebliebenen Leute an den Straßen Rändern vor Angst Platz machen und das Gefährt noch weniger nach verfolgt werden kann.

Schließlich erreichen diese seltsamen Personen mit ihrem schnellen Gespann das Ende der Stadt.

Der Nebel verflüchtigt sich, als sie eine nicht gepflasterte Seiten Straße eines Waldweges erreichen.

Weiter fährt die Kutsche in Richtung eines Waldes mit einem nahegelegenen Gutshaus mit einem großzügig angelegtem Herrn Sitz, mit Wiesen und großem Garten mit blühenden Obst Bäumen umgeben.

Die Kutsche hält vor den Stallungen, auf dem Besitz des Geländes der Familie Morgan. Alle Personen aus der Kutsche steigen aus. Verschiedene dunkelhäutige Sklaven kommen aus den Stallungen, der Scheune, den Sklaven Hütten und aus dem Herrn Haus gelaufen.

Kapitel Zwölf

TRAUER UND FREUDE

Der vierunddreißigjährige Michael, ein ehemaliger Sklave, der jetzt genauso gut wie seine Herrschaft gekleidet ist, war vor langem ein Teil der Familie Morgan. Stolz begrüßt er in seiner festlichen Kleidung die anderen Sklaven. Er ist nun ein gleichwertiger Mensch und kein untergeordneter Sklave mehr. Er spricht zu den anderen ehemaligen Sklaven mit freudiger Stimme als Begrüßung, um ihnen noch mehr Mut zu machen:

„Liebe Brüdern und Schwestern, ihr seid alle wie ich keine Sklaven mehr! Es werden edle Kleider für euch genäht werden, für die Männer und die Frauen, ihr zieht sie an. Denn wir feiern ein großes Fest. Einen Tanz Ball wird es geben, da darf Jeder tanzen, egal mit welcher Hautfarbe. Es wird das beste Essen geben, ein Fest Menü mit mehreren Gängen. Rotwein und Whiskey so viel ihr wollt. Niemandem soll es an etwas fehlen. Liebe Brüder und Schwestern, ihr seid ab heute alle frei!"

Vor der Villa stehen jubelnde Sklaven verschiedener Nationalitäten, die sich alle triumphierend und in die Hände klatschend versammelt haben, um Michael anzufeuern; mitten im Schatten der blühenden Obst Bäume im Sonnenschein der Sommerhitze.

Während sich die ehemaligen Sklaven freuen und dabei helfen die Kutsche zu entladen, versteckt sich hinter einem der schweren Vorhänge, in einem der Turmzimmer am Fenster eine vermummte menschliche Gestalt, mit einer weißen Haar Perücke, mit einer schlichten weißen kompletten Gesichts Maske aus Porzellan und einem schwarzen Kleid. Das Kleid sieht so aus, als wollte man zu einer Beerdigung gehen. Nur der Rest der Maskerade ist völlig unpassend. Die anscheinend damenhafte Gestalt beobachtet interessiert, als auch still stehend; was vor dem Haus passiert.

Als die junge Ex-Sklavin Lilly mit ihren vierzehn Jahren einen roten Apfel aus einer der Holz Kisten nimmt, die an der Haus Wand stehen, um ihn zu Essen. Mit dem Stoff ihrer Küchen Schürze poliert sie ihren großen roten Apfel. Dann beißt sie kraftvoll hinein. Sie schmatzt dabei und genießt den süßen Apfel. Wutendbrand trommelt die versteckte Person hinter dem Fenster mit ihren Händen laut gegen die Fensterscheibe, um das Mädchen zu erschrecken. Doch Lilly bemerkt die Wütende nicht, sie konzentriert sich viel zu sehr auf den gut schmeckenden Apfel.

Erst als sich das fröhliche Mädchen gegenüber auf eine Holz Bank setzt, um es sich beim Essen noch gemütlicher zu machen, schaut sie kurz nach oben, da sie ein Klopfgeräusch vernommen hat und sieht die verärgerte Frau mit der Maske, die sie jetzt mit Handzeichen zu sich bittet. Erschreckt steht Lilly von der Sitz Bank auf und lässt voller Angst den letzten Rest ihres Apfels fallen.

Sie sieht sich um, aber Keiner bemerkt, dass sie sich die Hände auf ihr Gesicht legt, vor Angst bestraft zu werden. Dann nimmt sie die Hände vom Gesicht weg und faltet diese zu einem Gebet zusammen. Sie hofft auf eine nicht so harte Strafe. Sie hatte mitbekommen das es jetzt Lockerungen für alle Sklaven gab, doch sie traut dem Frieden nicht, denn von dieser Gestallt kann nichts Gutes ausgehen, denkt sie. Dem was sie erwarten würde, musste sie sich alleine stellen.

Alle sind mit den Vorbereitungen für das bevorstehende Fest beschäftigt, keiner scheint das Mädchen zu vermissen. Sie rennt nun schnell in das Haus, damit die Frau endlich aufhört an das Fenster zu schlagen.

Im Haus angekommen fällt die große, schwere Haus Türe hinter ihr zu.

Im großen Haupthaus der Sklaven, mit der kleinen Küche, einigen Arbeits-Räumen, einem langem Flur mit dem Holz-Dielen Boden und einem verstecktem Näh-Atelier; im hinteren Teil im Sonnenschein.

Verschiedene Ex-Sklaven laufen eilig heraus und herein, mit Holz Kisten in den Händen. Freudige Aufregung macht sich unter den noch Anwesenden breit.

Diamond einer der Töchter im der Herrschaft, läuft fröhlich tanzend durch das Sklaven Haupthaus und sucht in den Arbeits-Räumen nach dem beliebten Michael.

„Michael, wo bist du denn? Ich möchte mit dir tanzen gehen, im Saal wo das Fest stattfinden wird. Dort ist es bestimmt fertig geschmückt. Ich werde langsam ungeduldig. Wo hast du dich denn versteckt? Mir tut langsam vor Lachen der Bauch weh. Oh nicht schon wieder Verstecken spielen. Du weißt, ich bin nicht gut im Suchen."

Die leicht verzweifelte Diamond macht im Flur des Ex-Sklaven Hauses eine Pirouetten Drehung, ohne sich weiter umzusehen. Sie bemerkt nicht mal, dass Michael behutsam aus einem der Garderoben Schränke im Flur heraus klettert. So vertieft ist sie in ihrem Tanz. Er schleicht sich langsam an sie heran, tippt sie auf ihren Rücken. Sie erschreckt sich und schreit so laut, dass sie ihr Gleichgewichtverliert und hinfällt. Das sieht so komisch aus, dass Michael sich nicht das Lachen verkneifen kann.

Die jüngeren Bediensteten kommen, weil sie ihren Schrei vor Schreck gehört haben, nun waren sie gekommen um nach zusehen.

Michael hilft Diamond hoch, in dem er ihr seine Hände zum Aufstehen reicht. Zudem versucht er die Bediensteten zu beruhigen und schickt diese wieder weg. Aber in dem Moment, als er sich von ihr weggedreht, nutzt die freche Diamond ihre Chance, stellt sich auf, schubst mit ihrem Krinolinen Rock eine leere Holz Kiste von dem Garderoben Schrank herunter, diese knallt sehr laut auf den Dielen Boden.

Michael zuckt vor Schreck zusammen, auch er stürzt zu Boden. Diamond klatscht nun triumphierend in ihre Hände vor Gehässigkeit und Stolz.

Die Jüngeren der Bediensteten waren geblieben, sie können sich ihr Lachen auch nicht verkneifen, während die beschämte, aber lachende Gewinnerin dem Unterlegenen hilft aufzustehen.

„Da bist du ja, du Schuft, ich habe dich überall im Haus gesucht! Warum das Versteck Spiel? Wir sind doch keine Kinder mehr. Ich schäme mich so für uns. Eigentlich wollte ich doch nur mit dir tanzen, wie zwei vernünftige Erwachsene. Aber ich will ja nicht so sein, du sollst ja deinen Spaß haben. Jetzt muss ich schon wieder so über dich lachen, du verdammter Kinds Kopf. Das Kind im Manne bei dir drinnen ist nicht totzukriegen."

Die entspannte Diamond nimmt verliebt und froh, den immer noch verwunderten Michael in ihre Arme.

Zärtlich umschlingt sie ihn mit ihren Armen, als wolle sie ihn nie wieder loslassen. Sie streichelt liebevoll sein Gesicht. Ihre Lippen berühren leidenschaftlich seine feuchten Lippen. Diese schwellen durch die Berührungen von ihren Lippen an, so dass ihm nichts anderes übrig bleibt und er voller Inbrunst zärtlich ihren Kuss zurück erwidert. Gefühle der Liebe breiten sich nun in ihm aus, er will ihr alles sagen was er empfindet.

„Du bist so wunderschön, meine Diamond. Dein Name passt so gut zu dir. Weil du besonders schön bist, eben wie ein Diamant. Wenn du dich so erschreckst und aufregst, dann liebe ich dich umso mehr. Tut mir leid, wenn ich ab - und zu lache, aber du bist so süß tollpatschig. Ich werde niemals wirklich gemein zu dir sein. Du bist so ein zartes, liebevolles Wesen und kein Biest. Vor allem schmecken deine Lippen so unheimlich gut wie nach dem süßestem Honig, der selten zu finden ist. Du bist meine Königin, ich liebe dich von ganzem Herzen. Ich will nicht aufhören dich zu küssen, ich will nicht aufhören mit dir zu tanzen. Ich vergöttere dich, meine Diamond."

Diamond ist ganz entzückt von Michaels poetischen Worten. Ihre Wangen erröten sich, sie lächelt sehr verliebt, vor Freude läuft ihr eine Träne herunter.

Sie drückt sich enger an seinen Körper, zärtlich streichelt ihm über den Rücken, tastet vorsichtig sein Gesicht mit ihren kleinen zarten Fingern ab. Mit ihrem Zeige Finger streicht sie in grader Linie über Michaels Nase.

Sie strahlt jetzt umso mehr vor Verliebtheit. Sie nimmt ihre Hand von seinem Gesicht weg und bewegt diese zu einem seiner Ohren, schiebt seine Haare beiseite, küsst sein rechtes Ohr mit ihren feuchten Lippen sanft und flüstert hinein.

„Michael, ich liebe dich so sehr, dass ich mit dir verschmelzen möchte. Ich möchte mit dir zusammen sein. Komm, lass uns tanzen gehen, mein Schatz. Der Fest Saal ist vorbereitet, sie warten wahrscheinlich auf uns. Und dann lass uns nach dem Tanzen und Feiern, uns irgendwo hin zurückziehen, wo wir für uns sein können."

Ihre Unterhaltung wird gestoppt, als die andere Tochter der Herrschaft den Flur des Sklaven Hauses betritt.

Sie ist vom Verhalten das Gegenteil ihrer Zwillings-Schwester, sie hat mit Harmonie und Romantik wenig zu tun. Crystal wirkt unterkühlt und unnahbar in ihrer eigenen Welt lebend, praktisch denkend. Für Kindereien ist sie überhaupt nicht zu haben, oder für Spaß aller Art. Für sie ist sowas alles nur Zeitverschwendung.

Das weiß Diamond nur zu gut, wie oft hat sie versucht ihre Schwester von Gegenteilen zu überzeugen. Doch war es immer vergebens. Sie hat sich nun damit abgefunden, dass sie Crystal nicht mehr ändern kann.

Aber ohne sie kann Diamond auch nicht sein. So ist das nun mal unter Zwillings-Schwestern, vor allem wenn sie eineiig sind.

„Ich sehe meine Schwester kommt, zusammen mit den Anderen. Ich glaube, dass meine Schwester Crystal uns gesehen hat. Wenn sie wüsste, dass ich mit dir zusammen bin, dann würde sie es den Anderen sagen. Das will ich ihnen auch nicht sagen, denn dann werden sie etwas von mir verlangen, was ich nicht will. Denn meine Liebe zu dir ist stärker als der Tod."

Die Beiden folgen Crystal aus dem Gebäude heraus und hier trennen sich dann ihre gemeinsamen Wege. Michael geht hinüber zum Festsaal, um dort zu Feiern. Diamond verspricht wenig später nach zu kommen. Die Schwestern bleiben so lange draußen stehen bis Michael nicht mehr zu sehen ist. Dann gehen sie gemeinsam wieder in das Haus zurück. Diamond ist auch nicht mehr so fröhlich wie sie es vorhin war. Die Ernsthaftigkeit von ihrer Schwester Crystal hat sich auf sie übertragen. Was man ihr sofort ansah.

In dem Näh-Zimmer, einem größeren kahlen Raum, mit den weiß gestrichenen Wänden, an denen die Farbe abblättert ist niemand außer ihnen. Mit den acht Kurbel angetriebenen gusseisernen Näh Maschinen, auf den grob gearbeiteten Holz Tischen und den einfachen Holz Stühlen, mit zusätzlich an den Wänden gestapelten Holz Kisten mit den verschiedenen Stoffen, den Stoff ballen daneben und den Holzregalen mit unterschiedlichen Nähutensilien lagernd haben die Beiden auf den Stühlen Platz genommen. Die Sonne scheint durch das einzige Fenster. Deren Strahlen treffen mitten in die Mitte des Raumes am späten Nachmittag.

Diamond versucht ihre Traurigkeit zu verbergen, um nicht das Geheimnis zwischen ihr und Michael zu verraten.

Sie geht in Richtung Flur um das Zimmer zu verlassen, um ihre Schwester für einen Moment alleine zu lassen. Diamond sieht sie ernst an, ohne ihr zu verraten was sie gleich vorhat.

Crystal zieht sie nervös an ihrer Hand wieder zurück in das stickige Näh-Zimmer im Seiten Gang des Flurs.

Die verängstigte Diamond befürchtet nun das Schlimmste. Sie widerspricht nicht und folgt stumm trotz ihrer Befürchtung der dringenden Bitte ihrer Zwillings-Schwester.

Angekommen setzt sich Crystal an einen der Nähmaschinen-Tische auf einen der Stühle, die nachdenkliche Diamond nimmt neben ihr Platz. Crystal startet ein Gespräch mit ihr, um mehr von ihr zu erfahren.

„Diamond, was ist denn mit dir los? Ich habe dich und Michael zusammen im Flur gesehen. Du weißt doch, dass wir uns mit niemandem einlassen sollen. Meine Liebe das beunruhigt mich sehr."

Diamond versucht ihre Schwester zu beruhigen. Sie steht von ihrem Stuhl auf und nimmt Crystal in den Arm.

Doch es ist nicht so einfach sie zu beruhigen, sie versucht sich immer wieder zu rechtfertigen:

„Was ist denn so schlimm daran, sich zu verlieben? Er ist der wunderbarste Mensch, der mir jäh begegnet ist. Du verletzt mich damit, dass du mir das nicht gönnst, als meine Schwester. Ich will doch nicht ewig alleine sein."

Draußen kommt ein Sturm auf; die Fenster Läden knallen laut aneinander, der Himmel verdunkelt sich und im Zimmer wird es nun auch dunkel. Diamond geht zum Fenster sie schließt es geschwind, sie fängt vor Verzweiflung an, leise zu weinen. Crystal wirkt sehr unterkühlt und nimmt keine Notiz davon, wie ihre Zwillings-Schwester leidet, sie ignoriert es. Stattdessen versucht sie egoistisch die Verzweifelte zu überzeugen:

„Du weißt doch welche Mission wir haben, Schwester Herz. Wir haben unsere ganze Familie verloren. Ich bin nur noch verzweifelt. Soll das alles umsonst gewesen sein, nur wegen deiner Verliebtheit?"

Verärgert läuft Crystal zwischen den Nähmaschinen hin- und her. Sie atmet durch die Aufregung schnell.

Da bekommt ihre Schwester Angst und ruft nach einem Bediensteten, damit er ihr ein Glass Wasser bringt.

Aus der Küche kommt nach ein paar Minuten die dunkelhäutige alte Köchin Miss Molly Wright mit einem silbernen Tablett und reicht es Diamond. Sie schaut die beiden Schwestern abwechselnd fragend an und wundert sich über die verschiedenen Verhaltensweisen untereinander, was nicht zu überhören ist.

Während Diamond ihrer Schwester das Glass Wasser übergibt, die es mit einem gespielten Lächeln und plötzlich ruhiger Atmung gerne annimmt, es schnell leer trinkt. Die fünfundsechzig Jährige schüttelt irritiert ihren Kopf.

Molly ist wirklich besorgt, denn sie ist schließlich nicht nur die Köchin, sondern war auch von Anfang an das Kindermädchen der beiden jungen Frauen. Sie hatten schon einige Kindermädchen gehabt, aber mit keinem kamen sie zu Recht, außer mit der Köchin Molly. Deshalb beschloss damals ihre verzweifelte Pflege Mutter, Kurzer Hand die Köchin zusätzlich als Nanny einzusetzen. Was Molly sehr gefallen hat und vielmehr den Mädchen selbst.

Doch jetzt war alles anders geworden, denn die Mädchen sind erwachsen geworden. Die Umstände hatten sich enorm verändert. Molly richtet sich nun besorgt an die beiden jungen Frauen.

„Ihr Mädchen, was ist denn mit euch los? Warum kommt ihr nicht mehr zu eurer alten Molly, so wie früher? Seit dem diese zwei merkwürdigen Herrn hier wohnen, seid ihr wie ausgewechselt."

Die beiden Frauen drehen sich beschämend zur Seite, von Molly weg. Crystal zieht Diamond zu sich auf Seite und flüstert ihr leise, aber bestimmend ins Ohr:

„Du sagst Molly nichts davon warum, warum wir uns gestritten haben, verstanden! Das ist unsere Sache und du verschlimmerst sonst die Situation damit umso mehr."

Diamond nickt Crystal ruhig und verängstigt an. Sie zeigt ihrer verärgerten Schwester Crystal ein gespieltes Verständnis. Doch tief in ihrem Innersten verbirgt sie ihre Trauer und ihr Entsetzen, ohne das es jemand von außen in ihrem Gesicht bemerkt.

Diamond küsst Crystal beruhigend auf den Mund und flüstert ihr leise zurück in ihr linkes Ohr, schauspielernd:

„Ja, liebe Schwester ich habe dich gut verstanden."

Grinst sie selbstsicher und mit einem Plan im Kopf. Ihre Schwester Crystal scheint ihr doch zu vertrauen, sie hört ihr beruhigt zu.

„Mach dir keine Sorgen Liebes, ich werde der lieben Molly nichts von unserem Zwist erzählen. Mein Mund ist ab jetzt verschlossen, vertraue mir."

Die Schwestern reichen sich friedlich die Hände. Molly lächelt beruhigt beide junge Frauen an und nickt ihnen fröhlich in Freundlichkeit zu. Molly sagt noch ein paar Sätze um alles zurück in die Harmonie zu bringen.

„Es scheint ja jetzt alles bei euch in Ordnung zu sein. Ich habe mir solche Sorgen gemacht. Das war wahrscheinlich der Sturm, der kann einen wirklich auf das Gemüt schlagen."

Die beiden Frauen kommen auf Molly zu, sie streicheln ihr zärtlich über den Rücken. Bis Crystal sich auf einmal von ihrer Schwester und Molly abwendet. Sie bewegt sich zu einem Regal am Ende des Zimmers, nimmt eine kubanische Zigarren Kiste aus Holz von einem der Regale weg. Sie zieht mit ihrer linken Hand, eine alte, metallene Stoff Schere heraus und versteckt sie in ihrer rechten Hand. Mit ihrer anderen Hand legt sie die noch offene Zigarren Kiste zurück ins Regal, an dieselbe Stelle.

Als sie die Zigarren Kiste zurück getan hat, wirft sie einen verächtlichen Blick zur alten Köchin und Diamond.

Fröhlich lächelnd mit einer Katze beschäftigt, die sich auf leisen Pfoten herein geschlichen hat und diese streichelnd liebkost. Die Katze schnurrt zufrieden, Crystal wirft ihnen ein Woll-Knäul hin, welches sie aus einem der vielen Kisten genommen hat.

Da Beide im Moment nicht mehr auf Crystal achten, nutzt diese die Gelegenheit, nachdem sie das Knäul geworfen hat. Sie nimmt, mit der anderen Hand, in der sich nicht die Schere befindet, getrockneten Rosen mit Dornen heraus, sie sticht sich mit Absicht in zwei ihrer Finger, hält diese über die Zigarren Kiste und lässt ihr Blut hereinlaufen. Das Blut tropft auf zwei mumifizierte Frösche, die zusammen mit mehreren Büscheln mit Stoff Bändern zusammen gebundenen Haar Strähnen zusammen gebunden waren.

Es verteilt sich überall in der kleinen Kiste, es fließt über altes. Längst eingetrocknetes Blut, welches sich zusammen mit dem neuen Blut vermischt ist zu einer dunklen Masse geworden.

Crystal schließt zufrieden wie in Trance die kleine Kiste. Sie geht zu einer Abfall Kiste mit Stoff Resten, nimmt ein Stück blauen, länglichen Baumwoll-Stoff heraus und bindet sich dieses um ihre zwei zerstochenen Finger.

Sie geht fröhlich tanzend auf die Beiden zu. Entschlossen dennoch wieder bestimmend bittet Chrystal ihre Schwester Diamond um einen Gefallen:

„Diamond, geh bitte mit der Katze hinaus in die Scheune, zum Spielen. Hier drinnen ist kein guter Platz um mit der Katze zu spielen. In der Scheune ist mehr Platz. Ich muss dringend mit Molly unter vier Augen reden. Du weißt schon, wegen meiner ständigen Kopf Schmerzen. Deshalb bin ich doch immer schlecht gelaunt."

Die verwunderte Diamond nimmt vorsichtig die schnurrende Katze mit dem Woll-Knäul hoch und setzt sie sich auf ihre Schulter. Ohne ein Wort zusagen, schaut sie ernst und traurig zu ihrer Zwillings-Schwester tief in die Augen, als wüsste sie schon was gleich passieren wird.

Eilig läuft Diamond mit der miauenden Katze aus dem Zimmer, durch den Flur raus aus dem Haus, in Richtung Scheune. In der Scheune angekommen, alleine mit der schwarzen Katze, hatte sie auf einem der vielen Stroh Ballen ein Plätzchen für sich und die Katze gefunden. An den kahlen weißen Wänden in der alten Scheune häufen sich Holz Kisten mit Pferde Decken und Säcke mit Hafer gefüllt, als Futter für die Pferde. Langsam wird es früher Abend, ein leichter Wind kommt auf. Schwaches Licht von einer Öl-Lampe erhellt etwas die Dunkelheit in der von innen verschlossenen Scheune, die Diamond aus Sicherheitsgründen verschlossen hat.

Die immer noch beunruhigte Zwillings-Schwester setzt sich auf einen der Stroh Ballen, die auf dem Steinboden liegen. Sie ahnt Schlimmes. Die Katze setzt sie auf den Boden, sie schleicht zärtlich und ganz nah um ihre Beine.

Ganz verzaubert von den Berührungen der Katze beginnt sie sie liebevoll zu streicheln, diese strahlt sie mit ihren grünen Augen an und beginnt vor Zufriedenheit zu Schnurren. Der Katzen Schwanz zittert zusätzlich an ihren Beinen unter dem Krinolinen Rock, unter den sie vorher leise geschlichen ist. Tief atmet sie entspannt ein und aus, sie fühlt sich wohl. Das hat Diamond zum Lächeln gebracht, ihre Sorgen scheinen wie vom Erdboden verschluckt zu sein. Diamond streichelt die Katze, die neben ihr auf dem Boden saß etwas beruhigter. Als Dankbarkeit krault sie sie am Hals und hinter den Ohren. Und wieder ist ein zufriedenes Schnurren zu hören, richtig schön laut. Nach einiger Zeit des Schmusens steht sie auf, schiebt die schwarze Katze sanft zu Seite. Dann nimmt sie einen der Stroh Ballen mit ihren Bändern hoch, trägt diesen zu dem Ballen, auf dem sie vorher gesessen hat, legt ihn daran. Danach auch den Nächsten. Bis sie sich eine Art Schlaf Lager hergerichtet hat. Sie nimmt eine der Pferde Decken, die sie aus einem der Kisten geholt hat und breitet diese auf den Stroh Ballen aus.

Als sie das provisorische Bett fertig hergerichtet hat, will sie die Katze erneut zu sich nehmen, um sich mit ihr gemeinsam auf den Ballen Bett zu schlafen. Suchend sie sieht sich um, doch plötzlich ist die Katze verschwunden, ohne dass sie es vorher bemerkt hat.

Diamond sieht überall in der Scheune nach, aber von der von dem süßen Tier fehlt jede Spur. Traurig und alleingelassen bricht sie nun die Suche ab und setzt sich erst mal hin. Zum Schlafen ist ihr jetzt vor Sorge nicht mehr zu Mute. Sie fragt sich nur warum dieses liebliche Wesen so einfach verschwunden ist. Erst tauchte sie aus dem Nichts auf und jetzt scheint es so, als hätte das Tier sich aufgelöst. Es war klar dass die Katze wohl nicht die einzige Katze auf diesem Gut gewesen ist, ab und zu waren hier ein paar Katzen Tiere zu Hause. Aber dieses hier war ein ganz besonderes Tier, sie konnte es sich auch nicht erklären, aber sie fühlte sich stark zu dem magischen Katzen Tier hingezogen, sie spürte eine magische Verbindung zu ihr. Warum das so war konnte sie sich selbst nicht erklären, sie gab ihr was, was sie im Leben nie bekommen hatte und das auf einer ehrlichen Weise. In ihrer Trauer über den erneuten Verlust fängt die junge Frau an mit der Katze so zu reden als hätte sie Hoffnung sie zu finden dennoch nicht aufgegeben.

„Wo steckst du bloß, du kleine Liebe? Gerade fing ich an deine Anwesenheit zu Genießen. Mit dir fühlte ich mich so wirklich wohl. Aber jetzt bist du nicht mehr da."

Die junge Frau schluchzt leise vor sich hin.

Nachdenklich stützt sie ihren Ellenbogen auf ihren Oberschenkel. Bis plötzlich ein Kratz Geräusch an dem großen Tor der Scheune zu hören ist. Schon ahnend was, oder wer das sein könnte, verließ sie ihren Platz und öffnet mit einem Schlüssel das Tor. Sie strahlt froh vor sich hin, als sie sieht wer vor dem Tor mit geheimnisvoller Begleitung steht.

Kapitel Dreizehn

ÜBERRASCHUNG IM NÄHZIMMER

Vom Sklaven Haupthaus geht bis hin bis zurück ins Nähzimmer, wo der Kerzenschein und das Tageslicht sich vermischen.

Die Stille im Zimmer und im gesamten Haus lassen vermuten Anderswo voller Freude gefeiert wird. Was tatsächlich so ist denn das Personal befindet sich außerhalb des Hauses um zu feiern, keiner bis auf zwei Personen sind anwesend.

Aber die Köchen Molly will zurück in die Küche gehen, da hält Crystal sie am Arm fest. Molly blickt entsetzt in das verzerrte Gesicht des einen Zwillings. Deren Gesicht hat sich so schrecklich verändert, wo vorher das Weiße ihrer Augen und die Pupillen waren, war jetzt alles nur noch rot, so rot wie menschliches Blut. Ihr Gesicht hat nichts mehr menschlich an sich, statt der Nase sind nur noch zwei Luftlöcher zu sehen, der Mund sieht schmal und vertrocknet aus, so dass nur noch die Zähne zu sehen sind, die in spitzer Form hervorstehen. Ihr Gesicht gleicht dem einer Mumie, ausgedörrt und vertrocknet.

Die Köchin fällt fast in Ohnmacht als sie sieht, das Crystals Fingernägel anfangen in schneller Geschwindigkeit zu wachsen, ihre Haare auf dem Kopf fallen ihr so aus, bis ihr ganzer Kopf kahl ist.

Crystals kompletter Körper verliert immer mehr an Volumen; dem Körper Gewicht bis zum Mumien Stadium.

Die verängstigte Molly, die mal ihre Ersatzmutter war versucht ihr zu helfen in dem sie versucht mit ihr zu reden.

„Was, oder wer bist du, wo ist meine/unsere Crystal? Was hast du mit ihr gemacht? Warum hast du Diamond weggeschickt? Du Untote Kreatur, oder Dämon aus der Hölle. Lass mich und die Mädchen in Frieden! Wir haben doch nichts Unrechtes getan, wir haben nicht gesündigt. Und Gott ist mein Zeuge!"

Die alte Frau versucht durch Schreien und Beten sich gegen das Böse, welches nicht mehr die junge Frau war zu wehren. Doch ist es leider vergebens, bei all ihrer Gutmütigkeit schafft sie es nicht stand zu halten.

Boshaft Bösartig, mit letzter Kraft richtet sie sich auf, greift nach Molly mit beiden Händen an deren Hals. Im Zorn der Wut bohren sich Crystals Finger Nägel leicht in die braune Haut, der sich in Todes Angst befindenden gutmütigen herzlichen Frau.

„Glaubst du Süße, das dir dein Gott hilft? Denkst er beschützt dich jetzt hier?

Wo ist denn dein Gott, dein Gott den du so anbetest? Das ich nicht lache, das ist doch wohl ein Witz, oder? Es gibt nur den Einen, den Einen, oder keinen. Du könntest mich nie von deiner Witz Figur überzeugen."

Mollys Tränen tropfen auf die mumifizierte Haut, die vorher noch der schönen jungen Frau gehörte. Die Tränen brennen sich in die Papyrusartige Haut, welche anfängt an den getroffen Stellen zu Qualmen und löchrig zu werden. Crystal schreit laut und schrill vor Schmerzen. Auch ihr laufen die Tränen die Wangen runter.

Selbst die vorher verängstigte jetzt auf den Boden gefallene Molly richtet sich in letzter Hoffnung auf und gerührt von deren körperlichen Schmerzen mit Tränen, nimmt sie ihre zittrige, faltige Hand mit dem Versuch die Tränen der bösen Zwillings-Schwester als eine Hilfe aufzufangen.

Aber dieses missfällt der verwandelten Kreatur, die beschämt aber dagegen ankämpfend, versucht einen kurzen Moment des Lächelns zu zeigen.

Welches sie aber eher erzürnen lässt und ihr Gesicht zurück in das Boshafte versetzt. Sie greift sich die alte Schere mit ihrer teuflischen Krallen Hand, mit der anderen knochigen Hand, greift sie in Mollys Nacken. Dadurch drückt sie deren Kopf zurück und schreit im Ärger boshaft ihr wehrloses Opfer erneut an:

„Du wolltest mich also rumkriegen. Beinahe wäre ich wieder auf deinen Scharm reingefallen. So wie früher, das konntest du doch schon immer gut. So hast du ja auch unseren Vater verhext. Denkst du, ich weiß nicht, dass du mit ihm gefickt hast?"

Molly schüttelt nein sagend den Kopf, weint und schreit verzweifelt:

„Nein, das stimmt nicht, ich habe nicht mit eurem Vater geschlafen, das schwöre ich!"

Das Gesagte macht das Monster nur noch zorniger, nervös setzt sie die Stoff-Schere zum Schneiden am Kopf ihrer Widersacherin aus Rache an, dabei versucht sie weiter ihr Recht zu erstreiten, was sie lautstark und von sich selbst überzeugt von sich gibt:

„Du lügst doch! Meine Schwester und ich haben dich und Vater gesehen. Das haben wir uns nicht eingebildet. Denn die Sklaven haben euch auch gesehen, wie ihr zwei es miteinander in der alten Scheune getrieben habt. Dort wo meine Schwester jetzt ist. Bevor wir gezeugt wurden hattest du Sex mit unserem Vater. Wie konntest du nur? Ihr habt zusammen einen Sohn gezeugt."

Wieder weinend vor Verzweiflung, schneidet Crystal ihrer Nanny nervös alle grauen, lockigen Haare ab und verletzt Molly schwer an ihrem Kopf, mit blutigen tiefen Schnitten mit der alten rostigen Schere.

Molly leidet indessen Höllenqualen vor Schmerzen sie wird immer mutloser. Doch ihr Mund ist nicht still.

„Aua, Crystal du tust mir weh! Warum schneidest du mir denn meine Haare ab? Was willst du damit anstellen?"

Geschwächt mit nun kahlem, blutendem Kopf lässt sich Molly auf den Boden fallen. Mit krächzender Stimme versucht sie die selbst kraftlose, aber denn noch diabolische junge, zur Mumie gewordene Frau aufzuklären.

„Du hast Recht, Crystal, ich habe mit deinem/eurem Vater geschlafen, noch vor eurer Zeugung." Aufgeregt ringt sie nach Luft, aber dazwischen schafft sie es noch ein paar Sätze los zu werden. Und ja wir zeugten dabei einen Sohn. Aber der Mann den du Vater nennst, ist nicht dein Vater. Das ist die Wahrheit, nichts als die Wahrheit, so wahr mir Gott helfe!"

Überzeugt von ihrem Gesagten hofft sie auf ihre Vernunft, aber weit gefehlt amüsiert sich das dämonische Wesen in Gestalt von der jungen Frau. Jetzt siegessicher klatscht die dennoch nachdenkliche Crystal sich in die Hände.

„Ich habe mich doch nicht geirrt, ich habe es gewusst, dass du mit meinem Vater geschlafen hast, ich habe doch keine schlechten Augen. Aber ich frage mich, so nachdenklich du mich gemacht hast, wer soll denn mein Vater sein? Wer ist dieser Mann, der uns all die Jahre groß gezogen hat? Ich kann mich nur wundern wie viele uns betrogen haben."

Der alten Frau entweicht ein leichtes Lächeln von ihren Lippen, während sie sich mit ihrer vor Blut schmutzigen Hand an ihr Herz fast. Mit letzten Worten und bittend, dass sich die weinende Crystal aus der menschlichen Seite heraus mit ihrem geschwächten Körper einer Untoten zu ihr setzt und ihren Kopf langsam auf Mollys Schoß legt, so wie früher als Kind. Ihre ehemalige Nanny versucht ihr die Fragen, weiter keuchend zu beantworten.

„Meine Crystal, ich habe dir noch so viel zu erzählen, ich hoffe dafür reicht meine letzte Kraft noch aus. Entschuldige, dass Atem fällt mir so schwer und mein Mund schmeckt nach Blut."

Nach einer Redepause setzt sie sich nochmal auf, breitet ihre Arme aus um ihren verlorenen Schützling wieder aufzunehmen. Die Mumie Crystal kniet sich vor Molly, lässt sich in deren Arme fallen, mit ihren knochigen Händen streichelt sie ihre Rücken, was die alte kurz vor dem Tode stehende alte Frau in vollen Zügen mit Liebe genießt.

Doch plötzlich löst sich die wieder Bösartige in Mumien Gestalt aus deren Umarmung und redet mit zorniger Stimme fordernd auf die Sterbende ein.

„Jetzt ist aber genug mit der Gefühlsduselei! Bevor du mir hier endgültig wegstirbst, möchte ich wissen wer unser Vater ist. Das bekommst du alte Schachtel noch wohl hin, oder? Auch wer dieser Mann ist, der uns großgezogen hat. Und erzähl mir keinen Quatsch, oder Lügen Märchen. Ich merke das, wenn du schwindelst."

Die Mumie schaut ernst und etwas schelmisch auf die blutver-schmierte Schere. Etwas angewidert nimmt sie sich einen Stoff Fetzen aus einer Kiste mit Stoff Resten. Sie reinigt damit die Schere. Danach legt sie provokant Beides auf den vordersten Näh-Tisch. Dadurch zufriedener lächelt sie teuflisch vor sich hin. Aber schon wieder stört sie die alte Molly und ihre Freude hält nur kurz an. Sie kann es nicht sein lassen das menschliche aus der dämonischen Mumie nochmal heraus zu locken. Sie gibt ihr die ersehnten Antwor-ten erschöpft aber wach.

„Liebes, sieh mich an! Euer Vater und eure Mutter sind bei dem Brand eures Hauses ums Leben gekommen. Es war so schrecklich, ich muss heute noch darüber weinen. Die Namen von eurem Vater und eurer Mutter waren „Elijah und Elaine Gardener", das sind keine Lügen."

Entsetzt konfrontiert und voller seelischer Schmerzen schreit Crystal ihre tiefe menschliche Trauer heraus.

„Nein, Mama und Papa sind tot! Jetzt bin ich wirklich verzweifelt Warum bloß ist das passiert? Was haben sie denn getan, das sie sterben mussten? Wer hat ihnen das angetan? Wenn ich erfahre, wer das war, bringe ich um! Ich werde mich rächen, an all denen die etwas damit zu tun haben und meine Schwester wird mir dabei hel-fen."

Crystals dämonische Laute, die schrillen Schmerzens Schreie lassen Risse in dem Glass des Fensters wachsen.

Die alte Molly versucht sich noch hinzusetzen, mit letzter Kraft schafft sie es, dabei keucht und hustet sie ordentlich. Doch nachdem sie zurück zu ihrer Stimme gekommen ist, flüstert sie ihr schellmisch lachend ins Ohr:

„Crystal du kleine Hexe im falschem Körper, ihr wart von Anfang an verflucht! Du, deine Schwester und dein Vater mit deiner Mutter seid verflucht, für immer und ewig."

Selbst im teuflischen Lachen gibt die amüsierte Crystal, der von sich überzeugten, halbtoten Widersacherin Molly einen Schups und lacht sie aus.

„Glaubst du wirklich, dass du mich Verfluchen kannst? Dazu hast du keine Macht, du nutzlose alte Hure! Du kennst meine Macht gar nicht, sie ist viel stärker als du glaubst. Niemand wird oder hat mich zusammen mit meiner Schwester jemals verflucht und es wird auch niemals dazu kommen."

Nach diesem Gefühlsausbruch sammelt sich die alte beleidigte Köchin Molly richtet sich wieder auf, um sich selbst mit ihren starken Verletzungen von sich selbst überzeugt erneut zu verteidigen.

„Du weißt nicht was in Südafrika, im *Namaqualand*, im Dorf des Volkes der *Nama* passiert ist...."

Die verwunderte Crystal reibt sich ihren kahlen geschrumpften Kopf und wirkt von dieser Aussage genervt.

Plötzlich ist ein tierisches Knurren zu hören, wie von einem sich verteidigenden Hund, draußen am Sklaven-Haupthaus, genau unter Fenster des Näh-Zimmers verborgen ist eine sehr verärgerte unsichtbare Gestalt versteckt. Mit dem teuflischen Namen „Belphegor", die Hunde Kreatur und der Unsichtbare verschmelzen zu einer sichtbaren dunklen Gestalt, welche das Fenster von außen mit einem starken Wind Stoß aus seinen krallenartigen Händen laut zerklirren lässt, die vielen kleinen Glass Scherben fliegen durch die Luft.

Molly schreit vor Entsetzen, als alle Glass Scherben sie ins Gesicht treffen und auf ihren gesamten Körper. Die Scherben bohren sich sehr tief in ihre alte faltige Haut.

„Bring die Alte endlich zum Schweigen! Bist du denn zu nichts mehr in der Lage?"

Schimpft Belphegor lautstark.

„Du bist schließlich ein Teil von mir, vergiss das nicht. Mach mich stolz auf dich. So, jetzt habe ich dir etwas geholfen, jetzt bist du an der Reihe hier unser Werk zu vollenden, damit du deinen Körper wiederbekommst."

Die Tische mit den Nähmaschinen geraten plötzlich in Bewegung, wie von Geisterhand schieben sich die Tische hin-und her.

Crystal klatscht triumphierend in ihre Hände, als die total verängstigte Molly von einem der Tische getroffen wird und mit voller Wucht gegen die Zimmer Wand gedrückt wird, die Nähmaschine fällt vom Tisch und landet mitten auf ihren Füßen. Sie brüllt so sehr vor Schmerz, dass macht sie unfähig sich weg zu bewegen.

Belphegor genießt diesen Anblick, doch es ist im lange nicht genug. Er wird fordernder und erinnert seinen Schützling lachend an das Versprechen.

„So, es wird Zeit es zu tun, Crystal. Du besitzt so viel mehr Kräfte als deine Zwillings-Schwester."

Dunkelheit in Form eines dichten Nebels dringt von draußen durch das zerstörte Fenster hinein; welches sich in schwarzes Ektoplasma verfestigt. Dieser machtvolle Anblick macht sie sehr stolz. Crystal ist nun mehr als stolz auf ihren Meister, sie ist entschlossen das Gesagte in die Tat um zu setzen.

„Wie sie es wünschen, Meister. Ihr Auftrag wird erneut ausgeführt. Sein sie sich sicher, diesmal werde ich sie nicht enttäuschen."

Als die schwer verletzte Molly die teuflischen Worte der Beiden in Trance zwischen Leben und Tod noch wahrnimmt, fließen ihr die Tränen über die Wangen, mit Schmerzens-Schreie, zitterndem Körper fängt sie an zu verzweifeln. Im Zorn, weil die böse Zwillings-Schwester das Jammern der Alten nicht mehr ertragen kann, aber auch um Belphegor nicht zu enttäuschen, nimmt sie wie besessen die große Stoff-Schere und rammt Molly die scharfe Schere mitten in ihr Herz, zieht sie wieder heraus, sticht erneut voller Zorn tief in die blutende Wunde des noch schlagenden Herzens hinein.

Die kahlköpfige Molly ringt mit dem Tod, dabei lacht sie laut, als sie viel Blut aus ihrem Mund spuckt. Das Weiße in ihren Augen ist Blut unterlaufen. Sie ringt angestrengt nach Luft, während sie versucht noch weiter zu sprechen, kämpft sie vergebens um ihr Leben.

„Mein Tod wird nicht ungesühnt bleiben. Ihr werdet alle dafür büßen müssen! Selbst der Teufel kann nicht immer gewinnen. Doch jetzt verlässt mein Geist meinen Körper. Ich werde immer schwächer. Crystal, deine Schwester Diamond und mein Neffe sind gemeinsam stärker als du glaubst. Durch ihre gemeinsame Liebe werden sie das Böse am Ende besiegen."

Sterbend versagt nun Mollys Stimme, ihr Kopf kippt nach vorne, bis nichts mehr von ihr zu hören ist und sie sich schließlich aufhört zu bewegen. Jetzt ist der teuflische Belphegor zufrieden gestellt, lobend bringt er dies zum Ausdruck.

„Das ist mein Mädchen, meine Braut. Auf dich kann ich mich verlassen. Ich wusste von Anfang an, als ich dich erschuf, das du was ganz Besonders bist. Aber nur du, nicht deine Zwillings-Schwester. Sie ist so ganz anders als du, sie ist nicht so wie ich sie haben wollte. Das ist irgendwas schiefgegangen bei ihrer Entwicklung. Du aber bist meine Auserwählte, nicht sie. Am Anfang wollte ich euch Beide. Aber jetzt ist alles anders geworden. Deine Zwillings-Schwester ist eine Verräterin, zusammen mit ihrem Geliebten. Du weißt also was du noch zu tun hast, bis unsere Hochzeit stattfindet. Kümmere dich darum, bis ich in zwei Tagen wieder auftauche. Und jetzt lass mich den Geis aus Mollys Körper saugen. Ich bin geschwächt."

Das Ektoplasma fliest bis zu dem Körper der Toten und breitet sich wie Balsam darüber aus, ein schriller, entsetzlicher Schrei ist zu hören. Belphegor lässt sich nicht irritieren, bis der Schrei verstummt. Zufrieden mit einem bösartiges Lachen verwandelt er sich in eine nackte menschliche Gestalt, in die eines sechsundvierzig Jährigen Mannes gleicht, mit langen dunkelbraunen Haaren zusammen gebunden zu einem Zopf, über dem markanten Gesicht, mit dem muskulösen Körper mit blasser, bleicher Hautfarbe wie dunkelbraunen, fast schwarzen-braunen Augen, die sie teuflisch leidenschaftlich vor Gier anblicken, mit einem bösartigem Lächeln.

Crystal lächelt ihm liebevoll zurück, beugt sich auch über die Tote und beißt in das Herz, saugt es aus und genießt schmatzend das Blut ihrer ehemaligen Nanny. Nachdem sie es getrunken hat, verwandelt sie sich aus der Mumien Gestallt zurück in ihre menschliche Gestalt, lacht zufrieden und strahlt schweigend mit erholtem Körper ihren dämonischen geliebten Meister an.

Die Tische verschieben sich wieder zurück in den Urzustand; der tote blutverschmierte Körper mit dem kahlen Kopf fällt auf den Boden, das schwarze Ektoplasma löst sich auf und wird wieder zum schwarzen Nebel, der nach draußen durch das zerstörte Fenster verschwindet; außerhalb des Hauses ist ein dämonisches Lachen zu hören.

Jetzt freudestrahlend und in ihrer ursprünglichen Gestalt tanzt Crystal um die Tote herum, die nun zur ausgetrockneten alten Mumie geworden ist.

Plötzlich stoppt sie abrupt das Tanzen, denn sie stellt fest, dass sie ja die Leiche verschwinden lassen muss. Auch das Näh-Zimmer muss aufgeräumt werden. Ohne sich weitere Gedanken zu machen schnippte sie kurzer Hand mit dem Finger, denn sie wollte es ihrem Geliebten und Master mit ihren neuen diabolischen Kräften ihm gleichtun. Besonders wichtig ist es für sie, dass niemand erfahren soll, dass sie die Mörderin des beliebten Kindermädchens und Köchin Molly ist.

So wie sich der Tisch von Geister-Hand bewegt hat, fliegen nun die einzelnen Glasscherben hoch in die Luft in Richtung des Fensters. Die Glass Scherben schweben einzeln vom Boden zum Fenster; wie ein Puzzele Teil fügt sich jede Glass Scherbe zu einer ganzen Fläche zusammen und lässt ein Fenster entstehen, welches dem Vorherigen Detail genau gleicht.

Mit ihren funkelnden Augen beobachtet sie teuflisch grinsend die Szenerie mit dem Fenster. Dann dreht sie sich so schnell wie ein Derwisch und die ganzen Blutflecke verschwinden vom Boden und lösen sich in Luft auf, danach hört sie auf sich zu drehen, klatsch einmal in die Hände.

Als Alles es in Ordnung und sauber zu sein scheint, wendet sich Crystal erneut dem Leichnam von Molly zu.

„Molly, liebe Molly hab vielen Dank, das du dem Meister deine Seele gegeben hast. Ich bin so glücklich darüber dass ich nicht anders kann als vor Freude darüber zu lachen. Dafür sind wir dir sehr dankbar, auf ewig. Dafür bekommst einen Ehrenplatz in unserem Höllenreich. Hahaha!"

Crystal tippt die Tote mit ihrer regenerierten Hand an, diese zerfällt sofort, dass was von ihr übrig geblieben ist, ist ein Häufchen Staub. Die mächtige Crystal macht eine kurze Handbewegung und das Fenster öffnet sich von selbst. Durch die schwunghafte Handbewegung springt rasch das Fenster auf und die Asche der Toten fliegt wie ein Mückenschwarm durch das offene Fenster; die Asche fällt im Flug auf einen der Acker Felder und verteilt sich dort, auf dem Grundstück der Farm und lässt dann Weizen aus dem Boden sprießen mitten am frühen Abend vor dem Sonnen Untergang.

All die Menschen die noch feierten, haben dies natürlich bemerkt. Neugierig strömen sie zum Korn Feld, um zu sehen was sich dort abspielt. Sie bewundern das was sie sehen, denn bevor das Fest begonnen hat, war dort auf dem Feld noch alles kahl und trocken gewesen, wegen der Hitze des Hochsommers.

Da staunen sie nicht schlecht, als das komplette Feld in Hülle und Fülle voller Pracht von Weizenhalmen steht. Sie fragen sich nur kurz wie das zustande gekommen sein könnte, denn sie freuten sich eher darüber, dass eine erneute Ernte gesichert ist. Also freuten sie sich darüber und gingen zurück zum Fest, damit es nicht ohne sie stattfand.

Die Feier ging also weiter und niemand hat das Fernbleiben der beiden Schwestern bemerkt.

Was auch nicht wirklich von Nachteil war, denn schließlich waren alle Leute mit Allem versorgt was man brauchte um ein gutes Fest zu Feiern. Das Unterhaltungs-Programm war auch nicht langweilig. Alle sind zufrieden und genießen das schöne Fest lachend, tanzend, sich unterhaltend, trinkend und essend.

Kapitel Vierzehn

BEGEGNUNGEN DER ETWAS ANDEREN ART

Draußen vor der Scheune fängt es ungemütlich zu werden, der Wind wird stärker. Ein paar morsche Holzbretter von diesem alten Gebäude klappern ein wenig. Es zieht leicht im vorderen Teil der alten Scheune.

Der etwas stärkere Wind lässt am frühen Abend, dass weit entfernte Lachen so langsam aus den Sklaven Unterkünften verstummen, als auch aus dem Festsaal mit der Tanzmusik; von dem kleinen Streich-Orchester ist nicht mehr zu hören. Die Stimmen von außen hatten sich mit den Stimmen innen vom Festsaal vermischt. Außerhalb hielt sich niemand mehr auf, weil alle befürchteten dass ein Sturm aufziehen könnte.

Diamond freut sich inzwischen über ihren Besuch, denn sie fühlte sich sehr einsam, voller Freude empfängt sie ihre zwei unterschiedlichen Besucher, die ihr mehr als bekannt sind. Die Drei machen es sich gern gemütlich.

Sie und Michael sehen sich verliebt an, sie nehmen sich gegenseitig in die Arme, überglücklich strahlen sie aus ihren Augen, sie streicheln sich gegenseitig zärtlich ihre Gesichter, bis sie sich leidenschaftlich küssen.

Nach den Küssen gibt er ihr zu verstehen was er empfindet und verpackt alles in leidenschaftliche Worte.

„Ich bin so froh, dich zu sehen, meine Liebe. Wie habe ich dich vermisst, auch wenn wir uns doch erst vor zwei Stunden gesehen haben, aber es kommt mir wie eine Ewigkeit vor. Ohne dich habe ich mich auf der Feier gelangweilt, es hat mir dort keinen Spaß gemacht ohne dich. Jetzt bin ich froh bei dir zu sein. Glaube mir, so sehr liebe ich dich schon. Du begeisterst mich über alle Maßen. Ich weiß, das klingt alles unglaublich, es ist aber wahr. Bitte glaube mir, niemand wird uns trennen, davon bin ich überzeugt.“

Vor Freude strahlend über seine bezaubernden süßen Worte, bemerkt Diamond, dass sich auch die schwarze Katze schnurrend zur Begrüßung mit ihrem ganzen Körper, an die Beine des Paares gekuschelt hat. Die verliebte Diamond löst sich aus der Umarmung, sie beugt sich hinunter zur Katze, krault sie beruhigt am Hinterkopf. Plötzlich scheint es so, als wollte die Katze wie ein Mensch lächeln. Gerührt von ihrem Anblick und durch das Glücklich sein, laufen ihr die Tränen über die Wange.

Michael nimmt ihre Hand, so dass sie sich daran festhält und aufsteht. Er stellt sich vor sie, wischt sanft ihre Tränen aus dem Gesicht. Beruhigend spricht er erneut zu ihr:

„Meine liebe Diamond, alles ist in Ordnung. Schenk mir deine Tränen und dein wunderbares Lächeln. Du erfreust mich damit sehr. Es ist egal, wie deine Mimik ist, ich liebe alles, was von und aus deinem Gesicht kommt. Und entschuldige bitte, dass ich letztens über dich gelacht habe."

Als Dankeschön gibt Diamond ihm einen zärtlichen Kuss. Ihre Augen glitzern ein wenig vor Freude. Auch sie richtet in ihrer Verliebtheit die passenden Worte an ihren neuen Herzallerliebsten.

„Michael, ich liebe dich von ganzem Herzen, bis in alle Ewigkeit, zusammen mit dieser bezaubernden Katze. Mein Herz klopft so stark, das es mir fast aus der Brust springt."

Die Katze miaut zufrieden, als wollte sie ihr antworten. Die Verliebte lacht vor lauter Entzückung.

Vor Glück und Erheiterung durch das weitere menschliche Verhalten der Katze lacht nun auch Michael fröhlich.

Mit einem festen Entschluss im Kopf, mit tiefer Zuneigung zu seiner Geliebten macht er ihr einen so schönen Heiratsantrag, den sie unter Garantie niemals vergessen wird, so wie ihn sich jede Frau wünscht.

Die Frau die sich nichts sehnlicher wünscht, von dem Mann der sie so liebt einen solchen Antrag zu bekommen.

„Ich glaube, hier will jemand, dass wir Frau und Mann werden."

Michael freut sich über die bezaubernde Unterstützerin, er beugt sich zu ihr herunter und krault sie am ganzen Körper, was die schnurrende Katze wohlfühlend genießt. Nach einer gewissen Zeit sich auf dem Boden wälzend, springt die Katze plötzlich ohne Vorwarnung auf, verändert ihre liegende Position in eine sitzende Position.

Fasziniert von den Bewegungen des Katzenwesens, aber doch eher von seiner Romanik bezaubert ist, mit der wunderbaren Bitte seine Frau zu werden gibt sie ihm gleich die Antwort auf die er gewartet hat.

„Da hast du die Antwort. Ja und nochmal ja! Noch deutlicher geht´s doch nicht, oder? Jetzt weiß ich ganz genau was kommen wird."

Sie strahlt vor Freude über ihr ganzes Gesicht. Das Paar reicht sich die Hände, Michael kniet vor Diamond wie ein Kavalier alter Schule. Er greift sich in die Tasche seines Jacketts und holt ein hölzernes Kästchen heraus, auf dem sich die Initialen „M.M. und J.M." befinden. Er öffnet es und plötzlich laufen ihm die Tränen wie Niagara Fälle aus seinen Augen, so gerührt ist er von dem was er sagen wird und weil er weiß von wem die Ringe im Kästchen stammen.

In der Villa der Farm, im Schlafzimmer auf dem Ehebett von ihr und ihrem verstorbenen Mann sitzend, erwartet Frau Morgan das Sklaven-Mädchen Lilly, am späteren Abend beim Sonnen Untergang.

Die letzten Sonnen-Strahlen des Sonnen Untergangs scheinen durch ein offenes Fenster und treffen auf den Holzdielen-Boden in der Mitte des Zimmers; die schweren Samt-Gardienen sind bei Seite geschoben.

Das Schlafzimmer ist zusätzlich durch eine Öl-Lampe schwach beleuchtet.

Drinnen befindet sich ein großes Eichenholz Doppel-Bett mit Blumen-Verzierungen am Kopfteil innen.

Eine viktorianische Kommode mit mehreren Schubladen, als auch ein Korb-Geflochtener Schaukel Stuhl, ein kleiner runder venezianischer Tisch aus dem achtzehnten Jahrhundert mit zwei passenden Stühlen möblieren zusätzlich das gemütliche Zimmer.

Kapitel Fünfzehn

NUR WENN DU WACHSAM BIST

Ein Strauß mit roten Rosen in einer reich verzierten Porzellan Vase und der sich daneben befindenden Karte:

„Für Jenny, in Liebe Melvin" auf dem Tisch, ein angezündeter Kamin und mit einem bunt gewebtem Teppich davor; liebevoll ausgestattet.

Jenny Morgan sitzt nachdenklich und leicht verärgert auf ihrem Bett, sie ist komplett in ein schwarzes Trauer Kleid eingehüllt, über ihre Schultern trägt sie einen jetzt schwarzen, gestrickten Überwurf der mit einer gold-rosafarbenen Brosche, mit einem Damen Gesicht in weiß zusammen gehalten wird. Ihre leicht ergrauten Haare sind unordentlich zusammen gefügt hochgesteckt.

Jenny verbirgt traurig und heimlich vornehm ihre Tränen mit einem weißen Stoff-Taschentuch. Neben ihr auf dem Bett liegt ein einge-rahmtes schwarz-weißes Hochzeits-Foto von sich und ihrem verstor-benen Ehemann Melvin, die darauf Beide ernst schauen, aber den-noch glücklich waren. Denn zu dieser Zeit ist es üblich egal um welches Ereignis es sich handelt einen ernsthaften Gesichtsausdruck auf Fotos zu haben.

Auf dem Hochzeits-Foto trägt Jenny ein wunderschönes weißes Spitzenverziertes, Perlenverziertes, mit Puffärmeln ausgestattetes Hochzeits-Kleid, mit geblümtem weißen Schleier, welcher fast komplett ihre hochgesteckten, roten Haare verdeckt und einem Blu-menstrauß. Weiße Hochzeits-Kleider wurden nur von den vornehm-lich reichen Damen getragen, oder von den Frauen aus der Mittel-schicht, wenn sie es sich finanziell leisten konnten, also nicht zu arm oder keine Bäuerinnen waren. Die ärmeren Frauen in der Stadt und auf dem Land trugen meist ihr Schwarzes Trauer Kleid zur Hochzeit, welches sie immer an Sonntagen zu den Gottesdiensten in der Kir-che, oder den Beerdigungen trugen.

Schließlich war das beste Kleid, welches sie hatten, dazu wurde wenigstens ein weißer Schleier getragen, damit es wenigstens etwas wie ein Hochzeits-Kleid aussah und ein kleinwenig wegen der Romantik.

Aber nun zurück zum Hochzeits-Foto der Morgans: Auch Melvin ist festlich angezogen, mit einem schwarzen Frack, weißem Hemd mit schwarzer Fliege und einem Zylinder auf dem Kopf, schwarzer Stoff-Hose mit schwarzen Hosen Trägern. Er hat hell-blonde Haare und einen dementsprechend kurz geschnittenem Bart und ein Augen-Glass vor dem rechten Auge an einer Kette, das an der Hemdtasche befestigt ist.

Jenny, durch die Erinnerungen an ihren Ehemann wird zunehmend trauriger, sie drückt das Hochzeitsbild im Rahmen an ihre Brust, über ihrem Herz. Es schlägt noch viel schneller als sonst. Die Herz Attacke holt sie schnell wieder zurück in die Gegenwart und sie wendet sich in ihrer emotionalen Aufregung an das Mädchen, welche den Apfel schon lange nicht mehr in ihrer Hand hält.

„Warum hast du den Apfel gestohlen? Ich mag es nicht, wenn man mir Dinge wegnimmt, ohne zu fragen.

Ich bin sehr enttäuscht von dir, es macht mich wirklich traurig. Mein Mann hatte diese Apfelbäume gepflanzt als die noch kleine zarte Bäumchen waren. Er hat sie gerne gepflegt und wie oft saß er unter den Apfelbäumen im Schatten, geschützt vor der Sonne seine Pfeife rauchend. Als die Bäume dann voller praller saftiger roter Äpfel waren, beschloss mein Mann, damit jeder genug Äpfel bekam, das jeder fragen musste und er schrieb den Namen der Personen auf, Sklaven als auch Nicht-Sklaven und natürlich unser einer, mit der Anzahl der Äpfel die jeder bekommen hatte. So war es gerecht. Mein Mann war immer gerecht, besonders zu euch Sklaven. Aber das scheint ihr vergessen zu haben. Jetzt seid ihr alle frei und alle können hier machen was sie wollen. Was für ein Chaos, so was hätte er nie geduldet. Es wäre besser gewesen zu fragen, ach was sag ich, ich habe ja nichts mehr hier zu sagen, hättest du doch nur was gesagt, dann hättest du den Apfel bekommen. Ganz gewiss…."

Sie nimmt wieder ihr Hochzeits-Bild und drückt es mit einer Hand erneut an ihr Herz. Gedanklich ist Jenny so tief versunken, dass ihr das Bild aus der Hand rutscht.

Lilly erschreckt sich dadurch, reagiert Blitzschnell und fängt es mit ihren kleinen, zitternden Händen auf, es landet nicht auf dem Boden. Lilly ist tieftraurig, sie wusste von der Regelung mit den Äpfeln, aber hatte sich keine Gedanken darüber gemacht, weil doch alle frei sind. Trotzdem hat sie ein schlechtes Gewissen der Lady gegenüber. Sie wollte sie keines Wegs verletzen und will es wiedergutmachen in dem sie sich beruhigend bei ihr versucht zu entschuldigen.

„Ma`am hier ist ihr Bild, ich habe es aufgefangen, damit es nicht kaputt geht. Darüber bin ziemlich froh.

Entschuldigen sie bitte, es macht mich betroffen, dass ich das getan habe. Ich hoffe ich es mit der Rettung ihres Bildes wieder gutmachen.“

Jenny nimmt das Bild wieder an sich und stellt es neben die Blumen Vase direkt auf den Tisch. Sie lächelt Lilly liebevoll dankbar an. Sie will den Vorfall mit dem Apfel schnell vergessen. Aber ihren geliebten Gemahl nicht.

„Vielen Dank, meine Kleine! Das vergesse ich dir nie. Das ich gesagt habe du hast den Apfel gestohlen war zu hart gesagt. Nicht gefragt, sagte ich auch noch. Es ist diese Trauer um meinen geliebten Mann die mich manchmal verrückt macht. Aber vergiss es einfach, es ist jetzt nicht mehr wichtig. Denn schließlich will ich mich mit dir versöhnen.“

Sie geht auf Lilly zu und nimmt sie auf ihren Schoß, streichelt ihr fürsorglich mit den Händen über ihren Kopf.

Lilly ist mit dieser Art von liebevoller Fürsorge mehr als einverstanden, so weiß sie, dass die Lady ihre Entschuldigung angenommen hat. Gelassen äußert sie sich deshalb gelassen in angenehmer Weise:

„Ma`am vielen Dank, dass sie meine Entschuldigung so rasch angenommen haben.

Wie ist denn der Master verstorben und warum? Ich will verstehen warum es ihnen solche Schmerzen bereitet weshalb sie ihn ja so sehr vermissen? Es tut mir leid, ich bin noch jung mit meinen sechzehn Jahren und fange erst an das alles zu verstehen. Verzeihen sie mir deshalb. Hoffentlich habe ich jetzt nicht zu viel gefragt."

Die Lady fängt erneut und noch stärker an zu weinen. Sie nimmt Lilly angespannt, aber vorsichtig von ihrem Schoß und legt sie in das Ehebett. Nervös im Schlafzimmer läuft sie auf- und ab, von Ruhe ist keine Spur mehr.

Das Mädchen lässt sie vor Trauer unabsichtlich vor Erschöpfung auf dem Bett liegen, ohne sie eines weiteren Blickes zu würdigen. So bedrückt ist sie nun. Doch versucht sie trotz allem Lilly zu befragen:

„Meine Kleine, wie heißt du denn? Es tut mir leid, ich kann mir nicht alle Namen unserer Diener und Sklaven merken, dass bringt mich in Verlegenheit; entschuldige ich meinte Ex-Sklaven. Ich bin alt geworden und so voller Trauer. Mein Körper wird immer schwächer, ich kann nichts dagegen tun."

So sehr in Gedanken versunken fällt Jenny fast über den Teppich vor den Kamin. Durch eine Pirouetten Drehung kann sie verhindern, dass sie mit dem Kopf in die Flammen des Feuers vom Kamin gerät.

Vor Schreck fängt Lilly an zu schreien an und versteckt sich unter der aufgedeckten Tages-Decke des Bettes.

Als bald klopft es heftig an der verschlossenen Schlafzimmer Türe, eine männliche Stimme ruft besorgt nach der erschöpften verängstigten älteren Dame.

Es ist ihr zweit-ältester Sohn James, mit seinen zweiundzwanzig Jahren, der sich Sorgen um seine Mutter macht. Er hat sich den Zutritt in das Zimmer verschafft, eilig ist er die Treppe hinauf gelaufen und hämmert nun mit seinen Fäusten laut gegen die Türe.

Im Hausflur und im gesamten Haus sind verschiedene Stimmen der Bediensteten und Ex-Sklaven zu hören; alle Anwesenden sind nervös, sie bewegen sich dementsprechend in schnellen Schritten durch das gesamte Haus.

James der mitten im Zimmer steht, blickt verwundert seine Mutter am Boden liegende Mutter an. Aufgeregt will er nun wissen was passiert ist:

„Mutter, was ist denn los? Warum war die Türe verschlossen? Hast du sie mir geöffnet? Wenn du mir nicht geöffnet hättest, dann hätte ich die stärksten Männer unserer Sklaven hochgeschickt, um die Türe einzutreten."

Überraschend nach den lautstarken, aufgeregten Sätzen ihres jetzt aber erleichterten und erstaunten, aber dennoch frohen Sohnes James, der jetzt in die verweinten, roten Augen seiner Mutter blickt, beruhigt sich die angespannte Situation wieder. Beide begrüßen sich herzlich und Jenny gibt ihrem Sohn zu verstehen, dass sie es gerade noch geschafft hatte die Tüte aufzuschließen, aber danach erschöpft zu Boden sank.

James nimmt das Gesagte von seiner Mutter an, danach sieht er untersuchend sich überall im Schlafzimmer um, aber als er Lilly erblickt, weicht seine Sorge über seine Mutter, der blanken Wut.

„Du wagst es hier aufzutauchen? Nach dem was du angerichtet hast, du kleine Hure! Mit deinen sechszehn Jahren bist du schon so verdorben."

Jenny schaut ihren Sohn geschockt an und dann entsetzt rüber zu Lilly.

„James, was redest du denn da? Das glaube ich nicht. Was meinst du damit, sie ist eine kleine Hure?"

Die ältere Lady räuspert sich und ist dabei vom Boden wieder aufgestanden.

„Ich wundere mich doch schon sehr darüber. Vor allem dulde ich eine solche Ausdrucksweise nicht in unserem Haus. Wenn was Ungerechtes getan hat musst du es mir sagen, mein Sohn und nicht diese obszönen Schimpfwörter benutzen."

James nimmt seine Mutter an die Hand und führt sie zu dem Mädchen. Er bittet mit einer Handbewegung seine Mutter die Kleine festzuhalten und greift ihr unter das Schürzen-Kleid, James zieht ihr die Unterhose herunter.

Jenny versucht sich zu wehren, auch zu schreien. Sie wird daran gehindert, in dem James ihr das Taschen Tuch, welches seine Mutter im Bett liegenlassen hat in den Mund stopft. Die beiden Erwachsenen binden ihre beiden Arme mit Stoff Bändern zusammen, die für die Haare vorgesehen sind, an das Kopf-Teil des Bettes fest.

Ihr Unterleib liegt jetzt frei, James tastet ihre Vagina bis zum Uterus ab. James sieht etwas was ihn wütend macht, am liebsten würde er laut losschreien.

„Mutter, siehst du das Jungfern- Häutchen ist nicht mehr intakt. Es ist durch Geschlechts-Verkehr gerissen. Das habe ich oft in meiner Arzt Praxis gesehen, oder wenn ich die Mädchen und Frauen zu Hause untersucht habe. So etwas sehe ich auf den ersten Blick. Denn ich bin kein schlechter Arzt."

James Mutter ist verwundert, aber angefixt, sie will jetzt mehr erfahren.

„Mein Sohn, warum beschäftigt das dich denn so sehr? Die Sklaven, auch wenn sie Ex-Sklaven sind, haben doch schon als Teenager Sex. Auch wenn es mich über alle Maßen schockiert, dass in diesem Alter schon Sex praktiziert wird. In Afrika scheint das ja üblich zu sein, denn in Afrika werden die Frauen schon früh verheiratet. Dann bekommen sie ganz schnell viele Kinder. Gott sei Dank sind unsere Sitten und Gebräuche hier ganz anderes. Worüber ich sehr froh bin, das kannst du mir glauben James. Wir sind ja schließlich keine Wilden."

Ihr Sohn setzt sich fassungslos auf einen der zwei Stühle am Tisch und fängt an zu grübeln, er ist in Rage.

„Wenn es das nur wäre, Mutter. Du hast Recht, in Afrika machen sie es so, das mit dem Sex! Doch leider haben sie einige ihrer schlechten Sitten hier hiermit hin gebracht. Aber das hast du ja schon gesagt, Mutter. Willst du wissen von wem Lilly im dritten Monat schwanger ist, wer der Vater ihres ungeboren Kindes ist?"

Geschockt setzt sich Jenny zu ihrem Sohn. Sie hört ihm ganz genau zu, was er in seiner fassungslosen Wut sagt.

„Mein lieber Herr Vater, der Vater meiner Geschwister, als mein Ehemann, ist er der Vater dieses Kindes. Mit voller Leidenschaft und ohne Reue gezeugt, mit einer Sklaven-Kindfrau. Sie hat ihn absichtlich verführt, mit ihrem Voodoo Zauber, die kleine Hexe. Dann tut sie noch so unschuldig, dabei hat sie unsere ganze Familie bewusst zerstört! Ich denke du kannst mich verstehen, Mutter das wir das nicht auf uns sitzen lassen können, auch wenn Vater inzwischen tot ist.“

In Wut gehüllt springt sie auf, läuft zur immer noch gefesselten Lilly. Diese versucht mit weinenden Augen Blickkontakt zu Jenny zu bekommen. Diese wehrt energisch ab. Vor Ärger und seelischen Schmerzen schlägt sie nun wild auf das Mädchen ein.

Die Betrogene schlägt so hart auf die Gefesselte ein, dass sie durch die blutigen verletzenden Schläge auf Kopf und Körper in einen Trance -Zustand in Ohnmacht fällt.

James folgt seiner Mutter an das Bett und fühlt den Puls von Lilly am Hals, dieser ist nicht mehr fühlbar.

Als James zu einem der Ankleide Zimmer gehen will, fängt die schwangere Lilly an, plötzlich aus der Vagina zu Bluten. Ein kleines, rosarot-farbiges kleines Etwas rutscht zum Schluss aus ihr heraus.

Als Jenny das kleine Etwas sieht, will sie es nur noch ins Kamin Feuer werfen, um es loszuwerden, auch wenn es ein Teil von ihrem Mann war spielt das für sie keine Rolle mehr. Ihr Sohn kann sie gerade noch davon abhalten.

„Mutter lass, mache das nicht, schmeiß es nicht ins Feuer! Die missratene Fehlgeburt brauchen wir noch.“

Es klopft laut erneut an die Schlafzimmer Türe. James öffnet sie, er begrüßt Jeremy und Sanders. Die Beiden haben eine bleiche Hautfarbe und wirken gedanklich abwesend. Sind aber froh und erleichtert, als James ihnen einen Nacht Topf aus Keramik mit dem blutigem Inhalt zeigt. Gleichzeitig weist er Jeremy und Sanders in Richtung Bett hin, wo die sich inzwischen tote Lilly befindet.

Beide Männer nicken dankend. Körperlich geschwächt setzen sie sich zu der Toten in das Bett.

James hat eine bitte an die Zwei, teilt diese ihnen mit eiligem Nachdruck mit:

„Meine Herrn es ist an der Zeit, Es ist angerichtet. Warten sie nun nicht zu lange! Ihre Körper werden es ihnen danken, glauben sie mir es ist eine reine Frischzellen Kur. Genießen sie es so lange noch so frisch ist, wenn es verdorben und verwest ist erzielt es keine Wirkung mehr."

Die entsetzte Jenny kann wegen der Manieren der beiden hungrigen Männer, die sich wie wilde Tiere auf ihr Opfer stürzen um es zu verspeisen, nur noch den Kopf schütteln.

Das weiß bezogene Ehebett ist überall rot mit dem Blut und den Überesten des toten Mädchens besudelt.

„Das schöne Bett, die ganze Bettwäsche ist beschmiert! Eines der vielen Erinnerungen an meinen Mann und deinen Vater ist jetzt ruiniert! Was habt ihr euch dabei gedacht, James?

Hättet ihr dieses Maturum nicht anderswo stattfinden lassen können?"

Jeremy und Sanders schauen peinlich berührt zum Ehe-Bett. Sie beginnen die Bettwäsche abzuziehen, wischen sich damit durch ihre blutverschmierten Gesichter. Sanders durchaus bedrückt versucht sich bei Jenny zu entschuldigen, auch im Namen seines Freundes.

„Entschuldigen sie bitte, Miss Morgan, wegen des Bettes. Wir kommen natürlich für den Schaden auf und unsere Manieren sind auch nicht mehr die, die wir mal waren. Wir schämen uns ein Wenig, verzeihen sie. Sie wissen doch, die ganzen Umstände. Der Verlust ihres Gatten macht uns auch sehr zu schaffen, schließlich war er unser bester Freund. Wir sind mehr als nur bekümmert. Sie verstehen schon…"

Jeremy nimmt nachdenklich die gesamte, schmutzige Bettwäsche vom Boden auf, er läuft damit zum offenen Fenster und schmeißt sie hinaus. Die Bettwäsche landet auf der Wiese hinter dem Haus, ein

Sturm zieht auf, die blutbeschmierte Wäsche schwebt durch die Luft, Männer und Frauen in Sklaven Kleidung fangen die Wäsche auf, andere Personen in festlicher Kleidung fahren Steine wie auch Holz Spalten mit Schubkarren zu einem Platz vor dem Sklaven-Haupthaus.

Sanders, sowie sein geliebter Partner Jeremy kommen mit Fackeln, sie zünden den Haufen mit Holz und der Bettwäsche an, den sie alle zusammen gerafft haben.

Als der ganze Haufen brennt nimmt Jeremy; Sanders an die Hand, beide stellen sich etwas abseits vom Feuer.

„Jetzt dürfte die gute Miss Morgan etwas beruhigter sein, denke ich. Die schmutzige Bettwäsche verbrennt zu Asche und ich habe jemanden ins Haus geschickt, um das Bett-Gestell zu reinigen. Die Leiche der Kleinen, bzw. das was von ihr übrig geblieben ist, hat James in den Kamin Ofen im Schlafzimmer geworfen."

Nach dem Gesagten lächelt Jeremy darüber verlegen, aber zufrieden.

Sein Gesicht errötet stark, er streichelt verliebt über die Haare seines neuen Partners Jeremy. Es macht sich immer mehr positive Stimmung unter den Beiden bereit. Auch wenn einer von ihnen ein Geheimnis mit sich trägt, welches wenn es an das Tageslicht kommt alles verändern wird und die Zuneigung der Verliebten auf eine harte Probe stellen würde. Aber das Schlimmste was in einem Mensch sichtbar wäre, würde all das Friedliche auf der Erde ins Dunkel bringen, am Ende sogar vernichten. Alles mit gespielter Liebe, in inbrünstiger Zuneigung als Tarnung geschauspielert manipuliert.

Nicht bemerkt, ohne lästige Fragen zu stellen wird der Mensch geliebt, ohne dass er wirklich einer ist, nur das Äußere, was für Jeden sichtbar ist.

So geschieht es das sie sich umarmen in Zuneigung zu einander, ohne sich wirklich gegenseitig zu kennen.

Die Zeit fliegt, aber Sanders vergisst nicht was sein Geliebter getan hat, froh genießt er dessen Anblick vollen Lobes.

„Tolle Arbeit hast du gemacht, mein Lieber! Wenn James gleich rauskommt, werde ich mich auch bei ihm bedanken. Denn bei allen Peinlichkeiten sollten wir doch eine gewisse Etikette des Anstands bewahren. Wo ist eigentlich die Fehlgeburt geblieben? Meinen Appetit und meine Gier nach diesem Jungbrunnen ist stark."

Jeremy sieht sich um, ob sie beobachtet werden, dennoch lächelt er vergnügt, dann bekommt er ein Tablett mit einem Zylinder Hut oben drauf, von einem ihn ernst anschauenden Bediensteten. Er bedankt sich, die Mimik des Überbringers verändert sich in guter Laune. Als er den Zylinder hochgehoben hat, sieht er was sich darunter befindet, erstaunt blickt er es an, es sah aus wie ein winzig kleines Wesen, mit kaum sichtbarer Nabelschnur in einer Blutlache. Es sieht aus, als wäre es frisch aus einem menschlichen weiblichen Körper entfernt worden.

„Was ist denn das, mein geliebter Jeremy? Ist es das worauf ich gewartet habe? Wenn es der kleine Embryo ist, also die Nachgeburt der Kleinen, so wäre ich überaus zufrieden. Unser gemeinsamer Jungbrunnen-Nachtisch? Wie wäre es, wenn wir ihn uns teilen? Zu Feier des Tages, weil wir zusammen gekommen sind und wir Erfolg hatten."

Jeremy macht eine Balance-Artige Bewegung mit dem Tablett und tut so, als wolle er das Tablett wie ein Frisbee davon schleudern. Sanders, unruhig und nervös greift er selbst nach dem Tablett, sein Partner lacht ihn aus. Etwas verärgert über dieses Verhalten, erreicht Sanders nur den Zylinder, der fliegt zur Seite weg, wegen der Berührung durch seine Hand, auch gleichzeitig wegen des starken Windes. Jeremy der Sanders eigentlich nur ein Wenig necken wollte, muss jetzt alles dafür tun um seinen Geliebten zu beruhigen. Zu Not würde er mit ihm das kleine Wesen teilen, auch wenn es ihm nicht angenehm ist. Aber was tut man nicht alles aus Liebe.

„Mein Geliebter, seien sie doch nicht so verärgert, ich machte doch nur Spaß. Ein klein wenig Unterhaltung vor dem Dessert kann doch gar nicht schaden, oder? Komm lachen sie doch mit mir, es macht so viel Spaß."

Der frustrierte Sanders dreht sich von Jeremy weg, er geht zurück zur Villa. Den irritierten Jeremy lässt er mit dem Tablett in dessen Händen wortlos stehen. Er flüstert und spricht leise vor Ärger während des Gehens mit sich selbst. Er ist so empört, ihm ist nicht zum Lachen zu Mute. Auch kann er jetzt Jeremys lachenden Anblick kaum ertragen. Er fühlt sich für den Moment wohler nicht in seiner Nähe zu sein.

„Was für ein Possen-Reiser, was für ein Komödiant."

Er verschwindet rasch ins Haus, ohne sich umzudrehen.

Das Lagerfeuer brennt immer noch, drum herum tanzen völlig ausgelassen, fröhlich und friedlich zusammen, die Sklaven, Bediensteten, eingeladenen Gäste aus New Orleans und von Außerhalb; Menschen mit unterschiedlichen Nationalitäten, als auch Diamond mit ihrem Verlobten Michael.

Musikanten in Vogelscheuchen-Kostümen und Cowboy-Bekleidung Spielen Country- und Folklore Musik, mit Geigen, Flöten und auch auf Trommeln in der Nähe des flackernden Lagerfeuers, aus Fässern wird Whisky, wie auch Wein, Wasser aus Flaschen gereicht, an reichlich gedeckten Tischen werden Obst, gekochtes Gemüse/rohes Gemüse, gebratenes saftiges Fleisch und Fisch aller Art, auch riesige Brotlaibe angeboten. Zum Nachtisch auch verschiedene sahnige und zuckrige Kuchen zum Essen hingestellt. Jeder kann sich an allem bedienen und sich satt essen, den Durst an den Getränken stillen.

Zurück zu dem Verlassenen, der will schließlich nichts auf sich sitzen lassen. Verwundert läuft Jeremy seinem Geliebten hinterher, er ruft Sanders genervt hinterher. Doch dieser würdigt ihn nun mehr beleidigt keines Blickes. Manche der Gäste und Bediensteten auf dem Fest sind darauf aufmerksam geworden, sie sehen den Beiden irritiert hinterher, sie räuspern sich verständnislos, halten sich aber vornehm zurück und schweigen lieber Kopf schüttelnd.

„Es tut mir leid, mein Gebieter und Geliebter! Ich bitte sie, ähm… ich wollte sie in keiner Weise verärgern. Ich bin so verzweifelt. So warten sie doch! Hier ist das Tablett, kommen sie wir gehen in die Küche und essen es, bevor es verdirbt. Es wäre zu schade, wenn die Jugend so schnell vergeht."

Aus dem Gebäude herauskommend, stoppt Sanders er bleibt nachdenklich stehen. Ein kleines Lächeln huscht ihm durch sein Gesicht. Er sieht sich um und sieht wie Jeremy das Tablett mit der zubereiteten Nachgeburt, dekoriert mit vielen roten duftenden Rosenblüten.

Gerührt und entzückt, doch schweigsam von Jeremys romantischem Geschenk, in facto von seinem unterwürfigem Verhalten als Beweis der Liebe zu seinem Gebieter, faktisch auch als geliebten Lebens Partner zieht Sanders ihn rasch in das Herrnhaus.

Zurück im Herrn Haus angekommen im untersten Stock im Schlafzimmer von Jeremy und Sanders, welches sich genau unterhalb des Schlaf-Zimmers der Morgans befindet, da darüber im obersten Stockwerk thront.

Sanders und Jeremys Schlafzimmer mit einem breiten Ehebett aus schwerem Eichenholz ausgestattet, an der Wand stehend, sieht man einem metallenen verzierten Beistell-Tisch. Eine hölzerne Kommode mit Schubladen im viktorianischen Stil verleiht dem Schlafzimmer einen ehrwürdigen Charakter, mit einem Zweitürigem-Kleiderschrank im gleichen Stil gehalten, mit einem kleinen wertvollen Holz-Tisch der zwei Stühle dran stehend hat, genauso venezianisch aussehend. Einen grob gewebten bunten Teppich vor dem Bett liegend, so lässt es sich wohlfühlen. An den Wänden ist eine hellblaue Tapete befestigt, mit Wellen Muster. Am Fenster sind schwere dunkel blaue Samt Vorhänge angebracht. Das Zimmer ist durch eine viktorianische Glass Öl-Lampe ist es schwach beleuchtet, was es gemütlich macht.

Schließlich im Haus angekommen laufen die Beiden mit ihrem für sie köstlichen Nachtisch in das gemeinsame Schlafzimmer, obwohl es eigentlich in die Küche gehen sollte. Aber es ist ihnen so lieber.

Jeremy bedient seinen Geliebten, nach dem er ihm das Tablett auf den Beistell-Tisch gestellt hat. Er füttert ihn nun mit dem in Stücke geschnittenen Embryos. Sanders genießt jeden Bissen schmatzend, er schlingt jeden Bissen hastig herunter, als wolle man ihm es wieder wegnehmen. Zwischen dem Kauen stoppt er, um sich bei Jeremy wieder zu bedanken, der ihn so verliebt und stolz beobachtet.

„Ich verzeihe ihnen, mein geliebter Jeremy. Aber ich mag diese Art von Spielerein nicht, mit so kostbarem Essen Es hätte auf den Boden fallen können und wäre dann verunreinigt worden. Deshalb sage ich dir das, als eine Belehrung, damit so etwas nicht nochmal passiert. Ich werde auf dich aufpassen müssen, denn wir dürfen nichts riskieren. Ich hoffe, dass du mich verstanden hast."

Betroffen lässt sich Jeremy auf das gemeinsame Bett fallen. Erschöpft sieht er nachdenklich zu Sanders hoch.

Gnade über seinen Geliebten waltend, streichelt er ihm zärtlich gefühlvoll über den Kopf und schnuppert an dessen Haaren. Sanders der nun besänftigt ist, kann wieder die Anwesenheit seines Geliebten ertragen. Er genießt es genüsslich in vollen Zügen. Er zeigt dies in angenehmen Worten, die wie liebliche Musik in Jeremys Ohren erklingen.

„Es ist schon gut, mein Kleiner. Es ist alles wieder in Ordnung. Es ist ja doch nichts passiert. Jetzt entspanne dich und esse selbst etwas, du siehst blass aus."

Das lässt der lächelnde Jeremy sich nicht zwei Mal sagen. Er nimmt sich das Messer und die Gabel für sein Mahl. Seine Freude über das Essen und die Vergebung seines Lebenspartners ist ihm in seinem Gesicht anzumerken.

Er sitzt entspannt neben Sanders und genießt seine Beachtung, während dieser aus Dankbarkeit ihm den Rücken liebevoll krault. Während dabei Stück für Stück das geliebte Dessert in seinem kauenden Mund verschwindet, fängt Jeremys Körper sich an zu erholen, die fahle bleiche Hautfarbe weicht einem gesünderen Teint, bis hin zu roten Wangen. Sanders ergeht es beim Essen dabei genauso.

Zu Kräften gekommen, verlassen sie gemeinsam ihr Schlafzimmer. Sie steigen entschlossen die hölzerne Wendel-Treppe hinauf. Oben angekommen herrscht gespenstische Stille. Die Beiden betreten verwundert das Schlafzimmer der Morgans. Was sie dort sehen lässt ihnen das Blut in den Adern gefrieren.

An einem dicken Decken-Balken aus Eichenholz, in der Nähe des Kamins hängen eine weibliche, als auch eine männliche Leiche. Baumelnd an den geflochtenen Hanf -Seilen um ihre Hälse als Schlingen fest zugezogen.

Vor den Toten auf dem Schlafzimmer-Boden liegend ist der Teppich zur Seite geschoben, auf dem Holz-Dielen Boden ist ein Teuflisches Pentagramm mit weißer Kreide aufgemalt.

Schockiert, aber erstaunt sehen Jeremy und Sanders zu den Zwei an den Decken-Balken aufgehängten Toten hinauf. Deren Körper sind schon nach kurzer Zeit mumifiziert, ihre Gesichter wirken, als hätten sie im Todeskampf geschrien, weil ihre Münder weit aufstehen, ihre Augäpfel sind verschwunden, die Haare auf den Köpfen von Mutter und Sohn sind alle hastig abgeschnitten worden. Denn der Mörder hatte unsauber gearbeitet, denn die restlichen Haare lagen zurück geblieben auf dem Boden.

Vor den Aufgehängten, mitten in einem mit Satans Pentagramm sitzt die hämisch grinsende Crystal mit zusammen gefalteten Händen betend. Sie scheint Jemanden zu erwarten. Vielleicht den Leibhafti-gen, vielleicht ist sie die Mörderin von Mutter und Sohn? Alles im Namen des Leibhaftigen. Denn sie ist überall Blut versaut, um sie herum liegen die Haare genau an den Spitzen des Pentagramm Sterns auf dem Boden verteilt.

Crystal ist in ein viktorianisches schwarzes Kleid, in schwarzen Schuhen und hat ihr Gesicht in einen schwarzen Schleier gehüllt, mit einer großen Schere in der Hand haltend. Sie hat eine sehr blasse bis weiße Gesichts-Farbe.

Sie greift nach einem, neben ihr befindenden sich schwarz-metallenen, mit rotem Samt ausgekleideten Schmuck Kästchen und nimmt zwei Trauringe heraus. Crystal küsst diese leidenschaftlich. Crystal flüstert leise sehnsüchtig in Trance vor sich hin, ohne zu merken, dass sie von Sanders und seinem Geliebten Jeremy beo-bachtet wird.

„Mein Master und baldiger Ehemann, ich warte auf dich in voller Demut, mit so starkem Verlangen nach dir.

Um dir mein Leben auf ewig zu geben. Ich hoffe, dir gefallen meine Hochzeits-Geschenke, ich habe mir extra viel Mühe gemacht um dir so meine Zuneigung zu beweisen."

Sie kniet sich ungeduldig, als auch Hoffnungsvoll auf den Boden im Pentagramm um auf Belephegor zu warten.

Während Crystal wartet, nähern sich Sanders und Jeremy ihr. Sanders ergreift interessiert das Wort, während er zufrieden die Toten begutachtet. Er fängt an vor guter Laune zu lachen.

„Crystal hast du Miss Morgan und ihren Sohn James getötet? Du bist ein wirklich böses Mädchen. Das ist gut so meine Liebe. Unser Gebieter, der bald dein Ehemann sein wird, wird sicherlich sehr stolz auf dich sein, meine Kleine, das kannst du mir glauben."

Es ist nun tiefschwarze Nacht draußen, erneut zieht ein Sturm auf, mit einem lauten Knall springen beide Fenster auf. Eine tiefe Dunkelheit verhüllt die Villa, eine Hitze noch stärker als die Sommer lässt die Flammen im Kamin wachsen. Die Lichter der Öl-Lampen gehen aus und lassen leichten Qualm im Zimmer zurück. Das Zimmer verdunkelt sich, selbst das Feuer bleibt nicht mehr an. Als hätte es jemand ganz plötzlich gelöscht, aber ohne das man was sehen kann von wem. Von draußen klettert eine wolfsmenschartige Gestalt durch das geöffnete Fenster nach oben. Der Schrecken musste wohl an der Hauswand hochgeklettert sein, anders war es nicht zu erklären wird er dort reingekommen sein musste. Diese Gestalt baut sich rasch vor Sanders auf und spricht ihn mit tonangebenden Worten an. Diese herrschsüchtige und böse Gestalt nennt sich Belphegor, der Fürst der Finsternis, der mitten aus den Flammen der Hölle entstiegen ist. Er besitzt die Macht die Menschen derart zu täuschen, sie zu verwandeln, zu betrügen, zu Morden und sich selbst in verschiedene Gestalten zu verwandeln.

Das Allerschlimmste aber ist, das er sich gemeinsam mit Menschen Frauen vermehren kann. Umso mit seines Gleichen sich auf der ganzen Welt ausbreiten zu können.

Belphegor betrachtet nun alles begeistert, er wendet sich an alle die sich versammelt haben und nun vor ihm knien. Er lässt seinen gespielten Stolz in Worten über an jeden von ihnen einhergehen.

„Das bin ich auch, mehr als stolz, mein Diener Sanders. Deine Gestalt hat sich prächtig entwickelt, auch der junge Jeremy. Es freut mich zu sehen, wie hier meine Befehle in so kurzer Zeit befolgt wurden. Das ist wirklich sehr erstaunlich, ich freue mich darüber."

Belphegor macht mehrere kreiselartige Bewegungen, die seine menschenwolfartige Gestalt verschwinden lässt. Stattdessen ist er jetzt als gut aussehender Mann von etwa fünfundvierzig Jahren zu sehen.

Mit braunen großen Augen, schönen langen welligen Haaren zu einem Zopf zusammen gebunden, von einer stattlichen Gestalt, der Körper ist groß gewachsen.

In einem viktorianischen Anzug gekleidet, mit einer schwarzen Stoff-Hose, mit braunen Hosen-trägern, weißem Seiden Hemd mit Knöpfen, einer schwarzer Jackett-Jacke und blank geputzten Schuhen in ebenso schwarzer Farbe.

Der Teufel mit Namen Belphegor zündet sich mit einem seiner Fingerspitzen eine Pfeife an, in dem er seinen Finger vorne in die mit Tabak befüllte Einbuchtung der Pfeife steckt.

Jeremy und Sanders lachen über diesen Anblick. Noch nie hatten sie so etwas jemals zuvor vom Teufel gesehen, dass er eine Pfeife rauchte. Argwöhnisch sieht Crystal die Beiden Kopfschüttelnd an.

Doch Belphegor nimmt sie mit seiner Hand an ihre Hand. Fröhlich prüft er seine geschenkten, toten mumifizierten Leichname. Er nimmt einen kräftigen Zug aus der Pfeife und bläst mit hinterhältiger Absicht den weißen Qualm in die toten Gesichter von Mutter und Sohn.

Er klatscht und johlt amüsiert vor Freude, dass sich deren mumifizierte Haut ins Braune verfärbt, an den Stellen die vom Qualm getroffen werden.

Crystal, die sich inzwischen beruhigt hat, kann sich vor Lachen kaum noch halten und fällt bald zurück in den Pentagramm Kreis. Jeremy und Sanders die selbst lachen müssen, halten sie fest damit sie nicht auf den harten Boden fällt. Crystal ist dankbar darüber und fasst es in ihren Worten diagnostizierend zusammen.

„Danke ihr Beiden, für eure Hilfe. Ihr seid uns immer gute Untergebene. Zur Belohnung habe ich neue Haare für eure Köpfe. Die alten Haare sind euch bestimmt wieder ausgefallen. Ah, ich sehe ihr tragt Perücken und ihr fangt an euch an euren Köpfen zu kratzen. Das ist die reinste Quälerei, das kenne ich selbst. Vor langer Zeit haben wir das noch nicht gewusst, dass uns die Haare der Menschen helfen würden. Nach einiger Zeit fanden wir es aber heraus und dann fingen wir an den Menschen die Haare zu rauben. Es ist mir Anfangs nicht leicht gefallen. Doch was sollten wir tun, wir hatten keine andere Wahl."

Diamond beschreibt die Kräfte von Belphegor und erklärt was es mit den Haaren auf sich hat.

„Aber da Belphegor unser Gebieter, der heute meiner Verlobter werden wird, sich die Fähigkeit angeeignet hat, neue Kräfte zu entwickeln und diese teilweise auch auf seine Gefolgsleute zu übertragen, haben wir nicht mehr von lebendigen Menschen die Haare geraubt, sondern nur noch von den Toten. Diese durften aber nicht länger als achtundvierzig Stunden tot sein, sonst würde die Wirkung nicht eintreten, die bei uns die Haare wieder sprießen mit den gestohlenen neuen Haaren. Also, haben wir keine andere Wahl uns das zu nehmen, was uns Rechtmäßig zusteht. Wer da anderer Meinung ist, bekommt unseren Zorn im Doppelpack zu spüren."

Belphegor klopft mit seiner Hand Crystal beruhigend auf ihre rechte Schulter, während er wieder kräftig erneut an seiner Pfeife zieht. Crystal lächelt ihn zärtlich an, sie zwinkert Belphegor flirtend zu.

Plötzlich hören alle Beteiligten von draußen ein lautes Rufen, nach Crystals Namen. Sie schaut heimlich zum Fenster raus und hofft, dass sie dabei nicht gesehen wird, um selbst zu überprüfen wer sie gerufen hat.

Doch ihre Schwester Diamond hat sie längst schon entdeckt, fröhlich ruft sie außen vom Fenster Crystal entgegen:

„Also, da steckst du also. Ich habe dich die ganze Zeit in dem Näh-Zimmer gesucht, wo du zuletzt warst. Sogar draußen beim Lager Feuer, danach in der Halle vom Sklaven-Haupthaus. Nirgendwo warst du zu finden.

Ich glaube du warst heute gar nicht bei dem Fest. Was ist denn mit dir los? Ich mache mir Sorgen um dich. Du warst heute den ganzen Tag schon so merkwürdig gelaunt. Komm doch mal runter zum Fest, du verpasst sonst was. Außerdem habe ich dir zusammen mit Michael etwas Wichtiges zu sagen. Ach, ich bin so aufgeregt du wirst es kaum glauben, so glücklich bin ich."

Alle Anwesenden schweigen still, während sich Crystal offen ihrer Zwillings-Schwester Diamond am Fenster nähert. Zufrieden ist sie aber mit dem Gesagten nicht, sie murmelt leise und stöhnend vor sich hin, sie ist genervt.

„Die hat mir gerade noch gefehlt. Meine Schwester hat ein Talent, immer in den falschen Momenten aufzutauchen."

Aus dem Flüstern heraus, erwidert Crystal Folgendes etwas lauter in leichter Verärgerung:

„Ich werde zu dir hinunter kommen. Schwester, gehe zurück zum Fest. Das ist meine Anweisung an dich. Ich bin fünfzehn Minuten älter als du, vergiss das nicht. Daher bin ich klüger als du, Diamond. So, jetzt muss ich mich frisch machen und etwas anderes anziehen. Dafür muss die Zeit noch reichen. Dann komme ich nach. Aber du weißt eigentlich, dass ich das Fest nicht besonders mag. Ich halte nichts davon mich unnötig zu amüsieren, wobei es mich nicht wirklich amüsiert, wenn mich dann noch alle anstarren, als wäre ich das achte Weltwunder. Aber was ist denn so wichtig, das du und Michael es mir hier nicht sagen könnt, oder stören euch die Anderen hier?"

Diamond und Michael nehmen sich schweigend an ihre Hände, mit den Verlobungs-Ringen, sie halten sie provozierend nach oben in Richtung des Fensters in dem ihre Schwester Crystal verwundert im Rahmen stehen bleibt und sich über das Verhalten der Beiden aufregt.

„Jetzt sag bloß, ihr seid verlobt und wollt heiraten? Dafür verspotte ich euch Beide. Nein und nochmals nein! Du bist eine weiße aristokratische Frau. Wir sind die Herrschenden, wir heiraten keine Sklaven! Das bestimme ich so und das Paar das uns aufgezogen hat, hat es uns so beigebracht. Das scheinst du vergessen zu haben. Das du dich ständig bei den Sklaven aufhältst scheint dir nicht zu bekommen. In Zukunft hältst du dich von den Sklaven fern. Michael wirst du nicht heiraten. Ich akzeptiere eine Freundschaft zu ihm, aber nur damit du nicht andauernd heulst."

Vor teuflischer Wut geht sie vom Fenster weg, Crystal läuft auf die zwei hängenden Toten zu, schlägt mehrfach auf sie ein, durch die Schläge bewegen sie sich hin-und her, die toten Körper knallen aneinander, die Seile lösen sich dadurch von dem Balken. Die mumifizierten Leichen von Mutter und Sohn Morgan fallen mit einem lauten Knall auf den harten Dielen-Holzboden.

Belphegor, der die ganze Szene mitangesehen und gehört hat, kann nur noch über den Schwestern Streit und über das Herunterfallen der toten Körper schmunzeln.

Sanders und sein geliebter Partner Jeremy spielen die Unterhaltung der Geschwister, mit veränderten weiblichen Stimmen in lächerlicher Form nach. Sie imitieren die Beiden dabei so schlecht, dass Belphegor sie teuflisch laut auslacht und dazu noch knurrt wie ein Bär.

Die Feiernden auf dem Fest, als auch noch das vor dem Haus stehende Pärchen Diamond und Michael erschrecken sich fast zu Tode. Sie laufen zurück zum Fest, ohne sich auch nur umzusehen.

Verärgert über das Theater spielen der beiden Helfer ihres Verlobten Belphegor, wie auch die Ignoranz des Teufels an ihr selbst, mit Nichtbeachtung, verlässt Crystal enttäuscht die Villa in Eile.

Sie will ihre Schwester und Michael einholen, deshalb läuft sie ihnen in Unterwäsche, mit dem Seiden-Bademantel hinterher. Als sie die Beiden erreicht hat, zittert sie vor Ärger und Nervosität. Denn kalt ist es in der Sommer Nacht nicht, weiß Gott nicht. Sie kann sich nicht freuen, nur noch weinen vor Enttäuschung.

„Wie konntest du mir das antun, wie konntest du mich so hintergehen, Diamond? Meine eigene Zwillings-Schwester."

Crystal fällt in fast in Ohnmacht, als sie den Verlobungs-Ring an Diamonds Finger sieht. Michael hält sie fest, damit sie nicht zu Boden fällt. Er versucht sie zu beruhigen, was sehr schwierig ist.

Crystal schlägt um sich, weil sie nicht will, dass Michael sie besänftigend anfasst, sie wehrt sich mit all ihren Kräften. Er redet in einem ruhigen Ton mit ihr, wobei er sich rechtfertigen muss und einiges erklären muss, auch wenn dies nicht von Erfolg gekrönt sein wird.

„Hey Miss, ich will ihnen nichts Böses, ich will ihnen doch helfen. Sie machen einen Fehler. Heiraten sie Belphegor nicht. Alle sind dann nicht mehr sicher. Nur mit dir kann er über die Welt herrschen. Er liebt dich nicht, Crystal. Der Teufel benutzt dich nur, aber ich liebe deine Schwester."

Diamond steht neben den Beiden, durch die rührenden Worte von Michael muss sie anfangen zu weinen.

Aber beruhigt sich schnell wieder, um gedanklich hellwach zu sein. Denn ihre Zwillings-Schwester Crystal erhebt schwere Vorwürfe gegen sie und ihren Verlobten. Die Worte von Michael verlacht sie voller Hohn.

Sie dreht sich um, als sie wieder wie die beiden Beinen auf dem Boden steht, schubst Michael sie von sich weg. Wie in Trance läuft sie zurück zum Haus, ohne sich auch nur zu äußern. Diamond ist über Crystal entsetzt.

„Warum läufst du jetzt weg? Du beschuldigst mich, dass ich etwas Ungerechtes getan habe, dabei bin ich jetzt hilflos wie ein zappelnder Fisch im Fangnetz. Du hast die Hilfe von meinem Verlobten nicht angenommen. Darum tadele ich dich, auch wenn du fünfzehn Minuten älter bist, als ich. Warum hasst meine Zwillings-Schwester uns so sehr? Das macht mich richtig traurig."

Diamond muss so weinen, dass ihre Augen rot werden.

„Willst du nicht, dass ich Glücklich werde. Du hast es mir ja zu verstehen gegeben, das werde ich dir nie verzeihen. Es ist mir egal was unsere Ersatz Eltern gesagt haben. Ich höre auf mein Herz und meine Gefühle."

Als das Paar hinter ihr her laufen will, um sie weiter zu Rede zu stellen, aber sie werden von ihr ignoriert, in diesem Moment springt die schwarze Katze von einem der Obst-Bäume. Keiner weiß warum sie so plötzlich da ist, vor allem hat niemand gesehen wie sie dort hingekommen ist.

Vor der Villa, mit der Wiese daneben und einigen Obst Bäumen am frühen Morgen geht inzwischen die Sonne auf. Keiner hat geschlafen und die Zeit ist wie im Flug vergangen.

Das Fest ist zu Ende gegangen, die Musiker haben aufgehört zu musizieren, sie packen ihre Instrumente ein. Das Essen ist aufgegessen worden, die Flaschen sind geleert worden, die leeren Fässer liegen auf dem Boden und werden von den Sklaven wie den Bediensteten, von den übrig gebliebenen wenigen Gästen die gerade nach Hause gehen wollen weggerollt, das Lager Feuer wird von den Stall Burschen mit Wasser Eimern gelöscht.

Kapitel Sechzehn

DIE BESCHÜTZERIN

Die schwarze Katze läuft auf den verwunderten Michael und seiner ebenso verwunderten Verlobten Diamond zu. Die Beiden bleiben, sie knien sich hin um die Katze zu begrüßen. Sie schmust mit ihnen schnurrend, während sie sich noch eine Weile streicheln lässt.

Das Wetter ändert sich; plötzlich wird es stürmisch, Blitze erscheinen am Himmel, der Donner kracht. Ein Blitz schlägt in den Obst-Baum ein, wo vorher die Katze gesessen hatte. Plötzlich fängt der Baum Feuer, das sich schnell ausbreitet.

Weil alle noch durch verschreckt sind, hat niemand bemerkt das eine Wolfartige Gestalt aus dem Schlaf-Zimmer Fenster der Morgans im obersten Stock gesprungen ist. Das bösartige Tier läuft in seiner Wut auf das Paar zu, welches sich unter das Vordach vor der Haustüre gestellt hat, um Schutz zu suchen, zusammen mit ihrer Katze.

Ganz plötzlich rennt Crystal aus dem Haus, mit offenen Armen auf die Gestalt zu. Doch diese weißt sie ab, greift sie an, schlägt auf sie ein mit seinen großen Pranken um sie zu verletzen. Er fletscht die Zähne und droht knurrend wie ein wütender Hund die erschreckte Crystal an. Mit seinen scharfen Krallen kratzt er ihr ins Gesicht. Voller Entsetzen will sie fliehen, doch durch das Festhalten seiner unsichtbaren kraft, macht es so eine Flucht unmöglich. Crystal versucht in ihrer Angst mit ihm zu reden, doch es scheint vergebens zu sein, denn es scheint ihn nicht zu überzeugen, auch ihre eigenen Kräfte reichen nicht aus um sich gegen das Böse zu wehren.

„Was ist denn los mit dir? Erkennst du nicht deine Verlobte nicht wieder? Du machst mich traurig, denn du hast mich auch ohne Grund angegriffen. Ich habe nichts getan, was euch verärgern könnte. Mein Master, ich habe den Auftrag nicht vergessen. Nun sagen sie doch schon was ich falsch gemacht habe! Ich habe alles getan was du von mir verlangt hast! Bist du nicht mit dem zufrieden, mit dem was ich getan habe? Nun sagen sie es mir doch! Ich werde langsam selbst ungeduldig."

Die Gestalt Belphegor, so nennt sich der Wolf, machte das Gesagte von Crystal nur noch wütender. Er nimmt ihren Körper und wirbelt ihn im teuflischen Zorn durch die Luft. Hart schlägt ihr Körper nun auf dem Boden auf.

Sie bleibt leblos liegen und bewegt sich nicht mehr.

Diamond schreit vor Entsetzen, als sie sieht was der Teufel als Wolf mit ihrer Zwillings-Schwester angestellt hat.

Diamond kniet sich über die Leblose und trauert um ihre Schwester, weinend in ihrer Wut mit tiefer Trauer lässt sie das Belphegor spüren.

„Was hast du gemacht, Belphegor? Warum hast du meiner Schwester das angetan? Du bist so schrecklich brutal. Du bekommst meine Schwester Crystal niemals, egal wie. Ihre Seele gehört nicht dir und auch nicht ihr Körper! Sie ist nicht mehr deine Dienerin und jetzt nicht dein Besitz. Wir werden es schaffen sie wieder zu erwecken."

Teuflisch schellmisch lachend, klatscht Belphegor sich in die Hände. Seine Helfer Sanders und Jeremy kommen die Treppe herunter aus dem Haus gelaufen, sie knien sich ehrfürchtig auf den Boden vor dem Haus.

Ihre Körper zerfallen deshalb in einzelne, schwarze Puzzle Teile auf den Boden, sie verflüssigen sich und verschmelzen zu einer einzigen schwarzen Masse; die zu einer riesigen Pfütze wird, die sich auf alle Anwesenden zubewegt. Vor Schreck weichen alle zur Seite. Die schwarze Katze fängt vor Wut an zu fauchen. Michael will zu ihr hin, um sie weg zu tragen, da die schwarze Pfütze immer mehr auf die Katze zu fliest. Als Michael sich zu ihr runter bücken will, drückt ihn die Katze mit ihrer Pfote zu Seite. Der erstaunte Michael gibt dem nach, dadurch entsteht mehr Platz, denn die noch sitzende Katze wächst, sie verändert dabei auch ihre Form. Nämlich von der Katzen Form in eine Menschliche. Sie nimmt die Menschliche Gestalt einer alten dunkelhäutigen Frau an, die in ihrer schwarzer Talar Kleidung wie eine Priesterin auf dem Boden mit ihren beiden Beinen steht.

Als Michael irritiert in ihr seine Großmutter erkennt, stellt er ihr in seinem Erstaunen einige Fragen und kann sich vor Verlegenheit das

Grinsen nicht verkneifen. Denn er wusste nicht, dass sie sich in eine Katze verwandeln kann.

„Mommy, was machst du denn hier? Warum hast du mir nicht gesagt, dass du hier bist?

Hast du einen Schutz Engel, ähm eine Schutz Katze gespielt? Es erscheint mir so, denn du hast eine gute Seele."

Michael nimmt seine Großmutter „Mommy" an deren Hand und will ihr seine Verlobte Diamond vorstellen, doch sie stoppt ihren Enkel-sohn Michael abrupt, auf dem gemeinsamen Weg zu Diamond. Er sollte nicht die immer noch leblose Zwillings-Schwester Crystal vergessen. Mommy lässt die Hand von Michael los und zieht aus einer Stoff-Tasche, die sie um ihre rechte Schulter trägt, eine halb verrostete Stoff-Schere heraus. Sie geht damit auf die Pfütze zu, die sich immer schneller auf sie zu bewegt. Sie bleibt genau davor ste-hen, die Pfütze stoppt auch in ihre Fließbewegung. Mommy richtet Wichtiges in Worten entschlossen an ihren Enkelsohn.

„Michael, du hast Recht, ich bin hier um dich, deine Verlobte, ihre Zwillings-Schwester, wie uns alle vor dem Bösen und seinen Kom-plizen zu schützen. Tut mir leid, dass ich da so energisch bin. Ich werde dir alles erklären, aber jetzt muss ich mich verteidigen. Ich muss mutig sein, auch wenn es mich meine letzten Kräfte kosten wird. Ich bin so unerschrocken. Aber sollte ich das hier nicht überle-ben, dann bitte ich dich die Schere und die anderen Dinge, die sich hier in der alten Zigarren-Kiste befinden, heraus zunehmen, um das alles zu deiner Verteidigung zu gebrauchen, um das hier endgültig zu beenden."

Michaels Großmutter warnt ihren Enkelsohn vor dem dämonischen Herrscher. Ermutigt ihn aber trotz aller Gefahr nicht aufzugeben.

„Denn Belphegor wird sonst die Weltherrschaft an sich reißen und es wird sehr dunkel hier auf dieser Welt werden. Du solltest wie ich furchtlos sein, du hast es in deinem Blut. Also glaube an dich, so wie wir alle an dich glauben."

Traurig lässt Michael seine Großmutter ihr Werk der Verteidigung durchführen. Mommy setzt die Schere an, genau an der Pfütze, sie fängt an in die schwarze ölhaltige Masse zu schneiden, als wolle sie einen Gegenstand dort heraus zuschneiden. Plötzlich sind zwei jämmerliche Schreie voller Schmerzen zu hören. Mommy lässt das aber kalt, sie schneidet weiter in die Masse, die Schreie werden jetzt noch schriller und lauter, fast schon Ohren betäubend laut. Nachdem sie fast ihre Aufgabe beendet hat, brüllt der Teufel in seiner Wut, er dreht sich wie ein Tornado auf Diamond zu.

Auf der Wiese auf dem Grundstück des Anwesens der Familie Morgan am Morgen im Sommer, als der Himmel sich verdunkelt, zieht ein Wirbelsturm auf, einige nicht befestigte Gegenstände, als auch Garten Möbel fliegen in den Hurrikan und mit ihm durch die gesamte Gegend.

Michael gerät in Panik, er will Diamond helfen, er rennt ohne auf Mommy zu achten, auf seine Verlobte zu um zu verhindern das der Teufel sie in seine Hände bekommt. Doch der wird immer stärker, seine Wolfs Augen leuchten jetzt im glühenden Rot auf. Seine Gestalt wächst und wächst, bis sie die Größe eines Zehn-Meter Turms erreicht hat. Aus seiner sich inzwischen verändernden Plasma Gestalt zieht und streckt er seine Arme wie Gummi elastisch nach Diamond aus. Sie versucht noch ihm zu entkommen, aber dafür ist es jetzt zu spät, seine klauenartigen Hände, die auch riesig groß geworden sind, so groß wie die Räder von Wind Mühlen und lassen sie nicht entkommen. Ein letztes Mal schreit sie nach Michael, als Belphegors Hand zuschnappt.

Diamond ist nun seine Gefangene und ruft ängstlich nach ihrem Verlobten, sie kann nur noch schreien und weinen vor Angst.

„Michael, hilf mir! Ich habe Angst, überlasse mich ihm nicht! Befreie mich, bitte! Lass mich nicht alleine, bitte!"

Michael fühlt sich so hilflos, auch Mommy kann er nicht helfen, denn die Ölhaltige Masse baut sich vor ihr in der Höhe auf und er muss verzweifelt mit ansehen, wie die schreiende, sich mit der Schere um sich schlagende Mommy, die sich versucht hat zu verteidigen und letztlich von der massiven Masse verschlungen wird.

Nach dem sie verschlungen wurde, krächzt und röchelt die Masse, als hätte sie sich verschluckt.

Dann knallt es laut, der Schreck fährt Michael in seine Glieder. Er erblickt nur noch das fleischlose, qualmende Skelett seiner Großmutter, welches kauernd mit der Schere in der Hocke auf dem Boden-sitzt.

Von der schwarzen Masse ist nichts mehr zu sehen, sie hat sich nun in Luft aufgelöst, nachdem sie sich von dem Fleisch von Mommy`s Körper ernährt hat, um ihre eigenen Kräfte zu erhalten. Die Dunkelheit der verdunkelten Sonne als eine Sonnen Finsternis am Tag, an einem Morgen in der Sommer Hitze.

Der verschwitzte Michael bückt sich runter, er nimmt die Schere aus der Hand der sterblichen Überreste von Mommy. Ihr Skelett kippt zur Seite, die Knochen fallen zu Boden und werden nun zu Staub, der vom starken Sturm weggeweht wird.

Auf dem Boden liegt immer noch die bewegungslose Zwillings-Schwester Crystal im unveränderten Zustand.

Der Sturm mit dem Staub von Mommy`s Knochen im Gepäck er-reicht sie und rieselt auf ihren bewegungslosen Körper nieder. Der erstaunte, aber traurige Michael sieht das Wunder seiner toten Großmutter als Geschenk aus dem Jenseits mit dem Sturm kommen. Als sich der Knochen Staub auf Crystals Körper verteilt hat, dauert es nicht lange, bis sich ihr lebendig werdender Körper anfängt zu bewegen. Sie macht ihre Augen auf, aber fängt gleich an zu weinen. Sie setzt sich auf, fängt an zu weinen und schreit vor Trauer über das was geschehen ist und fühlt sich schuldig und verzweifelt.

„Oh Diamond und Michael, es tut mir so leid, es ist alles meine Schuld! Hätte ich mich nicht mit ihm eingelassen, dann wäre das alles nicht passiert!"

Michael freut sich etwas, aber diese kleine Freude, mit etwas Hoffnung wehrt aber nur kurz, als er Crystals Worte hört. Er ist sehr ungehalten und schreit verärgert sie an.

„Da hättest du dir vorher mal Gedanken machen sollen. Ich klage dich dafür an, für das was passiert ist. Aber das ist falsch von mir, das ist nicht der richtige Zeitpunkt. Nicht jetzt, wo wir sowie so keine Zeit mehr dazu haben. Belphegors Macht ist stärker geworden, bald sind wir alle nur noch seine Sklaven. Dann ist es ihm egal, ob man eine schwarze oder weiße Hautfarbe hat. Diese starke Ungerechtigkeit macht mich mehr als traurig. Komm Crystal, mach dich mit mir auf die Suche nach deiner Schwester. Das ist jetzt das Entscheidende, damit kannst du alles wieder in Ordnung bringen."

Michael zerrt an einem ihrer Hände. Crystal steht auf, sie lässt sich von ihm führen, auch wenn sie nicht weiß wohin sie Beide gehen werden. Denn von Diamond und der teuflischen Gestalt Belphegor ist nichts mehr zusehen, außer ein paar eingebrannten Spuren von Kutschen Rädern auf dem Grass der Wiese und auf dem steinernen Weg direkt daneben.

Sie hätte zu gern gewusst, wohin es geht um in ihrem Kopf eigene Strategien der Verteidigung zu entwickeln.

Nun muss sie ohne es zu wissen, alleine planen; was nicht verkehrt war denn innerlich Empfand sie nur noch den tiefsten Hass einer Betrogenen gegenüber dem Fürsten der Finsternis. Was er ihr und ihrer gesamten Familie angetan hat, war nicht wieder gut zu machen. Sie war durch ihn selbst zur Dienerin des Bösen geworden, da sie ihm vertraut hat. Was sie maßlos ärgert, denn wie jeder weiß sollte man dem Teufel nie vertrauen, auch wenn er sich in den schönsten Mann der Erde verwandeln kann. Denn schönes Aussehen, oder Aussehen ist eben nicht alles, dadurch kann man geblendet werden und ist blind zu erkennen, was um einen herum geschieht, ohne es zu wissen. Das ein Teufel wie er einer ebenso schönen Frau das Beste verspricht, so das sie ihm es glaubt ist das Hinterhältigste was er machen kann und das ist hier geschehen, auf Kosten von Unschuldigen, die am Ende getötet wurden, oder sich sonst wie entledigt worden. den.

Jetzt ist deshalb die richtige Zeit sich eilig auf den Weg zu machen, nicht mehr in Gedanken zu Verweilen.

Kapitel Siebzehn

SELBSTBEDIENUNGS-RESTAURANT

Auf dem Weg zur Ruine der ehemaligen Villa der Gardeners, außerhalb von New Orleans sind sie per Fuß unterwegs. Vom Himmel ist die Dunkelheit verschwunden und der Sonnenschein erhellt jetzt den Tag. Das Licht der Sonne scheint auf den Spuren der Kutschenräder, die im Boden eingedrückt zu sehen sind. Auf der Wiese, dort wo Diamond entführt wurde, befindet sich ein langer steinerner Weg daneben, direkt vorbei an der Villa der Morgans. So kommen sie weiter hinaus in die Richtung der Innenstadt von Stadt *New Orleans*.

Weit und breit ist kein Mensch zu sehen, alle bis auf die Beiden sind verschwunden, einsame Stille herrscht, kein Geräusch ist zu hören und die Sommer Hitze wird langsam unerträglich heiß.

Crystal und Michael folgen der Spur der Kutschen Räder weiter vorbei an der Villa bis hinunter, auf einen verlassenen Weg, der gepflastert ist, bis sie einen Stadtteil von *New Orleans* zu Fuß erreichen.

Durstig von der Hitze und hungrig suchen sie nach einem Restaurant. *Im französischen Kreolen Quartier* der Stadt *New Orleans* finden sie dieses, welches zum Verweilen einlädt, um den Hunger und den Durst zu stillen.

Im *kreolischen Antoines Restaurant* im *French Quartier*, das es seit 1840 gibt. Innen sieht es in den fünfzehn Speisesälen aus wie in einem Museum mit einigen Glass Kästen, neben den Tischen und Stühlen.

Sie kehren dort in einem der Speisesäle ein und setzen sich an einen der vielen leeren Tische. Bevor sie nach einem Kellner rufen, schauen sie fasziniert in einen der vielen Glass-Kästen, genau neben ihrem Tisch, welcher vollgepackt ist mit alten verblichenen Zeitungs-Ausschnitten über die Geschichte des Hauses, in dem sich jetzt das Restaurant „*Antoines*" befindet, das älteste Restaurant der Stadt.

Michael greift sich an seinen knurrenden Bauch, denn sein Hunger und auch der Durst werden stärker. Er ruft erschöpft nach einem Kellner aus dem Restaurant, aber niemand antwortet ihm, auch hier ist die Stille angekommen, genau wie da draußen.

„Hallo, ist hier irgendjemand? Wir haben Hunger und Durst. Sollen wir uns jetzt selbst hier bedienen? Was ist hier bloß los? Hm, keine bekommen wir keine Antworten auf unsere Fragen? Ja, sieht wohl so aus als wären wir hier ganz alleine."

Michael steht genervt auf und läuft durch alle Speisesäle bis zur Küche, um jemanden zu finden. Aber das ist jedoch nicht von Erfolg gekrönt.

Auch Crystal macht sich hungrig auf die Suche, mit der Hoffnung auf irgendjemanden zu treffen, doch auch sie kommt kurze Zeit später genervt ohne ein Ergebnis zurück. Sie weist Michael darauf hin, trotzdem nicht aufzugeben, auch wenn sie sich etwas darüber ärgert.

„Mist, ich habe auch niemanden gefunden, am besten wir suchen uns selbst etwas zum Essen und zum Trinken. Bis wir hier jemanden gefunden haben, sind wir längst verhungert. Tut mir leid, dass ich darüber lachen muss, aber das was sich hier abläuft ist lächerlich unverständlich."

Sie läuft in aus dem Speisesaal in dem sich Beide im Moment aufhalten, bis sie zu einem Flur kommt, dort sind verschiedene Türen. An einem der Türen hängt ein Schild *„Cuisine"* (franz. Küche).

Crystal öffnet die Türe und betritt die menschenleere Küche, sie schaut sich suchend nach etwas Essbarem um.

Im kreolischen Restaurant Antoines in der Küche, mit den vielen Vorrats Kammern am Mittag scheint das Tageslicht durch ein paar kleine Fenster in die Küche hinein. Die Küche ist ein großer Raum, der spartanisch eingerichtet ist. In ihm befindet sich ein Kohle Ofen mit einigen Holz Spalten und Kohle Briketts an der Seite des Ofens. Verschiedene Holz Regale befinden sich drinnen, wie auch Holz Tische mit Gusseisernen Pfannen und Gusseisernen Töpfen die nebeneinander aufgestapelt stehen.

Aber außer den Gewürzen, den Flaschen mit verschiedenen Ölen, als auch in Zwiebel-Knoblauch Töpfen und den Kräuter Töpfen zum Aufbewahren ist nichts zu finden. Da ist noch eine weitere Türe mit der Aufschrift „*Chambres de Stockage 1-4*" (Vorrats Kammern 1-4).

Als Crystal die Aufschrift auf der Türe liest sagt sie ganz begeistert und mit einem guten Gefühl:

„Hier sind wir richtig, glaube ich. Jetzt können wir uns stärken, um gegen den Angriff von Belphegor gewappnet zu sein. Ich bin so froh, wenn wir was in unseren Bäuchen haben. Das entspannt uns. Aber besonders glücklich bin ich, wenn wir meine Schwester wieder bei uns haben, Michael."

Als er das Gesagte über seine Verlobte, von ihrer Zwillings-Schwester hört, muss er vor Glück weinen.

Er befindet sich auch bei ihr in der Vorratskammer, denn er wollte nicht alleine im Speisesaal bleiben.

„Crystal, ich dachte du wärst gegen die Verlobung zwischen mir und deiner Schwester...Du bist böse auf uns Beide gewesen. Erinnerst du dich noch? Aber nun gut, das ist jetzt nicht mehr so wichtig. Wir werden uns was zu Essen und Trinken hier holen. Sättigen uns und dann besiegen wir den Teufel. Wir retten gemeinsam die Welt, danach mache ich dich, Diamond zu meiner Frau. Yippie ja!"

Bei aller Romantik und Freude die aufkommt, ist der Hunger auch ein Gast. Also muss etwas zu Essen her.

Das Innere in einem der Vorratskammern mit Vorratsschränken sind gefüllt mit geräuchertem Fisch, als auch Schinken-Speck, unterschiedlen Broten, Baguette Broten, verschiedenen Obst Sorten, Konserven Dosen, vielen Einmach-Gläsern aller Art und verschiedenen Gemüse Sorten. Das Tageslicht scheint durch ein kleines Fenster. Michael steht in der reichlich gefüllten Vorrats Kammer, er schaut sich um. Er ist zufrieden mit dem was er dort alles sieht.

Crystal holt aus der Küche, aus einem Holz Schrank zwei Servier-Tabletts und aus einem weiteren kleinen Holz-Schrank nimmt sie

sich einen kleinen geflochtenen Korb und legt zwei kleine Milchfla-
schen aus Glas hinein.

Sie geht zu Michael zurück, Beide nehmen sich allerlei Obst, etwas
rohes Gemüse, rohen gepökelten Lachs und Baguette Brot aus den
Vorrats Schränken. Mit ihrer reichen Beute gehen sie wieder zum
Speise Saal zurück, in dem sie zuvor gesessen haben. Auf den Tisch
gelegt, essen sie gierig von den Tabletts bis alles aufgegessen und
die Milch ausgetrunken ist. Eine Weile genießen sie noch etwas die
Ruhe. Doch diese ist schnell vorbei, Michael ist nervös und entschlossen mit ihr gemeinsam seine Verlobte zu retten. Denn die Zeit
ist noch auf ihrer Seite.

„Es wird Zeit, dass wir aufbrechen. Wir haben eine heikle Mission
vor uns. Ich denke, wir haben uns genug gestärkt und ausreichend
Kräfte gesammelt. Denn es ist noch ein Stück zu Laufen bis zur
Villa der Gardeners."

Beide verlassen nun den Menschen leeren Speise Saal, um zügig zur
Villa zu gelangen. Aus dem Gebäude heraus schauend, blicken
Michael und Crystal auf die Straße, auf der sich nichts bewegt.
Niemand ist zu sehen.

Ganz New Orleans scheint im Tiefschlaf zu liegen. So gespenstisch
leer, dass es beunruhigend ist. Sonst ist die Stadt immer belebt, aus
jedem Haus konnte man immer Musik und Stimmen hören, doch
jetzt nicht mehr.

Sich auf ihre Mission konzentrierend, ignorieren sie die Stille und
bewegen sich in schnellen Schritten die Straße entlang, aus dem
französischen Viertel heraus, bis hin zum Geschäftsviertel, um dort
eine Kutsche zu finden.

„Hier ist ja nirgendwo eine Kutsche zu sehen. Mir tun die Füße
weh, meine Schuhe sind unbequem und nicht für lange Strecken
geeignet. Mein Mieder zwickt so, es drückt mir die Luft ab, mir wird
ganz schwindelig."

Michael bleibt eine Weile stehen, er überlegt kurz, nach dem er
Crystal zugehört hat.

Kapitel Achtzehn

IN NEUEN SCHUHEN

„Hier ist nirgendwo eine Kutsche zu sehen, in den anderen Vierteln wird es wahrscheinlich das Gleiche sein. Also müssen wir weiter zu Fuß gehen. Wir werden in einen Schuh Laden gehen, um dir andere Schuhe zu holen. Denn diese Schuhe sind nicht geeignet, auch das Korsett muss weg."

Crystal nickt und schaut traurig auf ihre unbequemen Schuhe. Michael lächelt sie beruhigend an, dann lässt er sie stehen. Er läuft die Straße herunter, bis er das Geschäfts Viertel erreicht. Sie schaut ihn nur verwundert hinterher und schüttelt den Kopf. Ihr wird vom engen Mieder, als auch von der Aufregung noch mehr schwindelig.

Sie sucht sich eine Sitzbank vor einem Stoff-Geschäft, um sich auszuruhen und setzt sich hin, doch dann huscht ihr ein leichtes Lächeln über das nachdenkliche Gesicht. Denn Crystal erinnert sich gerne daran, dass sie hier immer mit ihren Eltern gemeinsam Stoffe gekauft haben, um daraus wunderschöne Kleider zu nähen.

Auch vor kurzem war sie doch noch hier gewesen, um für das Fest Stoffe für die Ball Kleider zu kaufen.

In Träumen und Erinnerungen versunken fängt Crystal wie in Trance an, sitzend ihr Kleid zu öffnen, ohne sich Gedanken zu machen, ob nicht doch jemand auftauchen könnte, der sie dann in dieser misslichen Lage entdecken würde, am Nachmittag auf der Bank. Bis Michael wieder zurückgekommen ist und sich deshalb lachend amüsiert. Er versucht sie zu wecken, sie reagiert sofort auf seine Worte, es ist ihr peinlich, dass er sie so sieht.

„Das würde ich lieber nicht an deiner Stelle tun. Geh lieber in den Laden hinein, zieh dir dort das Mieder aus. Aber doch nicht hier, haha! Komm wach auf und geh hinein. Sonst werde ich langsam ungehalten. Haha! Wir haben doch keine Zeit. Ich bin deshalb schon ganz nervös. Ich habe uns einen fahrbaren Untersatz besorgt und Schuhe habe ich uns auch besorgt. Das Geld habe ich im Schuh

Geschäft auf die Laden Theke gelegt, ein paar Dollar Scheinchen mit einem Stein beschwert."

Mit einer Transport Karre, die Michael schnell noch besorgt hat ist er Abfahrbereit.

„Ich habe uns einen fahrbaren Untersatz besorgt und Schuhe habe ich uns auch besorgt. Das Geld habe ich im Schuh Geschäft auf die Laden Theke gelegt, ein paar Dollar Scheinchen mit einem Stein beschwert."

Crystal klatscht vor Freude aber Wortlos in die Hände, sie bewegt sich schnellen Schrittes hinein in das Geschäft.

Zieht sich drinnen die Kleider aus, entfernt in der Eile ihr viel zu eng geschnürtes Korsett. Dann atmet sie noch mal kräftig ein und aus, bewegt sich hinaus in neuen bequemeren Schuhen und einem locker sitzenden neuen hell-blauen Blümchen Kleid und locker hochge-steckten Haaren fröhlich springend hinaus.

Nicht mehr in ihrer langweiligem schwarzen Trauer Kleidung.

Suchend blickt sie um sich, um den fahrbaren Untersatz zu finden. Sie kann aber nichts entdecken, nur eine mittelgroße gesäuberte Schubkarre. Verwundert fragt sie sich was das soll und muss selbst lachen.

„Das ist doch nicht dein Ernst, oder? Konntest du wirklich nichts Anderes auftreiben? Oder willst du mich ein wenig veräppeln? Aber was soll's, wir müssen ja irgendwie weiterkommen, auch wenn ich jetzt das Gefühl habe, als wärst du wieder mein Sklave, bedauerlich. Das macht mich wirklich traurig und nachdenklich."

Es bleibt keine andere Möglichkeit, also setzt sie sich auf die Schub-karre und Michael ist darüber nicht erbost in An Bedacht ihrer heik-len Lage. Michael holt Anlauf, er ist nun fest entschlossen das Ge-plante umzusetzen, er kann im Moment auf die Gefühle anderer keine Rücksicht nehmen, denn ihnen läuft die Zeit davon, zu viele haben schon ihr Leben verloren.

„Schon gut Crystal, mach dir keine Sorgen, denk nur noch an unsere Mission! Du machst es damit wieder gut, wenn du mich deine Zwillings-Schwester heiraten lässt."

Voller Freude nickt Crystal schweigend und denkt nur noch daran ihren eiskalten teuflischen Ex-Verlobten Belphegor zu Strecke zu bringen, um selbst mit der Hilfe des Ex-Sklaven und baldigem Schwager gemeinsam Rache zu nehmen. Sie sehnt sich so sehr nach Gerechtigkeit und Frieden unter ihnen, als auch zu den Ex-Sklaven. Das sie alle wieder zurückkommen, um die Straßen von New Orleans wieder mit Leben, als auch mit Musik zu füllen. Alles und jeder so voll mit Lebendigkeit und endlich kein Hauch des Todes mehr überall.

Auf der Schubkarre schiebt Michael, die nun entspannte Crystal weiter über die Straße bis an das Ende des noch schlafenden Geschäftsviertels bis zum *Quartier Central City/Garden District.*

„Du weißt doch noch den Weg dorthin, oder? Vielleicht kennst du ja eine Abkürzung, damit wir noch schneller sind, oder?"

Michael lächelt vergnügt, schmunzelt, holt Anlauf und Crystal erschreckt sich, wegen des plötzlich noch schnelleren Tempos. Aber sie hat so gute Laune, dass sie sich nur kurz erschreckt.

Sie lacht herzlich und ist selbst so froh, dass sie so schnell in der Schubkarre gefahren wird.

„Nah, genügt dir das als Antwort? Haha…, ich wusste gar nicht das du so viel Humor besitzt. Bis jetzt habe ich dich immer nur wie ein Trauerkloß irgendwo herum sitzen sehen und durch die Gegend starrend. Aber so gefällst du mir schon viel besser, glaub mir. Das macht mich richtig froh."

Crystal lächelt nun mehr als vorher. Sie strahlt über ihr ganzes Gesicht, weil sie sich darüber freut.

„Danke Michael, danke dass du so nett zu mir bist, dass du mir die Wahrheit sagst, es ist besser so. Nicht so wie ich vorher gewesen bin. Wenn ich darüber nachdenke, wird mir klar wie ich auf andere gewirkt haben muss.

Ich war und bin immer das böse schwarze Schaf der Familie gewesen. Mein Vater hat immer gesagt, dass ich ihn mit meiner traurigen Stimmung selbst traurig machen würde, ich würde ihn damit aufregen."

Michael stoppt betroffen die Schubkarre. Die Traurigkeit von ihr schien für einen kurzen Moment auf ihn übergesprungen zu sein. Denn seine Fröhlichkeit scheint auf einmal wie verflogen und er schweigt, als hätte er nichts mehr zu sagen, ohne einen wirklichen Grund. Als Crystal sieht wie er reagiert, erschreckt sie sich und fängt an zu weinen.

„Das wollte ich nicht, Michael! Jetzt ist ein Teil der Macht aus meinem Körper, die ich von Belphegor bekommen hatte, zu dir übertragen worden. Das wollte ich wirklich nicht. Das tut mir sehr leid, lieber Schwager. Bitte kämpfe dagegen an, du bist stark genug zu wiederstehen! Nur du kannst es, ich besitze nicht so ein starkes Machtpotenzial, um diese Traurigkeit aus dir selbst zu befreien. Bitte hör nicht auf, wir müssen weiter!"

Crystal klettert nun aus der stehenden Schubkarre. Sie nimmt den körperlich geschwächten Michael, der noch in Trance ist und stützt ihn so ab, dass er selbst hinein klettert, er sitzt dort, aber starrt nur ins Leere.

Auf den Straßen ist es immer noch so ruhig und einsam. Die Nachmittags-Hitze treibt Beiden den Schweiß auf die Stirn, die Mutige ist von der Eile gepackt. So ist sie froh, als sie nun durstig die Schubkarre fahrend mit ihm einen Brunnen im *Carrollton District* erreicht.

Ein überdachter Steinbrunnen, mit einem Zug Eimer aus Holz auf einem Platz, wo sich mehrere Wohnhäuser und Geschäfts-Häuser drum herum befinden. Sie stoppt die Schubkarre vor dem Brunnen, sie geht dort hin, lässt den Eimer an der Kordel hinunter und lauscht, um zu hören ob sie mit dem Eimer das Grundwasser erreicht hat. Sie hört den Eimer auf das Wasser aufkommen, sich anstrengend zieht sie ihn hoch, bis er voller Wasser hoch kommt.

Froh und durstig hebt sie den Eimer vom Brunnen Rand herab. Ihren Schwager beobachtend stellt sie den vollen Wasser Eimer neben den Brunnen auf den Boden. Michael stöhnt erschöpft auf.

In Sorge läuft seine Schwägerin in eines der offenstehenden Bistros hinein, in denen sich auch wieder kein Mensch befindet. Sie kommt mit Stoff-Lappen, einer Keramik Karaffe und Trink-Gläsern wieder.

Sie tunkt die Karaffe in den Holz Eimer, um sie mit frischem, kaltem Wasser zu füllen. Das saubere Wasser schüttet sie in die Gläser, hastig reicht sie es dem stöhnenden Michael, der stark schwitzt, dass Glass voller kaltem Wasser erfrischt ihn und löscht seinen Durst. Schnell trinkt er noch mehr, bis er genug vom Trinken hat. Dann kommt er langsam durch die Kälte des Wassers zu sich.

Crystal tut es ihm gleich. Sie füllt sich ihr Glass auf und trinkt, so lange bis auch sie keinen Durst mehr hat. Als Beide fertig sind waschen sie sich noch mit dem Wasser die verschwitzten Gesichter. Sie atmen Beide erleichtert auf. Die leeren Gläser mit der Karaffe legt sie zu ihm in die Schubkarre und setzt erneut zur Fahrt mit der Schubkarre an, um auf eine Straße zu gelangen, die aus dem Distrikt heraus führt, um näher an ihr gemeinsames Ziel zu gelangen.

Am Nachmittag im Mittelstadt. Bezirk von New Orleans kommen sie dann an, der Stadt Bezirk schaut genauso verlassen aus, wie die anderen Bezirke, niemand ist zu sehen und zu hören.

Die Durchreise durch diesen Teil der Stadt verläuft eher ruhig; Beide singen den Jazz-Song „*When the Saints go marching in*", weil sie sich von der Stille rings-rum erdrückt fühlen.

Völlig ausgelassen und singend haben Michael und Crystal neuen Lebensmut geschöpft. Crystal stellt die Schubkarre hin, Michael springt heraus. Sie fangen an zu ihrem Gesang zu tanzen, als hätten sie nie was Anderes in ihrem Leben getan. Sie vergessen sogar für eine kurze Weile, dass sie unter Zeitdruck stehen. Crystal pfeift, sie macht einen Stepp-Tanz auf der verlassen Straße, während Michael dazu klatscht und weiter singt, zum gleichen Jazz-Song der ihnen besonders gut gefällt. Aber dann unterbrechen die Beiden ihre Darbietung abrupt, denn sie hören den Glockenschlag einer Kirch-Turm Uhr. Erschreckt sehen die beiden Reisenden wieviel Zeit inzwischen vergangen ist. Diesmal springt Crystal wieder in die Schubkarre und macht es sich Innen gemütlich. Michael packt die zwei Griffe, er schiebt die Schubkarre mit vollem Elan in einer rasenden Geschwindigkeit. Wieder kommt ein kurzer Schreck von der jungen Frau wegen des schnellen Tempos, aber sie freut sich trotzdem über die Anstrengungen und Bemühungen ihres Ex-Sklaven. An den Wohnhäusern und Park Anlagen rasen Beide im Nuh vorbei, als hätten sie einen Turbo-Antrieb mit Motor an ihrem Gefährt, als auch Roll Schuhe an seinen Füßen.

Er wundert sich selbst über die plötzlich immer schneller werdende Geschwindigkeit, ohne dabei schlapp zu werden. Neugierig hält er es aber doch nicht aus und versucht zu stoppen. Aber er kann es nicht mehr. In Panik versucht er nun mit den Fersen und mit Druck auf die Griffe die Schubkarre zum Stehen zu bringen.

Es gelingt ihm nicht. Crystal fängt an vor Angst panisch an zu schreien:

„Nein, was passiert hier? Ich kann mich nicht mehr halten! Hilfe, sofort stoppen, bitte!"

In Todes Angst versucht sie sich an den Rändern festzuhalten. Doch sie hat keine Kraft mehr, sie schreit in Panik. Die junge Frau fliegt aus der Schubkarre und landet in einem Straßen Graben.

Ihr Schwager befindet sich immer noch automatisch im Lauf Modus und kann nicht stehen bleiben, es scheint so als hätte irgendwas die Kontrolle über ihn übernommen. Die Schwägerin liegt im Graben und kann sich nicht mehr bewegen, auch ist sie nicht mehr ansprechbar. Denn der sich anstrengende Michael ruft nach ihr aus der Ferne, er bekommt keine Antwort von ihr. Jetzt entfernt er sich immer mehr von ihr, ohne es zu wollen. Doch plötzlich an einer Stelle an einer Wegkreuzung stoppt die Karre wie von Geisterhand. Er ist froh darüber, denn es hat ihn sehr viel Kraft gekostet und all das Trink Geschirr war heraus gefallen und auf dem Weg zerbrochen.

Das ärgert ihn und er denkt nach das er irgendwo auf dem Weg neue Gefäße besorgen wird. Doch jetzt galt seine Sorge seiner Schwägerin, er dreht sich um, da er zu ihr gehen will. Doch was ist das, da steht sie plötzlich gesund und munter neben ihm. Oh wie ist er froh, umarmt sie und es ist ihm egal wie sie so schnell zu Kräften gekommen ist, sie haben schließlich gemeinsam eine Mission zu erfüllen, die nicht länger auf sich warten lässt.

Kapitel neunzehn

WIEDERSEHEN IN DEN RUINEN

Mitten in den Ruinen der alten abgebrannten Villa der verstorbenen Familie Gardener am späten Nachmittag.

Ein felsenartiger Ritual-Altar mitten in den Resten der verbrannten Bibliothek, von der Ruine; mit dem vollständig erhaltenem Backstein- Kamin Sims und zwei Sesseln mit Stoff Fetzen und mit den teilverkohlten Holz Beinen, rings herum stehen überall Kerzen; welche nicht angezündet sind.

Auf einem der halbverbrannten Sessel sitzt die verzweifelte Diamond in einem weißen Brautkleid, mit einem Blumen Kranz aus roten, dornigen Rosen auf ihrem Kopf. Die Dornen hinterlassen Wunden an ihrem Kopf, dass Blut rinnt ihr über die Stirn und Schläfen. Die Tränen laufen über ihre Wangen.

Diamond weint leise vor sich hin, doch sie hat die Hoffnung noch nicht ganz verloren, doch noch aus den Klauen Belphegors befreit zu werden. Teuflisch lachend betrit er das, was von dem einst herrschaftlichen Zimmer nach dem Brand noch übrig geblieben ist.

„Wenn wir gleich heiraten, dann brauchst du nicht mehr zu Weinen, meine Liebe, denn es wird der glücklichste Tag deines Lebens werden. Du wirst spüren wie es ist, die Frau des dunklen Herrschers zu sein, aber auch meine Königin."

Diamond senkt ihren Kopf nach unten. Die Tränen aus ihren Augen spülen das Blut beiseite und reinigen ihr Gesicht. Das Tränen-Blut Gemisch fließt auf den Boden, zu den alten teils verbrannten Holz-Dielen Brettern. Dort fließt es in die Ritzen zwischen die einzelnen Dielen, es versickert im Erdreich und ist nicht mehr zu sehen.

Ihr Rosen-Haarkranz fällt vom Kopf, landet ebenfalls auf dem Boden. Er fängt schließlich Feuer. Die Wunden an ihrem Kopf lösen sich ins Nichts auf. Ihre blutigen Stellen weichen einer makellosen Haut, auch die Trauer aus ihrem Gesicht verschwindet. Sie wird ersetzt durch ein aufgesetztes mechanisches Lächeln.

Der Teufel Belphegor lacht von sich selbst überzeugt und besessen in voller Machtgier, sehr Besitz ergreifend. Er nimmt seine zukünftige Braut und trägt sie durch den Flur, in das ehemalige Schlafzimmer ihrer verstorbenen biologischen Eltern.

In dem halb verbrannten Schlafzimmer der Ruinen; in der Villa der Gardeners am frühen Abend, mit dem dichten auf kommenden Nebel.

Ein ehemaliges Schlafzimmer im schlechten Zustand, mit dem halbkaputten alten großen Ehebett, teils mit Brand Spuren, einer vergilbten Matratze mit heraus schauenden Sprung Federn, einer halb zerfallenen Kommode; mit Brand Spuren, herausstehenden Schubladen und verbrannter Kleidung.

Auf dem verstaubten Boden des Schlafzimmers liegt eine halbverbrannte Tischplatte aus Holz, die auf dem Boden liegt, mit den verkohlten Tisch Beinen und den zwei hölzernen Teils verkohlten, staubigen Stühlen daneben. Die Tapete hängt fetzenweise von den verrußten Wänden; die geschwärzten Tapetenstücke liegen auf dem ebenso halb-verkohlten Dielen-Boden aus Holz.

Belphegor setzt sie auf einen der Stühle, wie eine menschliche Puppe lässt Diamond dies über sich ergehen, sie lächelt sogar noch umso mehr. Er streichelt sachte ihr Gesicht in seiner jetzt menschlichen Gestalt, mit seinen weichen menschlichen Händen, unverhofft zärtlich.

Wie in Trance, nicht mehr ganz sie selbst, berührt sie seinen Kopf mit den dunklen zusammen gebundenen Haaren zu einem Zopf, bis zu seinem weiß gepudertem blassen Gesicht selbst zärtlich, mit ihren zitternden kleinen zierlichen Hände. In der halbverfallenen, halbverbrannten Villa herrscht eine gespenstische Stimmung; Stille innen, als auch Stille außen. Belphegor verführt sie dämonisch mit seiner reizenden Stimme.

„Jetzt weißt du hoffentlich wie ernst es mir mit unserer Verbindung ist. Diese Verbindung wird für uns Beide von starkem Nutzen sein. Das verspreche ich dir hiermit. Du wirst für immer zu mir gehören. Wenn das Armageddon kommt, bist du es nicht, die wie alle anderen hier auf dieser Erde sterben werden. Du wirst sehen, was nie ein

Sterblicher zu vor je gesehen hat. Ich werde es dir zeigen, wie mein Reich für dich sein kann, wenn du mir folgst, indem du meine Frau wirst, als Königin. Du wirst mir dann einen Sohn schenken, der von uns Beiden gezeugt, die Erde nach unseren gemeinsamen Vorstellungen neu erschaffen wird. Nicht wie Gott sie erschaffen hat, mit all dem ganzen Unsinn voll von Schwachsinn. So wie es ist, ekelt es mich an. Ich darf nicht darüber nachdenken, es macht mich so wütend, so dass ich Jemanden dafür bestrafen könnte."

Der Teufel stampft mehrfach wütend auf dem Boden auf, so stark das ein verkohlter, morscher Dachbalken von der Decke des Zimmers fällt, bald hätte er die noch schweigsame, vor sich hin starrende, träumende Diamond getroffen. Doch Belphegor macht eine schwingende Handbewegung und der dicke schwarze Holzbalken schwebt durch das Zimmer bis zu einem Fenster Rahmen, ohne Fenster Glass hinaus ins Freie, wo er dann hinter dem Haus in einer verdorrten ausgetrockneten Wiese landet.

Seufzend, als auch zufrieden verändert sich sein Gesichts-Ausdruck. Er dreht sich langsam wie ein Derwisch, bis er immer schneller und schneller wird. Dadurch wirbelt Belphegor alles im Zimmer auf.

Er lacht dabei so dämonisch laut, dass Diamond kurz für ein paar Sekunden zu sich kommt. Sie schaut sich verwundert um, doch kann sie diesen Zustand nicht lange beibehalten. Eine Träne fliest über einen ihrer Wangen, sie will noch etwas sagen, aber dazu kommt sie nicht mehr, denn eine unsichtbare Kraft lässt sie wieder zurück in ihren vorherigen Zustand zurück kommen, sie sitzt schweigsam auf ihrem Stuhl, mit dem Puppen Lächeln.

Die noch verbliebenen Möbelstücke geraten in Bewegung und fliegen im Zimmer hin-und her; ein Sturm wirbelt alles durcheinander.

Eine Rückblende der Erinnerungen lässt alles noch mal erscheinen was genau damals geschah, im Eltern Schlafzimmer in ursprünglicher Form bei Sonneneinstrahlung der untergehenden Sonne am Abend.

Ein geisterhaftes anklagendes, trauriges Heulen von einer männlichen Stimme ist zu hören, als auch die schmerzhaften Schreie von einer unsichtbaren Frauen Gestalt. Der Geist von Elijah, dem Vater der Zwillinge beschuldigt den Teufel am Vergehen seiner Töchter und seiner gesamten Familie.

„Belphegor, was hast du meiner Familie angetan? Warum willst du meine Töchter für deine diabolischen Zwecke benutzen? Du wirst sie aber niemals bekommen!"

Das Zimmer verwandelt sich, es sieht aus wie es vor dem Brand ausgesehen hat; nirgendwo sind Brandspuren alles ist sauber und rein, alle Möbel sind wieder an ihrem Platz, nichts ist zerstört.

Diamond, die nicht mehr auf ihrem Stuhl sitzt, sucht wo die geisterhaften Stimmen herkommen könnten.

Sie ist plötzlich hellwach, voller Neugier wer ihr Vater ist, der sie so sehr vor dem bösen Belphegor, dem Teufel beschützen will. Doch er ist schon nicht mehr zu sehen. So kann sie den Geist ihres Vaters weiter ungestört suchen, der auf einmal nicht mehr zu sehen ist. Diamond versucht wissbegierig Kontakt zu ihm aufzunehmen, in dem sie mit ihm redet.

„Dann bist du wohl mein richtiger Vater. Also, Elijah Gardener, der Vater von mir Diamond und meiner Zwillings-Schwester Crystal? Ach, wenn es so ist, dann bin ich nicht mehr so alleine und ich weiß wo ich herkomme. Das Gleiche gilt auch für Crystal. Vielleicht kannst du ihr sogar helfen."

Das Klagen der männlichen Geisterstimme, die immer noch unsichtbar ist, hat aufgehört. Jetzt ist ein herzliches, fröhliches Lachen zu hören. Auch das Weinen der weiblichen Stimme vor Kummer und Schmerz ist verstummt.

Die erdrückende Stimmung ist guter Laune und der Freude gewichen. Überall ist ein süßlicher Blumenduft mit Vanille zu riechen. Schmetterlinge fliegen herum, draußen ist nun herrliches Vogelgezwitscher zu hören.

Eine Atmosphäre zum Wohlfühlen und nichts Trauriges mehr. Schon lange hat sie sich nicht mehr so wohl gefühlt, so behaglich und geborgen. Nur als sie sich in Michael verliebt hat und das hat ein wahnsinniges Kribbeln in ihr verursacht, gemeinsam mit starkem Herzklopfen. Wie gerne hätte sie diese Gefühle mit ihrem richtigen

Vater und der Mutter geteilt, so gerne. Aber vielleicht ändert sich das ja bald.

„Ja, meine Tochter ich bin es. Wenn auch nicht mehr in menschlicher Form. Es ist traurig, dass wir uns niemals berühren können. Ich würde so gerne weinen, weil ich euch so vermisse und weil du so schön geworden bist. Aber es gibt eine Möglichkeit, wenn auch nur kurz, aber es funktioniert. Die alte Mommy hat mir davon erzählt, als ich noch gelebt habe. Das weckt Hoffnungen in mir. Ich hatte das alles als Quatsch abgetan. Aber dabei hatte sie Recht gehabt, die gute Seele. Ich hätte ihr besser glauben und vertrauen sollen. Denn sie muss schließlich nicht das Dasein eines erdgebundenen Geistes fristen."

Das Zimmer wird erleuchtet durch einen schwebenden hellgelben Punkt aus Licht, der sich an der Wand entlang über dem Ehebett hin- und her bewegt.

Diamond schaut sich erstaunt um, sie erblickt an der hell-blauen Wand des Eltern Schlafzimmers einen runden,

kleinen Punkt aus hellgelbem Licht. Sie lächelt in Hoffnung und berührt die Stelle mit dem Licht Punkt.

Aus ihr verschwindet plötzlich die gesamte Traurigkeit und sich verspürt eine Neugier zusammen mit dem starken Wunsch den Geistern ihrer Eltern helfen zu wollen.

„Sag mir wie ich euch helfen kann, Daddy. Ich würde alles für euch tun, auch meine Schwester Crystal, selbst wenn sie nicht hier ist. Wenn sie jetzt bloß hier sein könnte. Ich bin besorgt um sie."

Die Stimme ihres Vaters spricht beruhigend, wobei sich der Kreis etwas vergrößerte als er seine Tochter beruhigt.

„Du bist genauso fürsorglich wie ich. Oh, jetzt muss ich ein wenig lachen, wie gut das tut. Mach dir keine Sorgen, sie ist schon auf dem Weg hier hin, zusammen mit deinem Verlobten. Sein Name ist Michael, du hast dir einen wirklich guten Ehemann ausgesucht. Er ist Mommy`s Sohn und hat auch den Auftrag, euch vor Belphegor zu schützen, der schließlich die Weltherrschaft an sich reißen will und dich dazu braucht, wohl eher dazu missbraucht würde ich sagen."

Diamond lächelt nachdenklich in die Richtung des Licht Kreises, einer Seitz freut sie sich, anderer Seitz wird sie nervös, denn sie weiß nicht ob sie es alle gemeinsam schaffen werden, gegen den so einen mächtigen Teufel mit dem Namen Belphegor erfolgreich zu kämpfen. Sie fragt sich warum das alles hier geschieht.

„Daddy, warum macht Belphegor das? Warum braucht er mich und unsere ganze Familie, für seine Weltherrschaft? Warum mussten denn so viele Menschen sterben, wie ihr auch?"

Elijah stöhnt genervt auf, bleibt aber höflich und freundlich. Er versucht seiner Tochter in ruhigen Worten das alles zu erklären, obwohl es ihm wirklich unangenehm ist.

„Du meinst warum Belphegor dich heiraten und mit dir ein Kind zeugen will? Er will euer zukünftiges Kind als seine eigene Kraft Quelle benutzen. Genauso wie seine Opfer, denen er die ganze Lebenskräfte ausgesaugt hat, wie bei mir und eurer Mutter."

Elijah macht sich Sorgen um seine Tochter, er fürchtet um ihr Leben. Er versucht ihr klarzumachen was das für sie bedeuten wird.

„Leider sind diese Lebenskräfte für ihn nur von kurzer Dauer. Das heißt er braucht ständig Nachschub aus neuen Opfern. Aber von einem Neugeborenen, welches er selbst gezeugt hat, bekommt er eine Energie Quelle auf Dauer. Er braucht auch Anhänger, wie ein göttlicher Priester. Die ihn unterstützen und arbeiten, um sämtliche Vorkehrungen für seine Weltherrschaft zu treffen. So wie deine Zwillings-Schwester Crystal, die er zuerst heiraten wollte. Doch sie schien nicht die Richtige für ihn gewesen zu sein. Warum weiß ich selber auch nicht."

In Gedanken versunken, den Worten ihres Vaters folgend gibt sie sich damit zufrieden, mit dem was sie als Antwort erhalten hat. Diamond drückt ihre Hand an die Wand, als wollte sie den Licht-Kreis berühren.

Ein wohl klingendes Raunen erfüllt den Raum, auch die Frauen-stimme lacht jetzt fröhlicher, ein zweiter hellgelber Licht-Kreis erscheint neben dem Anderen. Im Schlafzimmer wird es noch heller.

Diamond schaut erstaunt, als sie das zweite Licht erblickt, neben dem ihres Vaters an der Wand. Es ist der körperlose Geist ihrer Mutter Elaine, die jetzt zu ihr spricht und sich über das Wiedersehen freut:

„Ich bin es, deine Mutter Elaine. Du musst Diamond sein, eine von unseren Zwillings-Töchtern. Die Jüngere von euch Beiden mit zwei Minuten Altersunterschied. Es tut mir sehr leid, dass ich euch Beide als Monster bezeichnet habe. Ihr habt ausgesehen wie Dämonen Babys, ihr hattet kohlenschwarze Haut, ebenso schwarz-gelockte Haare, Krallen wie ein Tier aus den winzigen Fingern und Zehen. Es war so schrecklich! Ich erinnere mich mit Schrecken daran. Oh Gott, das Weiße in den Augen war so tiefschwarz. Das Entsetzen umhüllt mich immer noch, wenn ich daran denke. Aber jetzt haben wir zwei so wunderschöne Töchter. Ich frage mich, warum das alles so gekommen ist, wir sind doch keine Dämonen."

Nach dem Gesagten von Mutter Elaine berührt Diamond verständnisvoll deren Licht-Kreis, genauso wie den ihres Vaters. Die Traurigkeit der Mutter weicht hinfort. Sie fängt erneut an vor Freude zu lachen, als sie die Stimme ihrer Tochter wieder hört.

„Ist schon in Ordnung, geliebte Mutter. Ich kann mir vorstellen wie schrecklich unser Anblick für dich als Mutter gewesen sein muss. Ihr habt in einer der besten Gesellschaften von New Orleans gelebt, in der die Ehefrauen der männlichen Mitglieder perfekte, menschliche Kinder zu Welt brachten. Ich weiß nicht, warum wir so geboren wurden und warum wir jetzt so aussehen, wie wir jetzt aussehen. Vielleicht könnten wir hier die Antwort finden."

Diamond läuft aufgeregt im Zimmer hin-und her, um nachzudenken. Sie sieht, wie die beiden Licht-Kreise schwebend aus dem Schlaf Zimmer verschwinden.

Schnell läuft sie hinterher und kann ungefähr erahnen wo es hingehen soll, denn viel war nicht mehr übrig von der abgebrannten alten herrschaftlichen Villa.

Das oberste Stockwerk, so wie der Speicher und das Dach des Herrenhauses sind verschwunden, abgebrannt bis zur Mitte einer Holzwendel-Treppe. Traurig begutachtet sie vom Flur aus, mit dem gefliesten Boden, das was alles noch davon übrig geblieben ist. Sie nimmt ihren Umhang, der nur noch in Fetzen an ihr herunter hängt und legt ihn auf den Boden. Mit dem Stoff des Umhangs versucht sie den verstaubten und geschwärzten Fliesen Boden zu reinigen. Wissend, dass es eigentlich nicht viel helfen wird, versucht sie sich daher wieder darauf zu konzentrieren was sie eigentlich tun wollte.

Da fällt es ihr wieder ein, dass sie den Geistern ihrer Eltern folgen wollte, die so plötzlich verschwunden sind. Emotional mitgenommen, aber auch froh endlich zu wissen das sie leibliche Eltern hat, auch wenn diese tot sind, vor allem weiß sie er sie sind und was wirklich in der Vergangenheit in der Zeit kurz nach der Geburt von ihr und ihrer Zwillings-Schwester passiert ist.

Sie stellt fest, dass es gut tut die Wahrheit zu wissen. Das ist nicht nur logisch, sondern auch vielleicht hilfreich im Kampf gegen das Böse. Doch wo sind ihre geisterhaften Eltern jetzt? Ach hätte sie doch besser aufgepasst.

Sie stellt fest, dass zu viele Emotionen ihren Verstand benebeln und die Fähigkeit logisch zu denken für den Moment außer Kraft setzt. So verliert man viel wertvolle Zeit, die schlecht zu ersetzen ist.

Die Bösartigkeit im Haus lenkt Emotionen so stark, dass man selbst die Kontrolle verliert und dagegen muss man ankämpfen. Nun ist die Zeit gekommen, dagegen anzugehen und sich hellwach auf den bevorstehenden Kampf vorzubereiten. Also folgt sie ihrer Intuition mit ihrem wachen Verstand und spürt auf wo sie zu finden sind.

Kapitel Zwanzig

GUT UND BÖSE

In der Bibliothek der Ruinen-Villa der Familie Gardeners wird Diamond fündig. Draußen herrscht die Dunkelheit der Nacht. Die herunter gekommene, verstaubte Bibliothek hat einen Kamin, das Feuer lodert dort, zwei Sessel die mit Samt bezogen sind, waren dazu gestellt worden. Sie stehen vor dem Kamin, mit einem verschmutzten Parkett-Boden, dazu ein alter Teppich Fetzen auf dem Boden.

Die Tapete an den Wänden ist halbschwarz, in Stücken herunter hängend, einige Teile davon liegen auf dem Boden Verstreut, Alte halbverbrannte Bücher stehen in den Bücher Regalen die in den Wänden eingebaut sind, zerfledderte Bücher liegen auf dem Parkett, die Fenster sind nicht mehr vorhanden, nur noch die Rahmen.

Der Geist von Elijah räuspert sich, er wendet sich im erneuten Dialog an seine ihn suchende Tochter Diamond.

„Diamond, bitte folge uns! Wir wollen dir etwas zeigen."

Sie dreht sich um und folgt gespannt den Beiden durch den langen, heruntergekommen Flur der Ruine des Hauses.

„Ja gerne, was immer ihr wollt. Ich hoffe, dass es euch hilft."

Nun in der Bibliothek angekommen, oder in dem was davon noch übrig geblieben ist, sie erkennt aufgeregt die Räumlichkeit wieder, sie erinnert sich wieder, das sie kurz dort gewesen ist, bevor Belphegor sie in das verbrannte Schlafzimmer gebracht hatte. Das war passiert, bevor sie in Trance geraten ist und auf einem der Sessel gesessen hat.

„Wahnsinn, hier war ich doch drinnen, bevor ich so schläfrig wurde. Ich erkenne alles wieder. Aber irgendwas hat es mit dem herunter gekommen Raum auf sich."

Ein zarter Windhauch mit dem Duft von einem Frauen Parfüm mit Rosenduft erfüllt den Raum dezent. Der Raum fängt an sich zu verändern.

Der Staub löst sich auf, er verschwindet im Nuh. Alle Bücher erneuern sich, sie fliegen zurück in die Regale.

Die Wände werden wieder hell-blau, die Fetzen der Tapete fliegen hoch, sie heften sich wieder zusammen zurück zur Wand, an der sie kleben bleiben.

Der Teppich wird zusammen geflickt, wie von Geister Hand. Die Farbe des Fuß-Bodens verändert sich zurück ins hellbraune. Ein Schaukel Stuhl schwebt durch den Fenster Rahmen hinein, ein Tisch mit Stühlen landet von draußen herein kommend auf dem Boden. Zusammen mit den vielen Blumen in den chinesischen Vasen, die sich auf dem bereit stehenden Tisch verteilen, aber ein Paar von ihnen kommen auf dem Bode an. Alles ist jetzt so sauber, sogar mit ersetzter Fensterscheibe, alles ist genauso wie es vor dem Unglück gewesen war.

Verwundert fasziniert steht Diamond mit offenem Mund da, in der wieder hergestellten Bibliothek.

Sie kann die Freude und ihr Erstaunen kaum für sich behalten, als sie das Geschehene sieht und die zwei herzlich lächelnden menschlichen Gestalten, die sie als ihre Eltern in den Sesseln sitzen sieht. Die geisterhaften Lichtkreise sind nun verschwunden.

Die Eltern der Zwillinge sind eine junge Frau „Elaine" mit ihren einundzwanzig Jahren, im dunkelblau- taillierten Kleid mit Rüschen, Puff Ärmeln, einer Hochsteckfrisur aus langen roten Haaren und einem Mann „Elijah" mittleren Alters mit seinen zweiundvierzig Jahren, gekleidet im weißem Hemd, mit den Hosen Trägern, in seiner braunen Hose, einem braunen Jackett und einer dunkelbraunen gescheitelten Haar Frisur. Diamond ist vom Anblick ihrer Eltern mehr als begeistert, sie freut sich sehr.

„Seid ihr das wirklich, oder ist das hier alles Zauberei? Ich habe euch noch nie in meinem Leben gesehen, aber ich kann euch sagen, dass ihr wunderschön seid. Es freut mich euch kennen zu lernen."

Das Elter Paar steht aus den Sesseln auf, sie gehen zu ihrer Zwillings-Tochter Diamond, sie nehmen sie zärtlich gemeinsam als auch sehnsuchtsvoll in die Arme. Die Drei genießen nach ihrer Begrüßung ihr Wiedersehen so sehr, dass sie nicht bemerken, dass plötzlich zwei nicht unbekannte Personen auftauchen, in dem sie Parterre durch das geöffnete Fenster hinein schauen, wo die sich nun erneuerte Bibliothek befindet.

Es sind Crystal und der Verlobte von Diamond Namens Michael, die sich darüber freuen, endlich die sich komplett erneuerte Villa gefunden zu haben und zu wissen, dass ihre gemeinsam vermisste Diamond in ihr ist und nun nicht mehr in der Gefangenschaft des teuflischen Belphegor.

Elaine bemerkt die Beiden, die von außen am Fenster stehend, immer noch hinein starren und sie bittet sie höflich freundlich, aber spöttisch hinein.

„Seht, wir haben Gäste, sie trauen sich aber nicht hinein. Stattdessen beobachten sie uns lieber in aller Heimlichkeit."

Elaine schüttelt den Kopf und seufzt, sie setzt sich zurück in ihren Sessel, wo sie vorher gesessen hat.

Elijah ist verärgert, er versteht nicht warum Elaine so auf Michael und ihre Zwillings-Tochter Crystal reagiert.

„Elaine, bist du denn verrückt geworden? Wie gehst du denn mit unserer Tochter Crystal und dem Verlobten Michael von Diamond um? Ich bin von dir enttäuscht. Wir haben sie doch erwartet. Bist du denn nicht froh, dass sie endlich hier sind?"

Ohne Antworten bekommen zu haben geht Elijah zum Bücherregal, um sich ein Holzkästchen zwischen den Büchern heraus zu ziehen, um sich zu Beruhigung eine kubanische Zigarre anzuzünden, stoppt ihn seine nervöse Frau Elaine und flüstert ihm leise in sein Ohr.

„Liebling, ich muss dringend mit dir reden, alleine unter vier Augen.

Warte einen kleinen Moment, ich begrüße mal unsere vermisste andere Tochter. Keine Angst, ich werde freundlich sein, schauspielerisch freundlich."

Elijah ist entsetzt über das Gesagte seiner Frau, er schluckt seine Traurigkeit runter und ihm ist schmerzlich bewusst geworden, dass sich das Verhalten seiner Frau gar nicht geändert hat. Er schweigt lieber sich unterordnend, um Streit zu vermeiden. Diese Taktik hat ihm immer geholfen, denn manche Dinge, oder Verhaltensweisen kann man nun mal nicht ändern. Man es so akzeptieren wie es ist. Er lässt sie wartend gewähren, als Elaine die gemeinsame zweite Tochter begrüßt und natürlich Michael.

„Meine zweite geliebte Tochter Crystal, wie sehr habe ich dich vermisst. Ach so und du bist also Michael, der Verlobte von unserer ersten wunderbaren Tochter Diamond? Sag mal, kennen wir uns nicht irgendwoher?"

Beträchtlich mit Ignoranz sieht Elaine die Beiden wie lästige Insekten an. Versucht aber auf Bitten ihres Mannes dennoch freundlich zu bleiben. Ihr Mann Elijah lässt es sich aber nicht nehmen, sich doch noch eine Zigarre anzuzünden. Er zieht mehrfach an der Zigarre, danach holt er tief Luft und wendet sich seiner Frau zu, die immer ungeduldiger wird, während Elijah immer entspannter durch das Rauchen wird.

„Beruhige dich doch, Liebes! Ich befürchte du bist so sehr verärgert über Michael, mit dem wir damals diesen Zwist hatten, wir gaben ihm doch die Schuld wegen dem Aussehen unserer beiden Zwillings-Töchter. Aber ich kann dir garantieren, dass das jetzt nicht mehr von Wichtigkeit ist. Lass uns alle in Frieden zusammen in unserem Haus leben."

Er tätschelt sie an ihren Händen und legt einen Finger auf ihre Lippen, als er sich umdreht um mit ihr gemeinsam die Bibliothek zu verlassen, dreht er sich kurz um. Er sagt noch etwas zum Schluss, um alle zu beruhigen.

„Und jetzt entschuldigt uns bitte ihr Drei, ich habe etwas Wichtiges mit meiner Frau zu besprechen.

Wir sind gleich wieder zugegen, damit wir einander kennen lernen können."

Nickend gehorcht die junge Elaine ihrem Gatten und beide verlassen die Bibliothek. Die Drei versuchen ihnen zu folgen, gehen aber nur bis zum Türrahmen der Bibliothek, sie bleiben dort stehen um das Eltern Paar zu beobachten, doch die sind schon längst nicht mehr zu sehen. Es scheint so, als hätten sich Elaine und Elijah so geheimnis- voll wie sie erschienen, auch wieder in Luft aufgelöst.

Geduldig wartend gehen die Drei zu den Sesseln zurück vor den Kamin. Die Zwillings-Schwestern Diamond und Crystal nehmen sich erst mal froh in ihre Arme, dann setzen sie sich gemütlich hin.

Michael beugt sich liebevoll über seine Verlobte Diamond, küsst sie zärtlich und hält seinen Verlobungs-Ring mit seinem Ringfinger, an ihren Ringfinger und die Verlobungs-Ring aneinander. Die Augen des jungen Paares strahlen, dabei sehen sie sich liebevoll an. Verges- sen ist nun der ganze Ärger wegen der Eltern. Denn sie können doch nicht voneinander lassen. Michael dreht sich ungern von ihr weck, um sich einen der Stühle zu holen, um sich drauf zu setzen. Crystal bemerkt dies und steht von ihrem Sessel auf, bietet ihm ihren Sitz- platz an.

Michael bedankt sich für diese nette Geste bei ihr, dann schiebt er seinen Sessel zu dem seiner Verlobten hin.

Diamond legt ihre Hände in seinen Schoss. Dann führt sie seine Hände an ihren leicht gewölbten Bauch, um ihm etwas besonders Schönes mitzuteilen.

Gerührt von dieser Geste kommen selbst Crystal die Tränen, sie freut sich so für die Beiden, muss aber auch gleichzeitig an sich selbst denken, wie einsam sie ist. Sie lässt sich nichts anmerken, denn schließlich will sie nicht erneut das Glück des Paares zerstören, mit der eigenen Trauer der Einsamkeit.

Daher klettert Crystal still und heimlich aus dem offenen Fenster, um unbemerkt nach draußen zu gelangen.

Das verliebte Paar bemerkt dies beim gemeinsamen Schmusen nicht.

Die traurige Crystal verlässt die Villa ihrer Eltern, sie fühlt sich sehr nichtdazugehörig. Denn richtiges Glück kannte sie bisher nicht und jetzt hat sie schmerzlich erfahren, was dies bedeutet.

Nachdenklich sucht nach etwas Sitzbarem im verwilderten Garten hinter dem Herrn Haus.

Eine Sitzbank vor einem riesigem Rosen Busch in roten Tönen fasziniert sie. Sie nimmt die Schere aus ihrer Tasche, mit der sie ihren Opfern immer die Haare abgeschnitten hatte. So schneidet sie nun die hübschen roten riesigen Rosen Blüten vom Strauch ab. Nachdem sie genügend Rosen Blüten abgeschnitten hat und sie zur Aufbewahrung in ihre Tasche mit der Schere gelegt hat, scheint sie zufriedener. Die junge Frau nimmt sie mit sich zu der Sitz Bank. Sie nimmt eine Blüte heraus, riecht an ihr und genießt es. Der angeneh-me Duft der Blüten versetzt sie langsam in einen Dämmer Zustand, der sie einschlafen lässt. Crystal sackt auf der Bank zusammen.

Ein dunkelhäutiger Mann, etwa siebenunddreißig Jahre alt, mit vernarbtem Gesicht in einem schwarzen Umhang, in einer ebensol-chen Kapuze eingehüllt, mit schwarzer Stoff Hose, schwarzen Rei-ter-Stiefeln, einem weißen Hemd und schwarzen Hosen Trägern. Er der sich Jake nennt beobachtet heimlich hinter dem Eichen Baum versteckt die Szene der im Sitzen schlafenden jungen Frau. Jake wartet bis Crystal tief genug schläft. Er trägt sie zu dem Baum, er klopft dreimal gegen die Rinde. Es erscheint nun ein hölzernes Tor.

Kapitel Einundzwanzig

GEFANGENE DER DUNKELHEIT

Der kräftige Jake nimmt die Schlafende, geht mit ihr dort hinein. Hinter ihnen bleibt das Tor offen stehen, Belphegor der Teufel kommt ihnen entgegen. Er hält eine silberne Lanze in der Hand, die dem Speer gleicht, mit dem der Römer „*Pontius Pilatus*", nach dem Verrat durch „*Judas*", den Gottes Sohn Jesus gekreuzigt hat.

Mit der Lanze schlägt er dreimal auf den Boden, in einem Gang in dem sich alle drei aufhalten. Das Tor hinter ihnen schließt sich langsam zu.

In der alten Eiche, dem Vorhof zur Hölle herrscht ein sehr heißes unerträgliches Klima.

Mit mehreren Gängen ausgestattet, die zu einem Audienz-Saal, einem Granit Gestein-Fußboden und den felsartigen Wänden unter der Erde führen die alle Gänge die in Felsgestein gehauen sind dorthin. Mit Feuer Fackeln beleuchtet ist alles in jedem einzelnen Gang sichtbarer.

Der Audienz-Saal ist dem Fest-Saal des Rathauses aus der Stadt New Orleans bis ins Detail nachempfunden, bis auf den Opfer Altar und einer Liege aus goldenem Stoff davor. Auf dem Altar, in der Mitte des Saals steht mit goldenen Verzierungen, so wie kryptischen Buchstaben und Zeichen sind auf der Front Seite zusehen. Eine goldene Schüssel die sich auf dem Altar befindet, leuchtet innen gelb, schwarzer Qualm steigt heraus.

Der schwarze Qualm verwandelt sich, er materialisiert sich zu einer figürlichen Gestalt, wirkt aber nicht menschlich. Ein schwarzer muskulöser Körper, dämonenartig, teils Menschlich, teils Tier, mit ledriger Haut, einem langen schwarzen hundeartigem Schwanz. Seine Gestalt sieht so aus wie die des ägyptischen „Gottes Anubis", als Schakal. Der Schakal Gott „Belphegor" geht auf Jake zu, er berührt ihn nicht, sondern zeigt nur auf Crystal, die sein Diener noch auf den Armen trägt. Er sagt, bestimmend was mit ihr nun zu geschehen hat.

„Jake, lege Crystal auf die Liege hier neben den Altar. Ich habe sie extra hier aufstellen lassen."

Jake führt den Befehl nun aus. Er lächelt dabei genauso dämonisch wie sein teuflischer Gebieter, wirkt aber dabei untertänig, als würde er es nicht anders kennen.

„Wie sie es wünschen, Master, immer zu ihren Diensten. Sie sind viel besser und gütiger als mein alter Master. Ich bewundere sie zutiefst."

Nachdem er das getan hat, was sein Gebieter ihm aufgetragen hat, kniet sich Jake in Dankbarkeit vor ihm hin.

Belphegor amüsiert sich über dieses Verhalten, ist aber froh das er einen solch treuen Untertan hat.

„Ist schon gut, genug jetzt! Steh verdammt nochmal wieder auf! Dein alter Master Melvin, war ein Versager. Ich ärgere mich immer noch über ihn. Er meine Aufträge schlecht bis gar nicht ausgeführt. Ich habe mich mehr über ihn geärgert als er mir genutzt hat. Wenigstens hat mir sein Tod etwas genutzt, so konnte ich mit seiner Seele meine Höllenhunde verfüttern, die ihn gleich verschlungen haben. Ich erinnere mich daran sehr gerne sie haben beim Fressen richtig geschmatzt."

Der teuflische Fürst der Finsternis lacht dämonisch und genießt absolut diese Erinnerung der makabren Hinrichtung der Seele nach dem Tod. Er denkt schon darüber nach wie schön es wäre, wieder bald eine solche Hinrichtung einer menschlichen Seele zu haben, oder gleich mehrere von denen. Das wäre der Gipfel der Krönung und noch schneller könnte er noch mehr besondere Hunde als Diener der Hölle züchten, nur aus den bösen Seelen abartiger Menschen mit steinernen Herzen, die nicht den Weg in den Himmel geschafft haben.

Im geheimen Baum-Saal zum Vorhof der Hölle sitzen die teuflischen Haus Tiere des dunklen Herrschers und warten auf ihren

Besitzer, unter der Beleuchtung im Schein von mehreren Feuer Fackeln.

Die zwei Dobermann Hunde laufen in den Saal, um ihre Hälse tragen sie breiten Lederhals-Bänder, gespickt mit Metall Stacheln, die leicht grünlich schimmern; denn Gift befindet sich daran, es tropft auf den grauen Schiefer- Boden.

Jake freut sich als er die Haustier Hunde von Belphegor sieht, er lässt sich von ihnen die Hände ablecken.

Er streichelt sie über ihre Rücken, was die Hunde jaulend genießen. Belphegor unterbricht diese Zärtlichkeiten, um selbst in den Genuss zu kommen, beruhigend spricht er so zu ihnen, als wären es seine Kinder.

„Percy und Dudley nicht so laut, ihr weckt noch unsere schlafende Schönheit auf. Haha, kommt mal her zu Papi, meine Süßen!"

Percy und Dudley spitzen ihre Ohren, drehen sich um, laufen leise jaulend zu ihrem Besitzer.

Der schlisst die beiden Hunde in seine Arme, die es ihm hechelnd danken. Dann packt er die Hunde an den Halsbändern, die Gift Stacheln bohren sich mit dem tödlichen Gift tief in seine Hände. Der Gott der Unterwelt schreit auf, als würde es ihn schmerzen. Er lässt Percy und Dudley wieder los, schaut sich lachend in seine Hände. Die entstandenen tiefen Wunden fangen an zu verheilen. Belphegors Lachen wird lauter.

Jake ruft warnend nach seinem Gebieter. Die Entführte schlägt plötzlich die Augen auf. Crystal will um Hilfe rufen, doch schnell ist der Schakal zur Stelle. Er hält ihr den Mund zu, während Jake die Hunde wieder an die eisernen Ketten nimmt.

Der dämonische Gott beugt sich über die vor Schreck liegende, zitternde junge Frau. Als er seine Lippen zu einem Kuss formen will, dreht sie ihren Kopf ängstlich zur Seite. Er lässt sich aber nicht von ihrem Verhalten beirren und drückt eine seiner Hände nun fester auf ihren Mund. Ihre Augen weiten sich vor Schreck.

Das erfreut ihn umso mehr, er richtet drohend böse Worte an sie:

„Du entkommst mir nicht, du kleine Verräterin, diesmal nicht. Du bist jetzt meine Gefangene. Dachtest du wirklich, du könntest davon kommen, ohne dafür zu bezahlen, für das was du angerichtet hast? Haha… Irrtum, du bist in meinem Reich, hier bin ich der Herrscher der Unterwelt. Hier bestimme ich, alleine ich was geschieht. Dein Schicksal ist hiermit besiegelt. Ich werde dich hart Bestrafen und wenn ich sage hart, dann meine ich hart. Also Jake, du weißt was du zu tun hast."

Jake nickt ergeben, er nimmt die Hunde, er bringt sie rasch aus dem Saal, seine Gestalt verschwindet und löst sich mit ihnen in der Dunkelheit in einem kleinen Nebenraum verschwindend auf.

„Wie sie es wünschen, so wird es geschehen Master."

Im heiligen Saal des Baumes sind fremde Töne aus dem mysteriösen dunklen Nebenzimmer zu hören.

Ein lautes Klatschen von Händen, die nicht zu sehen sind, sorgen dafür das die Gitter Stäbe der Gefängnis Türen in den Eingängen und am Haupteingang zum Saal herunter sich automatisch schließen.

Es ertönen mehrere dumpfe Trommel Schläge von einer hängenden Zeremonien Trommel aus dem dunklen kleinen Nebenraum. Die Hunde jaulen und deren Gebrüll ist außerhalb des Saales ist ebenfalls zu hören.

Ein starkes Erdbeben lässt den Boden heftig erzittern, der Granit Boden reißt an verschiedenen Stellen auf, genauso reißt es auch auf, an den Felsen Wänden im Höllen Vorhof Saal des geheimen Baumes.

„Gleich wird es geschehen. Ich bin fast am Ziel meine Liebe, zum Schluss wirst du mir doch dankbar sein. Wie am Anfang, als du noch bereit für mich warst und die Anderen noch nicht deinen Verstand vergiftet haben."

Crystal lacht, als Anubis getarnter Belphegor seine Hand von ihrem Mund wegnimmt. Sie verteidigt sich mit ihrem Sprechen, da der böse Herrscher schlangenartige-goldene Fesseln an ihre Handgelenke und Fußgelenke zaubert.

„Wenn du glaubst, ich lasse mich von dir schwängern, so irrst du dich gewaltig. Ich werde auch nicht deine Königin werden. Ich bin nicht dein Besitz! Meine Familie wird kommen, um mich zu befreien."

Der teuflische Belphegor lässt sich durch ihre Worte nicht abschrecken, diese prallen einfach an ihm ab, als hätte er Watte in seinen Ohren. Er bewegt sich schwebend hoch, ergötzt sich schamlos daran, wie hilflos Crystal ausgeliefert ist. Sie sieht ihn angewidert an, in der Hoffnung auf ihre Befreiung.

Kapitel Zweiundzwanzig

DER GEHEIME GARTEN

Im alten nicht mehr verwilderten Garten hinter der Villa der Gardeners. Die Pflanzen und die Sträucher regenerieren sich wie von Zauberhand. Sie erblühen wieder neu, viel neues Grass sprießt nun rasch aus dem Boden, die vielen Blumen Blüten fangen an ihre Köpfe zu öffnen um zu erblühen.

Die toten Baumstämme stellen sich von alleine wieder auf; lassen ihre neu entstandenen Wurzeln in den Erdboden wachsen. Aus alten vertrockneten Baum Stümpfen entstehen verschiedene neue Bäume, Obstbäume und auch Eichen Bäume.

Ein Farb-Eimer landet vor dem Zaun des Gartens, ein paar Pinsel fliegen durch die Luft mitten in die offenen Eimer, sie streichen von alleine, den alten kaputten Gartenzaun aus Holz in wenigen Minuten in Weiß und repariert sich auch von selbst.

Werkzeuge fallen plötzlich herunter, von den Ästen der alten Eiche mit dem versteckten Tor im Baum.

Jake kommt aus dem geöffneten Tor heraus, er hebt das Werkzeug auf, das unter dem Baum liegt und repariert nun damit die alte Holzbank in Eile.

Inzwischen ist Diamond mit ihrem Verlobten Michael hinter dem Haus aufgetaucht, um in den geheimnis-umwitterten Garten zu gelangen, wo Beide nach Crystal suchen wollen.

Zuerst überlegen sie mit Skepsis, bevor Diamond und ihr Verlobter in den regenerierten, neu erblühten Garten gehen, mit dem Entschluss um sie zu finden.

Michael äußert sich nachdenklich dazu:

„Wir suchen deine Schwester im Garten, hinter diesem komischen Haus. Wir wagen uns mal dahin, es sieht so einladend aus. Dennoch ist es seltsam, vor kurzem war das hier noch eine abgebrannte Ruine mit einem verwildertem Garten. Erstaunlich was jetzt nun daraus geworden ist."

Diamond betrachtet verwundert die nun restaurierte Villa von außen. Sie schweift kurz ab in Gedanken, dann teilt sie ihre Gedanken mit Michael, der sie zärtlich behutsam über ihren Kopf streichelt. Sie löst eine Haarsträhne von ihrer Hochsteck-Frisur und sagt verwundert nach ihren Überlegungen was sie denkt.

„Also, vor einer Woche war ich das letzte Mal in dieser Gegend, da sah es hier schrecklich aus. Das alles hier war einsturz-gefährdet, heruntergekommen. Es sind sogar zwei Kinder die hier heimlich gespielt haben, zu Tode gekommen, da sie von der kaputten Treppe herunter gestürzt sind. Es war ein Gebäude, das mich immer sehr verängstigt hat. Der Garten war stark verwildert. Alles hier war nicht sehr einladend. Aber jetzt will ich nicht mehr weg von hier. Auch wenn ich mich wundere, wie das alles in so kurzer Zeit so schnell in Ordnung gekommen ist, es ist beinahe so, als hätte sich dieser Ort von selbst gereinigt."

Michael bejaht es mit Kopf Nicken, doch drängt er jetzt Diamond stärker mit ihm durch den Garten zu gehen.

Beide nehmen sich an ihre Hände, sie schauen sich nicht um was hinter ihnen geschieht.

Als sie nacheinander, das große weiße Garten Tor öffnen und hineingehen, fällt diese plötzlich hinter ihnen von alleine zu. Verschließt sich dabei von selbst. Sie sind im Garten gefangen, bemerken es aber nicht, denn das Paar ist high vor Glückseligkeit. Sie scheinen vergessen zu haben, warum sie eigentlich hergekommen sind.

Sie können nicht mehr sehen wie der weiße Garten Zaun zusammen mit dem Tor verschwinden, stattdessen bilden sich Mauern aus Fels Gestein.

Der weiße Gartenzaun fällt in sich zusammen, er verbrennt zu Asche, Fels Blöcke kommen aus der Erde, wachsen aneinander, werden zu Mauern die höher sind, als das Haus selbst.

Der neuerblühte Garten bleibt unberührt, mit Mauern aus Felsen drum herum, ein Entkommen ist unmöglich.

Schwärme von verschiedenen farbigen Schmetterlingen und Sing Vögeln fliegen umher durch den neuerblühten Garten. Die Vögel und Schmetterlinge verlassen den Garten nicht, sie fliegen nicht aus dem Garten fort.

Gemischtes Vogelgezwitscher, das Summen von verschiedenen fliegenden Insekten ist unnatürlich laut zu hören, Der Garten sieht nun verzaubert aus.

Das Herz von Diamond fängt an, voller Glück und in Aufregung zu schlagen, als würde sie gleich eine wunderbare Neuigkeit erfahren. Die Angst über das Aussehen und die gruselige Geschichte des Hauses, noch der in Ordnung gebrachte Garten machen ihr nun keine Angst mehr. Es herrscht die überall die Gleichgültigkeit.

Kapitel Dreiundzwanzig

WILLKOMMEN IM ZIRKUS

Im rotweiß-gestreiften Zirkus Zelt am Morgen, mit den leeren Stühlen für die Zuschauer, dem sandigen Untergrund in der Manege, dem
Tiger Käfig mit den zwei Tigern, den bunt geschmückten Elefanten
und Zirkus Pferden die weiße Federn auf den Köpfen tragen und
alleine im Kreis rund laufen.

Der Garten ist nun ganz verschwunden, nur eine karge verdorrte
sandige Landschaft ist zurück geblieben wo einst alles blühte und
lebendig war, mit felsigen Mauern und der noch übrig gebliebenen
alten Eiche mit dem geheimnisvollen Tor.

Auch Michael ist so voller Heiterkeit, er kann nicht aufhören zu
Lachen. Er verliert sogar die Kontrolle darüber.

„Schatz, was machen wir hier? Habe ich meinen Sonnen Schirm
hier verloren? Haha, ich glaube er ist da hinten. Ohne meinen Sonnen Schirm bin ich nicht komplett, als Clown. Haha, komm schon,
hilf mir suchen!"

Auf einmal löst er sich von ihrer Hand und läuft tänzelnd von ihr
weg. Er springt und hüpft so als wäre er ein Clown mitten in der
Vorstellung vor vielen Zuschauern in der Manege des Zirkus.

Im gesamten Garten steht das riesige Zirkus Zelt auf dem sandigem
Boden dort, die Zuschauer Sitze sind immer noch nicht besetzt, kein
einziger Zuschauer. Nur die Zirkus Pferde und die Zirkus Elefanten,
die nacheinander immer noch im Kreis laufen; ohne das sich jemand
darüber freut. Die zwei brüllenden Tiger fühlen sich unwohl in der
hintersten Ecke des Zeltes in ihrem Käfig wo sie eingesperrt sind.
Dort laufen sie immer wieder aufgeregt hin-und her. Das bringt die
Tier ganz durcheinander. Es muss hier dringend etwas passieren.

Das Zirkus Zelt öffnet sich; Belphegor betritt verzaubert als Zirkus
Direktor mit langem grauen Bart, runder Brille auf seiner Nase,
seinen kurzen grauen Haaren, einem feuerrotem Frack mit farblich
gleicher Fliege, schwarzen Hemd, genauso roter Hose, wie auch

einem schwarzen Zylinder auf dem Kopf, in einem seiner Hände hält er einen silbernen Gehstock mit dem Kopf des ägyptischen Gottes „Anubis".

Er schlägt ein paar Mal mit dem Stock auf den sandigen Boden und schon füllen sich die Sitzreihen mit vielen Zuschauern. Eine fröhliche Stimmung geht von den Zuschauern aus. Das Publikum wartet gespannt.

Den teuflischen Zirkus Direktor bewundernd; nimmt ganz unerwartet die als reiche Frau verwandelte Diamond Platz auf einem der Sitz Plätze in der vordersten Zuschauer Reihe.

Das Aussehen von Diamond hat sich drastisch verändert, sie hat jetzt platin-blond gelockte Haare, hochgesteckt mit Perlen und sieht im Gesicht zwanzig Jahre älter aus, als wie mit achtunddreißig Jahren.

Sie ist auf einmal reich; Perlen- und Diamanten Ketten hängen um ihren Hals. Sie trägt ein zartrosafarbenes Kleid aus reiner chinesischer Seide mit vielen Rüschen, einem dünnen ebenso gleichen Umhang mit einer großen Schleife zusammen gehalten. Die dunkel rosafarbenen Schuhe sind auch aus Seide. An den Fingern trägt sie mehrere Diamanten Ringe, Opal Ringe, Ringe mit Juwelen und eine Goblin - Tasche mit einem goldenem Trageband mit aufwendiger Blumen-Stickerei.

Diamond erhebt sich von ihrem Sitz, um zu applaudieren als sie Belphegor verwandelt als Zirkus Direktor sieht, sie wirkt als wäre sie high in Trance mit einem zuckersüßen, aufgesetzten künstlichen Lächeln.

„Bravo Mister, Bravo! Großartig! Ich verehre sie zu tiefst."

Sie klatscht ihm Beifall, ohne zu wissen wer er in Wirklichkeit ist. Sie ist allzu bereit sich als Zuschauerin im Zirkus zu amüsieren, ohne zu wissen wer sie selbst ist.

Belphegor schreitet nach vorne, er stellt sich als der Zirkus Direktor vor und präsentiert sich auch ganz besonders vor Diamond, ohne dass man ihm stolz diese Lüge im Gesicht ansieht.

„Meine Dame heute präsentiere ich ihnen eine ganz besondere Vorstellung, nur für sie!"

Die reiche Dame Diamond macht ihrem Namen alle Ehre, sie greift in ihre Gobelin-Tasche, nimmt eine Handvoll Diamanten heraus, lächelnd wirft sie sie dem Direktor entgegen mitten in die Manege.

Gerührt zieht er seinen Zylinder ab und verbeugt sich bedankend vor ihr.

Schließlich kommt der verwandelte Jake als chinesischer Zirkus Page im chinesischen Seidenanzug, mit gleicher Seidenkappe auf seinem Kopf, unter der Kappe schaut sein langer dunkler geflochtener Haar Zopf heraus.

Er kommt von draußen in den Eingang des Zeltes herein. Er scheint leicht nervös zu sein. Ungeduldig bittet er seinen Master nun um Aufmerksamkeit.

„Master, kommen sie bitte mit mir!"

Belphegor nickt ihm zu, er bittet Jake der verwandelten Diamond einen Joint zu geben, welche er mit einem grünen Zauberpulver aus einem kleinen Stoffsäckchen nimmt, streut dieses auf die gedrehte Zigarette.

Diamond lächelt erstaunt über das Gespräch, wie auch über das seltsame Verhalten der Beiden. Aber ihr Zustand ist unverändert. Ihr Auftrag, die wie sie selbst gefangene Zwillings-Schwester Crystal zu suchen scheint für diesen Moment vergessen zu sein.

Jake kommt auf sie zu, er setzt sich neben sie. Er lacht dabei schellmisch, öffnet seine Hand und reicht ihr die gedrehte Zigarette mit Marihuana. Während sich der Zirkus Direktor noch ein letztes Mal zu ihr umdreht, dabei seinen Zylinder schweigend in seiner gebeugten Körperhaltung sich so verabschiedend zeigt.

Er macht zum Schluss eine kurze Handbewegung, wobei er damit seine Finger hin-und her bewegt.

Die Pferde, als die Elefanten folgen ihm aus dem Zirkus Zelt. Nur die Tiger bleiben noch in dem Käfig.

Jake klatscht sich in die Hände, als er dieses Szenario sieht, denn er freut sich darüber. Als die sich neben ihm sitzende Diamond die Zigarette anzünden will, bemerkt sie benommen, dass sie kein Feuerzeug in ihrer Handtasche findet. Aber lange wird sie nicht mehr suchen müssen.

Der chinesische Jake kramt in seiner Hosentasche und kramt eine Schachtel mit Streichhölzern heraus.

„Hier meine Dame, sie werden die Streichhölzer brauchen. Haha, sparen sie sich die Mühe mit der Sucherei. Genießen sie es lieber so lange sie es noch können, das ist wirklich guter Stoff, …haha."

Sein merkwürdiges Verhalten fällt ihr gar nicht auf, sie zieht nämlich mehrmals genüsslich an ihrem *Joint* und bläst den Qualm genüsslich um sie herum, der sie auf einmal schläfrig werden lässt.

Sich für ihr Verhalten entschuldigend versucht Diamond zu sprechen, stattdessen kommt nur der Qualm mit einem Hauch von Müdigkeit mit lautem Gähnen aus ihrem Mund heraus.

Der teuflische chinesische Diener lacht über ihr Verhalten, er wartet nun ab was weiter mit ihr geschieht, um dann schnell einzugreifen.

Aber Süchtig nach dem Joint zieht sie weiter an ihm. Als Diamond endgültig vor Müdigkeit zu Boden fällt, klatscht der Chinese in seine Hände, er ab laudiert, er jubelt, springt, überschlägt sich in einer Rolle, tanzt.

So groß ist seine Freude über den gelungenen Plan. Sogar das Publikum voller fremder Zuschauer applaudiert ihm zu. Für ihn ist das mehr als eine Bestätigung, er fühlt sich so großartig.

Jetzt braucht er nur noch die Hilfe von seinem Zirkus Direktor, dem teuflischen Belphegor, der schon längst voran gegangen ist.

Der Clown Michael fährt plötzlich von draußen in einem Laufrad durch den Eingang hinein. Ja und er ist nun mehr als willkommen, seine Hilfe wäre dem chinesischen Jake jetzt von Nutzen.

Kapitel Vierundzwanzig

FEUER IN DER EICHE

In der alten Eiche, alleine im Audienz-Saal im Vorhof der Hölle und immer noch gefesselt jetzt auf dem Opfer Altar liegend von den Hunden bewacht bei schwachem Kerzen Licht umgeben von den schwarzen Kerzen auf den hohen Kerzen Ständern aus Bronze, leuchtend in der Dunkelheit befindet sich die verzweifelte Crystal und kann nicht aufhören zu weinen. Als sie dann auch noch anfängt zu schreien, werden die Haustiere von Belphegor unruhig, sie bellen so laut, als wollten die Hunde durch ihr lautes Gebell ihren Herrn herbei rufen.

„Wie komme ich hier bloß wieder weg? Warum findet ihr mich nicht? Was hat Belphegor mit mir vor? Ah, die Hunde machen mich verrückt!"

Sie versucht sich durch ihre ruckartigen Bewegungen selbst zu befreien, es gelingt ihr aber nicht. Durch ihre Beinbewegungen verschieben sich die Fesseln an ihren Beinen. Sie rutscht auf den Altar, auf dem sie liegt etwas herunter und kommt mit ihren Fuß-Spitzen an die Kerzen Ständer die sich direkt in der Nähe befinden.

Plötzlich fallen die zwei Kerzen-Ständer krachend laut zu Boden, die darauf befindlichen brennenden Kerzen lösen sich ab, rollen zu den Holzkisten, die sich im kleinen Nebenraum befinden, sie bleiben dort liegen, in der Dunkelheit im kleinen Raum. Einer der Kisten fängt Feuer, welches sich auf die andere Kisten schnell ausbreitet, einer der Kisten steht offen, ein darin befindliches weißes Rüschen-Hochzeits-Kleid Fängt Feuer; in Minuten steht der ganze Raum in Flammen. Es knistert und kracht, die Flammen schlagen sich aus bis zum großen Saal mit dem Altar, auf dem Crystal noch liegt. Der Qualm zieht bis in ihre Nähe, sie nimmt erschreckt das Feuer war, Qualm zieht nun direkt zu ihr hinüber bis genau vor den Altar, sie muss davon stark husten. Aber durch ihre ruckartigen Bewegungen haben sich ihre Fuß Fesseln von alleine gelöst. Die Flammen erreichen auch den Altar, lodern zu ihr hoch. Sie nutzt einen kurzen Moment, hängt ihre gefesselten Arme in das steigende Feuer.

Die stärker werdende Hitze erzeugt in ihr Panik, ein kurzer Schrei, dann springt sie aus den Fesseln, die sich lösen und durch das Verbrennen zügig herunter fallen, über den größer werdenden Flammen.

Auf dem Boden aufkommend richten sich ihre Blicke in Richtung Eingang. In Aufregung erblickt sie mit Schrecken wer sich dort befindet. Doch für die mutige Crystal gibt es keinen anderen Ausweg, sie muss sich real ihrem schlimmsten Albtraum stellen.

„Koste es was es wolle, Augen zu und durch, denn es geht schließlich um die Familie."

Sie läuft in die Richtung des kleinen Raums, nervös achtet sie darauf, dass sie selbst nicht von dem Feuer berührt wird. Erstaunt und verwundert beobachtet sie Belphegor, der jetzt nicht mehr der Zirkus Direktor ist, sondern seine ursprüngliche Gestalt des „Horus" mit einem Falkenkopf und schwarzem menschlichen Körper angenommen hat.

„Ach, die Familie! Wo ist sie denn, deine Familie? Wo du sie jetzt brauchst. Haha,… sie ist nirgendwo zu sehen. Also, alles nur Lug und Trug. Die sind nicht deine Familie. Du machst mich wütend mit deinem Glauben das deine Familie so heilig ist! Sie hassen dich, für die warst und bist du immer nur das schwarze Schaf. Ich, Jake und meine Hunde sind deine Familie."

Horus zaubert ein gerahmtes schwarz weiß Foto in einem schwarzen Bilder Rahmen hinter Glas hervor. Er zeigt es ihr wütend, hält es hoch, wirft es in das Feuer vor dem Opfer Altar.

Auf dem Bild ist in der schwarz weiß Fotografie eine Gruppe von sieben Personen zu sehen, die vor der unzerstörten Villa der Gardeners in Reih und Glied stehen. Alle Erwachsen, die Männer alle adrett in Anzügen und Zylindern gekleidet. Die Frauen in ihren hellblauen Festtags-Kleidern mit Schmuck und Hochsteck Frisuren auf den Köpfen. Alle schauen düster, gespenstisch, wie auch nachdenklich in eine Richtung.

Auf dem Foto sind die von den Toten auferstandenen Eheleute Gardener zu sehen, sowie deren Zwillings-Töchter Diamond und Chrystal, als auch der Michael. Das Foto sieht so aus als wäre es gerade gemacht worden.

Die ebenso aus dem Toten Reich zurück gekommenen Freunde der Gardeners; die Eheleute Morgan, die Zeitweise die Ersatz-Eltern der beiden Frauen waren; zusätzlich sind noch zwei farbige Sklaven, die im Feuer der Villa Gardener auch umgekommen waren, sind nun aus dem Jenseits zurückgekehrt.

Crystal springt aufgeregt auf, sie fängt in letzter Sekunde das Bild auf, bevor es auf den Boden fällt.

Ihr Verhalten lässt *Horus* vor Wut erzürnen. Seine Augen glühen schrecklich rot auf, sein muskulöser schwarzer menschlicher Körper wird an jeder Stelle mit Adern als Blut in glutartigen Farben in den Venen durchströmt. Er baut sich vor ihr auf, grölt furchterregend mit seiner Stimme durch den brennenden Saal. Als sie bemerkt, dass er nach ihr greifen will, nutzt sie die Gelegenheit um die beiden Kerzenständer als Verteidigung vor sich zu halten. Doch Horus lacht aus seiner Wut heraus, bewegt seine Hände hin- und her. Crystal streckt ihm die Kerzen Ständer, die Oben mit einer Spitze bestückt sind, in seine Richtung zeigend hin, um sich zu verteidigen.

„Willst du mich etwa damit töten? Ich zeige dir mal was ich jetzt mit diesen Ständern mache, Crystal. Haha!"

Durch die Handbewegungen zum Angriff von Horus verbiegen sich die Ständer elastisch wie Gummi.

Die Spitzen darauf lösen sich im Nuh auf, wie auch der ganze Rest. Sie steht plötzlich mit leeren Händen vor dem teuflischen Belphegor als *Horus*. Diese anscheinend ausweglose Situation lässt sie richtig verzweifeln.

„Was hast du getan, Belphegor? Das ist sehr unfair, ich habe keine Möglichkeit mehr zur Verteidigung."

Crystal ist nun selbst ziemlich Wütend über diese Behandlung und Wehrlosigkeit. Horus scheint sie nicht ernst zu nehmen, stellt sie ernüchternd fest.

Ein neuer Plan muss her, um zu Kämpfen und anschließend zu entkommen. Denn noch ist es nicht zu Spät.

Kapitel Fünfundzwanzig

DER ALTE BAUMTROLL

Im kaputten Zirkus Zelt mit den entstandenen Rissen an der Zelt Decke, wo der Clown ist der keiner ist. Er ist jetzt ein Handlanger von Belphegor .Namens Michael, der gemeinsam mit Jake dem Chinesen, der als Diener vom Teufel besessen, die Schlafende Diamond transportiert. Ein leeres Zirkuszelt ohne Tiere, aber mit den Dreien innen. Es wird windig und staubig um sie alle.

Schließlich zerfallen alle Stühle zu Staub, der weggeweht wird. Das Zirkus Zelt wird immer löchriger, erst an der Decke und dann an den Wänden, bis es anfängt auch zu zerfallen.

Es bleibt nur nach der Auflösung vom Zelt und Allem was drinnen war, reiner Staub übrig. Der auf der ausgetrockneten Erde des Garten Bodens im verdorrten Graß verweht mit Hilfe des aufkommenden Windes.

Michael und Jake sind immer noch in ihre anderen Gestalten verzaubert, sie sind inzwischen genervt durch den aufkommenden Wind. Durch den tragen sie mit ihren Armen die schlafende, in ihren prächtigen Kleidern liegende Diamond auf einer goldenen ägyptischen Trage durch den heruntergekommen Garten in die Richtung der alten Eiche, in der das geheimnisvolle Tor wieder auftaucht und sich von alleine öffnet.

Der alte Eichen-Baum fängt an sich zu bewegen; so stark, dass durch die Erschütterungen, sich seine Wurzeln lockernd aus dem ausgetrockneten Erdreich hochkommen.

Der Baum bekommt nun ein Gesicht, welches einem alten Mann ähnelt. Die Äste des Baumes werden zu seinen Armen und Händen, die Wurzeln zu seinen Beinen, wie auch zu seinen Füßen

Der alte Baum behält seine Baumgestalt; er Ächzt und stöhnt so müde mit tiefer Stimme, das Holz des Baumes knarrt leise. Das Tor im Stamm der Eiche zur Vorhölle fällt schließlich heraus, als der Baum sich hin setzt.

Der Baumtroll sitzt auf dem staubigen Boden, er gähnt und sieht zu den Dreien herunter. Er seufzt als er sie alle betrachtet.

Jake und Michael sind nicht gerade begeistert, sie ekeln sich vor ihm, denn beim lauten Seufzen des Baumtrolls kommt aus seinem holzigen Mund sehr übel riechender Atem. Sie halte sich Beide die Nasen zu. Diamond bekommt nichts davon mit, sie schläft immer noch ruhig auf ihrer Trage, die sie auf dem Boden positioniert haben. Die beiden Männer bekommen einen Würgereiz, wundern sich aber, dass die liebreizende Diamond immer noch schläft.

Der Wind verschwindet so schnell wie er gekommen ist, es wird still, die Sonne lässt sich am Himmel blicken. Der Baumtroll gähnt fürchterlich vor Müdigkeit, dennoch ist er sehr interessiert an den Dreien und lächelt.

„Entschuldigung, ich muss gähnen, wen haben wir denn hier? Wisst ihr, ich bin so müde. Kennt ihr ein ruhiges Plätzchen, wo ich schlafen kann, hm? Ich bin so alt, mit dreihundert-fünfzig Jahren und werde so langsam vergesslich, über die alten Baum Tage. Früher als ich noch jung war, gähn, hatte ich einen schönen Platz in dem Wald. Aber jetzt ist alles anders, denn als dieser böse Schuft aus der Hölle kam, war es aus mit der Ruhe."

Traurig lässt der alte Baumtroll seine sich plötzlich austrocknenden Äste herunter hängen. Sein sich verändernder Anblick und seine Geschichte; lässt das Mitleid in Michael und Jake erwecken. Es fängt an, dass sich die Brüder langsam zurück verwandeln. Auch Diamond erwacht so langsam aus ihrem Schlaf, indem sie ihre Augen anfängt zu öffnen. Michael erlangt seine menschliche Gestalt wieder, er erinnert sich daran, weswegen er eigentlich hier hingekommen ist. Denn er ist nunmehr nicht mehr der lustige Zirkus Clown, sondern der Verlobte von Diamond, der mit ihr aus dem einzigen Grund gekommen ist, seine Schwägerin Crystal aus den Fängen von Belphegor zu befreien. Seine teuflischen Pläne über das Erlangen der Weltherrschaft zu durchkreuzen.

Der betroffene Michael spricht nachdenklich zu dem Baumtroll mit all seinem klaren Verständnis:

„Hat Belphegor dich im Wald gefällt und dann hier hingebracht? Dieser fiese Teufel hat uns nämlich alle verzaubert und betrogen. Meine Verlobte erkenne ich gar nicht wieder. Falls sie es überhaupt ist und dieser Fiesling sie nicht vielleicht ausgetauscht hat. So viele Ungerechtigkeiten sind geschehen die mich richtig traurig und wütend machen. Ich werde dir helfen, lieber alter Baumtroll."

Michael streichelt den alten Baumtroll an sanft über seine Rinde, ich und stellt sich ihm mit seinem Namen vor und das Gleiche macht der Baumtroll. Doch bei der leichten Berührung mit der Hand fällt ein Stück Rinde herunter. Michael erschreckt sich darüber, denn das hat er nicht gewollt. Nie wollte er so ein Nettes Baum Wesen wie er es ist, verletzen.

„Oh nein, das wollte ich nicht, entschuldige bitte es tut mir leid. Ich wollte dir nicht wehtun!"

Der Baumtroll legt einen seiner alten Äste auf den gebückten Rücken von Michael.

Er seufzt wieder, gähnt dabei schläfrig und beruhigt ihn streichelnd.

„Schon gut, erschreck dich nicht, das passiert mir in letzter Zeit andauernd. Es ist der Zahn der Zeit der an mir nagt und das macht mich traurig. Es ist sogar schlimmer geworden. Naja, ich bin schon alt. Das bemerke ich immer mehr. Der Verfall verschont mich wirklich nicht. Ach, wie gern würde ich meine letzte Ruhe in dem Wald finden, wo ich einst jung aus der Erde wuchs."

Der alte Greisen Baum schwelgt sehnsuchtsvoll in früheren Gedanken.

„Oh, ich habe solche Sehnsucht nach dem Wald, nach dem schönen dichten blättrigen Eichenwald, da wo meine Brüdern und Schwestern sind. Es ist so friedlich dort, ohne Lärm und alle Bäume und Sträucher können so wachsen wie sie es wollen. Niemand verbietet es dir dort. Alle sind zusammen eine große Familie. Aber du bist noch jung Michael, Befreie deine Liebe wer immer sie ist, wo sie ist, geht gemeinsam hin, wo eure Wurzeln sind, verweilt dort und vermehrt euch zu einer Familie."

Michael ist beeindruckt von seinen Worten, er lehnt seinen Körper an den Baum, doch plötzlich reißt der Baum Stamm ein und knickt zur Seite, bevor er sich noch bei dem so freundlichen alten Troll bedanken kann für dessen Worte. Trotz des Schocks und den Tränen in seinen Augen schenkt er ihm viele Dankes Gebete.

Die erwachte Diamond hat das mit angesehen und angehört, sie wirkt sehr betroffen. Ihre Gestalt verändert sich zurück in ihre Ursprüngliche. Sie rennt zu Michael der trauernd vor dem umgeknickten alten Eichen Baum steht, der nun auch nicht mehr der Troll ist, nur noch ein Haufen Holz. Das Paar will ihm helfen doch es ist längst schon zu spät. Denn auch alle anderen Teile des Baums fallen genauso herab, bis das ganze aussieht wie ein Haufen Brennholz, was plötzlich Feuer fängt und rasch alles zu Asche verbrennen lässt, durch eine unsichtbare Macht mit wütendem Grollen tief aus der Erde der Hölle.

Jake, der kurz auch diese Szene mit dem Baumtroll beobachtet hat, ist nun verschwunden. Das Paar wundert sich nur kurz darüber, denkt aber nicht daran Gedanken an ihn zu verschwenden. Michael und seine Verlobte wollen aus dem Garten fliehen.

Doch der Gedanke an die verschwundene Zwillings-Schwester holt Beide schnell wieder ein. Sie fangen an, aus sicherer Entfernung vor dem Feuer die schmerzlich vermisste Crystal zu suchen.

Dabei versprechen sie sich, dass sie einander beschützen wollen, egal was geschieht, sie halten sich treu an ihren Hände fest, während sie sich dabei tief sehr verliebt in die Augen sehen. Sie schwören sich ewige Liebe und Treue bis in den Tod und darüber hinaus. Sie wollen heiraten, aber erst wenn sie Crystal gefunden haben.

Dann würde es ein wunderschönes Hochzeitsfest geben, auch wenn sie noch nicht wissen wo das stattfinden soll.

Die Hauptsache ist für Beide erstmal das sie sie wiederfinden, da sind sie wild entschlossen, mit allen Kräften, die sie gemeinsam besitzen. Sie sagen noch einiges, bevor sie noch mal zurück zum Garten gehen.

„Ich verspreche dir hiermit, egal was geschieht, ich werde mich nie von dir trennen, selbst im Tod nicht."

Unter der Asche des inzwischen verbrannten Saal des Höllen-Vorhofs tief in der Erde, lodern die Flammen des Feuers am frühen Nachmittag. Der alte Baum ist nun zu Asche verbrannt, unter ihm ist ein Loch im Erdreich zurück geblieben mit unterirdisch-langen Gängen, diese führen zu einem Saal mit dem Opfer Altar, dort brennt alles Lichterloh.

Crystal liegt nicht mehr auf dem Opfer Altar, sie ist auch nirgendwo im Saal der zur Hölle führt. Niemand ist mehr dort zu sehen, die Flammen sind nur noch dort, sie füllen alles bis nichts mehr sichtbar ist.

Diamond und ihr Verlobter Michael suchen einen ruhigen Platz im wieder verwüsteten Garten. Welchen sie auch nach kurzer Zeit schon finden, eine alte Garten Bank aus Holz mit abgesplitterter weißer Farbe. Beide nehmen dort Platz. Michael seufzt nachdenklich, er ist in Sorge, dann spricht er zu Diamond während sie ihm zuhört.

„Wo ist deine Schwester und dieser irre teuflische Fiesling mit seinem Handlanger Jake, ich meine mein Bruder? Weißt du eigentlich das Jake der Kutscher von eurem Ersatz-Vater Melvin war, bevor er verstorben ist? Zu diesem Zeitpunkt ist Jake auch verschwunden. Das ist doch recht seltsam, das so etwas passiert ist. Denn euer Vater hatte doch zu ihm ein gutes Verhältnis, oder?"

Diamond wiederstrebt seinen Aussagen in keiner Weise, sie bejaht und augmentiert diese in ihrer ruhigen nachdenklichen, betroffenen Form.

„Ja, das stimmt wir hatten einen Kutscher mit dem Name Jake. Er kam zu uns als meine Schwester und ich zehn Jahre alt waren. Unser Vater Melvin hat ihn sofort in unsere Familie aufgenommen, als wäre er sein Sohn. Unsere Mutter Jenny und unsere Brüder James und Charles waren mit uns einer Meinung, dass die Aufnahme in unsere Familie als Sohn doch sehr schnell ging. Wir kannten ihn gar nicht. Nur seine Schwester Lydia kannten wir, denn sie hat bei uns Dienst Mädchen gearbeitet. Sie war schüchtern, zurückhaltend, aber dennoch ehrlich, loyal und sehr fleißig."

Diamond erinnert sich zurück, auch wenn es ihr unangenehm ist. So zeigt sie es zumindest in ihrem Gesichts Ausdruck.

„Melvin hat Lydia oft in sein Arbeitszimmer gebeten, um sie für ihren Fleiß zu belohnen, sagte er uns jedenfalls. Wir haben sie dazu später befragt, als meine Schwester und ich fünfzehn Jahre alt waren, doch sie wich uns nervös aus, als Melvin dann plötzlich ins Zimmer kam. Er sagte in ihrem Zustand wäre das nicht gut für sie, sie so zu befragen. Ein paar Monate später hatte sie sichtbar an Gewicht zugenommen, obwohl sie wenig aß. Sie musste uns dann irgendwann verlassen, Melvin sagte, dass sie unheilbar krank wäre. Sogar ihr Bruder Jake wusste nicht wohin sie wollte, nachdem wir ihn befragt haben."

Kapitel Sechsundzwanzig

DER URSPRÜNGLICHE GARTEN

Der Garten hat sich in seiner ursprüngliche Form zurück verändert am Nachmittag. Diamond unterbricht ihr sprechen, als sie bemerkt, dass sie Beide von einer Person, die sich hinter einem verdorrtem Rosenbusch versteckt hält beobachtet werden.

Diamond will zu dem Busch hingehen, doch Michael stoppt sie abrupt, er ist nicht begeistert, weil sie alleine dort hin will und das beunruhigt ihn.

Er versucht sie aufzuhalten und erläutert ihr seine Bedenken:

„Das ist alles recht mysteriös, meine Liebe. Es ist aber jetzt besser, dass du hier bleibst, ich bin besorgt um dich. Ich fände es besser wenn du hier bleiben würdest, es ist zu gefährlich. Wir wissen doch nicht wer das ist. Und wir wissen auch nicht was die Person von uns will. Also, bleib bei mir!"

Seine Verlobte lächelt ihn unwiderstehlich an, sie schmiegt sich kuschelnd an Michael, tröstet ihn mit ihrer liebreizenden Art und ihren verständnisvollen Worten.

„Es ist in Ordnung, dass du dir Sorgen machst, das ist ganz reizend von dir. Diese Art liebe ich ganz besonders an dir, deine Fürsorglichkeit. Du bist so bezaubernd liebreizend, aber es ist nun an der Zeit dir jetzt ein Geheimnis zu verraten. Es ist Jake, ich habe seine braune Hautfarbe hinter dem Busch durchschimmern sehen. Dein Bruder wird von selbst zu uns kommen."

Irritiert schaut Michael zu ihr zurück, in ihr entspanntes Gesicht, welches mit einem geheimnisvollen Lächeln besetzt ist. Er lässt sich auf ihre beruhigenden Worte ein und schenkt ihr dafür seinen Glauben mit dem Vertrauen, als auch seine Liebe zu ihr.

.

„Mein Liebling, wie du weißt kann ich dir sowie so keine Bitte abschlagen. Dafür liebe ich dich immer mehr, nichts und niemand werden uns jemals trennen. Das verspreche ich dir hiermit, als ein Eheversprechen an dich und wenn wir endlich deine Schwester gefunden haben, werden wir das so umsetzen. Du würdest mich zum glücklichsten Menschen machen, Diamond. Bis dahin warten wir auf Jake."

Jake, der seinen Namen gehört hat, wie auch das romantische Eheversprechen an Diamond verlässt nun neugierig in seiner wahren menschlichen Gestalt sein Versteck. Dass er eigentlich von seinem teuflischen Master einen Auftrag erhalten hat, interessiert ihn nicht mehr. Er ist so davon gerührt, dass er zu dem erstaunten Pärchen geht um sich zu ihnen auf die Bank zu setzen. Er lässt dort seinen Kopf runter hängen, seine Betroffenheit scheint ihm ins Gesicht geschrieben, die Körperhaltung lässt das genau so vermuten. Jake steht nachdenklich wieder von der Sitzbank auf und stellt sich vor das Paar, welches ihn immer noch erstaunt ansieht und sind fasziniert von seinem um Vergebung bittendem Verhalten, welches seine gefühlsbetonte Verzweiflung wiederspiegelt. Er lässt seine Tränen fließen.

„Miss Morgan, es tut mir alles so leid. Ich habe das alles nicht gewollt. Glauben sie mir, ich bin wie sie selbst von Belphegor betrogen worden. Er ist der Teufel und benutzt wen er benutzen kann für seine Zwecke. Leider habe ich es jetzt erst erkannt. So viel Zeit ist verloren gegangen. Zu viele unschuldige Menschen sind nun gestorben, das hätte nicht sein müssen. Es wäre besser ich hätte es verhindert. Jetzt muss ich mit dieser Schuld leben. So und nicht anderes habe ich es verdient."

Michael und Diamond stehen auf, sie versuchen ihn durch Berührungen zu beruhigen, um Verständnis dafür aufzubringen, auch wenn sie dennoch etwas Wut in sich tragen, ohne diese nach außen hin zu zeigen. Wegen des Verlustes ihrer Familien und Freunde, die sie liebten.

Diamond will ihm vergeben, doch sie lässt ihn durch ihr Gesagtes den Schmerz ihrer Trauer spüren.

„Mein Vater Melvin hat dich wie einen eigenen Sohn in unsere Familie aufgenommen. Es war ihm egal welche Hautfarbe du hattest, er hat dich so geliebt wie du warst und jetzt bist, so wie ein Vater seinen Sohn liebt. Meine Mutter und wir mit den anderen Geschwistern waren am Anfang alle skeptisch, aber dann fingen wir an zu dir Vertrauen aufzubauen und dich wie ein Sohn und Bruder genauso zu lieben, wie wir uns untereinander liebten. Hattest du das etwa vergessen? Dir ging es immer bei uns gut. Du hattest doch alles was du brauchtest."

Vorwurfsvoll gibt Diamond zu verstehen was sie von so einem Verhalten hält.

„Alle unsere Sklaven und Bediensteten hatten ein gutes Leben bei uns auf der Farm, nirgendwo sonst. Viele Besitzer auf den anderen Farmen haben ihre dunkelhäutigen Sklaven schlecht behandelt. Wenn ich darüber nachdenke macht mich das wirklich traurig. Wieso hast du also Belphegor geholfen, wodurch so viele von unseren Freunden, wie fast alle von unserer Familie zu Tode gekommen sind? Es entsetzt mich so sehr, dass es mir im Herzen wehtut. Was haben sie dir getan, das sie ihr Leben verlieren mussten? Verstehe mich doch bitte, dass es mir schwer fällt dir im Moment zu vergeben."

Betroffen von ihren Worten fühlt sich Jake noch schuldiger. Obwohl er anfangs das Gefühl hatte, das sie ihm doch noch vergeben würde. So hat sich dies geändert, die Schuld an den Verbrechen der vielen Opfer lässt ihm selbst keine Ruhe. Aufgeregt steht er in Eile von der Sitzbank auf, verabschiedet sich von dem traurigen Pärchen, unruhig läuft er in Richtung der Ruine zur ehemaligen alten Villa der Adoptiveltern von Diamond und Crystal.

Der enttäuscht Michael hält Jacke fordernd am Arm fest, um ihn zur Rede zu stellen, wegen seiner Mitbeteiligung an den mehrfachen ungeklärten Morden. Er wünscht sich wie seine Verlobte Diamond nur Gerechtigkeit. Jake wehrt sich körperlich nicht, läuft aber weiter ohne stehenzubleiben, er lässt dennoch die verurteilenden Worte aus der Ferne an sich heran kommen.

„Jake, warum läufst du einfach weg? Stell dich und dem was du getan hast! Du bist ein Feigling, mein Bruder!

Du hast eine Mitschuld und läufst einfach davon. Das wirst du büßen, zusammen mit deinem Master, Belphegor! Du machst mich so wütend, dass ich dich glatt umbringen könnte. Ich tue es aber nicht. Man sollte nie Gleiches mit Gleichem vergelten. Aber vergiss nie die vielen Unschuldigen, die du als Helfer des Bösen auf dem Gewissen hast."

Der betroffene und nachdenkliche Jake bleibt kurz stehen, er denkt nach. Dann rennt er weiter zur Ruine und verschwindet drinnen, er hat es sehr eilig, um nicht mehr gesehen zu werden. Was er dort will, weiß keiner. Denn er hat nicht weiter gesprochen. Er ist nun stumm geworden, ohne dass er es selbst wollte, jetzt war er der Gefangene, man hatte ihm seiner Stimme beraubt.

Diamond ist ihm gegenüber durch seine unangekündigte Aktion des Weglaufens noch misstrauischer geworden, am liebsten würde sie ihm hinter laufen. Schließlich hat sie keine Angst mehr vor ihm, nur noch Missachtung. Sie wussten nicht das Jake inzwischen bestraft worden ist, weil er ihnen geholfen hat um seine Fehler wieder gut zu machen. Doch jetzt muss durch Bösartigkeit büßen und nicht nur durch sein Gewissen.

„Wir sollten besser hinter ihm her laufen, denn wir wissen nicht was jetzt geschieht. Es ist besser wir sind vorsichtig, nicht das noch etwas passiert. Ich bin beunruhigt und es lässt mir keine Ruhe, wenn dein Bruder sich noch in der Villa rumtreibt. Belphegor könnte dort auch wieder auftauchen, um Jake erneut zu bekehren. Er könnte sich aber auch von Jake verraten fühlen und du weißt wie schlimm Belphegors Rache sein kann. Wenn er bestraft, dann bestraft er hart, schließlich ist er der Teufel das pure Böse, als der Gott der Unterwelt, der ein Seelen Sammler ist. Das dürfen wir in allem Zorn nicht vergessen. Also, komm Michael lass uns gehen, wir müssen uns diesmal wirklich beeilen! Diesmal muss ich dich drängen."

Sie gehen raus aus dem Garten, sie verlassen das Gelände der Ruinen Villa und machen sich rasch auf den Weg zur Villa der Gardeners bei starkem Sonnenschein. Die Villa der Gardeners, von den ersten Eltern der Zwillinge Diamond und Crystal, ist wieder im vorherigen Zustand zurück verwandelt worden, man sie wieder als halbverfallene, teilweise verbrannte Ruine.

Kapitel Siebenundzwanzig

DIE QUALEN DES VERRÄTERS

Die Schmerzens Schreie eines Mannes, die aus der alten Ruine kommen, zusammen mit dem teuflischen Lachen und dem um Gnade Flehenden, gleichzeitig von einer weinenden jungen Frau unterstützt wird. Durch ihr Leid und seine markerschütternden Schreie wird das fließende Blut in den Adern eingefroren und als noch die Geräusche von den umfallenden Möbeln die zusätzlich gegen die Wänden knallen zu hören ist, wird die Sorge noch viel größer und der Horror der Ängste lässt nicht lange auf sich warten.

Als Michael mit seiner Diamond entsetzt hören welche Geräusche aus der Ruine der Villa kommen, sind sie so ungehalten, das sie nicht lange überlegen was zu tun ist, sondern dem nachgehen.

Sie laufen im schnellen Tempo, um noch helfen zu können.

„Habe ich es dir nicht gesagt, mein Lieber? Jake ist in Gefahr und wahrscheinlich auch meine Schwester. Wenn wir ihnen jetzt nicht sofort helfen, dann wird Belphegor vielleicht Beide töten."

Voller Schrecken an diese Gedanken, kann sie nun nichts mehr aufhalten, sie ist jetzt mehr denn je entschlossen den Teufel Belphegor zu stoppen, um ihre Schwester zurück zu bekommen, die Hinrichtung Jakes zu verhindern, aber auch sich an ihm wegen des Mordes an einigen Familien Mitgliedern und Freunden zu rächen.

Seine angehende Weltherrschaft soll gleichzeitig beendet werden.

Michael folgt seiner Verlobten, die schneller zu Fuß ist, als er selbst, er schafft es aber noch mit ihr mitzuhalten.

„Da hast du Recht, meine liebe Diamond, es ist besser es so zu tun. Puh, bist du so schnell, doch ich habe dich gleich eingeholt. Ich bin mehr als nur bereit, denn es geht um unsere Familie."

Vor dem verfallenen Herrn Haus angekommen verschaffen sich die Beiden erst Mal einen Eindruck von der Situation in dem sie sich unter den Fensterrahmen mit halb zerstörtem Glass hocken. Sie beobachten was im Inneren des Zimmers passiert. Doch Niemand ist zu sehen, was Michael wirklich nervt.

„Nah prima, was machen wir denn jetzt? Meine Liebste sind wir umsonst hier hingekommen?"

Michael sieht in die Bibliothek und er hofft jemanden zu sichten, so streckt er seinen Kopf über die Hälfte der Glass Scheibe des kaputten Fensters. Als er aber nichts sieht, ist er umso mehr enttäuscht. Er verfällt in eine Art von Lethargie die der Stimmung im Herrnhaus gleicht.

In dem Zimmer er Bibliothek brennt ein Feuer. Aus dem schwarzverrußten Kamin tritt Qualm nach oben aus dem unzerstörten Schornstein. Das Zimmer ist wieder unordentlich, so wie es vorher gewesen ist.

In der Bibliothek liegen die zerfledderten Bücher durcheinander auf dem Boden. Die Bücherregale sind staubig und leer, die Tapete hängt in Fetzen runter, die Wände sind teils schwarz vom Ruß.

Zwei mit rotem Samt bezogene intakte Stühle stehen vor dem Kamin nebeneinander auf dem halbverbrannten Dielen-Boden. Diamond wirkt sehr nachdenklich, wie es nun weiter gehen soll. Dennoch fasst sie rasch einen Entschluss, um die gemeinsamen Ziele zu erreichen.

„Du hast Recht, wir sollten anderswo suchen. Vielleicht sollten wir lieber außen am Eltern Schlafzimmer unter dem kaputten Fenster warten und Wache halten umsehen was passiert."

Sich unter dem Fensterrahmen des elterlichen Schlafzimmers positionierend wartet das Paar außen an der herrschaftlichen Ruine, bzw. was noch davon übrig geblieben ist und hofft dort auf eine neue Erkenntnis.

Das Ehebett ist wieder so wie es gewesen ist. Das es nicht mehr gemütlich aussieht, die Sprungfedern stehen aus der Matratze heraus, der Holzrahmen ist teilweise verbrannt. Was dem Paar aber im Moment völlig egal ist, es interessiert sie vielmehr wer darauf liegt.

Auf einer Fläche der Matratze die noch halbwegs intakt ist liegt Crystal, die sich nicht bewegt. Sie atmet nur ganz ruhig. Ihr entspanntes Gesicht zeigt, dass sie lange geweint hat, denn ihre geschlossenen Augenlieder und darunter sind feucht von der Tränenflüssigkeit. Sie ist nun ungestört, alleine, gar Niemand ist bei ihr. Sie glauben nur das was sie sehen, oder besser gesagt was, oder wen sie nicht sehen.

Diamond hat sich mit ihrem Verlobten Michael unter das halbkaputte Fenster gehockt. Beide halten Ausschau ob Jemand das Schlafzimmer ihrer Eltern/Schwieger Eltern betritt. Ungeduldig wartend unterhält sich das Pärchen in der Hoffnung, dass das Warten bald ein Ende hat. Sie sind dennoch gerüstet auf alle Individualitäten.

„Hoffentlich taucht mal hier Jemand auf, Diamond mein Schatz. Nicht das wir wieder umsonst warten. Dieser Belphegor könnte mal hier auftauchen. Sonst gehe ich in diese Hütte und suche ihn selbst. Verdammt, wo ist dieser widerliche Schweine Hund? Diese Warterei nervt mich!"

In seiner Wut tritt Michael mehrfach gegen die Hauswand. Diamond schüttelt über sein Verhalten den Kopf und seufzt. Sie versucht beruhigend mit viel Geduld auf ihn einzureden.

„Es geht nicht schneller, wenn du gegen die Wand trittst. Davon kommt er auch nicht schneller ins Zimmer, nicht wenn du es so machst. Vor allem ist es keine gute Idee jetzt schon hinein zu gehen, auch nicht alleine."

Sie fängt an den Nacken ihres Verlobten zu massieren, um ihn damit noch mehr zu beruhigen. Dieser ist irritiert und verwundert über ihr lockeres Verhalten. Da packt Michael der Zorn, er stößt Diamond voller Wut zu Seite.

„Lass das sein, ich mag das jetzt nicht! Fass mich bloß nicht nochmal an, Diamond!"

Der Streit wird schlimmer, als sie ihren Verlobten davon abringen will die Ruine der Villa zu betreten, sie ist aufgestanden und hält ihn mit beiden Armen fest, so dass er nicht fliehen kann. Er wehrt sich nicht dagegen, weil sie gegen seine Wut ihre Liebe zu ihm und ihre Zärtlichkeiten gegen was von ihm Besitz genommen hat ankommen kann. Das ist ihre ganz eigene Macht, die sie nicht für böse Zwecke missbraucht.

Schließlich hat sie es erneut geschafft, um ihn umgekehrt zu bekehren, so glaubt sie. Doch bekommt sie eine Lektion von ihm zu spüren, die schmerzlich für sie enden wird. Wird sie ihm das verzeihen, auch wenn er nur besessen ist? Das Wissen darüber ist so alt wie die Menschheit selbst, denn Liebe kann verzeihen, sie lügt nicht und vielleicht macht sie es vergessen, wenn sie stark genug zwischen beiden Menschen ist.

Sie berührt ihn noch sanfter an seinen Schultern, was ihn nur noch mehr verärgert.

Michael dreht sich um und drückt sie mit seiner ganzen Kraft und voller Wut gegen die Haus Wand. Mit der anderen Hand drückt er fest gegen ihren Hals, dass sie fast keine Luft mehr bekommt, voller Angst versteift sich ihr Körper. Doch im Inneren kämpft sie dagegen an. Seine Hände fangen an schleimig zu werden, so verliert er den Halt und schafft es nicht seine Verlobte mit seinen Händen fest zuhalten. Er lässt sie schließlich auf den Boden gleiten. So liegt sie dort, er beugend sich genau über sie und lässt nun seine dominierenden Emotionen in Erniedrigung, demütigend über sie ergehen. Er schreit sie an wie ein wildes Tier, das zum Angriff bereit ist.

„Ich hatte dir doch gesagt, du sollst das sein lassen! Wer nicht hören will, ist selber schuld. Ich gehe jetzt hinein. Niemand hält mich auf, hörst du, niemand! Muss ich noch lauter schreien, dass du mich hörst? Oder willst du mich wieder ärgern, bis ich mich noch mehr aufregen muss, nur damit ich nicht hinein gehe? Davon wirst du mich nicht abhalten können, selbst nicht schleimigen Händen, du blöde Hexe!"

Diamond muss über das von ihm Gesagte bitterlich weinen, während ihre Zwillings-Schwester seelenruhig im Bett liegt und von all dem, was draußen geschehen ist nichts mitbekommen hat, denn ihr Schlaf ist wirklich tief.

Michael ist nun fest entschlossen und lässt seine Verlobte rücksichtslos zurück, es interessiert ihn nicht mehr was sie denkt und fühlt. Er ist bereit, alles selbst in die eigene Hand zu nehmen ohne Konsequenzen, vielmehr sind ihm die Konsequenzen so ziemlich gleichgültig.

Diamond schreit und weint zugleich, ihr ist ziemlich schmerzlich bewusst, dass sich ihr Michael in Lebensgefahr befindet, er selbst es aber nicht wahrhaben will, was sie ziemlich kränkt. Sie war selbst daran gescheitert es ihm verständlich zu machen, das nagt so sehr an ihr, dass sie auch die Gleichgültigkeit so langsam erreicht hat.

Sie fängt selbst an die Gefahr zu vergessen und bewegt sich vom Fenster weg.

Ohne sich umzusehen läuft sie in das Gebäude, durch den Flur in das Schlafzimmer, wo schon Michael am Fußteil zu Ende des Bettes der schlafenden Zwillings-Schwester Crystal steht. Der hat nichts Besseres zu tun, als die Schlafende zu beobachten und sich im Zimmer umzusehen, um etwas zu suchen, was er gedenkt dort zu finden. Dabei sagt kein Wort, er nimmt nichts wahr was um ihn herum geschieht, als wäre er in einer anderen Welt, wie in Trance. Seine Wahrnehmungen sind so sehr verzerrt als stehe er unter dem Einfluss von Drogen.

Sie sieht ihn dort und flüstert leise vor sich hin, ihn beobachtend macht sie sich ihre eigenen Gedanken über ihn.

„Hier bist du also. Ich dachte wirklich, wir machen das hier zusammen, ja das dachte ich wirklich."

Diamond schaut sich ebenso im Zimmer um, nach dem sie es in Eile verlassen hat, aber auch sie wird hier nicht fündig. Sie sieht ihre Schwester traurig in deren verweintes Gesicht an. Als sie sich einen kaputten Stuhl nehmen will um sich an ihr Bett zu setzen, zieht ein Sturm auf.

Draußen verfinstert sich der Himmel ins Schwarze, die halbkaputten Fenster Klappen schlagen hin- und her, die Klappen knallen gegen die Hauswand, sie zerbarsten durch die enorm starke Kraft des Sturms; als orkanartiger Sturm mit strömendem Regen, der sich auf dem ausgetrocknetem Boden ergießt. Der Wind des Sturms zieht genau in das kaputte Fenster des Schlafzimmers, er ist stark genug die geschwärzten Tapeten Reste von der Wand zu reißen.

Selbst die alten Möbelstücke die teils durch den Brand zerstört wurden; wie ein Kleiderschrank, die schwere Kommode aus Eichenholz, wie die Stühle und ein kleines Nachtschränkchen werden durch das Zimmer geschleudert. Wie ein Derwisch aus schwarzer Plasma Materie dreht sich der Sturm mit schneller Geschwindigkeit. Er saugt alle Möbel bis auf das Bett auf, selbst den Staub saugt er wie ein riesengroßer Staubsauger auf mit seiner ganzen gigantischen Kraft.

Michael läuft mit schlechtem Gewissen zu seiner Verlobten zurück, der sich vor Panik in einer der hintersten Ecken verkrochen hat, um seine Schwägerin nicht aus den Augen zu verlieren.

Diamond reagiert abweisend auf ihn und stößt ihn genauso weg, wie er es mit ihr getan hat. Sie fängt an ihre alten magischen Kräfte zurück zu bekommen und ahnt das Belphegor der höllische Schakal nun angekommen ist, um alle mit sich in die Unterwelt zu nehmen, in seiner derzeitigen Form als Derwisch, um seine Weltherrschaft zu beginnen. Doch da hat Belphegor sein Opfer Jake vergessen, denn der steht im Türrahmen, er sehnt sich nach Vergeltung.

In seinem gequälten und malträtierten Gesicht ist nur noch der Ausdruck von Rache deutlich zu erkennen. Er schaut auf das alte Ehebett, er vergießt Tränen des Mitgefühls, als er sieht wer drin liegt.

Jake verteidigt sich entschlossen mit lauten Worten gegen den teuflischen Fiesling:

„Belphegor, du abscheulicher Widerling, lass meine Familie in Frieden, sie ist nicht dein Besitz! Sie sind nicht deine Gefangenen. Die Freiheit gehört ihnen, sie bestimmen selbst was sie tun. Ich liebe sie alle und werde verhindern, dass du sie bekommst!"

Im Schlafzimmer der verfallenen Villa, mitten im Kampf gegen den sadistischen Belphegor, um Liebe und Freiheit sind alle ungeschützt inmitten des orkan-artigen Sturms, am späten Nachmittag mit dem verdunkeltem Himmel draußen. Der schwarze Wirbel Sturm dreht sich immer stärker, er reist alles mit sich, das Ehebett mit der schlafenden Crystal wird nun mitten hinein gezogen. Niemand außer den drei Personen (Jake, Michael, Diamond) sind im Schlafzimmer anwesend, denn Crystal ist auch wieder verschwunden.

Der Tornado wächst, seine Kraft und Stärke werden immer mehr, bei jedem Stück was er mit sich reist.

Die Drei rennen fluchtartig aus dem Gebäude, sie wollen dem gewaltigen Tornado entkommen, ohne selbst mitgerissen zu werden. Es ist zu gefährlich um sich weiter dort aufzuhalten.

Alle erkennen, dass es keinen Sinn mehr macht hier weiter nach Crystal zu suchen, denn der dunkle Fürst hat sie mit sich als ein mächtiger, bösartiger Wirbel Sturm mit sich gerissen. Sie ist nämlich nirgendwo im Schlafzimmer zu sehen. Das Gesehene macht Jake hoffnungslos traurig, denn er mag Crystal sehr und macht sich Sorgen.

„Es macht keinen Sinn hier weiter zu bleiben, denn ich weiß nicht was weiter mit uns passieren wird. Wahrscheinlich wird er uns auch aufsaugen und dann kann es richtig schlimm für uns werden. Ich sorge mich sehr um Crystal, denn ich mag sie sehr gerne. Hoffentlich tötet er sie nicht, das wäre das Schlimmste für mich. Glaubt mir, ihr wisst nicht wozu er fähig ist, dass war noch nicht alles. Also alle schleunigst raus hier!"

Michael und Diamond nicken ihm in ihrer Angst nur noch bestätigend zu. Dann sind sie froh, dass sie noch gemeinsam rechtzeitig aus der Ruine der alten Villa nach draußen gelangen.

Das halbverfallene Schlafzimmer fällt nun krachend in sich zusammen. Die Fläche eines Kellers ist nun zu sehen. Das Stück des Kellers ist so gut erhalten, es scheint als wäre dieser Teil des Hauses noch nie mit dem damaligen Feuer in Berührung gekommen. Die Zerstörungen des mächtiger werdenden Tornados werden immer mehr.

Das nächste Zimmer ist nun die Bibliothek, es fällt auch der Zerstörungs-Wut des Teufels in Wirbelsturm Gestalt zum Opfer.

Am geheimnisvollen Loch der Vorhölle als Forte zur Unterwelt, erscheint eine geisterhaft bekannte Erscheinung die nun alles verändern wird; kampfbereit gegen das Böse. Das Böse in all seinen Formen wird erleben, dass seine Pläne der Weltherrschaft durchkreuzt werden könnte.

In einer sicheren Entfernung können alle nur mit ansehen, wie eines nach dem anderen Zimmer verschwindet, was sie nicht verhindern können. Selbst die magischen Kräfte von Diamond reichen nicht dafür aus, um Schlimmeres zu verhindern. Denn sie weiß diese selbst nicht zu Händeln, deshalb ist sie etwas niedergeschlagen.

„Was nutzen mir meine magischen Kräfte, wenn ich diese nicht weiß einzusetzen? Ich habe die Kräfte, aber nie hat mir Jemand gezeigt, wie ich sie benutzen kann, dadurch kann ich sie nicht einsetzen. Das weiß der dunkle Fürst und deshalb wird er meiner Zwillings-Schwester ihre Kräfte rauben."

Traurig sehen Michael und Jake sie an, sie zeigen Diamond ihr Mitgefühl, in dem die Männer sie nacheinander tröstend in den Arm nehmen. Sie fassen sich gegenseitig an die Hände und gehen gemeinsam zur Sitzbank, wo mal der alte Eichenbaum als Forte zur Vorhölle stand. Wo nun der Eichenbaum stand, ist ein riesiges Loch im Boden entstanden, genau von der gleichen Größe der alten Villa.

Alle Drei sitzen beruhigt weit weg genug von der zusammengefallenen Ruine, sie beobachten wie der böse Tornado die letzten Reste der einst herrschaftlichen Villa mit sich reist.

Plötzlich gibt einen gewaltigen Knall und der Keller der Villa explodiert, der Boden springt durch die Eruption auf. Das hat zufolge, dass einzelne Knochen, intakte Schädel, so wie ganze Skelette von Menschen fliegen durch die Erschütterung des Erdbebens nach oben, sie fliegen in die Richtung der drei Entsetzten.

Michael sieht das und findet das mehr als furchtbar, was sein aggressives Verhalten verschwinden lässt und den Beschützer-Instinkts in ihm erweckt. Im Tatendrang und mit plötzlich aufsteigender Hoffnung will er erneut versuchen gegen den mordenden Teufel zu kämpfen. Seine Zeit ist gekommen, davon ist er überzeugt.

Da hat Michael eine geisterhafte Begegnung, welche Niemand sonst sieht, oder wahrnimmt. Darüber freut er sich sehr, dass er lächelnd muss über diese Begegnung, denn es ist keine ihm unbekannte Person. Sondern ein hilfsbereiter und netter Geist, mit freundlichem Gesicht. Er verliert dadurch die Angst, vor dem was noch kommen soll, denn dieser Geist geht durch ihn durch und hinterlässt in ihm nichts als Freude und Liebe. Sein Körper leuchtet so, als wären tausende von Lichtern in ihm. Als der Geist ein Stück weiter von ihm weggegangen ist, atmet dieser kräftig aus und eine schwarze *Plasma Wolke* steigt in den Himmel auf. Als das Geistwesen alles ausgeatmet hat verpufft die schwarze Wolke im Himmel und das Wesen selbst leuchtet auf wie die Sonne. Es scheint erleichtert zu sein, weil es diese schwere erdrückende Last losgeworden ist.

Die menschlichen Knochen fliegen bis zum Loch, davor sammeln sie sich, bis alle dort hineinfallen; es knallt laut beim Aufkommen auf den Boden in den Gängen wo vorher der Eichenbaum gewesen ist. Dort ist die Halle mit dem großen Opfer Altar, nun steigt nur noch der Staub aus dem Loch heraus.

Als die Knochen im Vorhöllen-Loch gelandet sind, ist auch von den Resten der Villa nichts mehr zusehen, bis auf die verstaubten Keller Räume; Belphegors körperlose schwarze *Ektoplasma Masse* hat sich dort komplett ausgebreitet, er ist nun dort gefangen. Alles verstummt, nur ein leises Jaulen von zwei Hunden den Dobermännern ist zu hören, es rumpelt und Kracht im Loch, die Schritte der laufenden Hunde sind zu Hören.

Alle Drei sitzen mittlerweile immer noch auf der Bank, aber wesentlich entspannter. Doch dann sind da merkwürdige Geräusche zu hören, die nichts Gutes erahnen lassen.

Nicht mehr ganz so endspannt läuft Michael suchend um die Sitzbank herum, dann ändert er neugierig die Richtung und bleibt vor dem noch offenen Höllen Loch stehen, er sieht Gedanken versunken hinein, er wartet ab.

„Was sind das für Geräusche aus diesem verdammten Loch? Sehr unheimlich, ich bin aber gespannt wer oder was jetzt dort rauskommt. Haha, man müsste es zuschütten, dann wäre Ruhe und wir hätten endlich keinen Ärger mehr."

Jake lacht auch, er verlässt genau so die Bank und lässt Diamond alleine zurück. Diese nutzt dann die Gelegenheit und legt sich mit dem Rücken darauf. Als sie dann noch einschläft und dabei ein Schnarch Konzert von sich gibt, ist Jake schneller als gedacht bei Michael am Loch der Vorhölle.

„Mal ganz ehrlich Michael, wie hältst du das bloß mit ihr aus? Die macht ja Schnarch Geräusche, noch Schlimmer als aus diesem Unterwelt Loch. Haha, da stehe ich doch lieber hier warte ab und höre zu."

Als er das gesagt hat, taucht wie aus dem Nichts wieder die geisterhafte Gestalt auf. Es ist Mommy, die Großmutter von Michael und Jake; sie schwebt über der schlafenden Diamond. Der Geist der alten Dame dringt in ihren jungen Körper ein und lässt sie dadurch erwachen.

Genau am Loch der Unterwelt steht mit dem Geist der Großmutter im Körper nun Diamond, als die Sonne am späten Nachmittag der Dunkelheit früher als sonst weicht, als es eigentlich zu dieser Tageszeit üblich ist.

Michael und Jake stehen auch noch wartend am Loch, sie hoffen dass sich etwas ändert. Sie sind so vertieft, dass sie nicht bemerken, dass Diamond längst aus dem Schlaf erwacht ist und hinter ihnen steht. Sie klatscht laut in die Hände um die beiden Männer aus ihren Gedanken zu reißen.

Die Männer erschrecken sich so sehr, dass beinahe Jake in das Loch reingefallen ist.

Nach diesem Schauspiel mit den lauten Geräuschen konnten die Hunde den Ausgang besser finden, sie springen nach einander heraus, hinter ihnen schließt sich das Loch; es entsteht eine ebenerdige Fläche. Darauf entsteht schnell etwas worüber Gras wächst und zum Rasen werden lässt.

Die erschreckten Männer gehen zurück zur Sitzbank, sie sind noch leicht verärgert über das Schnarchen von Diamond. Sie überlegen und lassen die belustigte Diamond nicht an ihrem Gespräch teilhaben.

Diamond wartet schließlich ab, bis die Männer sich auf der Bank niedergelassen haben. Als die Zwei konzentriert in ihrem Gespräch sind, kniet sie sich auf den Boden wo sich vorher das Loch befand und streicht mit ihrer Hand darüber. Eine kleine grüne, zarte Pflanze sprießt aus dem Boden; Mommy nun in Gestalt von Diamond reibt sich zufrieden die Hände, die Sonne taucht plötzlich wieder am

Himmel auf. Sie lenkt die Sonne so mit ihren Händen, so dass sie genau in der Nähe der jungen Pflanze scheint.

Die Männer Jake und Michael seufzen erleichtert auf, sie genießen die Ruhe um sich herum, bis Michael eine Idee hat. Jake, der gerade froh darüber ist und sich schon mit dem Gedanken sehr angefreundet hat, dass sie das Böse nun endlich besiegt hätten, ist sich nun aber nicht mehr so sicher darüber. Michael spürt die Gefühle seines Bruders, mit Hoffnung und Sicherheiten versucht er ihn vom Gegenteil zu überzeugen.

Kapitel Achtundzwanzig

ANDERS ALS ERWARTET

„Jake, was hältst du davon wenn wir, ich meine du, meine Verlobte und ich die Stadt verlassen? Wir mieten uns hier in New Orleans zwei Zimmer und ruhen uns einen Tag aus, dann nehmen wir den Zug nach Los Angeles. Aber sag mal, auf dem Weg hier hin sind alle Menschen aus der Stadt verschwunden. Weißt du ob sie inzwischen wieder da sind?"

Nachdenklich stützt Jake seinen Kopf mit dem Arm ab. Gedanklich verlässt er die Realität, er bekommt eine Vision, bei der er ziemlich durchgeschüttelt wird. Er zittert am ganzen Körper anfallsartig. Michael hilft ihm mit Streicheln über den Rücken.

In seiner Version tauchen die Bilder einer verschwommen Stadt auf. Wieder bekommt er einen Anfall und zittert. Ein paar Minuten später kommt er wieder zu sich. Dann werden die Bilder seiner Vision klar erkennbar, es ist die Stadt New Orleans. Erst ist dort niemand zu sehen, dann erscheinen verwunderte Menschen auf den leeren Straßen, in den Häusern, an den Häusern, in jedem der Geschäfte und auf den verlassenen Hinterhöfen.

Jeder sucht etwas und keiner weiß was er suchen soll. Aber das Leben in New Orleans nimmt schnell seinen ursprünglichen Lauf.

Jake erwacht nun aus seiner Vision und kann jetzt Michael Antworten auf seine Fragen geben, die ihn so beschäftigen.

„So, ich bin wieder zurück. Nun kann ich deine Fragen beantworten. Die Menschen sind wieder zurück. Die Stadt ist nicht mehr Menschen leer. Weißt du, ich sollte die Menschen verschwinden lassen, Belphegor hatte es mir befohlen. Die Menschen wurden kurzfristig zu körperlosen Geistern gemacht, die er dann in Glass Gefäßen gesammelt hat und in den Keller-Räumen der zerstörten Villa heimlich aufbewahrt, so das niemand es bemerkt hat. Das bringt mich jetzt in einen Gewissenskonflikt. Die Einzigen die davon wussten waren der Fürst der Hölle und ich, als ich noch in seinen

Diensten war. Ich das natürlich wieder gut machen, dass ist für mich logisch."

Erschöpft nach dem Gesagten schließt er seine Augen. Jake döst ziemlich müde vor sich hin. Die Hunde kommen zu ihm, lecken ihm die herunter hängenden Hände ab. Er streichelt die Hunde zärtlich, sie stellen sich auf zwei Beinen und lecken ihm liebevoll das Gesicht ab. Der müde Jake genießt das.

Die Hunde lecken ihn stärker, sie lecken Jake so stark, dass seine Haut beginnt sich aufzulösen als wäre sie in mit Salzsäure in Berührung gekommen. Das Fleisch verschwindet, bis auf das Knochen Gerüst, das bleibt erhalten.

Michael erschreckt sich, er versucht noch die Hunde aufzuhalten, doch das ist unmöglich. Sie verteidigen das Skelett was von Jake übrig geblieben ist, knurren ihn sogar wütend und aggressiv an.

Er bekommt Angst und flüchtet, denn er hat nicht nur das Problem mit den Hunden am Hals, ihn erwartet noch viel Schlimmeres. Michael ist nicht mehr davon überzeugt, dass sie gemeinsam das Böse besiegt hätten.

Aus der kleinen zarten Pflanze ist ein großer stattlicher Eichenbaum geworden, in dessen Ästen schnell die Blätter heraus wachsen; als Diamond ihre Hände hin- und her reibt. Diamond alias Mommy ist mit ihrer Arbeit mehr als zufrieden. Doch als sie zur Sitzbank schaut und das Skelett von Jake dort sitzen sieht ändert sich ihr Gesichtsausdruck in Entsetzen.

Vor den Ruinen der Keller-Räume genießt nach seiner Rückkehr aus dem Höllenloch; der frisch regenerierte Belphegor in anderer Gestalt den Abend beim Sonnen Untergang.

Von der alten Villa ist längst nichts mehr übrig, nur noch die einzeln abgetrennten Keller-Räume mit all den teil weise zerstörten Glass-Behältern. Holz- und Metall Kisten mit menschlichen Überresten, als auch diverse Gegenstände um Voodoo Rituale durchzuführen (Voodoo Puppen, Nadeln, Dolche, kleine Flaschen mit Blut und Zaubertränken, getrocknete Blumen/Kräuter, Schädeln von Klein Tieren und bronzenen Gefäßen/Schüsseln).

Um die übrig gebliebenen Keller-Räume sind außen an den Mauerresten verdorrte Sträucher/Büsche, die Wiesen drum-herum sind alle ausgetrocknet. Der ehemalige schöne Garten verwildert und überwuchert mit trockenem Gestrüpp, welche früher mal wunderschöne Rosensträucher gewesen sind.

Durchsichtiger Nebel über den Keller-Räumen der sich nach und nach lichtet.

Von oben kann man dann in jeden einzelnen Keller-Raum hineinsehen.

Der dunkle Fürst der Hölle, Belphegor als auch der Schakal, oder als Anubis der Gott der Toten genannt ist auf einmal nirgendwo mehr zu sehen, als hätte er sich wieder mal unsichtbar gemacht.

Michael trauert um seinen Bruder Jake, er ist sehr in sich gekehrt, als auch nachdenklich, er sieht traurig zu seiner Verlobten Diamond, die das fleischlose Skelett von Jake trägt, was Michael fast sprachlos macht, da er nicht versteht warum. So sehr steht er unter dem Schock über den schmerzlichen Verlust seines geliebten Bruders Jake.

„Liebes, was ist mit dir los? Warum nimmst du Jakes Skelett mit? Ist denn deine Trauer über seinen Tod genauso groß wie meine?"

Er berührt vorsichtig den Schädel von Jake und sieht ihn sehr traurig an. Die Großmutter, immer noch in der Gestalt von Diamond sieht das, sie ist so gerührt von seinem Verhalten und auch von seinem Gesagten.

Sie beschließt sich ihm zu offenbaren und seine Fragen so gut wie möglich zu beantworten, die ihn so sehr beschäftigen, um seine seelischen Schmerzen halbwegs erträglicher zu machen.

„Mein lieber Michael, hier spricht deine Großmutter, ich bin in Diamonds Körper. Mein Geist ist nämlich zu schwach, um euch ohne einen menschlichen Körper helfen zu können. Der Geist deiner Verlobten ist auch in mir Michael ist völlig irritiert."

Er schüttelt den Kopf und ist völlig irritiert, es fällt ihm schwer das zu glauben, denn so etwas hat er nie erfahren.

„Wie soll das funktionieren? Das verstehe ich nicht. Wo ist meine Verlobte Diamond? Ich sehe sie nirgends. Ich vermisse sie so sehr, du glaubst es kaum. So ist das nun mal wenn man Jemanden so sehr liebt und dann vermisse ich meinen Bruder, der niemals mehr zurückkommen wird. Ich weiß nicht mehr was ich noch glauben soll. Ich hätte Diamond bald auch verloren, oder vielleicht habe ich sie schon verloren. Wer weiß das schon…"

Seine Großmutter legt die sterblichen Überreste von ihrem Enkel Jake behutsam neben sich und Michael auf die Sitzbank. Sie legt ihren Arm um Michael und erklärt ihm alles was er wissen muss, mit Ernsthaftigkeit im Leib.

„Liebes, ich weiß dass dir das alles ziemlich nah geht, daher versuche ich auch zu beruhigen. Auch die Frage wegen des Skeletts von Jake ist wichtig, da hast du Recht. Er muss anständig beerdigt werden. Selbst wenn er ein Mörder gewesen und viel Unrechtes getan hat, ist er trotzdem immer noch mein Enkelsohn."

Michael hat in seiner Schockstarre alles verstanden und ist ein wenig aufbrausend zu seiner Großmutter, denn er glaubt ihr nicht und hält das Ganze für ein böses Spiel vom teuflischen Oberhöllenhund Belphegor.

„Dann antworte mir mal und sage mir was wirklich los mit dir ist, Diamond? Oder wie ist dein Name, wer bist in Wirklichkeit? Raus mit der Sprache! Wenn du es mir nicht sagst und mich weiter so anlügst werde ich es trotzdem herausfinden, darauf kannst du Gift nehmen. Was habe ich dir getan, das du solche Spielchen mit mir treibst und dich sogar als meine Großmutter ausgibst?"

Er hat keine Lust mehr sich noch Weiteres anzuhören, denn er denkt sich das es doch sowie so nur Lügen wären. In seiner brennenden Wut und Trauer will sich Michael, der sich alleine gelassen fühlt, in seinem Schmerz von der Liebe seines Lebens zusätzlich verletzt worden zu sein. Er will nur noch weg von hier, besonders weg von ihr, wer immer sie auch ist; spielt jetzt keine Rolle mehr. Es ist ihm auch egal, was aus ihr wird und ihrer Zwillings-Schwester Crystal, die immer noch verschwunden ist. Die Wahrscheinlichkeit, dass sie nun auch tot ist hält er nicht für unwahrscheinlich. So ist er alleine und sieht keinen Sinn darin hier weiter zu verbleiben.

Er fühlt sich betrogen und hintergangen. Weil er alleine ist, kann er auch alleine entscheiden wo die Reise schließlich hingeht. Ein letztes Mal macht er sich seine Gedanken, ob es nicht eine andere Möglichkeit gäbe.

„Du wirst mir mein Leben nicht mehr ruinieren, auch nicht das deiner Schwester, wenn sie noch lebt. Ihr habt durch eure Dummheit, Eifersucht alles zerstört, was ich jemals hatte. Meine Großmutter, eure Brüder, eure Ersatz-Eltern, eure leiblichen Eltern, viele Andere und meinen geliebten Bruder Jake. Er würde noch leben, wenn ihr nicht gewesen wert. Wegen diesem verdammten Voodoo Ritual! Du und deine Schwester habt euch wegen dem Bürgermeister gestritten, wen er von euch heiraten wird."

Michael ist verärgert, er hält es für wichtig, dass sie die Wahrheit nicht verdrängen.

„Ihr ward so eifersüchtig aufeinander, das jede von euch mit Voodoo Hexerei begonnen hat, um das Ziel zu erreichen seine Frau zu werden. Ihr habt euch Beide dafür mit dem Teufel eingelassen, ihr habt ihn in unsere Welt gebracht, ihn herauf beschwört. Deshalb klage ich dich uns sie dafür an. Ihr seid dafür verantwortlich wenn die Welt dadurch zu Grunde geht. Meine Großmutter wusste davon, sie hatte euch von Anfang an gewarnt, dieses Bindungs-Ritual nicht durch zuführen, aber ihr habt aus lauter Egoismus nicht auf sie gehört."

Er ist über den Tod seiner Großmutter stark betroffen und gibt den jungen Frauen in seiner Trauer die Schuld an ihrem Tod.

„Weil sie wusste, dass ihr es getan habt, musste meine Großmutter sterben. Sie war immer für meinen Bruder und mich wie eine Mutter, so gut hat sie uns behandelt. Meinen Bruder Jake hat deine Schwester Crystal erst zu Belphegors Knecht gemacht, aber als Jake selbst merkte was sein Master wirklich vor hat, hast du seine Hunde auf ihn losgelassen, damit sie ihn mit ihren giftigen Zungen töten. Umso Rache an ihm zu üben. Und das alles nur wegen dem Bürgermeister, weil so potent ist trotz seines Alters. Das kann keine Liebe sein, nur Geltungssucht und Sex, um mehr geht es euch doch nicht."

.

Während Diamond nur ratlos da steht und ihm nichts als Schweigen entgegen bringt; ändert sich seine Meinung nicht. Sie fängt an zu weinen, als sie diese Worte der Wahrheit hört, die ihr Michael noch zum Schluss, bevor er das Grundstück verlassen will, entgegen bringt. Diamond schreit sehr laut, da ihr Verlobter sie nicht verstehen will, er versucht sie sogar zu ignorieren je lauter sie schreit, als sein bemerkt, das er sie verlassen will fällt sie Ohnmacht und landet unsanft auf dem Boden.

Aber das kümmert ihn jetzt auch nicht, er hat so langsam genug von ihr und ihren Spielchen und den Lügen.

Der enttäuschte Michael dreht sich zum Schluss zu ihr um und zeigt in seiner Verachtung abwertend auf sie. Er will rein gar nichts mehr mit ihr zu tun haben und wenn er ihre Stimme hört bekommt er einen Würgereiz.

„Glaubst du etwa ich falle wieder auf dich rein, nach all dem was passiert ist? Es ist genug jetzt, hör auf damit! Du kannst deine Schwester alleine suchen, nicht mehr mit mir! Ich möchte nicht auch noch sterben. Du weißt nicht, wie mächtig Belphegor sein kann. Das was ihr alles gesehen habt, nein das war noch längst nicht alles. Das weiß ich von meiner Großmutter."

Michael ist nur noch genervt. Er würde Diamond am Liebsten alleine lassen. Er hält sie für dumm und verdorben.

„Ach, was erzähle ich dir, das weißt du doch schonlängst alles von deinem teuflischen Verehrer. Oder hast du den Bürgermeister vergessen? Für den ja viele sterben musst, nur damit ihre eure Sehnsüchte stillen konntet und euer Ober Hund aus der Hölle nicht in Stücke zerfällt, weil zu lange auf der Erde ist. Nah, schon alles vergessen? Haha…, oder rumort meine Großmutter in deinem Leib?"

Noch Hoffnungslos, ohne Perspektive mit den etlichen Fragen im Kopf; bewegt sich Michael von der noch auf dem Boden liegenden Diamond schnell weg. Als er sich von ihr weggedreht hat, zittert ihr Körper. Der Geist der alten Dame klettert noch schnell aus der am Boden liegenden Diamond. Sie will ihren Enkel aufhalten, was ihr auch gelingt. Der dreht sich schließlich um, er erblickt erstaunt aber froh, den Geist seiner Großmutter, die sich selbst noch mit ein paar gesammelten Kräften mit Licht umgeben aufgestellt hat, um ihren Enkel vor Fehlern, die bereuen könnte zu bewahren und ihm so die Wahrheit zu sagen, wie auch zu zeigen.

Die Geister Gestalt von Mommy fügt die Hände Zusammen, ein Fenster auf dem vertrockneten Boden neben seiner noch schlafenden Verlobten erscheint mit dem gleichen Licht um die Großmutter herum; es zeigt sich eine Zeiten-Rückblende im Fenster. Diese Rückblende führt mit der schockierenden Wahrheit zur Einsicht.

Wie in einem Kino kann Michael in die Vergangenheit in einem Film der Realität sehen was geschehen ist.

Zwei junge fünfzehnjährigen Frauen tanzen vergnügt auf einer Wiese, mit im Wind flackernden offenen Haaren, setzen sie sich gegenseitig Blumen Kränze auf ihre Köpfe. Die Beiden gleichen sich wie ein Ei dem anderen, sie singen voller Freude. Ihre Freude erfüllt sich noch mehr, als die Schwestern sehen, wer mit zwei Blumen Sträußen auf die Beiden zugeht. Der Mann der die beiden Schwestern so herzlich begrüßt, ist der dreiundsechzigjährige Bürgermeister William Keys. Er nimmt die Zwillings-Schwestern in seine Arme, gemeinsam laufen sie zu dritt zu einer Scheune, wo sie sich gegenseitig nackt ausziehen.

Dann taucht plötzlich ein geheimnisvoller Fremder auch in der Scheune auf.

Er stellt sich als der langverschollene Zwillings-Bruder Alexander Keys des Bürgermeisters vor, der genauso aussieht wie er selbst. Auch der Bruder, der sich als Belphegor vorstellt hat, entledigt sich nun auch seiner Kleidung.

Er geht nackt zu der genauso nackten Diamond. Die auf einem Strohballen sitzende Diamond, die sich zwischen ihren Beinen zärtlich mit den Händen Streichelt. Der Fremde unterbricht ihr Spiel, indem er sie nimmt und behutsam auf den Boden legt, wo er sich mit ihr sexuell vereint.

Michael erschreckt sich, als er sieht was dann in der Rückblende passiert, ist er so verletzt, weil seine Diamond mit dem Teufel schläft, sie getäuscht wurde und es nicht bemerkt hat, im Glauben es wäre der verschollene Zwillings-Bruder des Bürgermeisters mit dem sie sich da körperlich vereint.

Mommy`s Geist stoppt die Übertragung der Rückblende durch die Bewegung ihrer Hände, als sie sieht wie sehr ihr Enkel unter dem Gesehenen leidet. Sie fühlt seinen Schmerz, der ihre eigenen Kräfte teilweise schwinden lässt, daher sucht sie das Gespräch zu ihm, um irgendwie zu helfen.

Michael ist vor Schreck stumm geworden, er ist nicht mehr fähig nur ein Wort von sich zu geben.

„Ich glaube es ist besser, dass ich hier pausiere. Mein Junge, es wird nicht weniger des Schmerzes werden, nur noch stärker, wenn du siehst welche Frucht der teuflischen Leidenschaft entstanden ist, dessen Vater du am Liebsten gewesen wärst. Es tut mir leid, ich wäre auch gerne Uroma geworden. Wenn du ihr irgendwann verge- ben könntest, auch wenn du die Wahrheit jetzt kennst, so könnten wir alles ändern, den Frieden gemeinsam wieder herstellen. Die Welt wird nicht untergehen und ich kann endlich ins Licht gehen, ich sehne mich so sehr danach."

Am Himmel tut sich ein Portal des Lichts auf; welches wie eine Tür aussieht, die sich von selbst öffnet um den Geist der Großmutter herein zu lassen, es erklingt eine friedliche Musik von einer Mund- harmonika, einem Banjo, einem Cello und einer Geige gespielt, von einem unsichtbaren Orchester. Sie verweigert aber den Eintritt, als sie Michaels Bitten und Flehen hört, entschließt sich ihr Geist auf der Erde zu bleiben, was ihren Enkel sehr beruhigt. Sie selbst emp- findet es auch besser und denkt es ist besser so.

„Bitte bleib, verlasse mich nicht! Ich will alles sehen und wissen. Den Schmerz will ich aushalten, um zu vergeben, denn ich will meine Verlobte zurück haben. Ich liebe sie nämlich von ganzem Herzen. Egal was passiert ist. Ich habe ihr ein Versprechen gegeben und das werde ich auch einhalten, jetzt wo ich die Wahrheit kenne. Wir werden gemeinsam gegen dieses verdammte Schwein kämpfen! Und Oma verzeihe mir, dass ich dir nicht geglaubt habe. Ich bin ein törichter Tölpel gewesen. Ich hoffe du nimmst meine Entschuldi- gung an, für all das was ich gesagt, als auch getan habe."

Kapitel Neunundzwanzig

VERSCHWUNDEN

Durch die liebevollen Worte von Michael erwacht plötzlich Diamond aus ihrem Schlaf, heimlich hört sie weiter zu. Sie erinnert sich zurück, an das was sie selbst längst vergessen hat und verdrängt. Tränen des tiefen Schmerzes laufen ihr über das Gesicht, leise weint sie in ihrer Trauer, aber ohne dass ihr Verlobter was bemerkt.

Die Vergangenheit versetzt sie zurück in alte Erinnerungen. Durch den einst schmerzhaftem Verlust, mit gebrochenem Vertrauen geschah im nächsten Elternhaus.

In Diamonds Schlafzimmer; zwei Jahre zurück versetzt, genau um Mitternacht bei schwachem Kerzenschein erscheint in ihren Gedanken als jüngeres ich mit sechzehn Jahren. Sie liegt nach einer Geburt erschöpft schlafend in ihrem Bett, Alexander der so aussieht wie sein Zwillings-Bruder der Bürgermeister William Keys sitzt neben ihr, er hält stolz sein neugeborenes Baby im Arm und lächelt Diamond zufrieden an.

Noch in dieser Erinnerung verweilend; sieht sie wie Alexander eine kleine durchsichtige Glass-Flasche mit blauer Flüssigkeit aus seiner Jackett Tasche nimmt und in eine Tasse mit Tee schüttet, die Tasse reicht er Diamond.

Durstig sie trinkt sie daraus, nach ein paar Sekunden wird ihr schwindelig, sie sieht alles doppelt und fällt in einen tiefen Schlaf. Ihre Zwillings-Schwester Crystal hält den Säugling im Arm, Alexander macht eine Handbewegung und Crystal verlässt schließlich mit dem Neugeborenen das Zimmer. Alexander streichelt zärtlich die Stirn von Diamond. Als danach erhebt er sich lachend von seinem Stuhl neben dem Bett und verwandelt sich von Alexander in den teuflischen Belphegor, der nichts Menschliches mehr an sich hat, er hat seine menschliche Gestalt in die fürchterliche, aber stolze Gestalt des ägyptischen Toten Gottes Anubis verwandelt.

„Meine Liebe, das hast du gut gemacht! Endlich habe ich einen Nachfolger. Mein eigen Fleisch und Blut, mit einem geborgtem Körper gezeugt. Aber mit meinen teuflischen Kräften kreiert. Wenn du alt genug bist, kommt deine Zeit. So lange werde ich erst mal alleine in der Hölle herrschen."

Rund um den dunklen Herrscher, ehemals Alexander steigt nun grauer Qualm auf. Er dreht sich wie ein Derwisch, immer schneller und schneller bis er sich selbstständig elementar verflüssigt. Das schwarze Ektoplasma breitet sich rasant auf dem gesamten Holzboden des Schlafzimmers aus.

Geschockt verlässt Diamond diese schrecklichen Erinnerungen. Sie kehrt nun wieder zurück in die Gegenwart mit ihrer jetzigen Gedankenwelt, um eine Möglichkeit zu finden ihren Verlobten nicht zu verlieren und ihren Sohn zurück zu bekommen. Sie geht nun wach auf ihren Verlobten Michael zu und hofft, dass er ihr vergibt.

„Michael, ich möchte mich bei dir entschuldigen, dass du es auf diese Weise erfahren musstest. Ich hätte mir gewünscht, dass ich es dir besser vorher gesagt hätte. Dennoch hoffe ich, es ist noch nicht zu spät."

Der überraschte Michael dreht sich verwundert zu ihr um, er ist nicht abgeneigt ihr zu zuhören, auch wenn er dennoch verletzt ist und ihm zum Heulen zu Mute ist. Neugierig und inquisitiv hinterfragt er aber, wie es nun zu dieser Situation gekommen ist.

„Liebes, was meinst du genau damit? Wofür möchtest du dich entschuldigen? Ich verstehe es nicht so ganz."

Perplex schaut sie abwechselnd zu Michael, als auch zum Geist von Mommy. Trotz all dem will sie Ordnung schaffen mit ihrer Vergangenheit, um die Hoffnungen nicht zu zerstören und auch um den endgültigen Kampf gegen den König der Unterwelt nicht außer Acht zu lassen. Das das was geschehen ist nicht in Vergessenheit gerät.

Also, stellt sie sich und erzählt nun was wirklich geschah:

„Mein Liebling, ich habe lange vor der Zeit mit dir dumme Fehler gemacht, was ich aber erst im Nachhinein festgestellt habe."

Für Diamond ist es an der Zeit etwas Wichtiges zu beichten.

„Ich hatte mich mit dem Zwillings-Bruder des Bürgermeisters eingelassen. Aber ich konnte nicht wissen, dass Alexander in Wahrheit der Teufel Belphegor war und ich wurde schwanger von ihm. Ich habe einen Sohn geboren, sein Name ist Jim. Belphegor hat ihn mir weggenommen und selbst meine Schwester dafür missbraucht. Sie musste Baby Jim helfen lebendig in die Hölle zu kommen, sonst wäre sein menschlicher Körper dort zu Staub zerfallen. Sie war seine Schülerin und wusste wie Jim unbeschadet in die Hölle kommt, damit er dort lernt wie man in der Hölle regiert."

Sie bereut zu tiefst diese Fehler gemacht zu haben.

„Er sollte dort gewissermaßen vorbereitet werden. Ich konnte nichts dagegen tun, ich war zu schwach und ahnte von all dem nichts. Es tut mir so leid, Michael."

Ihr Verlobter Michael sieht sie noch trauriger an, er schluckt seine Traurigkeit tief herunter, denn er will Diamond trotzdem nicht verlieren. Denn sie ist seine große Liebe, auch wenn er sie nicht für sich alleine haben kann. Er will akzeptieren was zu akzeptieren ist, zusammen im gemeinsamen Kampf, der jetzt näher ist als zuvor.

Vor der Ruine der ehemaligen Villa der Gardeners und überall auf der Welt ist der Handlungsbereich des Teufels. Der letzte Schauplatz des Kampfes zwischen Gut und Böse beginnt eine halbe Stunde vor Mitternacht, ohne den Mond der ist einfach verschwunden. Wie und warum weiß kein Mensch.

Der Keller ist nun kein Gefängnis mehr, er hat das dunkle Böse freigegeben. Die Eine Strafe erfolgt auf das eine Vergehen, erst dann erfolgt die Rückkehr der Rückkehrer. Alles Leben wird wieder zurückkehren; das warme Licht wird alles erhellen. Was du jemals geliebt, was du lieben wirst und dich doch am Ende liebt so wie du bist, nicht wer du glaubst zu sein. Plötzlich wird der komplette Himmel ins Schwarze eingehüllt.

Wahrschein ist der helle Mond auch da drinnen verschwunden, denn der die Dunkelheit ist schwärzer als je zuvor die selbst die Nacht geschluckt hat. Die Vögel fallen ohne Leben und ohne Grund vom Himmel.

Vielleicht haben sie sich vor der grausamen Nacht erschreckt, so dass sie erstarrt sind.

Alle Tiere in Ställen und Wiesen einfach fallen um, sie bewegen sich sogar nicht mehr. Wie die Vögel die überall verstreut auf dem Boden liegen. Das Gleiche geschieht mit allen Arten von Insekten auf der ganzen Welt in jedem Land. Es passiert das gleiche Szenario wo immer man hinkommt, kein Tier wird verschont egal ob zu Land, zu Wasser und zur Luft. Jeder Mensch, bis auf ein paar Ausnahmen, sie fallen hin, oder in Ohnmacht, ohne zu wissen warum. In Jeden Land überall auf der ganzen Welt, wo sie sich gerade befinden spielt keine Rolle. Es geschieht, weil es geschieht. Eine fremde macht, die alles lenkt und jeden kontrolliert. Wie Marionetten in fremden Händen. Die Erde fängt an zu beben, durch ein erschütterndes Erdbeben; wodurch die Häuser, Gebäude und anderes sich hin-und her bewegen. Auch Bäume werden nicht verschont.

In Panik wollen Michael und Diamond Schutz suchen, aber sind sich Beide uneinig wo sie hinlaufen sollen, nirgendwo scheint es jetzt sicher zu sein. Der sichtbare Geist der alten Frau meldet sich erneut zu Wort, sie drängt das orientierungslose Paar; sich in einen der Kellerräume zu begeben.

   „Lauft hier in einen der Kellerräume hinein, es eilt wartet nicht zu lange! Kommt mir einfach nach, ich zeige euch hier in welchen Keller ihr müsst. Dort gibt es auch die Antworten auf eure weiteren Fragen. Aber nun beeilt euch, sonst wird es gefährlich!"

In einem der Kellerräume in der alten Ruine der Gardener Villa ist auf einmal ein gemütliches Schlafzimmer zu sehen, mit einer glücklichen kleinen Familie, mit einem göttlichen Schutzengel im strahlenden warmen Licht.

Das Paar folgt Kopf nickend und schweigend dem Geist der verstorben Großmutter von Michael.

Mommy schwebt als erstes in den Keller hinein, genau durch dessen Eingang. Als sie innen ist, ertönt plötzlich ein grollender Donner, ein zorniges Gebrüll; wie von einem wütenden Schakal. Und das Erdbeben lässt den Boden überall auf der Welt aufreißen. Die feuerrote Lava blubbert durch die Risse in der Erde, sie fließt heraus.

Michael zieht in Angst seine Verlobte Diamond eilig in den Keller, sie gehen ihr hinterher. Um Zuflucht und Schutz zu finden. Drinnen angekommen atmet das Pärchen erst mal vor Erleichterung tief durch.

„Großmutter, sind wir hier richtig? Hast du denn nicht mitbekommen, dass draußen die Erde aufreißt?"

Die Großmutter seufzt, sie regt sich leicht auf, dadurch wird ihr eigenes Ektoplasma, das die Energie ihrer Seele aufrecht erhält etwas schwächer, deshalb schwebt sie fast bewegungslos bis zum richtigen Kellerraum.

Sie ermahnt ihren Enkel Michael, der seinen Arm um seine zurück gewonnene Verlobte gelegt hat.

„Michael, warum zweifelst du noch? Wo ist dein Vertrauen geblieben? Das kann dir im Kampf gegen Belphegor zum Verhängnis werden. Glaube mir, ihr seid hier sicher."

Aus dem verstaubten leeren Kellerraum mit dem sandigem Boden wird ein gemütliches Schlafzimmer mit hellblauer Blümchen Tapete mit Ehebett. Es ist das Schlafzimmer wo Diamond ihren Sohn geboren hat.

Innen sind verschiedene Möbel genauso wie es Diamond in Erinnerung geblieben ist, mit dem Schaukel Stuhl wo einst Alexander saß, sitzt jetzt Michael und Diamond liegt nun im Bett mit ihrem inzwischen zwei jährigem Sohn Jim.

Mommy freut sich darüber so sehr, dass ihr Ektoplasma anfängt stark zu strahlen, so dass sie sich schnell wieder regeneriert. Ihr wachsen Flügel und ein leuchtender Kranz erscheint hinter ihrem Kopf. Sie sieht aus wie ein Engel vom Himmel ein Schutzengel, nicht mehr wie ein Geist. Sie lässt Glühwürmchen fliegen, Jims Augen leuchten wie zwei kleine Sterne. Michael fängt an Vertrauen aufzubauen, als er seine Oma sieht. Michael lehnt sich im Schaukel Stuhl zurück und freut sich über den kleinen Jim, den er als Sohn von seiner Verlobten bekommen hat. Jim winkt seinem neuen Vater zu, kichert ihn an, er sagt etwas zu ihm, das Michael die Tränen in die Augen treibt.

„Hallo Papa, hallo Mama! Ich ha euch lieb. Hihi…hier bin ich, Jim!"

Das ganze Zimmer ist hell erleuchtet von vielen Kerzen. Durch ihre Verwandlung lacht der kleine Jim vor Freude und springt auf dem Bett hin- und her, seine Mutter Diamond beobachtet ihn. Sie ist so stolz auf ihren Sohn Jim.

„Endlich habe ich dich wieder, Jim. Ja, ich nenne dich Jim, mein Sohn. Michael, was meinst du? Ist das nicht ein schöner Name, für einen so bezaubernden kleinen Jungen? Niemand wird uns vier, ähm, uns fünf wieder trennen können."

Michael steht auf und kann sich denken, was seine Verlobte meint, erst schweigt er lächelnd, aber als er zu dem kleinen blondgelockten Jim mit blauen Augen sieht, wie er neben seiner jungen Mutter Diamond auf dem Ehebett herum springt, kann er seine Freude nicht für sich behalten. Er ist mehr als nur glücklich.

„Jim, ja dieser Name passt gut zu unserem Sohn, ein schöner Name, für so einen süßen kleinen Burschen. Passend für so einen aufgeweckten, lieben Jungen. Er wird ein großer Bruder sein, nicht wahr, Liebes? Und deine Schwester ist nicht tot? Hoffentlich nicht, du müsstest es doch als Zwilling spüren ob sie noch lebt, oder?"

Diamond lächelt ihren Verlobten zärtlich an, sie nimmt seine Hand und führt diese zu ihrem leicht gewölbten Bauch. Michael lässt seine Hand darauf liegen, Freuden Tränen rinnen ihm über seine Wangen. Jim legt seine Hand auf die seines neuen Vaters, alle drei liegen jetzt gemeinsam im Bett. Im Schlafzimmer des Kellerraums; welches zur Gefängniszelle wird.

Ungemütlich mit Feuer, mit unendlichen Weiten in schwärze gehüllt und voller ungebetener Gäste. Wer will schon lauter Dämonen um sich herum haben. Das Schlafzimmer verfinstert sich, alle Kerzen löschen sich wie von unsichtbarer Hand selbst aus, ein teuflisches Lachen ist zu hören; mächtig und grausam. Die Dunkelheit und das grausame, teuflische Lachen machen dem kleinen Jim Angst, er fängt an bitterlich zu weinen. In Mitleid nimmt Michael seinen Sohn in die Arme und tröstet ihn, seine Mutter Diamond nimmt Beide ebenso in ihre Arme. Der Zorn auf das Böse steigt nun in Michael auf.

Kapitel Dreißig

DER KAMPF DER UNGLEICHEN VÄTER

Das böse Lachen wird immer lauter, Gitter Stäbe kommen aus der Decke. Sie machen den dunklen Raum zu einem vergitterten Gefängnis; gusseiserne Schüsseln mit Feuer rutschen über den Boden und erhellen die dunkle Gefängniszelle.

Mommy`s Geist ist samt Heiligenschein und den Glühwürmchen plötzlich verschwunden, die gefangene kleine Familie ist verängstigt, weil sie Mommy nirgendwo sehen können. Aber aufgeben wollen sie nicht, die Erwachsenen schmieden einen Plan, wie sie sich verteidigen können.

Ein lauter Knall, der durch eine zufallende Eisentüre zu hören ist, die in der großen Gefängnis-Zelle an einer steinernen Wand erscheint; sich dadurch rasch öffnet. Eine dunkle große Schatten Gestalt tritt heraus. Die sich selbst verschließende schwere Tür verschwindet wieder in der Wand.

Das Verlies zeigt allen wie unkomfortabel es eingerichtet ist, der Boden ist voller Stroh, einzelne Feld Betten, mehrere Eimer mit Schwämmen zum Waschen und um die Notdurft zu verrichten, ein schäbiger grober Holztisch mit ebensolchen Holzstühlen, schlecht bearbeiteten Wänden aus Felsgestein.

„Haha, die ganze Familie ist hier vereint. Oh Diamond, ich vergas deine vermisste Zwillings-Schwester Crystal, meine kleine Hure, genauso wie du eine bist."

Als Michael die Beleidigungen über seine Verlobte, aber auch als er die fiesen Äußerungen über seine zukünftige Schwägerin hört, sieht er rot, er kocht innerlich vor Wut. Er denkt an seine Großmutter, die ihm trotz aller Wut immer geraten hat, dennoch ruhig zu bleiben und erst taktisch klug im Verteidigungs-Fall vorzugehen, bevor er mit körperlicher böser Gewalt kämpft oder mit Waffen. Die Antwort kommt in Form vom Auslachen des Teufels.

Aus Neugier will Jim zum Thron laufen, doch Michael will ihn beschützen, er kann ihn grade noch festhalten, um schlimmeres zu Verhindern.

„Jim, mein Sohn bleib hier bei uns! Du solltest da nicht hingehen. Da ist ein böses und gefährliches Biest, es heißt Belphegor und ist der König der stinkenden heißen Hölle. Er wird dir wehtun."

Als der teuflische Herrscher das hört, muss er wieder höllisch lachen. Die drei finden das gar nicht witzig, sie stellen sich beschützend hinter den kleinen Jim, der etwas verärgert schaut, da er nicht zum Thron darf, um darauf zu sitzen, er ist sogar eifersüchtig auf den teuflischen Herrscher. Das Eltern Paar streichelt ihm beruhigend über seinen Rücken. Angeekelt vor Neid hat Belphegor all das beobachtet und ärgert sich sehr darüber, denn in der Hölle mag man keine Liebe. Vor allem will er nicht, dass sein Sohn von diesen dummen Sterblichen verhätschelt wird.

„Mir wird so langsam übel. Ich ertrage das nicht, wie ihr mit meinem Sohn umgeht. Er gehört zu mir, ich habe ihn mit meiner Verlobten Diamond zusammen gezeugt. Du bist nicht sein Vater, Michael. Er darf hier auf meinen Thron sitzen, es ist ja auch seiner, er ist schließlich mein Nachfolger, der Kronprinz."

Der kleine Jim lächelt darüber, er will sich von den Erwachsenen losreißen, doch die lassen ihn nicht los.

Dieses Verhalten stört den dunklen König der Hölle enorm. So, dass er sich von seinem geliebten Thron erhebt, er bewegt sich auf die drei zu. Seine Augen fangen an wie Feuer zu glühen, er hypnotisiert das Paar mit seinen Blicken, wodurch ihre Körper starr werden und letztlich zu Stein.

Die Beiden können sich nicht dagegen wehren, sie werden zu Statuen, so dass er sich den kleinen Jim greifen kann. Noch längst ist es aber nicht das Ende für die Versteinerten, in der Mitte des Kerkers.

Neben Verlies ist ein Flur grob in den Felsgestein gehauen, im Dunkeln geht eine Gestalt in einer schwarzen Mönchskutte mit Kapuze über dem Kopf und weiblicher Figur an der Gefängnis Türe immer wieder vorbei.

Sie löscht das Feuer in den gusseisernen Schüsseln mit Pulver, welches sich auch wieder dadurch erneuert. Die Szenerie die im Moment stattfindet, wird heimlich beobachtet, wobei die Gestalt ihr Augenmerk besonders auf den kleinen Jim legt.

Der dunkle Herrscher trägt Jim zu seinem Thron, stolz setzt er seinen Sohn darauf. Erst untersucht der Kleine mit den Berührungen seiner Hände diesen, er lehnt sich entspannt zurück, nur kurz, dann bewegt er sich mit seinem kleinen Körper darauf hin und her. Nach kurzer Zeit merkt Jim, dass ihm langweilig wird, denn der teuflische Herrscher steht nur ihn beobachtend in der Nähe, ohne auch nur ein Wort zu ihm zu sagen.

Der Junge weint, weil er sich langweilt, da sich niemand mit ihm beschäftigt, er fängt an seine Mutter Diamond und seinen Vater Michael zu vermissen. Er ist unzufrieden, wird unruhig und fängt an zu weinen. Denn für den Jungen ist er nur ein böses Monster was er nicht kennt und gar nicht sein Vater.

„Mama, Papa! Dada, da hin, da hin!"

Der teuflische Belphegor wird unruhig, er sieht wie der Kleine zu den Stein Statuen läuft. Es gefällt ihm so gar nicht, das der Junge ihn nicht als Vater anerkennt. Das will er nun rasch ändern. Da wird aus ihm ein Mensch,

der Zwillings-Bruder von Bürgermeister Keys, Alexander, der Jim abpasst, bevor er noch die steinernen Statuen seiner Eltern überhaupt berühren kann. Doch Alexander hat voller Schnelligkeit und seiner Selbstironie nicht aufgepasst. Denn der Junge hat ihn ausgetrickst und ist schnell zu den Statuen gelaufen.

Er kuschelt sich daran und in seiner Sehnsucht fallen ihm seine Tränen genau auf die Figuren seiner Eltern. Nachdem das geschehen ist, dreht sich Jim um, er hört ein leises Flüstern. Es hört sich nach Crystal an, auch wenn sie nicht zu sehen ist. Aber er hört seine Tante nicht mit den Ohren, sondern über Telepathie als ihre Stimme in seinem Kopf. Crystal übermittelt froh und gibt ihm zu verstehen wie glücklich sie darüber ist, über das was er gerade getan hat.

„Gut gemacht, kleiner Jim!"

Durch seine Tränen werden die Figuren aus Stein wieder Lebendig. Ihr Aussehen verändert sich, sie werden wieder menschlich. Die Steinschicht die über ihnen gewesen ist verflüssigt sich zur kalten Lava, die glühend heiß wird, als sie im Flussauf den Boden ankommt, die Temperatur steigt enorm an.

Voller Zorn läuft Alexander alias Belphegor mit dem weinenden Jim auf dem Arm, den er sich gegen dessen Willen einfach egoistisch genommen hat und läuft mit ihm weg. Verfolgt von der heißen Lava kommen sie zum Flur, der vor dem Verlies ist, was sie vorhin verlassen haben. Er will den Kleinen in eine der brennenden Feuer Schüsseln werfen, weil er für ihn nicht mehr sein Sohn ist, sondern in seinen Augen ein kleiner Verräter.

In dem Moment, als er Jim über dem Feuer baumeln lässt, taucht plötzlich die Frauen Gestalt in der Mönchs Kutte auf und schuppst Alexander hinein. Der lebendige Michael fängt Seinen Sohn auf.

Großmutter Mommy ist auch wieder als Schutz Engel aufgetaucht, sie schneidet sich ihre nun leuchtend weißen, langen Haare ab und wirft sie auf dem Boden genau in die glühende Lava. Es zischt und qualmt, die Lava kühlt nun ab, sie verhärtet sich und wird zu Stein. Noch bevor sie den Flur erreicht, ist er schon wieder im Verlies begehbar. Michael erstaunt das sehr, so was hat er zuvor noch nie gesehen.

„Großmutter, da bist du ja wieder! Ich habe dich so vermisst, ich dachte dir wäre etwas passiert. Wir haben uns hier wirklich Sorgen um dich gemacht. Du warst auf einmal verschwunden, wir konnten dich nicht finden."

Ihr engelsgleicher Geist wird für einige Zeit lebendig, sie steht vor ihrem Enkel Michael, sie sieht genauso aus wie vor ihrem Tod. Beide umarmen sich kurz, Diamond kommt auch hinzu, sie freut sich genauso über Mommy und lässt es sich nicht nehmen sie auch in die Arme zu nehmen. Doch die stark angespannte alte Dame drängt das Paar sich zu beeilen. Das dann sofort zu ihrem Sohn läuft.

„Michael, ich bin auch wieder froh bei euch zu sein. Ich habe euch genauso vermisst. Leider musste ich euch für kurze Zeit verlassen, mein *Ektoplasma* war aufgebraucht. Aber jetzt müsst ihr euch beeilen, wenn er sich gleich zurück verwandelt in seine Schakal Gestalt, dann müsst ihr ihm schnell seine Haare abschneiden mit der Schere die ich euch gebe. Meine Lieben hier ist die Schere, jetzt lauft, bestraft ihn endlich, rettet euren Sohn, bitte beeilt euch!"

Das Paar läuft über den kalten Steinboden, hinaus aus dem offenen Verlies hin zum Flur, die Frauen Gestalt unter der Kutte drückt mit ihren Händen den Kopf von Alexander alias Belphegor über die Feuerschüssel, der kleine Jim hängt noch immer ängstlich zappelnd wie ein frisch gefangener Fisch an der Angel, an den Händen von Alexander. Er brüllt den Gang hinunter nach seinen dämonischen Soldaten.

Ein weiteres Erdbeben lässt den ganzen Boden hier erzittern, die Feuerschale gerät in Bewegung. Eine Armee von Dämonen marschiert aus einem anderen Gang in den Flur zu den Beteiligten. Um ihren dunklen Herrscher auf dessen Befehl zu helfen. Im Flur-Gang neben dem Keller-Verlies verliert das Böse seine Haare.

Seine Lebensadern werden durch einen Schnitt mit der Schere durch trennt, wodurch es für immer seine Unsterblichkeit verliert. Seine Dämonen konnten dies nicht verhindern.

Die Armee der Dämonen des teuflischen Herrschers begrüßt ihren Herrn der inzwischen glatzköpfig ist, durch höllisch lautes Gebrüll. Sie sehen wirklich furchterregend aus, mit großen roten Augen, die bedrohlich aufleuchten, sie sehen aus wie eine Mischung aus *T-Rex Dinosaurier*. Nur kleiner, mit vielen spitzen Zähnen im Maul auf zwei Beinen gehend, mit rotbraunem Fell wie bei einem Schimpansen Affen am ganzen muskulösen Körper.

Michael sieht die dämonische Armee schon von weitem, er ist nun in Alarm Stimmung, sein Beschützer Instinkt ist in ihm vollends erwacht. Er stellt sich hinter den Teuflischen, schnell greift er sich von dort den kleinen Jim, packt ihn, zieht ihn ruckartig aus Alexanders Händen, der nur noch irritiert zusieht. Diamond packt ihn und geht zurück in das Verlies, wo sie sich mit ihm auf eins der Feldbetten setzt. Sie lässt ihn auf ihrem Schoss sitzen, sie streichelt ihren Sohn ganz zärtlich. Das wirkt Wunder, denn Jim beruhigt sich und hört auf zu Weinen. Er schläft angelehnt an ihrem Oberkörper ein.

Die Frau in der Kutte zieht diese nun aus, um sich zu zeigen, es ist die vermisste Crystal. Alexander erschreckt sich, als er sieht dass sie es ist, denn mit dieser Begegnung hat er nicht gerechnet.

„Du bist es, du kleine Hure! Du hast mich hintergangen, ich bringe dich um, du hässliches Miststück!"

In diesem Moment gibt die ziemlich mutige Crystal über ihm lachend einen Tritt zwischen die Beine. Sie hat keine Angst vor der Armee, die weniger als zwei Meter im Abstand von ihnen entfernt anrückt.

„Wer ist denn die Hure, nah wer? Du doch wohl, du Huren Sohn! Du hast doch deinen Samen an meine unschuldige Zwillings-Schwester gegen ihren Willen in ihr verteilt."

Als Alexander noch etwas sagen will im Zorn, knicken seine Beine ein, er verliert sein Gleichgewicht und stürzt Kopfüber in die große Feuer Schale. Er schreit lauf auf. Die menschliche Gestalt von Alexander verbrennt im Feuer wie eine zweite Haut, mit lautem Gebrüll erhebt er seinen Kopf aus der Schale, schleudert die Schale in Wut mit voller Kraft hinunter in die Richtung seiner langsamen dämonischen Armee.

Ein Viertel von ihnen wird von der Schale und dessen Feuer getroffen, sie zerfallen sofort zu Staub, der Rest seiner Dämonen trampeln wie eine Herde Elefanten über die Anderen, die nicht zu Staub zerfallen sind. Die restlichen Dämonen sind nur noch knapp einen Meter entfernt. Seine Arme ist keine Gute, denn die Dämonen sind durch ihr schweres Gewicht nicht so schnell unterwegs und dumm sind sie auch noch dazu.

Kapitel Einunddreißig

DÄMONISCHES SPIEL

„Da bist du ja, Crystal. Wir haben dich überall gesucht. Wo bist du bloß gewesen? Sag mal, was sind das für Monster, die da so lahmarschig auf uns zu kommen? Eine bessere Arme konnte Belphegor wohl nicht auftreiben, oder? Seltsam, wo er doch sonst immer alles so perfekt haben will."

Dann hört Michael abrupt auf zu fragen. Crystal zeigt auf den Höllen Fürsten, der inzwischen seine ursprüngliche Gestalt wieder angenommen hat, da Alexander verbrannt ist. Also zieht der mutige Michael die Schere, die ihm seine Großmutter gegeben hat aus seiner Tasche. Er hält sie in seiner Hand fest.

In Windeseile läuft er damit auf den dunklen zwei Meter großen Herrscher zu, bückt sich kurz vor ihm, dieser bleibt verwundert stehen, während der der Ein Meterfünfundsechzig große Michael zwischen seine Beine durch krabbelt. Der verärgerte Teufel versucht ihn noch zu fangen, stolpert aber stattdessen über seine eigenen großen Füße und fällt der Länge nach krachend zu Boden.

Als alle anderen über den Gefallenen lachen, befindet sich Michael bereits hinter seinem Kopf. Abgelenkt vom Ärger bekommt der auf dem Boden liegende gar nicht mit, wie ihm mit einer Schere seine langen schwarzen Haare abgeschnitten werden. Seine abgeschnittenen Haare fallen zu Boden, sie verfärben sich Gold; dadurch verändert sich die Umgebung. Der felsenartige Flur wird wieder zum Keller-Flur mit den Keller-Räumen. Das Verlies verschwindet irgendwo ins Nirgendwo.

Nur diesmal sieht es hier ganz anders aus; Regale mit verschiedenen Weinflaschen und runden großen Käse Leibern. Es wirkt insgesamt freundlicher, als es vorher gewesen ist und sogar noch besser.

Crystal und die anderen Familien Mitglieder freuen sich in voller Zuversicht den Teufel diesmal wirklich besiegen zu können.

„Tja Belphegor, deine Herrschaft hat jetzt ein Ende, ist aus und vorbei. Hörst du die Hure Crystal schreit es laut, wo immer du auch jetzt bist, komm nie wieder zurück du verdammter Bastard! Michael, diese Armee der echsenartigen Syrakusen hatte der Herrscher einzig und alleine für seine Weltherrschaft erschaffen, aus ausgegrabenen Millionen Jahren alten Fossilien von Dinosauriern zusammen gefügt und verzaubert."

Im Vorrats-Keller zwischen Käse und Wein findet nun der Kampf zwischen Gut und Böse statt. Wird die Schlacht gewonnen, so bekommt man das was übrig bleibt vom Ganzen, gewinnt aber noch an Kenntnis dazu.

In der Vorrats-Kammer des Kellers verliert er seine ihm ergebene Armee, in dem sie sich selbst in Asche auflöst die überall in der Kammer verweht wird. Ein Fenster erscheint auf einmal in der Wand, die Asche fliegt durch einen plötzlich aufkommenden Wind nach draußen.

Belphegor bemerkt nun, das er kahlköpfig ist, voller Schrecken sieht er sich um, kauert kniend auf dem Boden, um seine Haare zu suchen. Er blickt weinend und zitternd zu Michael, der noch die restlichen Haare in der linken Hand hält. Angewidert sieht der machtlose teuflische Herrscher ihn an. Doch es nutzt ihm nichts, denn Michael schmeißt die übrig gebliebenen Haare auf den Boden und tritt vor Wut drauf rum.

Diamond, die noch ihren schlafenden Sohn in den Armen hält richtet enttäuscht ein paar emotions-geladene Worte an den Fürsten des Bösen.

„Was geschieht hast du selbst zu verantworten, niemand sonst. Du kannst nicht die Welt knechten und die Menschen darauf wie Marionetten behandeln, Belphegor. Was du Jim töten wolltest, verzeihe ich dir nie, darauf kannst du wetten. Du hast ihn gezeugt, weil du ihn haben wolltest und dann willst du ihn loswerden, wie er dir zu lästig geworden ist. Und du willst Vater sein?"

Der Zorn fängt an Früchte zu tragen, die verdammt schnell reifen.

„Niemals, wirst du es sein. Ich fand einen Besseren dafür, der auch Vater sein will. Der Jim von ganzem Herzen liebt. Nämlich Michael, der Jim hilft wo er kann. Er wollte ihn schließlich nicht töten, so wie du es tun wolltest. Dann erfuhr ich auch warum du ihn wirklich mit gezeugt, um ihn heranwachsen zu lassen und wenn die Zeit dann gekommen wäre, hättest du ihm einfach seine Kräfte rausgesaugt und seinen Körper den Hunden zum Fraß vorgeworfen. Du bist so widerlich und abscheulich."

Es platzt wie ein Schwall aus ihm heraus. Nicht mehr zu stoppen.

„Ich hasse dich aus tiefster Seele, für all das was du uns allen angetan hast! Aber sei gewiss, an Jim kommst du nicht mehr dran. Er will dich sowie so als Vater nicht mehr haben, er kennt dich nicht mehr und das kannst du nun nicht mehr ändern, du besitzt nämlich keine Macht mehr."

Draußen und drinnen über den Keller Räumen sind Hammer Geräusche zuhören. So, als wenn das Herrenhaus wieder neu entstanden wäre und daran gearbeitet würde, man hört wie Bretter gesägt werden, Möbel geschoben und hingestellt werden.

Der noch immer auf dem Boden vor Schreck Kauernde sieht nicht mehr aus wie Anubis als Schakal der Hölle, sondern wie ein sehr alter, greisenhafter Mann mit fünfundneunzig Jahren in menschlicher gebeugter knochiger Gestalt, der nun all seine böse Macht und Boshaftigkeit verloren hat. Er ist hilflos, kraftlos und dem Tode nah. Er hat zwar die anklagenden Worte von Diamond vernommen, denkt sich aber, dass er daran ja nichts mehr ändern kann. Er ist sich immer noch sicher das Richtige getan zu haben und das er den Jungen Jim sowie so nicht mehr benötigen würde.

In seinen Gedanken fühlt er sich als ein hintergangenes bestohlenes Opfer. Er ruft deshalb noch ein letztes Mal seine Hunde, denn er möchte der Familie seiner Feinde nicht ausgeliefert sein, also sollen die Höllen Hunde schließlich den Rest erledigen. Das ist ihm tausend Mal lieber, als das andere.

„Dudley und Bugsley wo seid ihr? Kommt zu Daddy, ich brauche euch! Ich werde sterben, lasst mich euch noch ein letztes Mal in die Arme nehmen, bis es soweit ist."

Nach dem Gesagten des Besitzers springen seine Haustiere durch das offene Fenster hinein, sie bleiben kurz stehen und jaulen leise um sich in Trauer von ihrem Herrn endgültig zu verabschieden. Dann laufen sie zu dem alten Mann der auf dem Boden hockt. Er drückt Beide gleichzeitig beherzt, seine spitzen Finger Nägel bohren sich in die Felle der Hunde, sie knurren laut. Einer der Dobermann Hunde beißt seinen Besitzer rechts in die Halsschlag -Ader.

So dass dieser nicht mehr sprechen kann und sich sein Körper im Todes Kampf verkrampft. Auch der andere Hund stürzt sich hechelnd und sabbernd, er leckt in mit seiner giftigen Blauen Zunge ab. Als das geschieht, lässt Crystal noch ein letztes Mal los was sie belastet und noch ein letztes Mal abzurechnen.

„So, jetzt kriegst du was du verdienst, du Teufel! Geh dahin zurück von wo du her gekommen bist!

Du hast so Viele getötet, unsere Freunde, unsere Familie, Jake den ich geliebt habe, den du als dein Diener benutzt und missbraucht hast. All diesen guten Menschen hast du die Seelen geraubt, so dass sie nicht mehr ins Licht konnten. Ihr Beiden erledigt ihn, bis nichts mehr von ihm übrig ist, Dudley und Bugsley!"

Im Todes Kampf faltet der alte Mann; der einst der Fürst der Hölle gewesen ist noch ein letztes Mal seine Hände bewegt, als das Gift von einem der Hunde sich in seinem stark gealtertem Körper ausbreitet und sich das Fleisch an seinen Knochen zersetzt. Das bekommt er aber schon nicht mehr mit, denn der andere Hund beißt noch ein zweites Mal zu, in seine linke Hals Seite, wieder genau in die Halsschlag Ader.

Vom Körper des einstigen zwei Meter großen Herrschers aus der Hölle ist nun nichts mehr übrig geblieben, als nur seine Knochen, die als der Windstoß erneut aufkommt zu Staub zerfallen, der nach oben bis an die Decke des Raums geweht wird, bis er anschießend herab fällt und sich zu einer Figur formt. Die Vier: Michael, Crystal, Diamond und der kleine Jim erschrecken sich alle bei diesem Anblick. Denn sie wissen nicht, was jetzt geschieht.

Der verunsicherte Michael hat wieder Fragen an seine Großmutter, die er offen an sie stellt:

„Was geschieht jetzt wieder? Ist Belphegor doch nicht tot? Großmutter, wo bist du denn schon wieder?"

Ihr Enkel Michael fängt schon wieder an zu verzweifeln, da seine Großmutter nicht zu sehen ist. Er kann sie nirgendwo finden. Ihm bleibt nichts anderes übrig als abzuwarten.

Kapitel Zweiunddreißig

DIE HOCHZEITS-FEIER

Seine Großmutter erscheint, wie aus dem Nichts. Nachdenklich aber dennoch erfreut zeigt sie auf das Skelett von Jake, der jetzt an der gleichen Stelle steht, an der vorher Belphegor vernichtet wurde. Sie lacht ihren Enkel Michael an, der der sich darüber sehr freut, wenn auch leicht verwundert, dass sein bester Freund und auch Bruder Jake und die nicht mehr so heimliche Liebe der Zwillings-Schwester Crystal ins Leben zurück gekehrt ist. Michael will schon gar nicht mehr wissen wie sein Freund Jake ins Leben zurück gekommen ist, so sehr freut er sich und genießt auch die Freude seiner zukünftigen Schwägerin, die ihrer neuen Liebe Jake weinend um den Hals fällt. Crystal hat ihn so sehr vermisst.

Doch jetzt ist er zurück, sie kann es kaum glauben, doch es ist real. Er ist und bleibt, sie hofft das für immer. Mommy gibt ihr die Gewissheit, dass es so bleiben wird. Doch sie drängt die ganze Familie dazu jetzt besonders wachsam zu sein und sich die Gefühle für später aufzuheben. Natürlich befolgen alle ihren Rat, denn sie fühlen sich nicht wirklich sicher in dem alten Keller.

Alle der Überlebenden verlassen zügig den Keller samt Geist der Großmutter durch einen Hintereingang ins Freie. Von außen sieht das Herrenhaus wieder genauso aus wie es vorher war. Bewundernd stehen nun alle vor der herrschaftlichen Villa, jeder von ihnen sieht sich überall um. Der kleine Jim rennt aufgeweckt und sehr neugierig als erstes hinter die Villa, dort wo sich der Garten befindet.

Seine Mutter Diamond folgt ihm rasch, um ihn nicht aus ihren Augen zu verlieren. Michael läuft hinter den Beiden her, um mit auf ihn aufzupassen. Denn sie möchten ihren lieben Jungen nicht schon wieder verlieren.

Im Sonnenschein am Mittag ist der einst verwilderte Garten zu sehen; der jetzt komplett in voller Blüte steht, mit vielen blühenden duftenden Rosen Büschen in prachtvollen Farben die einige Insekten anlocken und den Obstbäumen voller Früchten; mit verschiedenen

Sorten von Kirschen und Äpfeln. Auch der alte Eichen Baum war wieder da, aber nicht alleine. Neben dem Baum stand noch ein Eichen Baum, zwar nicht genau so groß wie der des alten zurückgekehrten Baumes, aber dafür genauso alt wie er selbst. Das Erstaunliche ist, dass es so aussieht als wenn die beiden Eichen lächeln würden. Da beide so dicht nebeneinander stehen, haben sich ihre unteren Äste ineinander verhakt. Sie haben Beide nichts dagegen, denn sonst hätten sie geschwind die Situation genutzt und es verändert. Nun muss der alte Baumtroll auch nicht mehr alleine sein und vor allem muss er nicht mehr in den Wald zurück, denn hier ist nun sein neues Zuhause, seine neue Familie in der Familie.

Inzwischen haben die Anderen auch den Garten erreicht und staunen darüber wie romantisch er geschmückt ist, während Jim im Grass ein kleines Fangnetz entdeckt, womit er versucht die verschiedenen farbenprächtigen Schmetterlinge zu fangen, die zahlreich umher fliegen.

Ein schattiges Plätzchen unter den Eichen mit weißer Garten Bank bietet die Möglichkeit sich auszuruhen und zu entspannen. Der Garten ist reichlich geschmückt in Weiß; wie für eine Hochzeits-Feier, passend in der gleichen Farbe wie der Garten Zaun der all das umrundet, die weißen Stühle mit weißen Stoffblumen stehen bereit und warten auf die Hochzeits-Gäste. In ebenso gleicher Farbe steht ein mit roten Rosengeschmückten Pavillon.

Diamond kommt das alles sehr merkwürdig vor, weil sich ziemlich schnell alles verwandelt und schlecht nachvollziehbar wie das alles passiert ist. Wer hat alles wieder in Ordnung gebracht? Gibt es eine Antwort darauf? Es ist mehr als erstaunlich welche Mächte hier nun am Werk sind, wenn vorher gegen eine böse Macht gekämpft hat. Schnell muss man verarbeiten was passiert ist, um genießen zu können was jetzt passiert.

Sie schmiegt sich an ihren Michael, denn irgendwie ahnt sie, dass er etwas mit den Feierlichkeiten zu tun haben könnte. Auch wenn sie es lieber gehabt hätte, dass er sie darüber vorher informiert hätte.

„Was ist denn hier passiert? Ist das hier für uns Schatz, für unsere Hochzeits-Feier? Aber wir sind doch nicht alle passend für diesen Anlass gekleidet. Mir fehlt das Brautkleid. Ich möchte dich nicht enttäuschen, mein Schatz. Michael mein Lieber, dir fehlt ein Hochzeitsanzug. Ach, wie sehr habe ich mir immer gewünscht romantisch mit dir in einem Brautkleid zu heiraten. Also wir gemeinsam in wunderschönen Hochzeitsgewändern, Jim in einem kleinen schwarzen Frack mit Anzug. Dann kommt der Fotograph und macht wunderschöne Hochzeits-Fotos von unserer kleinen Familie."

Mommy erscheint noch mal als Mensch, sie nimmt die Braut ihres Enkels in ihre Arme und spricht tröstend zu ihr. So das Diamond das Gefühl bekommt es wäre alles in Ordnung, so wie es ist und das Böse nicht seine Finger im Spiel hat, um irgendwie zu täuschen. Diesmal ist wirklich alles anders und es ist dem Paar erlaubt endlich zu Feiern und glücklich zu sein. So weit so gut kommt eine angenehme festliche Stimmung auf.

„Liebes, das lässt sich ändern. Schau mal hier hierrüber, da habe ich einen Spiegel für dich aufgebaut. Sieh hinein und dann schau noch mal zu den Anderen. Du wirst schon sehen was dann passiert."

Die alte Dame lächelt verschmitzt vor sich hin, als hätte sie ein Geheimnis was aber jeden Moment ans Tageslicht kommen sollte. Tja, Überraschungen machen wirklich froh und Schönes sowie so.

Nachdem sie das gesagt hat, steht Diamond im weißen Hochzeitskleid mit Rüschen, Diamanten und Schleier da.

Sie bewundert sich selbst im Spiegel. Immer wieder sieht sie sich an und untersucht ihr hübsches Hochzeits-Kleid. Sie ist sehr dankbar darüber und mehr als überwältigt. Crystal freut sich auch, als sie ihre Zwillings-Schwester sieht. Auch sie selbst ist in einem zart rosa Traum Kleid bekleidet aus Seide, mit Kristallen, Spitzen und Rüschen bestickt. Beide Frauen umarmen sich freudestrahlend und fühlen sich wohl in ihren Kleidern.

Diamond strahlt noch mehr vor Glück, als Michael ihr in einem aufregenden Hochzeitsanzug aus feinster schwarzer chinesischer Seide mit Ornamenten und einem feinen weißen feingewebten Hemd entgegen kommt. Das Paar steht sich nun gegenüber, sie berühren sich gegenseitig an ihren bekleideten Körpern, zärtlich streicheln sie jeweils dabei das Gesicht des Anderen. Sie können ihre Freude aufeinander nicht verbergen und küssen sich liebevoll, bis sie vom kleinen Jim unterbrochen werden, der ganz aufgeregt und johlend in ihre Richtung läuft.

„Da Mama, Papa… die Ringe!"

Der kleine Junge läuft zu seinen Eltern, stolz mit einem kleinen roten Samt Kissen entgegen, das er bald fallen lässt vor lauter Aufregung. Auf dem Minikissen sind zwei Ehe Ringe, mit jeweils einer Namens Gravur in jedem der goldenen Ringe. Michael und Diamond lächeln ihn fürsorglich an und streicheln im sanft über seinen Kopf, denn sie sind mächtig stolz auf ihren Sohn. Er wird von seinen Eltern vor Dankbarkeit abwechselnd in den Arm genommen. Der Kleine genießt das für kurze Zeit, aber dann wird er ganz ungeduldig. Er zieht seinem Vater und seiner Mutter an den Gewändern, um ihnen zu zeigen, dass sie endlich mit der Zeremonie anfangen sollen.

Verwundert, aber verständnisvoll über die Ungeduld ihres Sohnes Jim gehen sie einfach mit ihm mit, bis zu dem Pavillon. Das Pärchen lacht amüsiert über das Verhalten ihres Sohnes, der bemerkt das und schaut sie leicht genervt an, er zieht etwas stärker an deren Hochzeits-Kleidung. Wie aus dem Nichts kommend betritt plötzlich ein älterer Pastor den festlich geschmückten Pavillon. Jim stellt sich genau an die Seite neben den Pavillon, hinter Diamond und Michael füllen sich die Stuhl-Reihen mit bekannten Hochzeits-Gästen, die alle passend festlich gekleidet sind.

Es sind die Ex-Sklaven, die gestorben sind, auch die beide Eltern Paare der ungleichen Zwillinge und all die ganzen Freunde des Paares die umgekommen waren, als auch die ermordeten Fremden; in lebendigen menschlichen Gestalten. Gemeinsam sitzen sie nebeneinander hinter und neben sich auf den Stühlen und sind nun bereit. Sie unterhalten sich alle mit Vergnügen über das Hochzeits-Paar mit ihrem kleinen Familien Zuwachs.

Der glückliche Jake ist mit seiner inzwischen Verlobten Crystal auch angekommen, sie setzen sich in die erste Stuhlreihe, genau neben den Gardeners und den Morgans. Neben den Eltern befindet sich die Großmutter. Alle sind nun inzwischen auch aufgeregt wie Jim und können es vor Glück auch kaum erwarten, dass endlich mit der Hochzeits-Zeremonie begonnen wird.

Geblendet vom starken Sonnenschein hält der schwarz gekleidete sechsundfünfzig-jährige Pastor, mit weißem Kragen und einem kleinem goldenen Kreuz als Brosche. Er beginnt nun mit seiner Rede, will er dem Paar seinen Segen geben. Jim geht erneut auf das zu trauende Paar zu. Michael und Diamond lächeln ihren im Frack und Fliege gekleideten kleinen Jim an, Beide küssen ihn liebevoll auf die Wangen. Jim reibt sich seine Wangen danach leicht ange-ekelt ab, er verzieht dabei etwas das Gesicht. Er freut sich aber trotzdem, als er sieht, dass sich seine Eltern gegenseitig die Ringe anstecken. Michael und Diamond lächeln sich dabei gegenseitig an und sehen sich ganz verliebt tief versunken in die Augen.

Es ertönt auf einmal orchestrale romantische Hochzeits-Musik von einem *Grammophon*, welches vorher von zwei Ex-Sklaven gebracht worden. In ihrer festlichen hellblauen Pagen Kleidung aus dem achtzehnten Jahrhundert und den weißen Perücken, die hinten mit schwarzen Bändern zusammen gebundene Pferdeschwänze haben.

Dann richtet der Pastor noch seine letzten Worte mit Fragen an das verliebte, glückliche Paar.

Erst beginnt er mit Michael und dann mit Diamond. Ich frage dich, Michael:

„Willst du nach reiflicher Überlegung und aus freiem Entschluss, mit deiner Braut Diamond den Bund der Ehe schließen?"

Das Herz von Michael schlägt ganz schnell, er ist so wahnsinnig glücklich, dass es ihm nicht schwer fällt sofort zu antworten:

„Ja, ich will!"

Er lächelt zufrieden vor sich hin, sein Herzschlag verlangsamt sich, so dass er sich beruhigt und froh ist, dass er das er mit Ja geantwortet hat. Dann steht neben ihm seine genauso überglücke Braut, sie kommt nun auch an die Reihe. Auch sie ist erst sehr nervös und hofft, dass sie noch klar und deutlich antworten kann.

Also legt der Pastor erneut los und fragt auch sie in seiner ganz entspannten Art.

Ich frage dich, Diamond:

„Willst du nach reiflicher Überlegung und aus freiem Entschluss, mit deinem Bräutigam Michael den Bund der Ehe schließen?"

Diamond holt noch mal tief Luft und faltet ihre Hände zum Gebet, sie antwortet ihm recht zügig:

„Ja, ich will!"

Der Pastor ist mehr als zufrieden mit den Antworten, die er bis jetzt von den Beiden erhalten hat. Dennoch war es noch nicht alles, er hat immer noch Fragen die er dem verliebten Paar nun stellen muss.

Also stellt er seine nächsten Fragen, aber diesmal direkt an die Beiden:

„Seid ihr Beide bereit, die Kinder anzunehmen, die Gott euch geschenkt hat und noch weitere? Auch sie vor dem Bösen zu schützen?"

Als er seine Fragen an das Paar gespannt gestellt hat, wartet er auf ihre Antworten. Die ihm in Lichtgeschwindigkeit herübergebracht werden. Das Paar antwortet gleichzeitig im selben Sprach Rhythmus:

„Ja, so Gott uns hilft werden wir sie alle vor dem Bösen schützen. Wir begeben uns in Gottes schützende Hände."

Zufrieden über ihre Antworten, gibt er ihnen noch etwas Wichtiges für ihre gemeinsame Zukunft mit auf ihren weiteren Weg, mit dem Segen Gottes:

„Der Herr lasse sein Angesicht über euch walten, so geht hin als Mann und Frau in Frieden."

Der Pastor erhebt nun seine Hände, im Himmel erscheint eine Türe, sie öffnet sich geräuschlos; mehrere Lichtstrahlen strahlen kommen heraus, jeder Strahl der aus der Türe kommt trifft eine Person mit einem Stuhl aus purem Licht. Es sieht so aus, als hätten all die Hochzeits-Gäste nur darauf gewartet und sie sind nun bereit dazu.

Das frischvermählte Paar küsst sich ganz zärtlich.

Als Blad laufen sie gemeinsam laufen mit Crystal und Jake und ihrem Sohn Jim an den Händen zur alten Eiche. Unter dem Baum beobachten nun alle gespannt was nun passiert. Und lange zu warten brauchen sie nicht. Am Himmel gibt es ein leichtes Grollen. Sie hoffen, dass es an diesem schönen Tag kein Unwetter gibt. Da haben sie Glück. Etwas Anderes erscheint am Himmel. Es versetzt die Familie in Erstaunen. Eine goldene Türe ist mitten am blauen Himmel zu sehen, zwischen all den weißen Wolken. Die schwere Türe öffnet sich. Heraus tritt ein alter, weißbärtiger Mann, mit ebensolchem langen Haaren, gehüllt in einer weißen Mönchskutte mit goldenen Sandalen. Er erinnert an den griechischen Gott Zeus vom Aussehen allein, nur etwas älter.

Angestrengt nimmt das Wesen, welches sich als Gott bei der Familie und deren Gästen vorstellt, auf einem vergoldeten Thron Platz.

„Wie ich sehe gibt es hier noch so Einiges zu tun."

Lacht Gott spöttisch, nach dem er sich seine kleine *Nickelbrille* aufgesetzt hat. Er reibt sich die Hände, um mit der Arbeit zu beginnen. Er nimmt ein großes, ebenso vergoldetes Buch. Er dreht es um, so dass es nach unten in Richtung Aller zeigt. Aus den weißen Buchseiten schießen Laserlicht Strahlen, sie treffen die Hochzeits-Gäste.

Kapitel Dreiunddreißig

DAS NEUE ALTBEKANNTE

Jeder der vom Licht Getroffene verwandelt sich in einen Geist zurück, der wie die vielen anderen zum Himmel in die Lichtdurchflutete, offene Türe im Himmel aufgesogen wird. Zurück Bleibt nur ein Hochzeits-Platz im Chaos und eine Familie mit lauter Fragen in ihren Köpfen.

Der Garten ist zwar verwüstet, doch die Villa ist dafür intakt und könnte für ein neues wenn auch bekanntes zu Hause für alle bieten.

Gemeinsam könnten sie den Garten wieder in Ordnung bringen und das ganz ohne Zauberei, sondern mit der wichtigen Magie der Freundschaft, als auch inniger Liebe mit dem gemeinsamen Zusammenhalt der Familie. Alle Geister sind längst verschwunden, bis auf einen Einzigen, Mommy die treue Seele. Sie verspricht ihrer Familie mit den neuen Mitgliedern, dass sie als Geist immer um die Familie sein wird.

Gott hat sie als Schutz Engel auserkoren, diese Ehre wird nicht jedem zu Teil. Es sei denn, durch zahlreiche gute Taten hat man das Leben vieler Menschen gerettet und sogar eine Familie zusammen gebracht.

Denn schließlich ist Mommy nicht nur ein Geist, sondern auch ein schwarzer Engel mit einem großen Herz.

Doch was geschieht mit den Anderen, die durch die offene Türe in den Himmel geschwebt sind fragt man sich. Niemand weiß es so recht, aber vielleicht werden sie es bald erfahren.

Nichts desto trotz muss die Familie gemeinsam ein neues Heim finden. Vor dem Gebäude stehend, sehen sie es sich genau an.

Entschlossen auf eigene Gefahr betreten sie zusammen die neurenovierte Villa und staunen nicht schlecht.

Nichts ist mehr zerstört, nichts ist mehr verbrannt, nichts ist schmutzig. Das ganze Haus ist bezugsfertig.

Länger halten sie es alle nicht mehr vor Neugier aus. Schnell begeben sie sich hinein.

Das alte Herrn Haus ist freundlich ausgestattet, jedes der Zimmer wird vom Licht der Sommer Sonne durchflutet. Was zusätzlich die Stimmung in der Familie verbessert. Der Geruch im Haus ist unwiderstehlich gut. Düfte von Damen Parfüm mit unterschiedlichen Blumen, Vanille Gerüchen und Düfte von verschiedenen frisch gebackenen Kuchen als auch Brot durch strömen jeden winzigen Teil und jede kleinste Ecke des alten herrschaftlichen Hauses. Es scheint so als hätte sich das Haus von alleine auf die Ankunft der Familie vorbereitet.

Es waren zwar zwischen durch Arbeiter zu sehen, die ein paar Arbeiten am Gebäude verrichteten, aber in so einer kurzen Zeit von zwei Stunden konnten die unmöglich die Renovierungs-Arbeiten erledigt haben.

Dessen waren sich alle bewusst, doch es kümmerte sie wenig. Vielmehr untersuchten sie die einzelnen Zimmer und stellten fest das auch die Möbel alle neu waren, denn die alten Möbel Stücke waren ja verbrannt.

Kein Staub war darauf zu sehen und in den Schlafzimmern sind die Betten frisch bezogen worden, man hätte sich direkt reinlegen können.

In den Fluren an den Treppen Aufgängen und besonders in allen Aufenthalts-Räumen stehen übergroß bemalte Vasen mit chinesischen Schriftzügen und Bemalungen mit Darstellungen von Drachen und vergangen Kaisern.

Orient Teppiche liegen überall auf den Böden, egal welche Räume man betritt.

Öl Gemälde mit verschiedenen berühmten amerikanischen Persönlichkeiten, wie Präsidenten aus längst vergangenen Jahrhunderten schmücken die Wände in den Fluren und Aufenthalts-Räumen über den Blumen Tapeten, wie auch über den einfarbigen feinen Muster

Tapeten. Bis auf denen in den Schlafzimmern und Kinder Zimmer, da haben sie die bunten Wände Bilderlos gelassen. So kann man sich nicht so beobachtet fühlen. Vor allem wenn man seine Kleider wechselt.

Beim Essen im Ess-Zimmer am reichlich gedeckten Tisch schauen diese Berühmtheiten schon beim Essen zu, als wären sie Gäste, die behutsam auf ihr Essen warten, ohne sich zu beschweren.

Die Familie sieht sich also erstaunt den reichlich gedeckten Tisch an, mit dem feinstem Silber Besteck und weißem verziertem Porzellan Geschirr mit Goldrändern, das nur so glänzte und strahlte, als wäre es gerade erst poliert worden. Die Stoff Servietten sind so weiß wie Schnee, ohne einzigen Fleck und duften wie frisch gewaschen. Überall sind auf dem Tisch bunte Stoff-Blumenblüten auf der weißen Tafel Tischdecke verteilt. Goldene Kerzen Ständer mit gelben Bienen-Wachs Kerzen runden die Tisch Dekoration fürstlich ab.

Der kleine Junge Jim bewundert die Kristall Gläser, die so herrlich funkeln. Am liebsten hätte er damit gespielt, doch seine Mutter Diamond ermahnt ihn dies nicht zu tun, da sie sich nicht sicher ist, wem die Gläser gehören.

Aber das Wichtigere war, das der Kleine sich nicht verletzt, denn wenn eines der Gläser im Spiel zerbrechen würde, durch den kindlichen Übereifer und durch die Neugier des Jungen, weil das Funkeln des Kristals in jedem einzelnen Glass mehrere bunte Regenbögen entstehen lassen. Welche die Freude in den Augen aller hervorbringt.

Bis schließlich eine Bedienstete das Ess-Zimmer mit einen Glöckchen klingelt betritt und damit die Versammelten aus ihrem Erstaunen der Bewunderung reißt. Denn dadurch bemerkten sie alle, dass sie eigentlich Hunger haben, weshalb sie sich gemeinsam nach der Führung durch das Haus im Ess-Zimmer versammelt haben.

Also nehmen sie schließlich am gedeckten Tisch Platz und das Essen wird schnell serviert. Aus den großen silbernen Schüsseln dampft es, der Geruch von Hühner und Gemüse Suppe verbreitet sich.

Diener mit heller Hautfarbe servieren frisch gebackenes Brot. Die braune knackige Kruste des Brotes glänzt leicht. Überhaupt riecht es im ganzen Esszimmer köstlich. Als also die Vorspeisen Suppe serviert ist, bekommen alle Familien Mitglieder ihre Suppen Teller gefüllt, nachdem sie sich für eine entschieden haben.

Jim will gierig die Hühner Suppe löffeln, da es ihm nicht schnell genug geht. Seine Mutter muss ihn wieder ermahnen, damit er sich nicht den Mund verbrennt, weil die Suppe noch so heiß ist. Diamond ist etwas streng zu ihm, denn sie will, dass er außer sich nicht zu verbrennen auch vernünftige Manieren am Tisch hat.

Michael geht wesentlich lockerer mit seinem kleinen Stiefsohn um. Diamond sitzt links von ihm, Michael rechts von ihm. Er lacht Jim herzlich an, nimmt eine Scheibe des abgeschnittenen Brotes, das vorhin noch frisch gebacken wurde. Es war inzwischen runtergekühlt, so konnte Micheal ein Stück von der Scheibe von seinem Teller, den jeder neben sich am Suppen Teller stehen haben. Michael dreht sich zu Jim um, er hat nun seine ganze Aufmerksamkeit. Worüber sich Beide freuen und sich der kleine Junge trotz seines Hungers beruhigen lässt. Denn wie man weiß sind Kinder und der Hunger keine gute Kombination.

„Mein kleiner Prinz, schau mal her dann zeige ich dir wie man so eine heiße Suppe gut essen kann, wenn man so einen Hunger hat und es nicht abwarten kann. Es ist ganz einfach. Nun sieh her und lerne."

Ihm zuschauend macht der Junge genau das nach, was sein Stiefvater ihm vormacht. Während die Anderen unentwegt weiter vorsichtig langsam ihre Suppe löffeln, ohne zu kleckern, oder zu schlürfen. Denn sie wollte sich selbst nicht die Blöße geben sich den Mund zu verbrennen, oder auch nur das blütenweiße, saubere, gestärkte Tisch Tuch zu beschmutzen.

So genießen sie gemeinsam ihren Suppen auf ihre Art und Weise mit ihren guten Manieren.

Doch gut dass niemand ihre Gedanken wirklich lesen kann, denn sie wären gerne noch mal Kind, so wie Jim, der in seinem kindlichen Wesen die Dinge anders wahrnimmt als ein Erwachsener. Für ein Kind ist zu dieser Zeit das Leben von Erwachsenen, aus deren Sichtweise mehr als anstrengend, egal ob du reich/vermögend oder arm bist, oder etwas dazwischen.

Für Erwachsene ist ein Kinderleben in deren eigener Sicht eher umgekehrt anzusehen. Sie verbinden es eher mit Leichtigkeit, Spiel/Spielerei, Frohsinn und Unbeschwertheit anzusehen. Sie haben schließlich noch keine Sorgen und Problem. Selbst bei armen Kindern ist das so, oder bei kranken Kindern.

Nun werden wir leider alle älter, wachsen und gedeihen bis zum Grab. Wir haben alle ein Leben mit Höhen und Tiefen, niemand und nichts kann das je ändern. Auch wenn wir uns das so sehr wünschen. Also fügt man sich, schwimmt mit dem Strom mit und lässt seine Träume nach ewiger Jungend im Kopf zurück. Künstler, Musiker, Schauspieler, Autoren und Denker bringen diese Gedanken und Wünsche der vielen Menschen in ihre eigenen Arten, wie Weisen zum Ausdruck. Wunderbar rein, oder betroffen, melancholisch oder nicht melancholisch, fröhlich, als betroffen, nachdenklich, lustig und auch dramatisch, so dass man es sich bildlich vorstellen kann in allen Formen.

Wie auch immer, es bleiben doch alle alleine in ihren Gedanken haftend nebeneinander sitzend vor ihren leeren Tellern zurück. Es kommen die Diener mit den Servier-Wagen, die zügig geschwind alle Teller und Schüsseln abräumen, damit schnell die Hauptspeise serviert werden kann. Damit alle zufrieden satt werden und nicht lange auf das Essen warten müssen.

Wie gesagt so geschehen, die abgeräumten Suppen Teller werden durch die Hauptspeisen Teller ersetzt, zusammen mit neuem Besteck. Darauf erfolgt unter Eile das Auftragen von verschiedenen Truthahn-Fleisch Platten, zusammen mit Gemüse Platten, großen Tellern mit verschiedenen Fleisch Pasteten und last but not least Schüsseln mit Süßkartoffelbreien. All das riecht ganz hervorragend, so das der Familie das Wasser im Mund zusammen läuft und vergessen sie durch den Anblick, so wie durch die schmackhaften Düfte ihre doch jetzt nicht mehr so wichtigen Tisch Manieren. Niemand achtet auf den Anderen. Ungeduldig lassen sich nun alle schnell die Teller befüllen, bis nichts mehr darauf passt.

"Der Hunger treibt es rein." So sagt ein deutsches Sprichwort.

Nichts desto trotz essen sie alle gierig die heiße Suppe. Vereinzelt hört man schlürfen und leichtes Schmatzen.

Die Terrinen Schüsseln mit Gemüse Suppe und Hühner Suppe sind im Nuh gelehrt.

Es hat ihnen köstlich geschmeckt. So nur noch das gemeinsame Mund abwischen mit den weißen Stoff Servietten, die dann auf die Schöße der Feinschmecker Familie durch jeden von ihnen gelegt werden.

Ein leises Seufzen und lautes Schwätzen ist zu hören, bis das laute Teller Klappern alles übertönt.

Die Bediensteten haben es mit dem Abräumen eilig, denn die Köchin und ihre Küchen Helfer stehen schon wieder mit den Servier-Wagen mit den dampfenden heißen Speisen in einem Neben Raum der an das Ess-Zimmer grenzt bereit. Das Essen soll ja schließlich nicht kalt serviert werden.

So denn ist das schmutzige Geschirr nun weggetragen worden und die frisch gekochten Speisen sind bereit gestellt auf der langen Tafel mit dem weißen Tisch Tuch mit den Familien Mitgliedern drum herum.

Wie herrlich die verschiedenen Essens-Gerüche sich miteinander verbinden und ein *Wohlfühl-Klima* erschaffen, welches erneut hungrig werden lässt.

Dann sieht man diesen saftigen Truthahn Braten mit der mittelbraunen Kruste, die knackt sobald er aufgeschnitten wird und kann einfach nicht wiederstehen eine Scheibe davon zu kosten. Das Fleisch ist so zart, dass es zerfällt, wenn man es mit dem Messer des Bestecks, was jeder neben seinem Teller liegen hat, durch schneidet, um es danach zu essen. Zusammen mit dem cremigen orangen Süßkartoffel Brei, gemeinsam mit dem buttrigen gedämpften Karotten Scheiben, den grün - weich gekochten Brokkoli Röschen auf den blank polierten weißen Porzellan Tellern mit Goldrand liegend, verschwindet Stück für Stück ein Bisschen von diesen köstlichen Leckerrein hinein in die Münder von allen.

Sie schlingen und schmatzen, rülpsen ganz leise in ihre Stoff Servietten, damit ihre Tisch Nachbarn es nicht bemerken, um so kein Scharm Gefühl entstehen zu lassen.

Selbst der kleine Junge Jim, hat für sein Alter schon ordentliche Manieren, aber es gibt Momente wenn die Erwachsenen, oder seine Eltern nicht aufpassen, nimmt er gerne mal etwas zu viel Kartoffel Brei auf seinen großen Löffel. Zack und wie schnell ist es in seinem Mund verschwunden, vorher noch gepustet damit es nicht wieder aus dem Mund heraus kommt. Jim ist also zufrieden, er isst und isst, das Gemüse, das Fleisch. Aber am Liebsten isst er doch seinen Süßkartoffel Brei. Genauso cremig und buttrig haben sie es speziell für ihn zubereitet, als hätten die Köche es gewusst ohne ihn zu fragen, wie er den Kartoffelbrei mag. Und das per *Telepathie*.

„Ganz schön magisch, denkt sich der kleine Jim."

Seine Mutter lächelt ihn herzlich an.

„Nah, mein Sohn dir schmeckt es aber. Ach für heute will ich mal nicht so sein und über deine Gier hinwegsehen."

Der fröhliche Junge, mit seinem voller Essen leicht angeschwollenen Bauch noch sitzt kichert leise vor sich hin. Denn seine Mutter ist heute mal nicht streng zu ihm, so dass sein neuer Stiefvater sie in ihrem Eifer nicht bremsen muss.

Diamond erklärt ihrem Sohn in Wohlgefallen warum es heute etwas anders ist, als es sonst ist. Dabei lächelt sie ihn und ihren Mann leicht verlegen an. Was den Beiden sichtlich gefällt. Ihre Peinlichkeit scheint sich nun ganz in Luft aufzulösen. Sie bittet Jim auf ihren Schoß zu kommen, um auf ihr Platz zu nehmen.

Das lässt sich nicht zwei Mal sagen. Er springt von mit einem Satz von seinem Kinder Stuhl und ist Ruckzuck bei ihr. Sie hebt ihn mit einem sanften Ruck zu sich hoch. Angenehm entspannt sitzt er nun auf ihr.

Nun erzählt sie ihm erklärend, nach dem sie noch ihre Serviette vom Hals abgenommen hat, auch ihrem Sohn was denn so anderes ist.

„Ich bin selbst so gierig, weil alles wunderbar gut schmeckt hat, so dass ich mir schon wieder die Serviette wechseln musste. Oh wie mundete der Truthahn Braten so köstlich! Ich musste sogar aufpassen, dass der Fleischsaft mir nicht versehentlich auf mein Kleid gespritzt."

Der kleine Jim amüsiert sich darüber, seine Mutter süßlich anlächelnd. Er fühlt sich jetzt wie ein Erwachsener, weil er jetzt keinen Ärger mehr bekommt wegen seinen Ungezogenheiten beim Essen.

Er traut sich sogar vom Schoß seiner Mutter zu springen und mehrere Runden um den Tisch zu laufen.

Der Tisch ist eine lange Tafel von 2,20 Metern, welcher ihm einen langen Bewegungs-Radius erlaubt.

Das Austoben bis zum Mittags-Schlaf kann nun beginnen.

Sein Stiefvater stellt sich als Linien Richter auf und gibt dem Jungen Hände klatschen das Kommando, dass er los laufen kann. Auch alle anderen Erwachsenen feuern ihn stolz an, auch wenn fast alle stark gesättigt und betrunken von schottischem Whiskey und kalifornischem Rotwein sind.

Aber das macht rein gar nichts, denn umso amüsierter sind die manchmal strengen Erwachsenen.

Bis auf die beiden eineiigen Zwillings-Schwestern, sie befinden sich in anderen Umständen. Es ist schon gar nicht ratsam Alkohol zu trinken, um den Gezeugten in ihren Mutterleibern nicht zu schaden. Auch nicht mit ausschweifender Völlerei durch zu viel Essen. Den Frauen würde es auch keinen Nutzen bringen, nur Unwohlsein.

So denn sind es schließlich die zwei Erwachsenen, die vernünftig mit sich selbst und den neu entstehenden Leben, welche sie gemeinsam als Zwillings-Geschwisterpaar in sich tragen, umgehen.

Die Vernunft unter ihnen kann aber nicht verhindern was letztendlich doch am Ende geschehen wird.

Der kleine Junge ist fröhlich, nichts kann ihn in seinem Übereifer mit dem Bewegungsdrang hindern. Er ist so auf sich selbst konzentriert, dass er nicht bemerkt wie alle Erwachsenen, selbst die, die nicht so übermäßig viel an Speisen verzehrt hatten fangen an, sich plötzlich an ihren Köpfen zu kratzen. Der Juckreiz lässt die ganze Familie aus ihrer angenehmen Müdigkeit erwachen, selbst der doch lebhafte kleine Jim fängt an sich unwohl zu fühlen.

Die Stimmung aller verändert sich noch mehr ins Schlechte, als einer nach dem Anderen bemerkt, dass die Haare auf ihren Köpfen nacheinander ausfallen. Büschelweise landen die Kopfhaare auf den Dessert-Tellern, die zum Nachtisch mit verschiedenen Pudding Sorten befüllt und nur teilweise aufgegessen sind.

„Igitt, was für eine ekelige Angelegenheit ist das denn?"

Schreien die Beiden vom Anblick auf ihren Tellern angewiderten Zwillings-Schwestern. Als dann Beide fluchtartig das Esszimmer verlassen, um in eines der vielen Badezimmern zu gelangen, um dort noch nach ihrer verbliebenden Haarpracht zu sehen.

Die anderen Damen und Herren taten es ihnen gleich, zogen ihre Handspiegel aus den Taschen, um sich entsetzt darin zu begutachten, oder verlassen im Übereifer der Peinlichkeit genauso rasch die Räumlichkeit. Manche halten es vor lauter Scham gar nicht mehr aus und wollen, um sich nicht noch mehr zu blamieren das Herrnhaus schleunigst verlassen. Daran werden die vor Angst Flüchtenden gehindert, denn die große Eingangs-Türe lässt sich nicht mehr öffnen. Da hilft auch kein Ziehen und Rütteln am Türgriff, die Türe bleibt verschlossen. Eine unsichtbare Kraft verhindert, dass sie sich öffnen lässt.

Ebenso das Gleiche ist auch an der hinteren Küchen Türe, dem Aus- und Eingang für das Haus- Küchenpersonal zu finden, auch verschlossen, sowie alle Fenster und auch der Ausgang vom Kellerschacht wo die Kohle lagert.

Nichts zu machen, das Herrnhaus ist zum Gefängnis geworden, mit unfreiwilligen Gefangenen, die vom Hauspersonal im Stich gelassen werden.

Doch lange brauchen sich deshalb keine Sorgen zu machen, denn als die große Standuhr in einem der großen Aufenthaltsräume zur vollen Stunde um 15 Uhr läutet, fallen alle, die sich im großen Haus befindenden kahlköpfigen Familien Mitglieder einfach um. Dort wo sie sich gerade aufhalten, entweder auf die Perser Teppiche, den vereinzelten Sofas, den Sitzbänken, auf den Essens-Tisch, in die Badewannen, oder ungemütlich auf den Keller Boden, inmitten der schwarzen Kohlen.

Den besten Komfort hat jedoch der kleine Junge. Jim liegt in einem riesigen Wäschekorb, der gefüllt ist mehreren Kopf Kissen, die nach dem Waschen und Trocknen dort hineingelegt worden.

Seine Mutter Diamond und Tante Crystal liegen in den Badewannen der einzelnen Badezimmer. Jede von ihnen hatte es noch geschafft in ihrer Schläfrigkeit die samtweichen Badetücher gleichzeitig mit herunter zuziehen.

Als hätten Beide geahnt, dass ihr Verweilen in die Badewannen nicht von kurzer Dauer sein wird, so schoben die Schwestern die Badetücher noch schnell unter sich.

Ihre Ehemänner, die Brüder Michael und Jake, die in unterschiedlich alt in Jahren alt sind, laufen ihre Frauen hinterher. Doch auch für sie ist es längst zu spät, denn als das Pendel der großen Turmuhr schließlich stehen bleibt, fallen auch sie als letztes um und landen gemeinsam auf einem großen Perser Teppich im Flur im untersten Stockwerk kurz vor den Badezimmern, wo sich die schlafenden Zwillings-Frauen befinden.

Es wird so still, dass keine Stimmen mehr zu hören sind. Nichts, rein gar nichts bewegt sich mehr.

Alle Familien Mitglieder sind in einen tiefen Schlaf gefallen, von dem niemand weiß wann sie je wieder erwachen werden, wenn überhaupt.

„Wer, oder fragen wir uns besser welche bösartige Macht hat hier wieder die Finger im Spiel. Ist der teuflische Belphegor etwa zurückgekehrt?"

„Aber hatte ihn nicht die gesamte Familie vernichtet und zurück in die Hölle verbannt, wo ein Fürst des Bösen hingehört?"

„Hat er vielleicht inzwischen einen Nachkommen, oder sogar mehrere?"

„Wer weiß das schon, irgendwann und irgendwie wird sich des Rätsels Lösung sicherlich aufklären."

Jahre, über Jahre vergehen. Während Hecken von Efeu um das alte Herrenhaus wachsen, schlafen alle immer noch ihren tiefen Schlaf, ohne sich dabei körperlich zu verändern, oder auch nur das kleinste bisschen zu altern.

Bis auf alle Zimmer Pflanzen, Blumensträuße, alle Arten von Nahrung , Obst, Gemüse, Säfte und Milch die leider nicht ewig haltbar sein können, vergingen und lösten sich in der Vorratskammer auf, als auch die in der Küche und die Essensreste, die sich noch auf der großen Tischtafel befanden, die einst von dem herrlichen Bankett übrig geblieben waren.

Der Geruch im Haus ist übelriechend und wer das Haus jetzt nach zehn Jahren betreten würde, müsste erstmal richtig lüften, also alle Fenster und Türen weit öffnen.

Das selbst scheint eher komplizierter zu sein als gedacht. Dort wo die Fenster und Türen sind, ist schon nach zwanzig Jahren gar nichts mehr vor lauter Efeu zu erkennen. Ein einziges zugewachsenes altes Gebäude aus der Gründer Zeit, welches nur noch an den Umrissen als solches zu erkennen ist.

Doch sich noch im Inneren befindende Familie schläft immer noch ihren tiefen Schlaf. Alle schauen friedlich lächelnd träumend vor sich hin. Sogar bleiben sie bewegungslos an Ort und Stelle liegen, als die Bomben vom zweiten Weltkrieg vom Himmel fallen und die alte Villa bebend durch die Eruptionen erzittern lässt.

Ihre Körper haben sich nach mehreren Jahrzehnten immer noch nicht verändert. Dafür aber alles an Essen und Trinken. An den Möbeln ragt inzwischen der Zahn der Zeit. Spinnen Weben, als auch Staub ist überall, die Farben auf den Tapeten, Möbeln, Gegenständen verblassen schließlich auch. Von der einstigen Pracht des herrschaftlichen aristokratischen Hauses zeugen nur noch die Ölgemälde und die vergoldeten Gegenstände überall in den viktorianisch eingerichteten Zimmern. Nein, hier ist es sind inzwischen weitere Jahrzehnte vergangen.

Der Efeu, der überall um die alte Villa zu sehen ist, ist längst schon nicht mehr so grün, teilweise vertrocknet durch die Sommerhitze der Jahrzehnte. Aber besonders weil man das Haus sich selbst überlassen hat.

Denn niemand hat es gewagt, auch nur einen Schritt in Richtung des Gebäudes zu setzen. Weil sich verschiedene Mühten unter den abergläubischen Bewohnern von *New Orleans* verbreitet haben.

Aber Zeiten können sich ändern, zudem wenn die Stadt nicht mehr nur alleine von den Abergläubischen besteht.

Die Freigeister fangen an sich zu entfalten, es ist modern geworden sich in seiner Meinung, für den Kampf der Freiheit sind viele bereit sich in Gruppen zusammen zu tun, um mutig und endschlossen für die Gerechtigkeit, gegen den *Krieg im Vietnam*, letztlich auch gegen den Rassenhass zu kämpfen. Auch wenn diese „jungen Leute", die auch gerne „*Hippies*" genannt werden sich inzwischen in der Stadt des Häufigeren bewegen.

Sie kommen aus allen amerikanischen Staaten. Besonders aus San Francisco, oder Los Angeles.

Es ist schließlich das *Jahr 1968*, wo Menschen in Gruppen ihre Proteste kundtun können. Wenn es die gesetzlichen Vorschriften nicht überschreitet, dann man sonst die Polizei am Hals hat, der Demonstration schnell ein Ende setzen können. Auch wenn Manche sich davon nicht abschrecken lassen, können sie damit trotzdem nichts ändern. Der *Präsident Lyndon B. Jonson*, der mit der Regierung im Bunde ist, wird sich wohl kaum mit Gewalt überzeugen lassen, für die Rechte eines jeden einzelnen Protestierenden.

Vielleicht eher durch überzeugende Argumente von vielen Menschen die noch an das Gute und den Frieden im Menschen die im Land der Amerikaner leben, glauben.

So will sich eine Gruppe von acht jungen Leuten im Alter von achtzehn bis vierundzwanzig Jahren mit ihrem Bus auf dem Weg heraus
aus New Orleans machen, um nach einem Touristen Trip endlich
eine Unterkunft, etwas außerhalb der Stadt in ruhigerer Lage zu
finden. Sie verlassen gemeinsam also die Stadt auf schnellstem
Wege in ihrem Volkswagen. Nur einfach gerade aus, immer schneller die Straße entlang, bis zu Waldrand mit Wiesen und Weizen und
Meis-Feldern drum herum. Die Sonne scheint noch, auch wenn es
bald Abend wird.

Die Hippies, vier Männer und vier Frauen einigen sich, dort an einer
abgelegenen Stelle der von einem Weg auf eine Lichtung führt die
einem Eingang aus Obstbäumen hat, die jetzt im Spätsommer die
reifen roten Apfel Früchte tragen, die knackig glänzend darauf warten gepflückt zu werden. Und von den noch Hungrigen verspeist zu
werden. Das Drum Herum ist so einladend, dass die Acht sich hier
niederlassen. Es stört niemanden, dass sich dort auch eine halbverfallene verwitterte Scheune und ein verlassener alter Stall mit einem
Dach das undicht geworden ist, befinden. Sie alle sehen es als ihre
Bestimmung, zusammen nach dem sie sich alle, einige Äpfel von
den Bäumen abgepflückt haben, mit Taschen Messern in kleine
Stücke geschnitten oder im Ganzen anschließend verspeist haben,
dann in der Scheune ihr gemeinsames Nachtlager aufzuschlagen.

Denn sie fingen an langsam müde zu werden, griffen sich etwas
Toast mit Erdnuss Butter aus ihren Stoff-Rucksäcken, aßen sie in
Ruhe nach den Äpfeln aneinander gekuschelt auf. Sie zündeten sich
zum Schluss noch alle einen Joint aus Marihuana an, rauchten gemütlich, sangen, gähnten zufrieden und lachten fröhlich. Wenn sie
bloß eine Ahnung gehabt hätten, was mit ihnen danach geschehen
wird, nachdem sie die Äpfel gegessen haben und wahrscheinlich
hätten die jungen Leute nicht dort übernachtet. Sie wären weiter
gefahren, um einen anderen Schlafplatz zu finden, wo sie später
wieder aufgewacht wären. Doch jetzt sind sie wie die gesamte Familie eingeschlafen und schlafen so tief, dass niemand weiß ob sie
jemals wieder aufwachen werden.

Draußen es so dunkel geworden, dass man sich kaum noch orientie-
ren kann. Um die alte Scheune neben dem Pferdestall wachsen zahlreiche Knospen aus der Erde heraus, sie wachsen hoch indem sie
sich zu Rosen Büschen vereinen und so zu dichten Rosenhecken

werden, die das halbverfallene Gebäude komplett umschließen so das nichts mehr zu sehen ist.

Dann gibt es ein kurzes Erdbeben, unter dem Bus tut sich ein Spalt in der Erde auf wo das Fahrzeug steht.

Es sackt krachend hin und rutscht immer tiefer hinunter in das Erdloch, bis es nicht mehr zu sehen ist.

Die Erde verschließt sich wieder so, bis nichts mehr zu sehen ist. Über den Schlitz ist nun neue Erde gekommen, wie von einer gewaltigen Natur Macht, die jemand mit teuflischen Kräften in seinem Sinne zu kontrollieren scheint, vielleicht aus Rache an unschuldigen wehrlosen Menschen.

Nach dem es Windstill geworden ist sind auch keine sonstigen Geräusche mehr zu hören. Es so ruhig wie in einem Grab. Ein Grab, oder sagen wir es so, Gräber für Schlafende als Gedenk Stätte.

Wer nach den jungen Leuten suchen wird, der wird es schwer haben sie zu finden.

Denn sie haben alle niemandem mitgeteilt wo hin ihre Reise geht, teilweise waren es Ausreißer, Verstoßene und solche die keine Eltern mehr hatten. Deshalb gab es niemanden der die Truppe so wirklich vermissen würde.

Friedlich lächelnd liegen sie alle aneinander gekuschelt, nichts ahnend was weiter passieren könnte träumen sie in ihrem tiefen Schlaf vor sich hin. Während draußen um die bewachsenen Gebäude eine scheinbar menschliche Gestalt mit einer goldenen Maske, schwarzem Hemd, schwarzer Hose und einem schwarzem langem Kutscher Mantel herum schleicht. Welche wirklichen Absichten diese Person hat weiß man nicht, es lässt sich nur erahnen und ob sie menschlich ist, sieht man nur an den Umrissen ihres Körpers.

Die Bewegungen werden langsamer, so als fühle sich die Person sicher, dass man sie nicht entdecken würde.

Die Person hat die Größe eines stattlichen Mannes im besten Alter, denn seine langen dunkelbraunen zusammen gebundenen Haare wiesen keine Strähne eines einzelnen grauen Haares auf. Sein Körper wirkt leicht muskulös und zeichnet sich etwas durch die dünnen Stoffe seiner sommerlichen Kleidung ab. Mit seinen großen Füßen in den schwarzen Reiter Stiefeln aus Leder, wirkt seine Gangart etwas schlaksig. Das sieht etwas komisch aus und lässt nicht erahnen, dass dieser Mann eben wieder frisch aus den Tiefen der Hölle zurückgekehrt ist.

Sagte ich gerade Mann? Aber nur äußerlich, denn er war kein anderer als der regenerierte Belphegor,

der Fürst der Finsternis. Jetzt ist er zurückgekehrt und muss sich an seine äußeren Umstände erneut gewöhnen.

Was ihm aber nichts auszumachen schien. Denn er macht kreischend einen Freudensprung, klatscht triumphierend in seine Hände.

Völlig siegessicher denkt er, dass ihn nichts und niemand mehr aufhalten könnte. Denn wer würde nach so vielen Jahren an seine schlafenden Gefangenen denken. Zudem ist es eine abgelegene Gegend, die so wie so niemand freiwillig besuchen würde. Alleine schon vom Gedanken an diesen Ort gruselt es so manchen Bewohner der Stadt *New Orleans*. Man erzählt sich so manche Horror Geschichte darüber, aber ob sie alle war sind weiß keiner so wirklich. Es gibt weder Beweise, noch Zeugen, die belegen könnten, dass dort schreckliche Dinge passiert sind.

Das Personal des Hauses war längst verstorben, oder deren Nachkommen sind schon vor Ewigkeiten ausgewandert. Auch sie wurden vom dunklen Herrscher nicht verschont, er hat all ihre Erinnerungen aus dem Gedächtnis gelöscht, zu seinem eigenen Schutz. Also konnten sie nichts und niemandem etwas über das Haus, seine Bewohner und dem schrecklichen Ort erzählen, noch über den teuflischen Herrscher und die böse, dunkle Macht mit der er alle Menschen unterdrückt. Wer nicht breit ist ihm zu folgen, bestraft er auf seine Art und Weise. Er kennt keine Gnade, nur den Ruhm.

Weil die Menschen hier nicht so Gottesfürchtig sind, hat er hier schon immer leichtes Spiel gehabt, ahnungslose Menschen zu bekehren. Für **den** Höllen Fürsten ist es ein Leichtes seine Gestalt ständig zu verändern, so dass er für jedes Auge sichtbar menschlich erscheint.

Schließlich weiß der Teufel wie er viele verführen kann, ohne dass sie es bemerken. Wenn die Menschen Schwächen wie Trauer, Hilflosigkeit, Depressionen und Gefühle wie Einsamkeit haben macht er diese sich gerne mit falschen Versprechungen, angeblichen Belohnungen in freundlichen, hilfsbereiten Erscheinungen zu nutzte, die bei jedem Vertrauen erwecken.

Das ist der teuflische Belphegor, hinterhältig, gemein, narzisstisch veranlagt, Macht besessen, dazu noch absolut bösartig vor nichts zurückschreckt ist inzwischen klarer denn jäh, denn so viele Ahnungslose, Hoffnungslose sind ihm inzwischen zum Opfer gefallen.

Auch wenn eine unerschrockene Familie ihn kurzweilig besiegt hatte, oder sagen wir mal so, ihn außer Gefecht gesetzt haben, glaubten sie, sie hätten ihn endgültig besiegt. Aber da waren sie im Irrtum.

Sie dachten es, denn er hatte sich komplett aufgelöst und der Hölleneingang, der tiefe Abgrund in der Erde mit der alten Eiche darüber, wurde mit einem großen schweren Stein verschlossen.

Für die ganze Familie war es klar, dass sie ihn gemeinsam besiegt hatten. Sie waren teilweise auf ihn hereingefallen, doch weil sie alle zusammenhielten konnte damals Schlimmeres verhindert werden.

Doch kurz nachdem die Familie sich glücklich in ihrem gemeinsamen neuen Zuhause eingelebt hat, ist auch der dunkle Herrscher wieder zurückgekehrt. Aber wie er wieder neu endstanden ist, ist bislang ein ungelöstes Rätsel.

Aber wie lange gibt es schon das Böse in unserer Welt? Schon seit einer Ewigkeit, seit dem es den Planeten Erde gibt. Und das ist verdammt lange. Oder sogar seit dem es das Universum gibt.

Selbst die Äpfel kommen aus dem Paradies, dort pflückte Eva einst die verbotene Frucht, die sie trotz dem Hinweis, dass diese besser nicht gegessen werden sollte mit Adam, bis bald das Unglück über sie hereinbrach. Das Paar konnte der verführenden Schlange einfach nicht wiederstehen, ohne sich bewusst zu sein, was das hinterher für Folgen haben könnte. Das was danach folgte wurde dann schließlich immer bitterer. Nachdem sie aus dem Paradies verjagt wurden.

Fragen wir uns aber wie die Schlage, die als das verführende Böse dargestellt wird, dorthin kommt weiß niemand so recht eine Antwort darauf. Wir wissen nur das Gott das Paradies erschaffen hat, also muss er ja auch die Schlange erschaffen haben, oder? Quasi hat Gott das Böse, dass viele Gestalten zum Verführen annimmt, selbst erschaffen.

Das heißt, so lange es Gott gibt wird man das Böse nicht besiegen können. Denn auch das Böse hat eine Bedeutung, genauso wie das Gute. So wie Ying und Yang. Es sind beide die Träger der Menschlichkeit, nicht von Irgendwas ohne Bedeutung.

Das Böse müsste vielleicht gezähmt und an einen anderen Ort gebracht werden. Aber zerstören wird man es nicht können, so lange es Gott gibt.

Das Böse, der Teufel, ist das Personifizierte aller schlechten Dinge, im christlichen Glauben, als die Sünden bekannt, die die Menschen untereinander sich angetan haben. All die Missgunst, die Vertrauensbrüche, Morde, Kriege, der Hass, der Neid, Diebstähle und zu guter Letzt die Ehebrüche, das Fremdgehen in partnerschaftlichen Beziehungen, was wiederrum so Viele auch tief in Unglücke stürzt hat.

Mit dem Teufel wird uns vorgehalten woran wir alleine selbst die Schuld tragen und niemand sonst.

Wollen wir das alles in uns ins Reine bringen, müssen wir selbst an uns arbeiten.

Das Böse dorthin bringen, wo es hingehört und es nicht wieder durch uns selbst erneut auferstehen lassen.

Wenn wir das nicht lernen, wird Belphegor immer wieder kommen. Noch ist es an der Zeit etwas zu ändern.

Es besteht noch Hoffnung, wenn man genau weiß wie. Denn manche Menschen sind ruhig und in sich gekehrt und machen sich Gedanken, wie sie mit Liebe in ihrem Herzen, mit gutem Willen die Welt noch retten können.

Kapitel Vierunddreißig

ZEIT DER HOFFNUNG

Genau diese Gedanken macht sich der achtzehn jährige Student Kyle, der über seiner Abschluss Arbeit zum Thema Gott und Teufel, Gut und Böse im Katholizismus sitzt.

Es ist das *Jahr 1986*, draußen ist es sehr heiß. Der Hochsommer der T-Shirts, der den Schweiß am Körper kleben lässt.

Kyle hat sich in sein kleines Zimmer im kühlen Keller seiner elterlichen Wohnung verkrochen, um der Hitze der Stadt New Orleans zu endfliehen, um ungestört lernen zu können.

Ein wirklich schwieriges Thema, welches ihm gedanklich so ablenkt, dass er nicht mitbekommt, dass seine Mutter sich in sein Zimmer geschlichen hat, mit einem Teller voller Tunfisch Sandwiches.

Er bemerkt sie, weil er sich umgedreht hat, um sich eine Flasche Wasser aus dem Regal zu nehmen.

„Mutter, musst dich so wie eine Katze anschleichen? Ich habe mich fast zu Tode erschreckt."

Seine Mutter Lydia schaut ihn besorgt an und stellt den Teller mitten auf seine fast vollendete Abschluss Arbeit.

Das dieses Verhalten ihren Sohn nicht erfreut, ist nicht gerade von der Hand zu weisen.

Er nimmt den Teller und geht zu seinem Bett. Hastig mit schlechter Laune verspeist er alle Brote nacheinander.

„Kyle ich mache mir wirklich Sorgen um dich. Warum bist du nicht so wie die Anderen in deinem Alter? Die sind jetzt alle draußen und haben Spaß in der Sonne. Es ist Sommer, mein Schatz. Aber stattdessen sitzt du hier im Zimmer und lernst. Lieber hätte ich einen nicht hochbegabten Sohn, der sich fast nur noch in seinem Zimmer aufhält. Das ist doch nicht normal. Kyle, wann haben wir das letzte Mal was zusammen gemacht?

Noch nicht mal zum Essen kommst du in die Küche, stattdessen isst du in deinem Zimmer. Es sind bald Semester Ferien, dann solltest du in den Urlaub fahren und nicht hier drinnen hocken, um wieder zu schreiben."

Genervt von ihrem Vortrag schickt Kyle Kopfnickend seine Mutter aus dem Zimmer. Am liebsten würde er sich in einem großen alten Haus, was irgendwo abgelegen im Wald ist, zurückziehen, um seine Ruhe zu haben.

Mit einem Haufen Junkfood, wie seine Mutter Fast Food und Fertig Essen nennt. Getränke sind auch nicht zu vergessen. Alles was er braucht, einen Haufen Vorrat. Ausreichend, damit er dann nicht zurück in die Stadt muss, um wieder einkaufen zu fahren. Einkaufen mag er nicht besonders, er hält es für reine Zeitverschwendung.

Wenn es nach ihm ginge, müsste es kleine Raumschiffe geben, die von Supermärkten mit Lebensmitteln befüllt und diese dann mit Warb Antrieb in Windeseile all das ganze Essen nach seinen Wünschen bei ihm abliefern.

Aber die Realität sieht nun mal anders aus.

Als seine Mutter das Zimmer verlassen hat, klettert der Student aus dem Fenster. Er steht seitlich am Haus, dass seine Mutter ihn nicht sieht. In der Tasche die er bei sich trägt, findet er seinen Bibliotheks-Ausweis. Um noch den Bus zur Universitäts-Bibliothek zu erreichen läuft Kyle zur nächsten Bushalte-Stelle. Da kommt schon der Bus, er steigt dort ein. Zwei Stationen später steigt er aus.

Er sieht auf seine Uhr und weiß dass er noch massenhaft Zeit zum Recherchieren hat.

Schließlich geht es darum, wo er seine Semester Ferien verbringt. Im passenden Gang mit zahlreichen Bücher Regalen findet er genau nach kurzer Zeit wonach er sucht.

Es ist ein Buch über die Mühten und Legenden um und in New Orleans. Das Buch weckt sein Interesse so sehr, dass er sich in einem der Leseräume für einzelne Personen begibt und sofort noch im Stehen darin rumblättert, bevor er sich dann doch an den Tisch setzt, um nicht lange so lange stehen zu müssen.

Sein Gesichts Ausdruck verändert sich schlagartig, als er auf einer der Seiten die Bilder eines alten viktorianischen Farmhauses sieht. Fasziniert schaut er sich diese an und denkt sich, wie abenteuerlich es wäre dort zu leben. Er findet es außerdem toll, dass es so abgelegen liegt. Also wäre es das richtige Haus für ihn um sich von der Außenwelt eine Weile zurück zu ziehen. Niemand würde ihn dort stören, ein Paradies um endlich in Ruhe zu Arbeiten.

Die Geschichte des Hauses hat es ja auch in sich, da könnte er recherchieren wie es zu diesen Tragödien gekommen ist, von denen alle sprechen. Oder ob es nur eine Legende ist, wie so viele hier.

Er denkt sich, dass es sehr spannend wird diesen Sachen auf den Grund zu gehen. Für seine Abschluss Arbeit könnten die Recherchen und Spuren im Haus genauso hilfreich sein. Es geht dort schließlich um den Kampf zwischen Gut und Böse, also Gott gegen Teufel. Oder ist es die schauerliche Geschichte der Anhänger, die sich dort gegenseitig bekämpft haben, die letztendlich noch mit ihrem Leben dafür büßen mussten.

Was steckt also hinter den Geheimnissen der alten Villa? Kyle ist mehr als bereit dies herauszufinden.

Er endschlisst sich das geheimnisvolle Buch über den mysteriösen Landsitz auszuleihen.

Nun konnte er es kaum erwarten, das die Semester Ferien bald beginnen, dann hätte er zwei Monate Zeit seine Abschluss Arbeit fertig zu bekommen. Der Zeitraum reicht ihm völlig aus, mit dieser passenden Umgebung.

Es war nur seltsam, dass sein Professor die Arbeit zum Beginn des neuen Semesters haben wollte. Üblich ist das aber nicht. Doch was soll es, ihn stört es nicht, da er sowie so schreibt wann immer er will.

Vor allem reizt ihn das Thema doch sehr.

Er wartet auf den Bus, doch leider verspätet sich dieser etwas in ein wenig und das nervt. Als Kyle beschließt zu Fuß nach Haus zu gehen, läuft ihm ein Kommilitone, der in den Vorlesungen neben ihm sitzt über den Weg.

Gerade als er sich die Kopfhörer seines Walkmans aufsetzen will spricht er ihn an.

Weil er die Musik seiner Lieblings-Band „ *Van Halen* " hören will, um von seiner Außenwelt nichts mehr mitzubekommen, reagiert er trotzig auf die Begrüßung des Mitstudenten.

Der lässt sich aber nicht so leicht von ihm abwimmeln, auch wenn er ihm klar macht, dass er es eilig hat.

Peter, genauso alt wie Kyle glaubt das ihm nicht. Ständig geht er ihm und den anderen Studenten aus dem Weg.

Was ihn selbst mysteriös erscheinen lässt. Doch jetzt reichte es dem kontakt freudigen, neugierigen Studenten.

Kyle stellt sich stur, bringt aber ein kurzes „Hallo" über seine Lippen. Aber als Peter auf der gegenüberliegenden Straßenseite ein Mädchen sieht, die er zu kennen scheint, ergreift Kyle die Chance, hinten in einen Transporter zu klettern, der gerade in seiner Nähe geparkt hat und dessen Türen nach dem Beladen von Kisten noch aufstehen.

Als er sich drinnen versteckt hat, startet der Transporter seine Fahrt.

„Puh, das war knapp. Ich dachte ich werde diese Nervensäge niemals los. Er ist zwar ganz nett, aber ich habe im Moment besseres zu tun, als mich mit ihm zu beschäftigen. Aber dank Clara bin ich ihn doch noch losgeworden. Danke Clara, du bist wirklich süß und hast was gut bei mir. Alles später. Jetzt muss ich erst mal nach Hause. Wahrscheinlich hat meine Mutter schon längst entdeckt, dass ich aus meinem Zimmer weg bin. Hoffentlich bekommt sie nicht wieder eine Kriese."

Flüstert er leise vor sich hin, dass es die beiden Fahrer im Führer Haus nicht mitbekommen.

Der Transporter hält an, der nervöse Kyle überlegt nicht lange und öffnet von Innen das Türschloss. Er springt aus dem Wagen. Die beiden Männer die gerade selbst die Türen des Fahrzeugs öffnen wollen, um es auszuräumen, staunen nicht schlecht als sie den jungen Studenten sehen. Sie schauen ihn irritiert an.

Einer der Männer lacht, während sich der Andere doch leicht über den blinden Passagier ärgert.

„Hey Junge was soll denn das, was hast du in unserem Wagen zu suchen?"

Kyle schaut sich kurz um und sagt im Laufen „Entschuldigung".

Er erkennt die Straße wo der Wagen geparkt hat und ist froh, dass es nicht so weit von zu Hause entfernt ist.

Der schimpfende Mann, macht eine kurze Handbewegung, als wäre das jetzt nicht mehr wichtig.

Und Kyle so wie so nicht, er beeilt sich, dass er schleunigst nach Hause kommt.

Was ihm innerhalb kürzester Zeit gelingt. Und puh, tief durch atmend schleicht er von der Wohnungs-Türe in die Küche, um nach seiner Mutter zu sehen. Dort findet er sie nicht, sie schläft auf der Couch im Wohnzimmer.

Froh darüber, dass sie anscheinend von seinem Ausflug nichts mitbekommen hat, geht er in sein Zimmer.

Heimlich packt er sich seine Taschen für die Reise zum Haus. Niemand kann ihn jetzt noch aufhalten, dahin zu fahren. Seiner Mutter erzählt er, dass er gemeinsam mit einem Mitstudenten zu dessen Großeltern nach Nashville fährt, um bei ihnen die Ferien Zeit zu verbringen.

Das hatten die beiden Studenten untereinander vereinbart, weil deren Mütter Druck auf die Jungs ausübten.

Die Beiden sind in der gleichen Situation, die Mütter alleinerziehend, in Vollzeit arbeitend und wenn die Mütter mal zu Hause sind, schlafen sie entweder, kümmern sich um den Haushalt, oder bewachen ihre Söhne wenn sie wieder von der Arbeit zurück sind und halten ihnen Vorträge über ein perfektes Leben.

Jason musste wie Kyle gezwungener Maßen in den Semester Ferien verreisen, da er wie er selbst hochbegabt ist und nichts lieber tut als zu schreiben, sich mit den Religions-Wissenschaften und Historischem wie der Geschichte der Stadt New Orleans zu beschäftigen.

Jason ist der einzige Freund von Kyle, wie er hat er eine weiße Hautfarbe und den gleichen Musik Geschmack. Was von Vorteile für Beide ist, wie das sie zusammen in den gleichen Kursen sind. Dass sie die gleichen Interessen haben, ließ sie Beide zu guten Freunden werden, was keiner von Beiden bis heute nicht bereut.

Er findet Einkaufen genauso blöd, als sich auch mit menschlichen Beziehungen zu beschäftigen, denn es ist wertvolle Zeit, die nur für Stress verloren geht. Da gibt es wirklich Wichtigeres und so viele ungelöste Rätsel.

Am nächsten Morgen wacht Kyle auf, seine Mutter ist wieder arbeiten. Ein Zettel liegt bereit, welches Essen sie für ihn gekocht hat, das sich das Frühstück auf dem Herd und dem Tisch befindet. Ein kleiner Hinweis, dass sie heute wieder Überstunden im Krankenhaus machen muss, rot unterstrichen auf dem Notiz Zettel.

Das findet er cool, so könnte er heute sich mit Jason hier bei ihm treffen, denn die Wahrscheinlichkeit besteht, dass auch dessen Mutter, die wie Kyles Mutter auch Ärztin im gleichen Krankenhaus ist, nur auf einer anderen Station arbeitet, Überstunden machen muss.

Er sieht Jason ja gleich im Kurs in viktorianischer Geschichte und dann können sie sich nach der Universität verabreden.

Nachdem er in Eile seine Waffeln und Eier gegessen hat, trinkt er schnell seine Tasse Kaffee aus. Er sieht aus dem Fenster in der Küche in der Erdgeschoss Wohnung, da sieht er Peter, der mit seinen Freunden vorbei kommen will, um bei ihm zu klingeln.

„Oh nein, was will der denn hier? Ich habe ihn nicht eingeladen. Mensch, den kann ich jetzt echt nicht brauchen. Dann bringt der noch diese Chaoten mit. Wahrscheinlich wollen die mich überreden den Unterricht zu Schwänzen. Das können sie vergessen. Ich gehe hin und werde ihm nicht die Türe öffnen. Aber Mist, dadurch komme mich zu spät zu Professor Malcolms Kurs. Der bemerkt das und das möchte ich nicht. Ich werde mich heimlich hinten aus der Hintertüre raus aus dem Wohnzimmer schleichen, durch den Garten durch. Mit dem Fahrrad zur Universität, dann schaffe ich es noch pünktlich. Der Bus ist ja schon weg."

So hat er es geschafft dem nervigen Peter mal wieder zu endkommen. Dieser hat inzwischen mit seinen Kumpels bemerkt, das Kyle nicht mehr zu Hause ist. Sie ärgern sich darüber, können aber nichts daran ändern.

„Peter da müssen wir uns was Anderes suchen wo wir unsere Zeit verbringen können. Habe dir doch gleich gesagt, dass dieser Streber nicht zu Hause sein wird. Wie immer habe ich Recht behalten."

Meckert Chris genervt, als bester Freund von Peter.

Die Gruppe der fünf jungen Leute beschließen aus Spaß einen Kleinbus zu klauen, um damit irgendwo aus Langeweile hinzufahren um Party zu machen. Denn keiner von ihnen besitzt ein Auto. Drei Hellhäutige und zwei Dunkelhäutige junge Leute alle im Alter von siebzehn bis neunzehn Jahren nehmen es mit ihrem Studium nicht ganz so ernst. Für die jungen Männer ist ihre Freizeit wichtiger als ihre berufliche Zukunft. Deshalb verstehen sie nicht, wenn andere so viel lernen wie Kyle und sein Freund Jason. Es stört die Truppe sehr, dass sie versuchen wollten Kyle umzustimmen. Sogar das er ihrer Gang beitritt, weil sie auch denken das dessen Wissen ihnen auch von Nutzen sein könnte.

Kyle ist inzwischen pünktlich angekommen, nebenbei dem Unterricht folgend verabredet er sich mit Jason flüsternd für ein Treffen am Nachmittag bei ihm. Jason willigt ein, denn auch er ist wieder alleine und ist von der Idee zur Reise in zwei Wochen begeistert. Denn der Aufenthalt bei den Großeltern ist nicht von der Ruhe zum Schreiben geprägt, wenn man in der Arzt Praxis des Ärzte Paares aushelfen muss. Selbst wenn er Kyle mitnehmen darf und Beide sind auch nicht arbeitsscheu, aber das ist nicht das was sie sich für ihre Ferien vorgestellt haben. Das Einzige, was wirklich für die jungen Männer interessant in der Stadt Nashville ist, ins Kino zu gehen.

Also, ist ihr Beschluss nun klar, was die Beiden machen wollen. Endlich ist Unterrichts Ende, dann wärmen sie sich in der Küche Käse-Makkaroni auf und nehmen sich einen zubereiteten Salat aus dem Kühlschrank schnell verspeist. Danach holt Kyle das geheimnisvolle Buch aus seinem Zimmer. Jason bewundert den ledernen Einband des Buches, aber vor allem was so über das alte viktorianische Herren Haus geschrieben steht. Ihn faszinieren die Mythen über das mit Efeu bewachsene Gebäude so sehr, dass er es kaum noch erwarten kann, bis die zwei Wochen nun endlich um sind.

„Kyle, wann kommt deine Mutter von der Arbeit? Hoffentlich nicht so schnell. Wegen der Details von unserem Trip. Wir nehmen meinen Wagen, der ist in zwei Tagen fertig repariert. Ich muss mir nur etwas einfallen lassen, was ich meiner Mutter sagen werde. Aber ich denke das wird schwierig werden. Sie hat alles schon mit ihren Eltern minutiös durch geplant. Hm…, ich denke ich werde lügen müssen."

Seufzt Jason nachdenklich. Irgendwie wird das schon funktionieren.

Kyle stimmt ihm zu und beide gehen ins Wohnzimmer mit zwei Flaschen Cola. Den Kassettenrekorder angeschaltet mit der Lieblings-Musik von der Band *Van Halen* kommen sie so richtig in Stimmung.

„Jason, das ist richtig so. Wenn du deiner Mutter die Wahrheit sagst wo es hingeht flippt sie erst richtig aus. Meine Mutter ist da nicht anders. Also, bleibt dir nichts anderes übrig. Meiner Mutter werde ich erzählen das ich in ein Ferien Camp für Kinder fahre, um dort als *Volunteer* zu arbeiten."

Jason stimmt ihm zu, dass das eine gute Idee wäre als Freiwilliger in einem Camp für Kinder zu arbeiten.

Er ist sich sicher, dass Kyles Mutter ihrem Sohn diese Version abkaufen wird, sprich ihm glauben wird und auch froh darüber sein wird, dass er unter Menschen kommt. Der eifrige Jason überlegt, ob er nicht doch versuchen soll, auch seine Mutter dazu zu überreden, dass auch er dort seine Zeit mit Freiwilligen Arbeit verbringen könnte.

Er wird ihr es so verkaufen, dass dort auch ein Arzt/Ärztin, oder Krankenschwester arbeitet, die vielleicht seine Hilfe mit den Kindern gebrauchen könnten. Da wird sie bestimmt zustimmen.

Aufgeregt bittet er seinen Freund, ob er seine Mutter im Kranken-
haus anrufen kann. Kyle willigt ein, er hält das für eine ziemlich gute
Idee. Beide gehen in die Küche zurück, Kyle nimmt den Telefon
Hörer von der Wand und wählt die Nummer des Krankenhauses. Er
übergibt seinem Freund den Hörer, bis eine Kranken Schwester am
Ende der Leitung, das Gespräch entgegen nimmt.

„Hallo hier spricht Schwester Sandra Nightingale vom *Touro In-
firmary LCMC Health Krankenhaus*, wie kann ich ihnen weiterhelfen?"

„Ähm"…seufzt Jason und holt erst mal tief Luft, dann spricht er
zaghaft in den Hörer.

„Hier spricht Jason Hollow. Könnte ich bitte Doktor Hollow sprechen? Ich bin ihr Sohn. Es ist wirklich dringend."

Im Hintergrund sind viele Stimmen zu hören von Patienten, Angehö-
rigen, Besuchern, Ärzten, Kranken Pfleger und Schwestern. Es geht
sehr hektisch zu. Die Stimme der Kranken Schwester wird lauter.

„Einen Moment ich verbinde dich mit dem ihrem Büro auf der
Kardiologie. Ich weiß nicht ob sie schon vom Operations-Saal zurück ist. Wahrscheinlich wird Miss Meyers das Gespräch annehmen,
wenn deine Mutter nicht zugegen ist. Okay, ich verbinde."

„Viel Glück, Junge!"

Unruhig, aber dennoch geduldig wartet er. Doch dann hat er tatsächlich Glück, seine Mutter ist persönlich am Telefon. Sie wirkt gestresst, doch sie nimmt sich gerne kurz Zeit für ihren Sohn, der
dringend seine Frage stellen möchte. Er nimmt all seinen Mut zusammen und macht ihr den Vorschlag.

Angenehm überrascht über ihre positive Reaktion, lässt Jason vor
Freude fast den Telefon Hörer fallen.

„Jason, ja klar warum denn nicht? Das kann ich doch mit Oma und
Opa klären. Sie haben volles Verständnis für dich. Dann werden
ihnen eben deine Cousins helfen. Denn die haben noch keine Pläne
für ihre Schul-Ferien. Ich denke das wird für sie in Ordnung sein.
Am besten, ich werde sie mal gleich anrufen. Also meine Erlaubnis

hast du auf jeden Fall. Und dein Freund Kyle kann auch gerne mitkommen. Er muss nur noch seine Mutter um Erlaubnis bitten, dann wäre alles geklärt. So, mein Lieber meine Pause ist schon wieder zu Ende. Ich muss heute noch einige Patienten entlassen."

Im Hintergrund wird es unruhig, das Klinik Personal läuft hin- und her. Er hört wie sich die Büro Türe öffnet, jemand kommt herein, es wird nach seiner Mutter verlangt.

„Später werde ich noch einen chirurgischen Eingriff am Herzen durchzuführen. Ein Loch muss geschlossen werden und danach erfolgt noch eine Besprechung mit den Kollegen. Also wird es heute wieder spät werden. Ich nehme mal an, du wirst bestimmt noch etwas bei Kyle bleiben, oder? Nun ja, ich werde dich später informieren was deine Großeltern dazu gesagt haben. Aber geh mal davon aus, dass es klappen wird. So, nun sag ich mal bis später, Jason."

Er hat seine Antwort und nun können die beiden Freunde ihr Abenteuer planen, denn sie sind sich sicher, dass auch Kyles Mutter zustimmen wird.

Später am Abend wird ist Kyle wieder alleine, dann klingelt das Telefon als er sich noch etwas vor den Fernseher setzen will. Die Frau am anderen Ende der Leitung klingt aufgeregt.

„Hallo, hier spricht Misses Pellegrino. Kyle, weißt du wo mein Sohn Peter ist? Ich weiß dass ihr euch nicht sonderlich verstanden habt und du ihm aus dem Weg gegangen bist, wegen seiner aufdringlichen rüpelhaften Art. Das hat er leider von meinem Mann, der ist Metzger, er ist Italiener in Sizilien geboren. Es ging in seiner Familie immer rau zu. Das hat sich auch nicht geändert, selbst nicht als er mit seiner Familie hier hin ausgewandert ist. Aber das Mal nur mal so nebenbei. Hast du nirgendwo meinen Sohn gesehen? Er sollte heute Nachmittag nach der letzten Vorlesung nach Hause zum Mittag Essen kommen und danach am Nachmittag seinem Vater in der Metzgerei helfen."

Er denkt kurz nach. Da erinnert er sich, dass Peter heute Morgen noch mit seinen Freunden vor der Türe stand.

Vielleicht wollte er doch etwas ganz anderes, als das was Kyle gedacht hat. Aber vielleicht hat er mit seinen Jungs etwas Unrechtes getan und muss sich jetzt mit den Anderen verstecken. Was soll's, Peters Mutter wartet auf eine Antwort. Irgendwas muss er ihr sagen, denn er hört schon im Hintergrund den temperamentvollen Vater laut in italienischer Sprache schimpfen.

„Dov'è di nuovo il moccioso? Questa sera faremo una festa di famiglia a casa dello zio Alfredo. Ha promesso di aiutarmi in macelleria! Ci sono duecentocinquanta ospiti lì. Cosa dovrei fare? Come sto adesso? Oh, mamma mia, mamma mia!"

Übersetzung:

„Wo ist der Bengel schon wieder? Wir haben heute Abend eine Familien Feier bei Onkel Alfredo. Er hat mir versprochen in der Metzgerei zu helfen! Es sind zweihundert fünfzig Gäste da. Was soll ich machen? Wie stehe ich jetzt da? Oh, meine Mama, meine Mama!"

Nach dem Gehörten, kann er nicht mehr an sich halten und sagt Peters Mutter, dass ihr Sohn heute Morgen vor der Türe war. Ihn aber nicht reingelassen hat, da er befürchtete, dass er und seine Gesellen ihn zum Schwänzen überreden könnten. Damit er nicht mit ihm rumdiskutieren musste und selbst nicht zu spät zur Universität zu kommen hätte er lieber die Türe verschlossen gehalten. Er wollte schließlich keinen Ärger haben.

„Kyle, das kann ich gut verstehen, das Gleiche hat er bei deinem Freund Jason versucht. Da kam noch gerade rechtzeitig seine Mutter nach Hause. Sie hat meinen Sohn und seine Freunde weggeschickt. Das hat mir seine Mutter genervt am Telefon erzählt. Es war schon peinlich für uns. Weil Peter ständig Unfug macht. Aber jetzt befürchten wir das er ganz auf die schiefe Bahn geraten ist, also ich meine kriminell geworden ist. Ich denke nicht, dass er wieder nach Hause kommen wird. Mein Mann denkt da anderes. Er meint, dass er sich feige versteckt hat. Denn die Polizei ist noch anschließend in unserer Metzgerei aufgetaucht und hat ihm mitgeteilt, dass Peter mit seinen Freunden gesehen wurde, wie sie gemeinsam einen Kleinbus klauten und dann weggefahren sind. Also werden sie alle von der

Polizei gesucht und wir brauchen keine Vermissten Anzeige aufzugeben."

Peters Mutter ist alles nur noch peinlich. Sie beruhigt ihren Mann
und versteht, dass der stille Junge ihr nicht weiterhelfen kann. Sie
verabschiedet sich höflich von ihm, sich dabei endschuldigend wegen der schlechten Laune des Vaters von Peter.

Kurz nach dem Peter das Gespräch am Telefon beendet hat, auch er
hat sich freundlich verabschiedet kommt seine Mutter müde und
erschöpft von der Arbeit im Krankenhaus nach Hause zurück. Er
macht sich keine Hoffnung mehr, dass sie im Moment für ihn noch
gesprächsbereit ist.

Aber seine Meinung ist auch, dass seine Mutter ja nicht alles wissen
muss. Denn er geht lieber Stress aus dem Weg. Er hat sogar Lust mit
ihr zusammen zu Abend zu essen. Da sagt sie nicht nein, auch wenn
sie etwas beim Chinesen telefonisch zum Essen bestellen. Denn
keiner von ihnen hat Lust zu kochen, oder Sandwiches zu schmieren.
Also wie gesagt, so getan. Fünfundzwanzig Minuten später wird das
Essen geliefert.

Es ist alles schmackhaft, Frühlings-Rollen, Nasi-Goreng und als
Nachtisch gebackene Bananen mit Honig, als Getränke Mango Saft
und Litschi Schnaps.

Anschließend sehen sich die Beiden den Film *"Zurück in die Zukunft"* an. Nach diesem amüsanten Science-Fiction Abendteuer
verabschieden sie sich in ihre Betten, bis zum nächsten Morgen.

Kyle geht gut ausgeschlafen in die Küche um zu frühstücken. Verwundert sieht er seine Mutter Lydia, die ihm lächelnd seine Lieb-
lings- Pfanne Kuchen serviert, mit Blaubeeren und Ahorn-Sirup.
Dankbar umarmt er Lydia.

Sie freut sich darüber und drückt ihn sanft an sich, anschließend
gießt sie ihm Kaffee ein und setzt sich zu ihm an den Tisch. Lydia
genießt ihre Käse Sandwiches, sie ist mehr als froh endlich mal
wieder gemeinsam mit ihrem Sohn zu frühstücken.

Aber kurz bevor sie ihre Mahlzeiten beendet haben, klingelt das
Telefon. Es ist die Notaufnahme des Krankenhauses in dem Lydia

als Chirurgin arbeitet. Es sind so viele Notfälle, dass sie ohne die Ärztin nicht zurechtkommen, zudem hat sich noch zusätzlich der Kollege von Lydia plötzlich krank gemeldet der eigentlich Lydias Schicht übernehmen sollte.

Nun ist der gemeinsame Samstag, sogar auch der gemeinsame Sonntag geplatzt, weil sie am Wochenende arbeiten muss. Mit schlechtem Gewissen endschuldigt sich Lydia bei ihrem Sohn.

Dieser nimmt es hin, weil er es nicht anders kennt. Dann kommt ihm in den Sinn, das er doch eigentlich froh sein kann, denn so kann er schreiben und mit seinem Freund sich auf die Fahrt vorbereiten. Vielleicht noch Samstagnacht ins Kino, in die Spätvorstellung um sich zusammen einen Horror Film angucken.

Zwei Wochen später...

Kyle hat sich von seiner Mutter verabschiedet, die wieder in den Dienst zum Krankenhaus muss. Leider hat sie noch keinen Urlaub bekommen. Sie bittet aber ihren Sohn, sich ein bis zwei Mal telefonisch in der Woche bei ihr zu melden. Er verspricht sich eine Telefon Zelle zu suchen, oder vom Büro des Camp-Leiters anzurufen.

Er fragt sie, wo er sie denn anrufen soll. Lydia sagt ihm, dass er in ihrem Büro des Kranken Hauses in New Orleans anzurufen. Falls sie nicht selbst ans Telefon gehen würde, dann eben ihre Sekretärin Monica, oder er soll Nachrichten auf dem Anrufbeantworter hinterlassen, wenn Monica mit Patienten Akten unterwegs war.

Lydia verlässt die Wohnung, als sie aus der Türe gegangen ist, parkt gerade Jason vor dem Haus um seinen Freund für die Fahrt zum geheimnisvollen, alten Herren Haus abzuholen. Kyle sieht aus dem Fenster, winkt ihm zu und schnappt sich seine Reisetaschen, als auch die Koffer gefüllt mit Kleidung, Lebensmitteln für eine Woche, auch mit dem was man sonst noch so braucht, für eine Person.

Er schleppt alles in Eile aus dem Haus, die Türe fällt laut ins Schloss. Jason sieht wie sich Kyle abmüht.

Amüsiert steigt er aus seinem Auto, einem blauen *Crysler* um ihm zu helfen.

„Hey Kyle, du wirst dich noch zu Tode schleppen. Das sieht ziemlich komisch aus, sorry da kann ich mir das Lachen nicht verkneifen. Warum schleppst du eigentlich so viel Zeug mit? Willst du das wir nie wieder nach draußen gehen? Erkläre mir das mal, denn in unseren Vorbereitungen hast du nichts davon gesagt."

Kyle wirkt ernst und versteht wenn es ums Essen, oder um Rückzugsmöglichkeiten geht keinen Spaß. Er ist etwas enttäuscht vom Verhalten seines Freundes. Er hatte doch den Eindruck gehabt, dass er mit ihm auf einer Wellenlänge ist. Er lässt sich aber nichts anmerken, bleibt ruhig, aber dennoch ernst.

„Jason, wenn du nicht an Vorräte denkst, kann ich nichts dafür. Ich dachte es wäre dir bewusst, dass wir gar keine Zeit zum Einkaufen haben. Ich glaube auch kaum, das da ein Telefon ist, um Essen zu bestellen, oder sich den Lebensmittel Einkauf liefern zu lassen. Die Recherchen zum Haus, danach das Schreiben fürs Studium, nehmen viel Zeit in Anspruch, wie du es hoffentlich weißt. Mensch, ich dachte du hättest dir mal Gedanken darüber gemacht. Wo warst du denn mit deinen Gedanken, als wir uns darüber unterhalten haben? Naja, ist ja jetzt auch egal. Ich schau e mal später nach, ob meine Mutter mir nicht doch heimlich noch mehr an Essen eingepackt hat. Ich hoffe du hast wenigstens deine Kleidung und eine Zahnbürste eingepackt. "

Die Stimmung seines Freundes verändert sich schlagartig, jetzt hat er es eilig. Er verstaut das Gepäck im Auto und bittet ihn schnell ins Auto zu steigen, ohne weiter zu diskutieren.

Denn er sieht eine Gruppe von alten Bekannten, mit denen die Jungs besser nicht zusammen treffen sollten.

Der aufgeregte Jason startet rasant den Motor. Sie verlassen in schneller Geschwindigkeit die Straße, bevor die Klicke der vermissten jungen Leute überhaupt bemerken, dass der Wagen an ihnen vorbei gefahren ist.

Sie wollten nämlich erneut Kyle aufsuchen, damit sie bei ihm unterkommen können.

Aber da können die zwei Jungs froh sein, dass sie Peter und seinen Kumpels nicht begegnet sind, denn sie waren nicht mehr Dieselben. Es war schon vorher schwierig mit ihm und seinen Freunden. Sie waren zwei Wochen verschwunden, niemand wusste wo sie waren. Und plötzlich sind sie zurückgekehrt wie aus dem Nichts. Die fünf Jungs sahen aus wie lebende Tote, ausgemergelt dünn wie nach einer Hunger Kur, Leichenblass, schwitzend, zitternd mit glasigen Augen und um fünfzig Jahre gealtert. Den geklauten Bus hatten sie auch noch, aber selbst der schien materialmäßig gealtert zu sein, also teils verrostet mit verblichener blauer Farbe.

Jason wird nervös, er will nur schnell weg, dass was er gesehen hat, jagt ihm Angst ein. Das sind nicht die Jungs, es sind schrecklich aussehende Wesen. Vielleicht sogar böse, denkt er sich. Er möchte ihnen auf keinen Fall begegnen und Kyle sollte es besser auch nicht. Er drückt auf das Gaspedal, so schafft er es weit von ihnen wegzufahren. Der verwunderte Kyle kann nur noch staunen. Er will eine Erklärung für das Verhalten seines Freundes. Der lässt ihn auch nicht warten, er verdrängt das Thema mit dem Gepäck.

Nach der Erklärung über die Untoten Jungs, sind Beide sich sicher, dass etwas nicht mit rechten Dingen zugeht.

Das beschäftigt die Freunde mehr, als Essen und das was sie alles mit sich führen.

Sie sind jetzt um ihre eigene Sicherheit besorgt, doch wissen sie nicht was, oder wer dafür verantwortlich ist.

Wer hatte den fünf Freunden das angetan und wo? Sollten sie vielleicht ihm Haus gewesen sein?

Die jungen Männer wollen das nicht so recht glauben. Daran ändern können sie so wie so nichts.

Sie wollen jetzt nur noch ins Haus. Es könnte sein, dass es auch ein Zufluchtsort sein könnte. Erst beschäftigen sie sich mit der Geschichte des alten Hauses und wenn sie alles herausgefunden haben, dann würden sie sich um die Jungs Kümmern.

Kapitel fünfunddreißig

DIE ANKUNFT

Fünfzehn Minuten später erreichen die jungen Männer im Fahrzeug den Wald, etwas außerhalb von *New Orleans*. Abgelegen am Waldrand wo die Weizenfelder und Wiesen zu sehen sind, befindet sich der ehemals herrschaftliche Landsitz der Familie Gardener. Völlig herunter gekommen sind ist das Haupt Gebäude mit den Stallungen und der angrenzenden großen Scheune. Alles ist komplett überwachsen mit blühendem Efeu und Rosen Sträuchern. Rings um die alte Villa sind überall Apfel Bäume die ihre roten und grünen Früchte tragen. Sogar der alte Garten ist plötzlich zum Leben erwacht, denn als die Zwei aus dem Auto ausgestiegen sind, war noch alles vertrocknet. Aber wie durch Zauberei blühte alles auf als hätte man noch schnell dafür gesorgt, dass man sich wohlfühlen soll in der neuen Umgebung.

Darüber wundern sich Kyle und Jason, lassen sich aber nicht davon abschrecken. Sie sind eher froh, dass sie noch rechtzeitig der Bande entkommen sind. Um deren scheußlichen Anblick zu vergessen räumen sie erst mal den Koffer Raum und die anderen Gepäck Stücke vom Rücksitz weg.

Als sie fertig sind suchen sie nach dem Eingang des Hauses. Doch als Kyle einen der Efeu Blätter berührt weicht alles von der Schlingpflanze zurück. Es sieht anschließend so aus, als wenn das Haus den ganzen Efeu in sich aufsaugt. Selbst vor den Rosen macht es keinen Halt. Auf einmal ist alles was die Sicht auf die Gebäude versperrt verschwunden. Jetzt geschieht wieder etwas Sonderbares, das Haus und die anderen Gebäude sehen jetzt plötzlich so aus, als wären sie eben erst renoviert worden.

Sogar das Wiehern von Pferden, das Gaggern von Hühnern, Zwitschern von Vögeln ist zu hören. Obwohl alles vorher sehr ruhig und ohne Leben gewesen ist, so ist wieder Leben auf dem Landsitz eingekehrt, zumindest von den Tieren.

„Komm lass uns endlich hinein gehen, mir wird das hier zu unheimlich. Wer weiß was gleich hier noch geschieht."

Flüstert der inzwischen ängstliche Jason, der es nun kaum erwarten kann sich endlich zurückziehen.

Beide beeilen sich all das Gepäck schnell durch die offene Eingangs-Türe des Hauses zu bringen. Als alles drinnen ist, nutzt Jason die Gelegenheit und zieht den auch nicht mehr so ganz entspannten Kyle an der Hand hinter sich her. Dieser wehrt sich nicht dagegen. Er geht mit ihm geschwind durch die offene Haustüre.

Doch als die Beiden im Haus Flur stehen bleiben um sich umzusehen, fällt hinter ihnen die schwere Türe zu.

Sie zucken zusammen vor Schreck, da dies ziemlichen Lärm verursacht hat und vor allem sehen sie niemanden der die Türe zufallen gelassen hat. Und wie es innen aussieht macht die Situation auch nicht besser.

Es ist gespenstisch ruhig dort, kein Haus in dem man sich wohlfühlen könnte.

Vor allem stellen sie zu ihrem Entsetzen fest, das sich die Haustüre nicht mehr von innen öffnen lässt.

Statt jetzt auf Entdeckungs-Reise zu gehen, um mit den Recherchen anzufangen macht sich eher Unruhe breit und sie müssen versuchen wie sie wieder aus der alten Villa raus kommen können.

Innen ist alles noch so geblieben wie es herunter gekommen ist, hier nagt der Zahn der Zeit in jedem Zimmer, in dem jetzt Mäuse, Spinnen und andere Insekten ihr zu Hause gefunden haben.

Als Kyle den Vorschlag machen will nach oben über die Treppe zu gehen, gibt Jason im sein Klapp-Messer in die Hände, Pfeffer Spray, ein Seil, zwei Kerzen und zwei Feuerzeuge.

„Kyle, das ist für deine Sicherheit. Wir wissen nicht was hier sonst noch alles geschieht. Pass auf hier ist alles so ziemlich marode. Seltsam, das es draußen anders ist. Hier, das habe ich fast vergessen, ist eine Taschen Lampe mit einem akustischen lauten Signalgeber. Meine Mutter hat uns extra diese zwei Taschen Lampen für das

Camp gekauft. Nimm die Hellblaue, ich die Dunkelblaue. Ich denke die werden uns helfen wenn wir in Not sind."

Kyle verstaut das alles in seinem Rucksack, den er noch schnell mit sich genommen hat. Er ist dankbar, dass sich sein Freund doch Gedanken gemacht hat, brauchbare nützliche Dinge mitzunehmen.

Das hat er sich anders vorgestellt. Nun weiß keiner ob sie in Gefahr sind oder nicht. Denn es scheint kein Endkommen aus ihrem alten Gefängnis zu geben. Selbst die Fenster kann man nicht öffnen. Es ist ziemlich dunkel in dem Haus, denn das Tageslicht ist auch verschwunden.

Dann hören sie Knister-Geräusche rund ums Haus, es hört sich auch an als wenn etwas anfängt zu wachsen und sich seine Wege selbstständig an den Auswänden sucht, wie Kletter- und Schling Pflanzen die sich im Schnell Tempo wachsend fortbewegen.

Den Jungs wird es immer unheimlicher, sie machen ihre Taschenlampen an, um sich noch zurechtzufinden.

Jason will alleine den Keller erkunden. Kyle hat Angst um seinen einzigen Freund. Er kann ihn aber nicht davon abbringen. Er will nicht warten, bis hier noch irgendwas geschieht, ohne zu wissen was hier wirklich los ist.

„Jason, bitte pass auf dich auf. Nach den ganzen Enttäuschungen hier möchte ich dich nicht auch noch verlieren. Ich habe doch niemanden außer, dich und meine Mutter. Du bist mein bester Freund seit dem Kindergarten. Wir haben so viel gemeinsam durch gemacht. Selbst in der schweren Zeit als unsere Väter sich von unseren Müttern scheiden gelassen haben, haben wir uns gegenseitig unterstützt. Aber jetzt will ich dich ungern alleine gehen lassen."

Betroffen und nachdenklich mit einer Träne im Auge besteht Jason dennoch darauf alleine in den Keller zugehen. Sein Freund kann ihn nicht davon abhalten. Er empfiehlt ihm aber vorsichtig die Treppe im Flur hochzugehen, um dort alles zu erkunden, gegebenen falls abzusichern. Gesagt, getan. Jason verschwindet nun mit seiner Taschenlampe in den Keller. Kyle geht vorsichtig über die Holzstufen der alten Wendeltreppe hinauf.

Oben angekommen läuft er durch einen langen Flur mit vielen Zimmern. Die Türen sind alle verschlossen.

Doch dann schmerzt seine Hand, er hat sich einen fiesen kleinen Splitter in der Hand Innenfläche zugezogen.

Um ihn loszuwerden kommt er auf die Idee nach einem Badezimmer zu suchen.

Denn mit fließendem Wasser kann man so was Nerviges loswerden, ganz sicher. Denkt er sich, mit der angeschalteten Taschenlampe in der anderen Hand.

So ziemlich am Ende des Gangs wird er fündig. Eine Türe mit der Aufschrift „Bade Zimmer".

Er öffnet die Türe und dann geht er hinein. Da ist schon mal das Waschbecken mit dem Wasserhahn.

Das viktorianische alte Badezimmer ist gekachelt, mit einem Klosett und einer richtig großen Badewanne.

Gut, das Bad bräuchte eine Grundreinigung und einen Komplett Anstrich, aber egal es erfüllt seinen Zweck.

Kyle dreht den halb verrosteten auf, Wasser kommt heraus. Es reicht um den Splitter aus der Hand zu bekommen. Als Kyle fertig ist, will er das Bad schnell verlassen. Doch dann hört er ein seltsames Geräusch sowie ein ganz leises Schnarchen. Da der Raum groß ist, ist die Wanne nicht in der Nähe des Waschbeckens.

Es ist also Zeit auch mal dort hinein zusehen.

Aber mit dem was er sieht hat er wirklich nicht gerechnet. Eine junge Frau von etwa zwanzig Jahren liegt in einem bunten viktorianischen Sommer Kleid tief schlafend in der Badewanne.

Er schaut sie sich genauer an und findet, dass sie noch ziemlich lebendig aussieht, da ihre helle Hautfarbe rosig ist und sie ganz ruhig atmet. Was für ihn seltsam erscheint, ist die alte schon längst aus der Mode gekommene Kleidung, sowie die ledernen Schnür Halbstiefel, die Handschuhe dazu, völlig unüblich zur Zeit der achtziger Jahre. Dann die Hochsteckfrisur mit ihren dunkelbraunen langen Haaren aus Perlen und die die Perlen Ketten und die altertümliche Brosche mit den ebenso diamantenen Ohrsteckern.

Kyle traut sich nicht die Frau anzufassen, geschweige denn sie auch nur anzusprechen.

Ihm ist das alles nicht geheuer, denn bis auf ihre Atmung bewegt sie sich gar nicht. Wenn er doch bloß wüsste, was das hier auf sich hat. Ob es hier noch mehr Leute gibt, die so hier rumliegen und so aussehen als wären sie im Tiefschlaf? Er traut sich in den anderen Zimmern nach zu sehen. Doch kurz nach dem er das Badezimmer verlassen hat hört Jason nach ihm rufen. Dann geht er erst mal wieder die Treppe runter.

Er wird seinem Freund von der geheimnisvollen, schlafenden jungen Frau erzählen, die er in der seltsamen Kleidung gefunden hat. Dann käme Jason bestimmt auch auf die Idee mit ihm gemeinsam die weiteren Zimmer zu untersuchen.

Im Keller angekommen findet er ihn, doch er ist nicht alleine. Dort liegen zwei dunkelhäutige junge Männer mitten drin in der Kohle zum Heizen, auch in seltsamer Kleidung, gut erhalten aus dem Jahr neunzehnhundert.

Beide trauen sich genauso wenig die Männer anzufassen. Sie scheinen älter als die Frau zu sein. Schätzungsweise Mitte vierzig, aber ähnlich ausschauend. Vielleicht sind sie sogar Brüder denkt sich Kyle still.

„So langsam wird es so ziemlich horrormäßig hier. Es ist Zeit das wir verschwinden. Ich glaube wir werden hier keine Ruhe finden zum Schreiben. Außerdem habe ich keine Lust so zu enden wie die Zwei hier. Und was ist mit der Frau die du oben gefunden hast? Die liegt doch auch so schlafen da, nur in der Badewanne. Vielleicht wollten die Leute hier auch zu Ruhe kommen und endeten so. Ob das alles hier mit Voodoo-Zauber zu tun hat? Was hier geschieht ist unerklärlich. Und eins weiß ich, dass ich nur noch hier weg will. Verdammt, wie kommen wir bloß hier weg. Wir sind gefangen. Ich habe versucht die Fenster aufzubekommen, auch sie einzuschlagen, aber das funktioniert nicht, dass Glass ist wie Panzer Glass unzerstörbar. So ein Mist!"

Er ist mehr als enttäuscht und schmeißt vor Wut eine paar runde Kohlen gegen eine Wand. Die fallen zerfallend auf den Boden. Dann schmeißt er eines der Holzregale samt Inhalt einfach so um.

Sein Freund wundert sich woher der junge Mann so plötzlich solche Kräfte her hat. Auch dieser Zorn von ihm kommt ihm fremd vor. Es kommt ihm so vor, als wäre sein bester Freund Jason eine ganz andere Person.

Jetzt schreit er noch wie ein Irrer. Hat Jason seinen Verstand verloren? Und würde es ihm bald genauso ergehen?

Kyle will ihn mit gutem Zuspruch beruhigen, das es doch noch vielleicht eine Möglichkeit gäbe einen Ausweg aus dem alten Haus zu finden. Doch das will Jason schon gar nicht mehr hören.

Er wird immer wütender, seine Augen sind Feuerrot. Wie ein Teufel brüllt er den verängstigten Kyle an und greift ihn mit jetzt Klauenartigen Händen an dessen Hals und will ihm erwürgen.

Doch dieser wehrt sich nach Kräften und schlägt um sich, dann tritt er dem Teuflischen Freund gegen dessen Schienbein. Der brüllt vor Schmerzen auf. Auch in seiner Wut über den Mordversuch von Jason nimmt er sich eine Kohlenschaufel und haut sie ihm mehrmals auf den Kopf. Er sackt vor noch mehr Scherzen zusammen und fällt in Ohnmacht. Das interessiert seinen bitter enttäuschten Freund nun nicht mehr.

Der hintergangene Kyle dreht einen Wasserhahn auf und lässt den Keller voller Wasser laufen.

Er nimmt einen der beiden Männer die sie gefunden haben und packt ihn unter dessen Schultern und zieht ihn aus dem Keller Raum in den Flur bis zur Treppe. Das Gleiche macht er mit dem Anderen, auch wenn es ihm seltsam erscheint, dass selbst beim Ziehen über den Boden niemand von ihnen erwacht.

Zumindest hat er sie erstmal in Sicherheit gebracht.

Ihm ist es nun egal was mit seinem Freund passiert, zu Not kommt er durch das kalte Wasser zur Besinnung, oder er ertrinkt, da das

Fenster verschlossen ist, als auch jetzt die Türe. Kyle lässt es also drauf ankommen.

Auch wenn vielleicht ein fremdes bösartiges Wesen von ihm Besitz ergriffen hat, dann ist es sowie so zu spät und man kann ihn nicht mehr retten. Dann brächte der Tod im Wasser die Erlösung.

Es fällt ihm sehr schwer, dass er Jason nur so helfen kann. Aber vielleicht bekommt er so seinen alten Freund wieder zurück, so wie er vorher gewesen ist. Er geht weg, schließt die Türe hinter sich zu.

Als er gerade gehen will, hört er ein entsetzliches Jammern und Wimmern.

Der verzweifelte Kyle kann nicht anders, er öffnet die Türe rasch, denn das klang jetzt nicht mehr wie ein fremdes Wesen, es war die Stimme die er kannte.

„Jason, einen Moment. Ich bin gleich bei dir. Ich weiß nicht was los ist, die Türe klemmt auf einmal. Oh nein, auch das noch! Bitte halte durch, ich kriege die Türe noch auf. Einmal mit voller Kraft dagegen, du wirst schon sehen. Bleib ruhig, gleich habe ich sie auf.“

Die Türe springt nun auf, nach dem er ein paar Mal kräftig seinen Körper dagegen gedrückt hat.

Es kracht und rauscht, dass ganze Wasser kommt ihm entgegen und mit ihm der japsende, hustende Jason.

Der klammert sich zitternd vor Kälte an seinen Freund und bittet ihn um Verzeihung, als er wieder sprechen kann.

„Kyle, ich weiß nicht was los gewesen ist, ich wurde müde und schwindelig auch. Dann habe ich für einen Moment das Bewusst sein verloren. Ich kam erst wieder zu mir, als dieser Raum hier im Keller dreiviertel voll mit Wasser war. Wenn irgendwas passiert ist, wovon ich nichts weiß musst du es mir sagen, mein Freund.“

Aber bevor Kyle ihm erklären kann, was passiert ist hören Beide einen Schrei von der oberen Etage.

Jason richtet sich auf. Er läuft in seinen nassen Klamotten die Treppe hoch in Richtung des Badezimmers wo sein Kumpel Kyle die altmodisch gekleidete Frau gefunden hat. Jason soll beiden Männern bleiben, um auf sie aufzupassen, falls auch sie wach werden. Er hätte lieber gern getauscht, aber dafür war es nun zu spät.

Jason ist einfach der Schnellere von Beiden.

Jason betritt das Badezimmer und sieht die ehemals Schlafende wie sie versucht aus der Wanne zu steigen.

Sie hat durch das sehr lange Liegen Probleme mit dem Aufstehen. Sie zittert und rutscht immer wieder ab.

Er begrüßt sie erst mal und versucht sie vorsichtig aus der Wanne zu heben.

Die Frau, die sich mit dem Namen Diamond vorgestellt hat, lobt ihn wegen seiner Stärke und Hilfsbereitschaft.

Seinen Namen findet sie bezaubernd. Er wundert sich über ihre vornehme Art zu Reden. Bemerkt aber ihren Ehering am Finger der rechten Hand. Er ist sich bewusst, dass er bei ihr keine Chance haben wird.

Das findet er schade, denn wie er findet sie sehr hübsch.

Aber gegen einen Flirt kann man ja nichts sagen, so lange ich sie nicht dabei küsse. Denn schließlich will er sie

Nicht in Schwierigkeiten bringen. So denkt er ein wenig entzückt.

Nicht das gleich ihr Ehemann aus einem der vielen Zimmer kommt und man dann erwischt wird.

Jetzt bloß kein Risiko eingehen, bei dem was hier schon alles passiert ist. Doch noch über die junge Frau grübelnd hört er wie unten Kyle nach ihm ruft.

Diamond schaut ihn nachdenklich an, denn sie ist verwundert über seine Aussprache und seine Kleidung.

Dann verblüfft sie, dass er nicht alleine zu sein scheint.

Kyle stottert, er ist nicht einmal in der Lage vor Nervosität einen ganzen Satz Fehlerfrei zu sprechen.

„Ähm..., darf ich dir heraushelfen du hübsches Mädchen? Oh du bist wirklich eine heiße Braut. Oh man, was soll ich da machen. Mensch, ich riskier da jetzt echt was. Wenn ich von deinem Ehemann ein paar auf meine Zwölf bekomme dann war´s das. Oh scheiße, ich hoffe ja nicht das er auch in diesen Haus ist."

Diamond kichert, lässt sich aber von ihm aus der Badewanne heben. Etwas zittrig, aber ansonsten in bester Laune, ist sie froh, dass sie nicht mehr weiter schlafen muss und will dem leicht enttäuschten jungen Mann noch Rede und Antwort stehen, bevor sie sich auf die Suche nach ihrer Familie machen will, denn sie will nicht unhöflich ihrem Retter gegenüber sein.

„Mein Herr, sorgen sie sich nicht, mein Gemahl ist auch hier in diesem Haus. Er ist wahrscheinlich von ihrem Begleiter geweckt worden. Und ja auch er ist der Meinung, dass ich hübsch bin. Aber ein Mädchen bin ich schon lange nicht mehr, sondern eine erwachsene junge Dame. Dennoch danke ich ihnen für die anderen liebreizenden Komplimente, auch wenn ich diese nicht so ganz verstehe. Sie entschuldigen mich bitte, ich möchte mich auf die Suche nach meinem Sohn, meinem Ehemann und meiner Zwillings-Schwester machen."

Ihr Retter kann nichts Anderes machen als ihre Entscheidung und die Situation so zu akzeptieren so wie sie ist.

Denn er möchte schließlich nicht ihr Glück zerstören. Ohne ihr weitere Fragen zu stellen lässt ihr Retter sie gehen. Doch er ruft sie kurz zurück, da er einen Seiden Überwurf an einem Haken hängend entdeckt hat.

Als er ihn ihr ihr gibt fällt ihm auf, als er sie noch mal ansieht, dass einen kleinen gewölbten Bauch hat.

Sie streichelt ihn liebevoll und dann huscht ihr so ein süßes Lächeln über ihr gesamtes Gesicht, welches sie noch hübscher aussehen lässt. Sie atmet dabei erleichtert auf. Noch einmal sagt sie mit ihrer zauberhaften Stimme „Danke" bevor sie schließlich das Badezimmer mit Freude im Herzen und unterm Herzen verlässt.

Er nickt und denkt sich, dagegen komme ich nicht an. Gegen die Liebe einer Mutter zu ihren Kindern, vor allem, dass ein kleines Wesen nach so langer Zeit immer noch in ihrem Bauch lebt. Das ist wissenschaftlich ganz erstaunlich. Aber vielleicht ist es doch nicht mit Wissenschaft zu erklären, mit Zusammenhängen die sogar über das Menschliche weitaus hinausgehen. Aber vor allem mit ganz viel Liebe noch dazu.

Diese Kinder brauchen beide Eltern. Und ich möchte diese Familie nicht zerstören. Ich werde ihr beim Suchen helfen. Ich höre Jason die ganze Zeit rufen, es ist besser ich gehe jetzt nach unten bevor er in Panik verfällt.

Kyle läuft die Treppe herunter, da kommt ihm auch schon Jason entgegen.

„Was hast du denn die ganze Zeit da oben gemacht, Kyle? Du solltest doch nur die Dame aus der Wanne holen. Übrigens, ich habe mit ihr Bekanntschaft gemacht, genauso mit ihrem Gatten und dessen Bruder. Sie sind auf der Suche nach einem kleinen Jungen, als auch nach dessen Tante. Wir Beide müssen ihnen helfen. Die sind wirklich alle richtig nett, freundlich und können uns gleich alles erklären. Du hast sicherlich gemerkt, dass die Dame schwanger ist. Ihre verlorene Zwillings-Schwester übrigens auch. So, nun komm. Wir haben nicht ewig Zeit, nicht bis in alle Ewigkeit."

Er geht Jason hinterher und denkt sich, dass er jetzt schon genauso spricht wie Diamond. Aber was soll`s.

Jason grübelt vor sich hin, während er seinem Freund folgt. Dieser spricht seine Gedanken frei raus.

Kapitel Sechsunddreißig

DIE WIEDERKEHR DES BÖSEN

„Ihre Zwillings-Schwester ist dann wahrscheinlich auch vergeben. Dann kann ich nur froh sein, das wir alle gerettet haben. Denn ich bin mir sehr sicher, dass wir in nicht zu langer Zeit den Rest der Familie finden werden. Wir müssen nur an den richtigen Stellen suchen."

Nachdenklich bejaht das der junge Mann, der Diamond nicht vergessen kann. Es bleibt ihm keine andere Wahl als zu akzeptieren, dass sie mit einem anderen Mann glücklich ist und Kinder mit ihm hat.

Aber jetzt war nicht mehr daran zu denken. Schließlich galt es sich auf die Suche nach dem Bösen zu machen welch all das Chaos verursacht hat und so viele Menschen ums Leben gebracht hat.

Denn deshalb waren sie nun mal hier.

Liebes-Tragödien hatten beide Freunde schon in ihren jungen Jahren genug gehabt. Im Moment wären sie nicht stark genug um sich auf solche Liebes Abendteuer mit fatalen Folgen einzulassen.

Im Keller fällt eine Türe zu und ungeduldige Rufe sind zu hören. Zwei dunkelhäutige Männer in nasser Kleidung betreten den Flur. Sie laufen auf die Freunde zu, die ihre Suche nach den Anderen abrupt stoppen.

Die Beiden aus dem Keller wirken ängstlich, so als wären sie vor etwas auf der Flucht was sie jagen würden.

„Wo ist meine Frau, ihre Schwester und mein Sohn? Wir müssen hier schnell aus dem Haus. Wir sind alle in Gefahr. Mein Gott was ist bloß mit dem Haus passiert? Es ist Belphegor, der Teufel, der Fürst aus der Hölle. Er ist zurückgekehrt und wird uns alle töten. Fallt nicht auf ihn rein. Er kann verschiedene Gestalten annehmen. Wahrscheinlich hat er euch wie uns alle hier mit dem Haus in die Falle gelockt. Ich bin übrigens Michael und das ist mein Bruder Jake. Und welche Namen hat man euch gegeben?

Tut mir leid, normaler Weise bin ich nicht so unhöflich. Ähm, ich meine wegen dem Danke sagen, weil ihr uns gerettet habt, aber es bleibt uns im keine Zeit für Nettigkeiten. Wir holen das später nach, versprochen."

Als Kyle ihm die Hand geben will, gleichzeitig seinen Namen und den von Jason sagt, bleibt dieser wie eine Statur stehen. Er kann weder seine Arme, noch die Beine bewegen, seine Augen verfärben sich blutrot.

Nicht nur das passiert mit Jason, seine Gestalt verändert sich. Da steht nicht mehr ein Mensch, sondern ein geflügeltes Wesen, Dämonen ähnlich, mit schwarzer, lederner Haut, mit Hufen eines Pferdes, dem Körper eines Stieres, auf dem Kopf die Hörner einer Ziege und den Flügeln eines Drachens vor den drei entsetzten Männern.

Das Wesen schaut die drei nur an und macht sich in seiner Größe von Zweimeter Fünfzig auf zwei Beinen stehend über sie lustig.

„Haha, da hast du mal was Richtiges gesagt, Michael. Es ist schon ganz verwunderlich, dass du nach all dieser Ewigkeit meinen Namen nicht vergessen hast, meine Hochachtung. Aber nur dieses Mal. Glaube jetzt bloß nicht Michael, dass ich dich deshalb verschone, haha. Du stehst gemeinsam mit den Anderen hier auf der Liste. Ach so, dieser komische Wurm, wie war doch gleich sein Name? Jason, ja Jason, schrecklicher Name. Aber sein Körper hat geschmeckt und seine Seele hat mir neue Kräfte gegeben, haha. Ich überlege mir schon wen ich als nächstes von euch verspeisen werde. Alle nach der Reihe nach. Es muss schnell geschehen, bevor das Fleisch von der Sonne verdorben wird."

Das Gesagte lässt in allen ein Gefühl der Wut hochkommen. Niemand wird so was so einfach auf sich beruhen lassen. Keiner von ihnen wird jetzt sich von Belphegor verspeisen lassen. Gemeinsam stellen sie sich vor ihn und schreien ihn so laut an, dass Diamond aus dem Ess-Zimmer gelaufen kommt, zusammen mit ihrer Zwillings-Schwester Crystal. Sie erkennen den bösartigen Wieder Sacher und stellen sich zu den Anderen.

Aus der obersten Etage fällt eine Türe ins Schloss.

Kyle erschreckt sich, er will nachsehen was oben los ist. Die Kinder-zimmer Türe ist mit einem lauten Knall zugefallen und drinnen weint ein kleiner Junge. Es Jim, der Sohn von Diamond und ihrem Mann Michael.

Als er die Treppe hochlaufen will versucht ihn der teuflische Herr-scher aus der Hölle zu stoppen, in dem er die alte Wendel-Treppe einstürzen lässt. So will er verhindern, dass Kyle zu Jim gelangt.

Seine Eltern bangen nun um das Leben des Jungen, als auch das Leben des jungen Mannes, der ihren Sohn retten wollte. Durch den Zusammenfall der Treppe hat sich ein Loch im Boden gebildet, der ihn mit in die Tiefe gerissen hat.

Das Eltern Paar tröstet sich gegenseitig vor Entsetzen und vor Hilflosigkeit. Jetzt so glauben sie haben sie nicht nur ihren Sohn verloren, sondern auch einen guten Freund, der mutig genug war dem bösen Herrscher die Stirn zu bieten. Doch was sollten sie jetzt machen, denn es scheint so, dass der Dämon sie besiegt hat.

Aber die zwei Brüder Michal und John wollen nicht aufgeben und nicht Belphegor gewinnen lassen.

Ihre Frauen, die beiden Ein Zwillings-Schwestern haben die Hoff-nung aufgegeben, weil ihnen alles ausweglos erscheint. Sie sagen, dass es besser wäre, dass alle sich selbst töten, bevor sie ihm als Nahrung dienen.

Diese Schande wollten sie sich ersparen. Selbst wenn der kleine Jim noch leben sollte, wird er wahrscheinlich vom Prinz zum neuen Herrscher der Hölle auserkoren, so denken es die beiden Frauen.

Es war ja nicht der erste Versuch gewesen das Kind in seine Hände zu bekommen. Und diesmal würde der dunkle Fürst vor gar nichts mehr zurück schrecken um den von ihm gezeugten Jungen wieder zurück zu bekommen, auch wenn er das Pärchen damit sehr verlet-zen würde. Denn der Teufel kennt keine Liebe und keinen Zusam-menhalt in einer Familie, oder unter Freunden.

Die Brüder machen den Frauen klar, dass sie sich erneut wehren müssen und diesmal endgültig für immer.

Auch wenn keiner wusste wie sie ihn besiegen könnten, so das Belphegor niemals mehr zu rück kommen kann.

Vielleicht hätten die zwei Freunde aus den Achtzigern die Möglichkeit dazu gehabt, aber es scheint nicht gereicht zu haben, denn er hat sie in kurzen Prozessen schnell geopfert, bevor sie Chancen hatten sich zu verteidigen.

Doch dann geht so langsam die Sonne auf und scheint durch ein kleines Loch im Dach.

Der Sonnen Strahl trifft die Haut des Teufels, welche zu dampfen beginnt. Er war so auf seine Opfer fixiert und hat nicht aufgepasst, dass es so langsam die Morgen Dämmerung herein brach. Durch den Wutausbruch mit der Treppe ist das Loch in das Dach des Hauses gekommen. Jetzt windet er sich vor Schmerzen.

Als die Familie sieht wie der Teufel sich quält, denken sie dass das Sonnen Licht helfen könnte ihn zu vernichten.

Die Männer sehen sich um, sie stellen fest, dass alle Fenster und die Türen verschlossen sind.

Also versuchen sie etwas zu finden, womit sie noch mehr Löcher ins Dach bekommen könnten.

Die Treppe ist ja verschwunden, so ist es schwierig bis oben hin zu kommen.

Michael und John nehmen sich Holz Teile von der zerstörten Treppe, sie schlagen gegen verschiedene Fenster.

Nicht untätig provozieren Diamond und Crystal den Herrscher der Hölle um ihn abzulenken, was leichter für sie geworden ist. Als Diamond Fangen mit ihm spielen will, reist sie sich etwas vom Kleid ab, um besser laufen zu können. Den Stoff Fetzen wirbelt sie hin- und her. Belphegor schaut sie ganz irritiert an, doch angewidert erwidert sie keinen Blick zurück. Er versucht trotz seiner Langsamkeit durch den Schmerz sie zu kriegen.

Während Crystal in ihrer Unterwäsche sich ihres Korsetts entledigt, um sich besser bewegen zu können.

Michael hat es geschafft, dass sich eines der Fenster im Flur in der Nähe der großen Haustüre nun öffnen lässt.

Schnell ruft er nach seinem Bruder und dann springen sie aus dem Fenster ins Freie, um zu verschwinden sie.

John´s Frau springt auf den Rücken des bösen Stieres der sich auf allen Vieren versucht fortzubewegen.

Crystal reitet ihn wie ein spanischer Stierkämpfer auf dem heißblütigen Stier. In ihrer Wut reißt sie ihm die Flügel ab und winkt mit einem ihre Schwester heran. Diamond versteht was zu tun ist.

Sie hält sich am Flügel fest und hält sich daran fest. Diamond wird von ihr hochgezogen, bis sie hinter ihr sitzt.

Der Stier setzt sich in Bewegung, Diamond reist ein Stück ihres Schulter Überwurfs ab. Mit dem Stoff verbindet ihre Schwester ihm schnell die Augen, so dass er orientierungslos hin- und her trabt.

Ein weiteres Stück Stoff wird um den Hals des bösen Tieres gelegt, dass sich blind versucht zu wehren.

Eine der Schwestern lenkt ihn in Richtung Haustüre, die sie nach kurzer Zeit erreichen.

Beide Schwestern sind froh, dass eines der Fenster offen ist. Dann nutzen sie vom Stier abzusteigen, der genau vor dem Fenster stehen bleibt. Diamond bindet den Stier an. Danach klettern beide sie aus dem Fenster.

Der Stier schnaubt vor Wut, doch bevor er sich verwandeln kann, ziehen die Frauen ihn mit all ihrer Kraft ins Freie, wo sie ihn in Mitten der Sonne stehen lassen. Die Sonnen Strahlen treffen ihn so hart, dass sein ganzer Körper anfängt zu qualmen. Er brüllt vor Schmerzen, sämtliche schwarze Flüssigkeiten fließen aus ihm heraus und bilden Pfützen um ihn herum. Sein Körper fängt an zu schrumpfen. Er fällt in sich zusammen.

Ein Haufen schwarzer Knochen bleibt zurück, bis diese zu Rus verpulvern. Starker Wind verweht den Rus überall hin. Das Pulver bleibt auf den Gebäuden des Grundstückes haften.

Der Rest wird einfach vom Wind weggeweht.

Bis auf die zwei Pfützen, die anfangen aus der schwarzen Masse sich zu personalisieren. Es formen sich daraus menschliche Körper, die nach dem Verschwinden der schwarzen Farbe so ziemlich bekannt vorkommen.

Es sind die totgeglaubten Freunde Kyle und Jason, die sich erstaunt gegenseitig ansehen um sich zu begutachten.

„Mensch Jason, wir sind wieder zurück. Ich bin so froh, dass wir nicht mehr in dieser Höhle tief unter der Erde sind. Es war so heiß dort, dass konnten wir kaum aushalten. Ich dachte, dass wäre wirklich unser Ende."

Die Männer umarmen sich freundschaftlich und genießen es sichtlich wieder am Leben zu sein. Sie strahlen deshalb um die Wette.

Jeder von ihnen stellt fest, dass sie sogar ihre ursprüngliche Gestalt wieder zurückbekommen haben.

Weshalb sie sich jetzt noch mehr freuen. Jason schmunzelt und sieht anschließend in Kyles Gesicht.

„Also, wenn ich einen einzigen Menschen wählen sollte mit dem ich durch die Hölle gehen soll, dann würde ich es mit dir tun, Kyle. Du bist und bleibst mein bester Freund, egal was passiert. Nur dir würde ich mein wertvolles Leben anvertrauen. Das kannst du mir glauben. Du bist und bleibst für mich mein Held."

Kyles Gesicht verfärbt sich ins Rote. Mit diesem Gesagten seines Freundes hat er wirklich nicht gerechnet.

Er spürt in dessen Aussage, das unendliche Vertrauen seines Freundes. Dankbar bejaht das Gesagte.

„Haha, ja das glaube ich dir, Jason. Aber nochmal einen Abstecher in die Hölle zu machen brauchen wir nicht. Wir kommen doch grade von da. Oder was dachtest du, was das für ein Ort das gewesen ist? Aber ich verstehe trotzdem was du damit meinst; gemeinsam durch die Hölle zu gehen, glaube es mir."

Nach ihrer Unterhaltung öffnet sich das Scheunen Tor und eine Gruppe junger Leute in Hippie Kleidung aus den sechziger Jahren kommen gähnend und etwas durcheinander aus dem Gebäude heraus. Sie sehen sich um und entdecken die beiden Freunde, als auch die beiden viktorianischen Frauen in ihren zerrissenen Kleidern.

Alsbald kommen auch noch die sehsüchtig erwarteten Ehe Männer der Beiden Schwestern zurück.

Nun sind fast alle komplett bis auf den kleinen Jim, der immer noch schmerzlich vermisst wird.

Nach der gemeinsamen Begrüßung aller, beschließen sie gemeinsam den Jungen zu suchen, bis sie ihn gefunden haben. Denn schließlich wird die Suche nicht mehr so schwierig sein, denn das Böse wurde ja vernichtet.

Kapitel Siebenunddreißig

DIE SUCHE HAT EIN ENDE

Michael schlägt vor, das alle zurück ins Haus gehen, um im Kinderzimmer nachzusehen. Da vielleicht Jim sich noch dort aufhalten
könnte. Aber keiner ist davon begeistert, denn die Treppe ist verschwunden. Das macht den Weg dorthin schwierig. Und sicher ist es
auch nicht, ob er überhaupt noch dort ist.

Sie stimmen gemeinsam ab, bis auf Michael ist niemand damit
einverstanden, weil sie es zu umständlich finden.

„Wir können ihn, aber auch nicht zurücklassen. Wir werden ihn
woanders suchen. Im Untergeschoss, oder im Keller der Villa. Es
gibt noch andere Möglichkeiten wo er noch sein könnte. Erlauben
sie mir die Frage bitte. Was ist mit der Scheune? Es richtet sich an
die Damen und Herren, die in der Scheune genächtigt haben. Haben
sie unseren Sohn gesehen, oder Kinderspiel Zeug? Endschuldigen
sie bitte mein Mann und ich leiden sehr unter seinem Verschwinden.
Vergeben sie mir meine Gefühle, aber wie lieben ihn so sehr. Er
fehlt uns. Der kleine Jim wird bald ein großer Bruder sein. Ich bin in
anderen Umständen. Er freut sich doch so sehr auf sein Geschwister-
chen."

Weil aber die schwangere Diamond immer in Unruhe gerät und
keiner will, dass sie vor Aufregung ihr Kind verliert lassen sich alle
auf den Kompromiss ein.

Die Freunde Jason und Kyle schlagen vor, dass sie gemeinsam mit
den Brüdern Jake und Michael die Möbel an die Stelle zu tragen wo
die Treppe ist um die Stühle, Tische usw. an einander zu stellen, als
auch teils übereinander zu stapeln. Dann befestigen die Vier alles
zusammen mit Seilen bis sie eine Art Treppen Aufgang entstanden
ist. Nach zufriedener Begutachtung rufen sie die Frauen herein, die
Draußen vor dem Haus sind.

Falls Jim irgendwo auf dem herrschaftlichen Gelände auftaucht um
seine Eltern zu finden.

Die Hippie-Kommune die sich bis jetzt mit dem Helfen zurückhaltend waren, erklären sich bereit das gesamte Gelände nach dem kleinen Kind abzusuchen.

Die Truppe der sechziger Jahre fühlt sich sicher und wie die anderen sind sie der Meinung, dass Belphegor diesmal wirklich vernichtet wurde.

Sie wollen nichts anderes als den Frieden für alle und dass sie gemeinsam nach Hause zurückkommen, auch wenn sich inzwischen alles so verändert hat, nach achtzehn Jahren.

Diese Umstände wollen die Hippie Freunde trotzdem meistern, egal was nun auf sie zukommt.

Sie machen sich auf den Weg um ihren VW-Bus zu suchen.

Denn in der Scheune wo sie übernachtet hatten war er nicht zu finden. So machen sie sich auf in den nahegelegenen Wald, der an das einst herrschaftliche Grundstück grenzt.

Die Anderen bleiben vor dem Haus stehen und beraten sich, wo sie unterkommen können.

Die jungen Leute aus den wilden Sechzigern können ihnen nicht helfen, denn sie wissen selbst nicht wo sie hin sollen.

Es ist nicht gewiss, dass ihre Eltern noch dort wohnen, von wo sie im Jahr 1968 aufgebrochen sind.

Geschweige dennoch ob ihre Familien noch zusammen sind, ob es sie noch gibt.

Ihre Gedanken sind nicht bei den Zurückgelassenen, was ihnen nicht zu verdenken ist.

Als die Gruppe eine Weile tiefer in den Wald gekommen ist, stößt sich eine der jungen Frauen den Fuß an einem flachen Stück Metall, welches ein Stück aus dem Waldboden ragt.

Durch Feuchtigkeit ist das Erdreich etwas aufgeweicht und hat deshalb etwas freigegeben, was eigentlich nicht dorthin gehört. Zum Erstaunen aller und nicht unvorbereitet fangen alle an zu graben.

Die Arbeit geht nun schnell voran, je tiefer sie graben desto mehr erreichen sie schließlich ihren heiß ersehnten Schatz. Ihren Bus, den sie so dringend benötigen steckt einen Meter tief im Erdreich.

Eben schlugen noch ihre Herzen vor Aufregung, aber jetzt war guter Rat teuer.

Wie sollten sie ihn aus dem nassen, rutschen Erdreich bekommen?

Und funktionierte ihr Gefährt überhaupt noch. Nach so vielen Jahren dort der Witterung ausgesetzt.

Enttäuscht aber nicht entmutigt springen zwei von den jungen Männern in die Grube zum Fahrzeug.

Nervös riefen die Frauen der Gruppe ihnen zu, dass sie aufpassen sollten und sich schnell vorwärts bewegen, auf keinen Fall stehen zu bleiben, um nicht im Boden zu versinken.

Die Zwei kämpfen sich durch den Matsch, dann werfen ihnen die Anderen die Schaufeln runter, um den Bereich an Türen frei zubekommen. Mit viel Mühe können sie danach die Fahrer- und Beifahrer Türen öffnen.

Als Beide sich im Bus befinden, versucht Johnny den Motor zu starten. Der Schlüssel steckt noch, in eine Richtung gedreht gibt der Motor kein Geräusch von sich. Wütend schlägt er auf das Lenkrad.

„Johnny, was hast du erwartet? Der Wagen steckt so lange hier fest. Komm lass uns gehen, es macht keinen Sinn es weiter zu versuchen. Wir haben getan was wir konnten. Trampen wäre doch auch eine Möglichkeit. Das haben wir doch früher auch gemacht, als wir den Bus noch nicht hatten."

Johnny steigt Kopf nickend aus, schweigsam in sich gekehrt. Der sonst so fröhliche junge Mann will nur raus aus der Grube. Sein Freund Cameron will es ihm gleich tun. Doch er bekommt die Auto Türe nicht auf.

Neben ihm, aber den Kopf zur Seite gedreht den Türgriff suchend wundert Johnny sich, dass er kein Geräusch vom Verlassen des Fahrzeugs hört. Verwundert will er seinen besten Freund Cameron zu Rede stellen.

Er erwartet Antworten und ist sich nicht sicher die Lage einzuschätzen.

„Cameron, was ist los? Hast du es dir anderes überlegt? Du hast mir einen Vortrag gehalten und jetzt willst du nicht aussteigen. Also manchmal verstehe ich dich wirklich nicht. Und warum siehst du jetzt so blass aus?"

Der College Student in seiner Baseball Jacke mit seinen langen zusammen gebundenen Haaren unter der Baseball Kappe auf dem Kopf bewegt sich kein Stück, er wirkt wie eine leblose Marionette mit starrem Blick.

Er spricht kein einziges Wort zu dem verängstigen Johnny, der nichts anderes kann als ihn in seiner Panik anzuschreien. Sich über den Körper beugend, will er herausfinden, warum Cameron nicht ausgestiegen ist.

Doch er muss feststellen, dass da keine Möglichkeit vorhanden ist, die Türe zu öffnen. Er findet nichts, auch nicht auf seiner Seite an der anderen Türe. So sehr er sucht findet er nichts, auch keine Fenster Kurbel und noch nicht mal einen Nothammer um einer der Scheiben einzuschlagen. Es ist alles aussichtslos, er findet nichts und im Handschuh Fach liegen nur mehrere alte Fotos von der gemeinsamen Zeit der Hippie-Freunde, aber kein Gegenstand der ihm helfen könnte auszubrechen.

Als Johnny die Fotos ins Fach zurücklegen will, um sich seine *Black Panther-Jacke* auszuziehen, die er von seinem älteren Bruder, der der Black Panther Bewegung angehörte, ihm zu seinem achtzehnten Geburtstag geschenkt bekommen hatte, weil er damals stolz auf seinen jüngeren Bruder gewesen ist, auszuziehen.

Da es ihm zu warm geworden ist und sieht wie auf den Fotos wo er und Cameron gemeinsam drauf zu sehen sind, sich langsam beginnen auflösen.

Er erschreckt sich, will die Fotos in die Jacke stecken, da bemerkt er plötzlich, dass es unter ihm kracht und von draußen hört er fröhliches Gelächter, so als würden sich seine Freunde auf irgendetwas freuen.

Die Beiden schien niemand zu vermissen. In seiner Wut und Trauer haut er gegen die Frontscheibe um auf sich aufmerksam zu machen. Denn für Cameron konnte er schließlich nichts mehr tun, er ist hat sein Leben verloren.

Das Gleiche sollte ihm nicht passieren, er wollte leben.

Johnny wird immer lauter, er schreit, bittet und bettelt um sein Leben, trommelt immer lauter gegen die Scheibe.

Vor Schrecken starr in seinem Todeskampf blickt er entsetzt nach oben wo seine Freunde stehen und dort die exakten Kopien von ihm und Cameron bewundern und sie wie Helden feiern. Sie scheinen wirklich nicht zu wissen, was passiert ist. Der verzweifelte Johnny ergibt sich seinem Schicksal. Er nimmt ein letztes Mal die Hand seines besten College Freundes, bevor auch er stirbt. Dann gibt es einen Ruck und der alte halbverrostete versinkt noch tiefer im Erdreich. Durch die heftigen Bewegungen zerbrechen alle Scheiben.

Erde und Schlamm dringen ein. Das Fahrzeug wird auseinander gedrückt und wird zum tiefen Grab für die beiden Freunde der Hippie Gruppe.

Der alte Bus zerfällt in seine Einzel Teile, die zusammen verschmelzen, sich verflüssigen und im Erdboden versickern.

Um die Körper der Toten bildet sich ein Hohlraum, der sich von alleine mit Brettern auskleidet.

Ein Doppel-Sarg ist daraus geworden für die zwei Freunde. Oberhalb ihres Grabes stehen nun plötzlich zwei Grabsteine mit deren Vor- und Nachnamen, sowie deren Geburts- und Sterbedaten, als das sie in Frieden ruhen sollten als Helden gegen das Böse.

Die Hippies beschließen nun gemeinsam im Glauben, sie hätten ihre „echten Freunde" bei sich den gespenstischen Wald zu verlassen in ihrem Bus, der wie erneuert jetzt nicht mehr in der Grube war und auch fahrtüchtig in ihm die Heimfahrt an zu treten. Sie steigen ein, winken und hupen noch ein letztes Mal voller Freude den Anderen die noch vor der Ruine des Herrn Hauses standen voller Freude zu.

Sie winken zurück und freuen sich mit den Hippies, auch wenn die viktorianischen Ehepärchen sehen müssen wie sie nun zurechtkommen, denn sie müssen auch noch später sich von den Rock-Musik Freunden aus den achtziger Jahren verabschieden.

Doch als Mitchell stärker auf das Gaspedal tritt, gibt es einen lauten Knall. Das Fahrzeug explodiert und geht in Flammen auf, alle Insassen verbrennen bei lebendigem Leib. Ihre extrem Lauten Schreie verklingen schnell und die Zurückgebliebenen können ihnen nicht helfen, vor Entsetzen müssen sie alles mitansehen.

Das Feuer breitet sich aus, dass nach kurzer schon die Schreie verstummen.

Aus der Ferne wird die ganze Szenerie von einem kleinen Jungen heimlich beobachtet, der sich grinsend über das Gesehene zu amüsieren scheint. Niemand der Trauernden, die sich inzwischen vom Herren Haus wegbewegt haben bemerken, dass auch sie selbst vom zwei-jährigen Jim beobachtet werden. Er hält sich oben auf einem der Apfel Bäume versteckt. Auf einem Ast sitzend genießt er in vollen Zügen was um ihn herum geschieht.

Doch von einer Sekunde auf die Andere verändert sich plötzlich seine Mimik im Gesicht.

Jim wird wütend, da es sich jetzt nicht mehr um ihn dreht. Um dies zu ändern will er sich den Erwachsenen zeigen. Auch wenn er noch zu gerne das gesamte Schauspiel rund um die Ruine weiter beobachtet hätte.

Er musste sich entscheiden, Spaß beim Beobachten zu haben, oder selbst einzugreifen.

Langsam legt er seine kleinen Hände wie zu einem Gebet aneinander.

Er flüstert leise etwas in einer altertümlichen Sprache, in Arabisch, so wie einst in ägyptischer Sprache:

„Hadha almanzili, manzili aladhi wulidat fihi, yajib 'an yakun malikak maratan 'ukhraa. 'Ant waeayilati sataeishun hunak bimufradikum."

Übersetzung:

„Dieses Haus, mein Haus wo ich einst geboren wurde, soll wieder eures sein. Darin wohnen sollt ihr nur meine Familie ganz allein. "

Seine Augen fangen an rot zu leuchten und dann wiederholt er die Sätze in seiner Sprache, so dass es für jeden verständlich ist, aber immer noch so als will er etwas verzaubern, oder verschwören. Die Wut verschwindet dabei aus seinem Gesicht, welches nicht mehr dämonisch wirkt.

Seine kleinen Hände drückt er aneinander mit dem Kopf nach unten singt Jim nun in lateinischer Sprache.

Es ist derselbe Text und das bringt das ganze Haus in Bewegung.

In Minuten wird alles erneuert, repariert und angestrichen von einer unsichtbaren Macht.

Die beiden Ehepaare, so wie die Freunde, die eben noch vor weniger als einer Stunde um die Hippies trauerte konzentrierten sich nur noch wie gebannt starrend auf das Herrenhaus, welches sich zu ihrem Erstaunen in nur dreißig Minuten von selbst aus einer Ruine rundum erneuert hat.

Vergessen sind deren Freunde die im Feuer des Fahrzeuges umgekommen sind.

Schließlich wollten sie alle ein Zuhause für sich und ihre Familien haben. Denn Tote kann man nicht erwecken und für sie alle musste das Leben weiter gehen.

Doch sie hatten alle vergessen wonach sie eigentlich gesucht haben.

Es ist das was Jim nicht wusste, durch seine Zauberrein hatte er die Vergessenheit in deren Köpfen ausgelöst.

Deshalb konnte sich auch niemand an ihn erinnern. In diesem Moment spürte er es noch nicht, doch bald würde seine halbmenschliche Seite diesen Schmerz spüren.

Noch davon entfernt beobachtet er die sechs Personen aus reiner Neugier und seinem kindlichen Spieltrieb will er wissen wie sie sich alle verhalten.

Aber vom Baum kann er nicht sehen wie es innen im neuen Haus zugeht.

Nachdenklich verfällt der Kleine in eine Art Trance. Er so driftet ab, dass er fast vom Baum fällt.

Jim wacht rechtzeitig auf, bevor er hinunter stürzen kann. In der Trance hat er sein kurzes Leben von seiner Entstehung als Embryo bis hin zur Begegnung mit dem teuflischen Geist seines Vaters im zerstörten Herren Haus wie im Kopf Kino als eine Art Film laufen lassen. Die Erinnerung schmerzt ihn und seine menschliche Seite erwacht, so dass er weinen muss. Seine menschliche Seite lässt ihn seine Mutter, seinen Stiefvater und den Rest seiner Familie vermissen. Sich entscheiden zu müssen ist gar nicht so einfach, denn sein Vater hat ihn als neuen Herrscher der Unterwelt ausgewählt.

Obwohl er noch so klein ist, hat Jim fast schon so ausgeprägte Fähigkeiten, die denen seines Vaters gleichen, als dieser selbst einen dämonischen Körper hatte und über die Hölle regierte.

Zurzeit hält er sich als Geist meistens in der Nähe seines Sohnes auf, um ihn zu unterrichten, all die Dinge beizubringen die er als herrschender Höllen Fürst wissen muss. Es ist ihm auch wichtig, dass niemand versucht seinen Sohn, den er als seinen „Erben" bezeichnet zum Guten zu bekehren.

Belphegor kann aber nicht ständig auf seinen Sohn aufpassen. Er hat eine Schwachstelle, denn er muss als Geist Wesen zwischen durch seine Energie aufladen. Durch jeden Besuch auf der Erde verliert er wertvolle Energie.

So das er enorm geschwächt wird. Jim, sieht wie der Geist seines Vaters beginnt zu verschwinden.

Er weiß was das bedeutet und nutzt die Gunst der Stunde vom Baum zu Klettern, während der Dämonen Fürst sich zurück in die Unterwelt begibt. In der Hoffnung, dass sein Prinz seine Anordnung befolgt weiter auf dem Baum sitzen zu bleiben, bis er im regenerierten Zustand zurück kommt um ihn abzuholen.

Damit Beide gemeinsam das Haus zerstören, um dann die gesamte Familie mit deren Freunden aus den achtziger Jahren zu töten.

So sollte der teuflische Plan sein. Doch es kommt anders, als gedacht. Die Sehnsucht des kleinen Jungen und sine kindliche Neugier vergessen die Regeln des Vaters. Nachdem er vom Baum abgestiegen ist, bleibt er ganz aufgeregt vor dem Haus stehen. Es sind inzwischen acht Jahre vergangen.

Kapitel Achtunddreißig

KINDER GEBURTSTAG

Es ist das *Jahr 1994* und es hat sich inzwischen einiges verändert. Als der zehnjährige Jim an der Haustüre klingeln will, ertönt im Haus fröhliches Kinderlachen untermalt mit Klavier Musik mit Gesang.

Vorsichtig sieht er sich um, da stehen verschieden geparkte Autos, deren Besitzer sich laut der Stimmen zu urteilen auch im Haus befinden.

Noch weiß Jim nicht was es mit den Feierlichkeiten auf sich hat, denn hinter den Fenstern befinden sich Gardienen, so dass er nicht hineinsehen kann, um zu wissen was da vor sich geht.

Die Zeit die er auf dem Baum verbrachte dauerte nur eine Stunde, was aber in Erden Jahren acht Jahren glich.

Belphegor hat zum Schutz, damit ihm niemand wieder seinen Thron Erben streitig macht, das was um das Haus herum und innen mit seiner dunklen Magie verzaubert.

Doch nun wuchsen auch die Kräfte von Jim und er wollte sich nicht mehr von seinem Vater bestimmen lassen.

Die menschliche Seite in ihm konnte er nicht einfach ausschalten, die Gefühle zu seiner Familie sind nun stärker geworden. Durch seine Tricks hat er es geschafft heimlich die Zeitschleife seines Vaters zu unterbrechen.

Deshalb wusste er, dass er Geschwister, wie auch einen Cousin und eine Cousine hat.

Auch die zwei Freunde, die Studenten waren ihm nicht unbekannt. Sie kamen damals um Nachforschungen über das alte Herrn Haus anzustellen.

Inzwischen älter geworden, hatten fertig studiert und sind nun selbst verheiratet. Sie sind mit ihren niedlichen kleinen Kindern, die knapp ein halbes Jahr alt waren zu Besuch gekommen.

Wegen den Geburtstags-Einladungen, der sehr bekannten Hausbesitzer nachzukommen.

Nun sind alle eingeladenen Gäste im gesamten Haus verteilt. Gemeinsam feiern sie Kinder Geburtstag.

Der Sohn von Diamond und ihrem Mann Michael feiert seinen achten Geburtstag gemeinsam mit anderen Kindern aus der Nachbarschaft und seiner Schulklasse.

Sein Name ist Julian, er bläst stolz die Kerzen auf seiner riesigen zweistöckigen Spider-Man Torte aus.

Die kleinen Gäste um den Geburtstags-Tisch singen Geburtstags-Lieder und beklatschen den fröhlichen Jungen.

Nicht lange hält es den acht Jährigen am geschmückten Geburtstags-Tisch.

Er will seine zahlreichen Geschenk Päckchen auspacken. Seine kleine Schwester Emma, folgt ihm auf Schritt und Tritt. Sie hat auch ein selbsteingepacktes Geschenk für ihn. Die fünf Jährige gibt es ihm und hofft, dass ihr Bruder sich darauf freut. Lange braucht Emma nicht zu warten. Ihr Bruder öffnet es als erstes. Seine Augen fangen zu Glitzern wie Sterne. So sehr freut er sich. Julian umarmt seine Schwester und bedankt sich.

Emma hat ihm das Herrn Haus in kleinem Format nachgebaut, alles so detailgetreu, dass alle auf der Geburts-Party staunen und sich fragen wie eine Fünfjährige es geschafft hat, die Villa alleine, als Puppenhaus wie im *Jahr 1888* aufzubauen. Alle Möbel, alle Gegenstände vom Gemälde bis zum kleinen Löffel ist alles vorhanden.

Selbst den Efeu hat sie nicht vergessen. Julian ist so fasziniert, dass es ihm egal ist ob seine Gäste sich fragen, ob da nicht Erwachsene mit ihm Spiel waren, oder ob Emma es nicht heimlich im Spielzeug Laden im Einkaufs- Zentrum gekauft hat. Aber wie hätte sie es alleine transportieren sollen? Oder heimlich mit fremder Hilfe.

Dem Geburtstags- Kind ist das ganz egal. Ihn interessiert nur wo er es hin bringen kann, um ungestört spielen zu können. Er bittet seine Schwester mitzukommen, um Fragen zustellen wegen nachgemachten menschlichen Puppen und was es genau mit ihnen auf sich hat. Denn das erstaunliche ist, dass es haargenau die exakten Kopien der beiden Familien sind. Alle zusammen, mit menschlichen Haaren und der Kleidung aus dem *Jahr 1888.*

Die Geschwister tragen das Puppen Haus in Julians Zimmer. Ihre Eltern hätten es lieber gehabt, wenn ihre Kinder auf der Party geblieben wären. Aber da es der Wunsch ihres ältesten Sohn war, akzeptierten sie es.

Heute zu Feier des Tages waren sie nicht so streng wie sonst. Es hat mit der schrecklichen Vergangenheit zu tun.

Sie wollten nicht, dass Jemand wieder mit bösartiger Macht versucht die Familien Mitglieder zu trennen.

Ihre Kinder mussten ihre Eltern zwischendurch anrufen und sie informieren was sie gerade taten.

Nur wenn ihre Kinder in der Schule waren, waren sie beruhigt und mussten sich keine Sorgen machen.

Die Geschwister haben viele Freunde, die wussten dass die Eltern ihre Kinder nicht unbeobachtet ließen.

Es war ja auch für sie selbst von Vorteil, da deren Eltern selbst kaum zu Hause waren, da die Meisten von ihnen Geschäfts Leute sind und Künstler die kaum zu Hause sind, da sie überall in der Welt herumreisten, so genannte Jetsetter.

Zwischendurch hatten sie Babysitter, die auch aufpassten und nicht schlecht darin waren die Kinder dementsprechend zu unterhalten, so dass niemandem langweilig wurde. Doch auch Kinder brauchen Abenteuer und wollen eine Elternfreie Zeit haben, ohne beobachtet zu werden.

Im *Jahr 1998* ist es Julians Geburtstag der die Wende bringt. Das Puppenhaus das voll mit Geheimnissen ist.

Emma zeigt ihrem Bruder, alle Puppen. Ihr Bruder ist begeistert von ihnen. Er verteilt sie alle in die verschiedenen Zimmer des Hauses. Neugierig öffnet er alle Schränke, er sieht, dass alles mit Miniatur Gegenständen gefüllt ist. Da verschwindet die Kleine plötzlich aus dem Zimmer und kommt mit einem Schuh Karton voller alter Bilder wieder. Es sind schwarz weiß Aufnahmen aus dem *Jahr 1888*.

„Emma, warum zeigst du mir diese Bilder? Haben sie etwas mit dem Haus zu tun?"

Julian setzt sie auf seinen Schoß, er lächelt sie fragend an. Sie streichelt ihrem Bruder über den Kopf und nickt.

„Julian, ja das haben sie. Hast du schon mal von Belphegor gehört?"

Grinst Emma gespannt. Es scheint, als wüsste sie was, was ihr Bruder nicht zu wissen vermag. Die Kleine ist auf seine Reaktion gespannt.

„Nein, wieso? Wer ist das, ich habe noch nie von ihm gehört. Ist das vielleicht der Name dieser seltsam aussehenden Puppe hier?"

Julian hält eine ägyptische Puppe hoch, eine Mischung aus Mensch und Schakal Hund, sie erinnert an Anubis, der Gott der Toten.

Er war schon mal mit Emma und seinen Eltern in New York im Museum für Geschichte. Dort gab es eine Statur die genau so aussah wie die Puppe. Der Junge fühlt sich nicht wohl dabei sie weiter in den Händen zu halten.

Er denkt sich, dass die dämonische Puppe nicht in das Haus passt. Als der Junge die Puppe verschwinden lassen will, verändert sich rapide das Verhalten seiner kleinen Schwester. Ihre Augen fangen an zu Glühen, sie will ihrem älteren Bruder die Puppe aus den Händen reißen. Doch dieser wehrt sich und wirft instinktiv die Puppe aus dem Fenster.

Da bricht Emma vor Wut in Tränen aus, sie schreit Julian an:

„Was hast du getan? Du hast unseren Stiefvater aus dem Fenster geworfen! Ist dir bewusst was das bedeutet? Ich muss ihm helfen. Du Ungeheuer, jetzt hast du ihn zerstört!"

Die Fünfjährige redet nun auf den Jungen ein wie eine Erwachsene. Sie ist sehr verzweifelt.

Als sie selbst schreiend aus dem Fenster hinterher springen will, schafft er es noch gerade sie fest zuhalten.

„Jetzt erkläre mir mal bitte, was dass alles zu bedeuten hat? Warum redest du wie eine Erwachsene? Und warum nennst du diese komische Puppe „Stiefvater"? Unser Stiefvater, also Mama Diamonds erster Mann war ein Mensch und ist schon vor unserer Geburt gestorben. Es war bei einem Auto Unfall in der Schweiz, als er mit seinen Freunden dort Urlaub machte. Oder ist das eine verhexte Voodoo Puppe, die den Geist unseres Stiefvaters beherbergt. Sehr gruselig, diese Vorstellung, vor allem der Name Belphegor hört sich bösartig an. Oh, ist das unheimlich. Ich hoffe es ist nicht so. Das würde mir so ziemliche Angst machen."

Emma tanzt in Trance hin- und her, aber sie will ihren Bruder bekehren für sie die Puppe wiederzuholen um ein Wiederbelebungs-Ritual durch zu führen. Aber vorher will sie ihm alles erklären. Da er sonst nicht offen ist für das Ritual. Aber zuerst läuft sie an das Fenster und ruft laut „Jim"! Der Apfel Baum am Haus setzt sich in Bewegung, seine Wurzeln befreien sich aus dem Erdreich. Im Haus sind alle Menschen nun verschwunden, so als hätten sie sich in Luft aufgelöst. Nur die beiden Kinder sind übrig geblieben und ihr mysteriöse Gast, der alle die ganze Zeit beobachtet hat, von seinem Baum.

Der Baum bleibt vor dem Kinder Zimmer Fenster stehen. Der inzwischen sechzehn Jährige Jim, ist zu einem stattlichen jungen Mann heran gewachsen, der genau so aussieht wie sein teuflischer Vater „Belphegor" in seiner menschlichen Gestalt. Er erklärt seinem Stiefbruder Julian, als er die teuflische Puppe in der

Hand hält, dass er Jim heißt und er der ältere Bruder der beiden Kinder wäre, genauer gesagt der Stiefbruder.

Er nimmt die Puppe und legt sie auf den Boden, rings herum leuchtet plötzlich ein Pentagramm auf.

Da fängt Emma an wie aus heiterem Himmel zu lächeln, sie nimmt Julian in den Arm.

Jim, genießt den Anblick und weiß, dass sein Plan aufgegangen ist. Sein Vater würde wieder unsterblich sein und die alte Macht wieder haben. Die drei Kinder sind gemeinsam seine Erben.

Die Prinzen und die Prinzessin der Unterwelt.

Als Julian von Emma und Jim erfährt, dass er die ganze Zeit von seinen Eltern belogen über seine Herkunft belogen wurde, hält auch ihn nicht mehr zu Hause. Seine Freunde, seine Eltern waren ihm egal und sein Geburtstag jetzt auch. Die Enttäuschung steht in seinem Gesicht geschrieben. Er erfährt auch, dass sein angeblicher Vater nicht zeugungsfähig gewesen ist. Das hat sein Vater Michael mit seiner Mutter Diamond geschlafen, aber konnte nicht wissen das Belphegor für kurze Zeit in dessen Körper während Julians Zeugung war. Diamond erfuhr während des Geschlechts Akts, das ihr ehemaliger Geliebter Belphegor zu Gast in Michaels Körper war. Sie überhörte das, spielte lieber mit dem Feuer obwohl sie wusste, dass es ein folgenschwerer Betrug war, wie es sich hinterher heraus stellte.

Auch Michael erfuhr es hinterher, erst viel später nach Emmas Geburt. Er verdrängte es genauso wie seine Frau Diamond und Beide beschlossen, die Kinder im Glauben zu lassen, dass Michael ihr Vater ist.

Der erste Mann ihrer Mutter wäre gestorben, er hätte die Familie weiter finanziell unterstützt, es hätte ihm nichts ausgemacht, dass seine Diamond einen anderen Mann geheiratet hat und mit ihm Kinder gezeugt hat.

Und über den älteren Bruder Jim, wurde überhaupt nicht gesprochen, geschweige denn das es ihn gegeben hat.

Die beiden Kinder haben eine hellbraune Haut Farbe und sehen Michael sehr ähnlich, auch ihrer Mutter.

Michael hat eine dunkelbraune Haut, Diamonds Haut ist leicht rosig weiß.

Also käme nie Jemand auf die Idee, dass die Kinder einen anderen Vater haben.

Die Eltern des Geschwister Paares konnten aber das Geheimnis nicht für sich bewahren.

Denn die kleine Emma versteckte sich gerne, besonders in Kleider-schränken. Und besonders an Regen Tagen.

Da war wieder so ein Tag, an dem sie sich langgeweilt hat, also nahm sie sich ihre Lieblings-Puppe Luci mit und machte es sich in einem unbeobachteten Moment dort gemütlich.

Als sie ein paar Kleidungs-Stücke drinnen zu einem Bett zu Recht gemacht hatte, schaute sie vorher neugierig in einer der offen ste-henden Schubladen und zog an etwas was wie ein Stoff Taschentuch aussah.

Die Schublade steht offen, das Taschentuch liegt auf dem Boden und offenbart ein Geheimnis über die wahre Herkunft der Kinder.

Emma hebt die vergilbten Schwarz Fotos auf, die ihre Mutter Dia-mond und ihre Zwillings-Schwester Crystal in schwarzen Sonntags - Kleidern zeigen, sie sind kaum zu unterscheiden. Auf dem Foto sind sie sehr Jung und schauen nicht gerade fröhlich. Es liegt wahrschein-lich daran, dass hinter ihnen ein Mann mit im Frack mit Zielinder, schwarzen Haaren zu einem Pferde Schwanz zusammen gebunden und teuflischen Augen steht.

Er überragte die jungen Frauen mit seiner Körper Größe, die dadurch wie Kinder wirkten.

Auf der Rückseite des Fotos steht *„ 1888, meine Schwester Crystal und ich, mit meinem Verlobten Belphegor"*.

Kapitel Neununddreißig

IN ZUKUNFT WIRD ALLES ANDERS

Die Kleine fragte sie wie das auf dem Foto ihre Mutter, gemeinsam mit deren Schwester, ihrer Tante sein konnte.

„Es ist schon so lange her, denkt sie sich. Mama ist doch kaum gealtert und Tante Crystal auch nicht."

Damit hatte sie Recht, denn von *1888* bis zum *Jahr 1998* ist ziemlich viel Zeit vergangen. „Was verbergen unsere Eltern bloß vor uns? Dieser seltsame Mann gefällt mir sehr, er hat etwas Mystisches."

Eine merkwürdige Anziehungskraft erfüllt das Mädchen. Sie fängt an den finstern Mann zu mögen.

Sie wollte mehr über ihn erfahren und erhofft mehr Antworten auf den anderen Bildern zu finden.

Und es dauert auch nicht lange, auf den anderen Fotos sieht man den Mann, der als Belphegor auf den Bildern immer wieder benannt wird, jeweils mit Emma als Baby auf dem Arm, oder mit ihren Bruder Julian auch als Baby auf dem Arm. Er schaut auf den Bildern immer stolz lächelnd jedes Kind, in deren Taufkleidern an.

Nur diese Fotos waren farblich und stammen laut Beschreibung aus dem *Jahr 1993* und dem *Jahr 1990*, den Geburtsjahren der Geschwister. Belpheghor selbst war hier in Jeans, Buisness-Hemd und Jacket, passend zu den neunziger Jahren gekleidet.

Das Wichtigste ist, was auf den Rückseiten der zwei Bilder geschrieben steht:

Belphegor, Herrscher der Unterwelt mit seiner Tochter Prinzessin Emma von Gehenna.

Belphegor mit seinem Sohn Julian, der zweite Thron Erbe, Prinz von Gehenna.

Gehenna = Lateinisch; Hölle

Da wusste sie wer der wahre Vater von ihr und Julian ist, aber nicht nur von den beiden Geschwistern.

Auf dem letzten Foto, das schwarz -weiß ist, sie sieht ihren Vater, den Wirklichen vom ersten Foto wieder,

diesmal mit einem kleinen Jungen, der nicht Julian war, gemeinsam auf einem Königs Thron sitzend.

Das Kleinkind sah gelangweilt aus, während der Höllenfürst ihn stolz ansieht. Der Junge spielte mit seinem Fingern an dem Matrosen Anzug, welcher als Kleidung für Jungs um das *Jahr 1888* üblich war zu tragen.

Lustig anzusehen war, dass der kleine Junge, eine viel zu große Königskrone auf dem kleinen Kopf trug.

Auf der Rückseite steht sein Name, er heißt Jim und soll zwei Jahre alt sein, der Kronprinz von Gehenna.

Der erste Thronfolger, der ganze Stolz seines Vaters und wieder die *Jahreszahl 1888.*

Als Emma die Fotos wieder zurück ins Taschentuch legen will und zurück in die Schublade, sieht sie, dass dort ein Tagebuch ist, was unverschlossen ist und mit zwei getrockneten Rosen, als Lesezeichen zwischen den Seiten.

Sie öffnet das Tagebuch und fängt an zu lesen. Die fünfjährige erfährt so von Anfang an, alles was seit dem

Jahr 1886 bis *1993* passiert ist, vom Kennen lernen der Zwillings-Schwestern mit dem finsteren Herrscher, bis zur Zeugung von Jim, dessen Geburt, die Zwischenfälle die Schäden die deshalb innen im Haus verursacht worden, die Morde, über den Schlafens Zauber an der eigenen Familie und den Besuchern des Herrn Hauses.

Dass ihre eigene Mutter mit ihrer Tante, mit ihren Männern Emmas wirklichen Vater gemeinsam vernichten wollte, machte sie sehr traurig, als auch zugleich wütend.

Sie wollte so gerne zu ihrem Vater Belphegor und beschloss ihn zu suchen. Und Jim wollte sie auch unbedingt finden, ihre wirkliche Familie. Diesen Weg wollte sie nicht alleine gehen, Julian ist ja genauso betroffen wie sie.

Wenn sie ihrem Bruder die Beweise vorlegen kann, dann würde er es vielleicht verstehen, da ist sie sich sicher.

Am nächsten Tag zu Julians Geburtstag, er hat schließlich wie sie ein Recht auf die Wahrheit.

So räumt sie auf, alles wieder in den Kleiderschrank. Bis auf die Beweise ihrer Herkunft, die musste sie sicherstellen, damit sie nicht verschwinden. Jetzt würde niemand die Schubladen kontrollieren, sie waren mit den Geburtstags-Vorbereitungen für den nächsten Tag beschäftigt und gleich würden sie zu Abend essen. Dann würden sie und ihr Bruder gebadet werden, danach eine Geschichte zum Einschlafen.

Am nächsten Morgen findet ein ausgiebiges Frühstück statt, bevor später am Nachmittag, die Geburtstags - Feier des achtjährigen Julian stattfinden soll. Emma kann es kaum erwarten, bis alle fertig sind mit dem Essen.

Denn dann durften alle aufstehen, um mal das zu machen wozu sie Lust hatten, bis auf die Erwachsenen die sich noch um die Feier kümmerten, damit alles perfekt war.

Die Kinder wollten Spielen, denn Julian wollte erst später wenn all seine Freunde, Cousins und Cousinen da sind und die Geschenk Päckchen komplett waren, vor ihnen öffnen.

Um sich abzulenken läuft der Junge in sein Zimmer. Er nimmt Lego Steine und baut am Todes Stern vom Film *STAR WARS*, das würde seine gesamte Konzentration fordern. So etwas liebte er, ist schließlich sein Hobby.

Wehrendessen fällt Emma ein, dass sie das Puppenhaus für ihren Bruder, welches sie mit einem älteren Jungen der sich Jim nennt in ihrem Holzhandwerk Club für ihren Bruder zum Geburtstag gebastelt hat, noch in Geschenk Papier eingepackt werden muss. Als sie in ihrem Kinder Zimmer ist, bleibt sie Gedanken Verloren vor dem gebasteltem Häuschen stehen. Ihr fällt auf, das der Zweijährige auf dem Bild vom Aussehen her ziemlich ähnlich sieht und dann noch der gleiche Name.

„So viele Zufälle kann es doch nicht geben, oder? Ich habe da so ein Gefühl. Aber es kann doch nicht sein, dass der Junge, Jim aus dem Club ist. Aber dann dachte sie an ihre Mutter, die ja auch kaum gealtert ist. Und vielleicht ist das Selbe ja auch mit Jim geschehen, wenn man einen Höllen Fürsten als Vater hat, dann muss es so sein, dass Jim der ältere Junge aus dem Club ist."

Sie lächelt zufrieden, nimmt das Geschenk Papier aus der Kommode und verpackt das Geschenk für ihren Bruder von dem nebenan im Zimmer nichts zu hören war, weil er konzentriert war.

Fertig eingepackt, nimmt sie einen Korb und legt plötzlich wie in Trance durch eine fremde Macht gelenkt mehrere Puppen, ohne Gesichter, Haare und ohne Kleidung hinein, zuletzt ein glitzerndes Tuch darüber.

Die Puppen hatte sie blanko von Jim bekommen mit Hinweisen die er ihr erklärt hatte mit.

Emma fand das ziemlich verrückt, aber verrückte Sachen mochte sie auch.

Also war die Vorgehensweise für sie in Ordnung. Auch wenn sie da noch nicht wusste wer Jim war.

Das spielte so wie so keine Rolle mehr, denn sie mochte ihn sehr.

Nach zehn Minuten kam sie zu sich, hob das Tuch hoch, mit großem Erstaunen bewunderte sie die verzauberten Puppen mit den menschlichen Haaren. Ja, auch alles andere an ihnen war perfekt.

Dafür hatte sich Jim ein großes Dankeschön verdient, dass würde sie ihm später persönlich sagen.

Denn er wollte nach seiner Arbeit im Supermarkt vorbeischauen, ein Ferien Job den er machte, da Sommer Ferien sind. Er sollte auf keinen Fall auf der Feier fehlen, also wollte er vorbei kommen.

Was er dann ja später tatsächlich tat, aber ganz anders als erwartet.

Als später alles fertig vorbereitet ist, werden die Kinder zum Mittag Essen gerufen. Aber Hunger haben sie kaum.

Gott sei Dank gibt es nur Blatt Salat und Würstchen. Schnell aufgegessen stehen die Kinder auf.

Emma nimmt ihren Bruder an die Hand, sie gehen gemeinsam in den Hausflur, um zum Spielen nach draußen zu gehen, bis die ersten Gäste kommen würden.

Sie bat Julian sich mit ihr an den Apfel Baum zu stellen um ihn mit Händen zu umfassen.

Er mochte den Apfel Baum schon, seit dem er auf der Welt war, also tat Julian seiner Schwester den Gefallen.

Beide fühlten sich sehr geborgen, der Baum machte seine Äste lang um die Kinder zu berühren.

Durch die Bewegungen der Äste fielen einige Äpfel auf den Boden, ohne die Kinder zu treffen.

Die Geschwister verloren jegliches Gefühl für Zeit und Raum. Sie fallen in Trance, ein Kopf Kino zeigt ihnen was alles geschah rund ums alte Haus und innen im Haus.

In ihrer Reise der Vergangenheit sehen sie die Menschen die sie heute noch kennen, auch die die sie nicht kennen, Geschöpfe von denen sie niemals in ihrem Leben gehört haben.

All diese Szenen wie bei einem Film erleben sie mit; ihre Fragen werden so beantwortet, dass sie niemand sieht.

Schließlich ist der Film zu Ende, sie kommen zu sich.

Nachdem sie Beide wieder aus ihrer Trance heraus gekommen sind, bittet Emma ihren Bruder mit in die alte Scheune zu kommen, dort würde auf Julian ein Geheimnis warten.

Er lässt sich darauf ein. Hand in Hand gehen sie zur Scheune und nehmen drinnen auf den dicken Strohballen Platz.

Dann greift Emma hinter sich. Sie übergibt ihm einen Schuh Karton mit den Fotos im Stoff Taschentuch, zusammen mit dem Tagebuch.

Neugierig schaut ihr Bruder Julian sich die alten Fotos an und liest einige Seiten vom Tagebuch.

Es steht das Gleich drinnen, was sie in ihrem Kopf Kino selbst erlebt haben. Aber jetzt hatten die beiden Kinder den Beweis ihrer Herkunft.

Ihre Mutter und ihr Mann könnten also nicht behaupten, dass Belphegor nicht ihr Vater war.

Falls es ihnen in den Sinn käme. Die Kinder haben gewonnen und die Lügen der zwei Erwachsenen, als auch ihrer Mitwisser wie die Tante mit ihrem Mann sind nun entlarvt. Sie sind nun endgültig aufgeflogen.

Ihre gemeinsame Enttäuschung darüber konnten die Geschwister ganz gut vor Anderen verbergen.

Jetzt war der der richtige Zeitpunkt gekommen. Doch vorher wollte sie noch richtig Geburtstag feiern, bis das nach ihrer Meinung nach ein Abenteuer starten zu lassen.

Sie wollten ihren Vater finden, denn sie sind mit ihm verbunden und es ist ihnen egal, dass er der Herrscher der Unterwelt ist. Die innige Liebe zu ihm macht keinen Unterschied zwischen Gut und Böse.

Julian will mit seiner Schwester Emma den Eingang zur unterirdischen Welt Gehenna finden.

Bis die Gäste eintreffen hatten sie noch Zeit.

Aber wo sollten sie im Garten suchen? Der Garten hatte eine ziemlich große Fläche zum Suchen.

Und nach einer halben Stunde waren sie immer noch nicht fündig geworden. Sie untersuchten an mehreren Stellen den Rasen, die verschiedenen Blumen Bete. Selbst auf und am Apfel Baum war kein Hinweis zu finden.

Sie liefen sogar um die alte Scheune herum. Nach einer Stunde waren die Kinder genervt.

Beide liefen Hand in Hand ins Haus zurück, wo sie sehnlichst von ihrer Mutter Diamond erwartet wurden.

„Wo seid ihr denn gewesen? Euer Vater und ich haben euch gesucht. Und wie seht ihr denn aus? Habt ihr im Garten in der Erde gegraben? Geht euch bitte waschen und umziehen. Wir haben uns wirklich Sorgen gemacht. Es hätte euch was passieren können. Und dann lauft ihr einfach weg, ohne Bescheid zu sagen wohin. Wir sind sehr enttäuscht von euch, dass ihr noch nicht mal diesem Ehren Tag einen gewissen Anstand bewahren könnt. Das hätten wir nicht von euch erwartet. Es ist so als hättet ihr zwei keine gute Erziehung genossen."

Diamond kann sich kaum beruhigen, sie hat das Gefühl, das ihr ihre Kinder über den Kopf wachsen.

Im Moment ist sie mit ihnen überfordert, da die Kinder kein Einsehen haben wegen dem von ihr genannten Fehlverhalten. Sie nehmen ihre Mutter gar nicht ernst, sie drehen ihre Köpfe weg, schneiden Grimassen.

Sie tanzen fröhlich hin- und her.

Bis Michael im Türrahmen erscheint, seine Frau tröstend beobachtet er die Kinder, ein Gesichtsausdruck ist verärgert, er hatte schon von der Ferne einiges mitbekommen. Für ihn wurden die Geschwister zu fremden Kindern, die jetzt nur noch machen wollten was sie selbst wollten, sich nichts mehr von ihren Eltern sagen lassen.

„Was glaubt ihr, was ihr damit erreicht? Michael schaut die Geschwister streng an. Warum nehmt ihr uns nicht ernst? Draußen ist es gefährlich, zumindest an einigen Stellen. Aber vor allem wenn man nicht Bescheid sagt, dass man weggehen will und wohin."

Michael will weiter reden, doch unterbricht selbst die Diskussion, als er sieht, dass die ersten Gäste ankommen.

Diesen unbeobachteten Moment nutzen die beiden Kinder. Sie laufen schnell zurück ins Haus, die Treppe hoch um sich zu waschen und umzuziehen.

Unten an der Treppe steht Michael, er schreit hoch:

„Diese Unterhaltung wird morgen Vormittag nach dem Frühstück fortgesetzt werden. Wir müssen dringend einiges klären. Es ist mir egal ob ihr lieber spielen wollt."

Michael der nervös wirkt, erschreckt sich als etwas gegen die Fenster Scheibe im Flur fliegt.

Ein dicker Stein, der mit einem Zettel umwickelt ist. Trotz seines Ärgers, will er wissen wer den Stein in das Fenster geworfen, so dass es teils zersprang. Auf der Seite der alten Villa sieht er diesen, aber nicht mehr den Täter. Beunruhigt nimmt hebt er den Stein vom Boden auf. Den Zettel wickelt er auf.

Darauf steht:

„Das Geheimnis ist nun kein Geheimnis mehr."

Und unterschrieben mit Tinte in alter Sütterlin Schrift:

„Ich bin wieder zurück".

Er schleicht ins Haus zurück mit dem Zettel in der Hand, um ihn in die Schublade zu legen wo die Fotos sind.

Dazu kommt es nicht mehr, denn seine Frau Diamond kommt aus dem Schlafzimmer.

Sie hatte sich nochmal nachgeschminkt und war froh ihren Mann zu sehen. Er sollte mit ihr die eingeladenen

Gäste begrüßen. Deshalb steckte er das Papier schnell in seine Hosen Tasche, damit Diamond nichts bemerkt.

Jetzt war keine Zeit zum Reden. Michael musste mit seinen achtundvierzig Jahren die Ruhe bewahren die von ihm erwartete, schließlich war es der achte Geburtstag seines Sohnes und das Haus war voll.

Crystal, Diamonds Schwester setzt sich an den Flügel. Sie spielt die Wunsch Kinderlieder der kleinen Gäste.

Während die Julian mit seiner Schwester Emma feierlich gekleidet im Anzug mit Fliege, die Haare gescheitelt gekämmt und die Kleine im hübschen Rosa Blümchen Kleid, ihre langen Haare zu einem Pferde Schwanz zusammen gebunden gemeinsam die Bibliothek unter Jubel ihrer verschiedenen Gäste betreten.

Emma flüstert ihm ins Ohr, dass er Diamond und Michael nichts sagen sollen, was sie im Garten erlebt haben.

Das Geburtstags-Kind nimmt in einem gemütlichen Ohren Sessel Platz und nickt ihr lächelnd zu.

Er wollte jetzt erst recht nicht, nachdem sein angeblicher Vater so reagiert hat und dann noch seine genervte Mutter, dass sie ihm die Stimmung versauten.

Julian konnte es kaum erwarten, dass entweder Jim und sein Vater Belphegor beide zu sich in ihr Reich mitnehmen würden, damit sie endlich in ihr neues Zu Hause kommen. Hier sind die Kinder nicht mehr erwünscht, das spürten die Geschwister intensiv. Besonders heute vor dem Haus, als das Paar sich über die Geschwister aufgeregt hat. Es war an der Zeit zu gehen und morgen wären sie nie nicht mehr da.

Den Quatsch von Michael und Diamond brauchten sie sich dann auch nicht mehr anzuhören.

Diese Zeiten wären dann endgültig aus und vorbei. Für immer und ewig.

Niemand der einen so rücksichtslos anschreit und das am Kinder Geburtstag.

Julian amüsiert sich auf seiner Kinder Party. Er unterhält sich mit seinen Freunden und genießt die Aufmerksamkeit seiner Freunde. Die ihn bewundern, dass er so viele unterschiedliche Spielzeuge hat.

Auch wie ihn sein Kinder Mädchen, die sechszehnjährige Clara zurechtgemacht hat.

Sehr chic, fanden all die Eingeladenen. Hier waren sie alle freundlich zu ihm. Er blieb es auch.

Innerlich dachte er:

„Als wenn Mama und Michael sich Sorgen machen würden. Wer es glaubt, muss so lachen wie ich. Sie haben uns schon mal belogen. Ich glaube ihnen nichts mehr."

Einen Moment lässt er den Kopf hängen. Emma bemerkt dass und eilt zu ihrem Bruder, der sich wieder zurück in den Sessel gesetzt hat. Sie gibt ihm ein Zeichen und verschwindet mit Clara in ihrem Zimmer, um das Geburtstags - Geschenk zu holen. Selbst die Puppen in dem Körbchen hatten die Mädchen nicht vergessen.

Die Geschenke werden also vor den Jungen gestellt, der konnte es nicht abwarten, das große Geschenk auszupacken. Das Papier schnell entfernt und das Tuch aus dem Weiden Korb die Puppen heraus genommen.

Er vergisst für einen Moment den Ärger über die Lügerei von Michael und Diamond.

Da ihm sein Geschenk so gut gefällt, beschließt er mit dem Puppen Haus in seinem Zimmer zu spielen.

Es wagt niemand ihn davon abzuhalten, dann würden die Gäste wissen, dass etwas im Hause der Familie nicht stimmt. Ihre perfekte Fassade würde drohen zu bröckeln. Das würden sie nicht wollen, denn ihr guter Ruf und ihr Ansehen sind Michael und Diamond sehr wichtig.

Früher haben sie Leute mit solchen Ansichten verachtet, doch die Zeiten haben sich verändert, sie verändert.

Sie sind schon längst nicht mehr das lebenslustige Paar, welches sie einmal waren.

Die schlechten Erlebnisse und die Angst um ihre Familie haben sie so geprägt, dass sie auch jetzt wollen, dass der schreckliche Belphegor niemals wieder an die Macht kommen sollte.

Und das Allerschlimmste wäre, wenn er ihnen ihre Kinder wegnehmen würde. Sie würden alles dafür um das zu verhindern. Nicht
noch einmal. Denn er hatte ihnen damals den kleinen Jim geraubt.

Jim war der Sohn von Diamond und Belphegor. Noch bevor sich
Diamond und Michael kennen gelernt haben.

Michael liebte Jim von Anfang an, ihm war es egal, dass er nicht
sein biologischer Vater war.

Für ihn war der kleine Junge wie ein eigenes Kind.

Aber jetzt war es Julians Geburtstag und er sollte diesen zumindest
genießen können, ohne Streit in der Familie.

Er bat Clara das Puppenhaus mit seiner Frau gemeinsam in Julians
Zimmer zu bringen.

Dies geschieht rasch, denn der Junge ist ziemlich ungeduldig. Den
Korb mit den Puppen trägt Emma.

Sie geht den beiden Frauen hinterher. Im Kinder Zimmer angekommen stellten sie das Haus zum Spielen auf den Tisch. Emma stellt
den Korb mit den Puppen daneben. Sie bittet die Frauen rasch das
Zimmer zu verlassen.

Diamond und Clara wundern sich darüber. Aber denken sich nichts
dabei. Kinder haben nun mal Geheinisse.

Also verlassen sie das Zimmer. Diamond bleibt im Tür Rahmen
stehen, sie bittet ihre Kinder sich noch mal auf der Party sehen zu
lassen. Sie erinnerte beide daran, dass Jim, der gemeinsame Freund
der Kinder nach der Arbeit im Super Markt zur Feier kommen wollte. Darüber freuen sich Julian und seine Schwester Emma sehr.

Die Frauen lassen die Kinder alleine. Sie hörten ob die Frauen die
Treppe herunter gegangen sind, nutzt Julian die Gelegenheit um die
Zimmer Türe von innen zu verschließen. Denn niemand soll etwas
mitbekommen.

Das ist den Kindern sehr wichtig. Es ging darum zu besprechen wo
sie nach ihrem Vater suchen sollten.

Auch musste ein Flucht Plan erstellt werden.

Denn schließlich würden ihre Mutter als auch Michael besser Auf passen, mehr und genauer als vorher.

Apropos Aufpassen, Diamond rief nach den Geschwistern, sie sollen runter kommen.

Sie hätte ihnen etwas Wichtiges mitzuteilen, es wäre dringend.

Die Kinder denken, dass wahrscheinlich Jim inzwischen angekommen ist. Doch da täuschen sie sich.

Sie finden ihre Mutter in der Küche, wo sie den Angestellten hilft mit dem reichhaltigen Buffet für den Abend.

„Mama, wir sind da. Was gibt es denn, warum hast du uns denn gerufen? Wo ist Jim, ist er vielleicht bei den Anderen in der Bibliothek?"

Fragt Emma. Sie hofft, dass es so ist.

Diamond bittet ihre Kinder ihr in die Vorrats Kammer zu Folgen. Verwundert folgen die Kinder ihr.

Misstrauisch folgen sie ihrer Mutter. Die Kinder sehen die Enttäuschung in ihrem Gesicht.

Sie tut alles um die schlechte Nachricht, die sie von Jims Chef aus dem Super Markt an der Straßen Ecke am Telefon bekommen hatte schonend zu vermitteln. Was nicht so einfach ist.

Denn Jim war die letzte Hoffnung der beiden Geschwister zu ihrem Vater zu kommen.

Doch jetzt ist alles zerbrochen, sie würden niemals alle eine Familie zusammen in der Unterwelt werden.

Ohne ihre Mutter Diamond und deren Mann Michael. Jetzt mussten sie beiden Verrätern bleiben.

„Kinder, ich weiß nicht wie ich es euch sagen sollen, aber Jim ist bei einem bewaffneten Raub Überfall im Super Markt erschossen worden. Er erlag im Krankenhaus seinen Verletzungen. Euer Freund Jim leider gestorben. Es tut mir wahnsinnig leid. Ich weiß wie gerne ihr ihn mochtet. Für euch war er wie ein großer Bruder und der beste Baby Sitter auf der Welt. Wenn ich euch helfen kann sagt es mir. Ich bin für euch da, wie euer Vater. Es tut mir leid, dass wir uns in letzter Zeit so viel gestritten haben. Ich wünschte, ich könnte e rückgängig machen, glaubt es mir bitte. Wenn ihr jetzt alleine sein wollt, kann ich es verstehen."

Das schlechte Gewissen über das Familien Geheimnis quält Diamond umso mehr.

Sie fühlt sich so leer, als hätte man ihr das Herz rausgerissen und durch einen Stein ersetzt.

Vor Schreck kann sie kaum noch sprechen, damit hat sie nicht gerechnet.

Diamond muss ihre Tränen verbergen, damit nicht auch noch die Kinder hinter das Geheimnis kommen, wer Jim in Wahrheit ist.

Wenn sie weinen würde, dann wüssten die Kinder Bescheid. Und sie würde sie vielleicht auch noch verlieren.

Dieses Risiko wollte sie auf keinen Fall eingehen. Deshalb schauspielte sie die Situation herunter.

Das war das Mögliche ihrer Meinung nach, was sie jetzt für ihre Kinder tun konnte. Sonst rein gar nichts.

„Mama das stimmt nicht, dass ist nicht war. Du belügst uns. Wir glauben dir kein einziges Wort von dem was du da gesagt hast. Jim ist nicht tot. Er lebt und arbeitet noch im Super Markt, er macht Überstunden. Wir wollen zu Jim, wir wollen Jim sehen. Wenn du sagst er ist im Krankenhaus, dann wollen wir da jetzt hin!"

Julian schreit seine Mutter wütend an und Emma boxt ihrer Mutter in ihrer Wut in den Bauch.

Dann nimmt sie Julian an die Hand, sie meint, dass es besser ist zurück in das Kinder Zimmer zu gehen.

Eine innerliche Stimme sagt den beiden Kindern, dass der Schlüssel oben im Zimmer ist.

Sie verlieren keine Zeit, sie hören wieder diese seltsame, aber doch ihnen bekannte Stimme in den Köpfen, die ihnen sagt, dass sich beeilen sollen.

Unbeachtet lassen sie ihre Mutter zurück, die einen tiefen Schlaf fällt. Ihr Körper verwandelt sich in eine Puppe, genau diese die fehlt, ein Platz im Puppenhaus würde ausgefüllt werden.

Emma hat alles mit angesehen, die Hand ihres Bruders hatte sie losgelassen. Sie ruft nach ihrem Bruder, der schon vorausgelaufen ist. Er hört seine Schwester rufen. Er dreht sich um und läuft zurück zur Kammer.

Da steht Emma mit der Puppe in der rechten Hand, die ihre Mutter darstellt.

Julian freut sich darüber, denn er es hatte bemerkt, dass genau diese Puppe aus dem Korb fehlt.

So ist er froh, dass sie alle wieder vollständig sind. Gemeinsam gehen sie zurück in das Zimmer.

Julian fragt nicht wo seine Mutter hin gegangen ist. Es interessiert ihn auch nicht wirklich, wo sie ist.

Nur seine Schwester weiß, wo sie sich ihre Mutter befindet. Das war erst mal so in Ordnung.

Sie würde ihrem Bruder zu richtigen Zeit die Wahrheit sagen.

Im Zimmer angekommen fängt Julian an mit Emma die Puppen in die einzelnen Räume des kleinen Hauses zu verteilen, was beiden sichtlich Spaß macht, während es unten auf der Feier plötzlich so still wird, dass nichts mehr zu hören ist. Doch das bekommen die Kinder nicht mit, denn sie sind im Spiel mit den Puppen vertieft.

Die Szenerie im Puppenhaus gleicht der der Geburtstags-Feier im Haus. Beide Kinder fragten sich wie das gekommen ist, aber nicht lange. Denn sie genossen das Spiel so sehr. Als etwas Zeit vergangen ist, bekommen die Geschwister Durst und Hunger.

Draußen ist es inzwischen dunkel geworden. Es ist am Abend und die Kinder fragten sich ob die Gäste inzwischen gegangen sind.

„Haben sie noch etwas zu Essen vom Buffet übrig gelassen? Was meinst du Emma? Mein Magen knurrt laut und mein Hals ist richtig trocken vor Durst. Was ist mit dir, Emma? Kommst du mit mir nach unten, um nach zu sehen ob noch was übrig geblieben ist, sonst bitten wir die Frauen in der Küche uns etwas zu Essen zu machen. Aber bitte ohne Mama und den Idioten Michael."

Als sie die Treppe runter gehen wollen klopft es am Fenster. Aufgeregt gehen Julian und Emma dort hin.

Sie öffnen es, denn ein ungeduldiger Besucher wartet draußen vor dem Fenster auf einem Baum.

Den Apfel Baum hat Jim als Transport Mittel benutzt. Er ist alles andere als tot.

Darüber sind die Geschwister sehr froh. Gut, dass sie nicht wirklich dran geklaubt haben, dass ihr Bruder tot ist.

Jim klettert hinein und der Baum bewegt sich wieder zurück zu der Stelle, wo er vorher gestanden hat.

Er winkt noch seinem Baum Freund hinterher. Seine Geschwister belächeln die Situation.

„Danke Appel Jack, wenn ich dich wieder brauche, schnippe ich mit den Fingern. Aber jetzt kannst dich erst mal ausruhen, mein treuer Freund." Jim strahlt über sein Gesicht.

Das Strahlen im Gesicht wird noch stärker, als er seine jüngeren Geschwister sieht. Jim nimmt sie beide gleichzeitig in seine Arme. Die Zwei fühlen sich so richtig wohl in Jims Armen.

Sie sind sehr froh, dass er nicht tot ist. Julian ärgert sich erneut über die Lügerei seiner Mutter.

Er will mit ihr nichts mehr zu tun haben und noch weniger mit ihrem Ehemann Michael, der die ganze Zeit vorgab der Vater der Geschwister zu sein. Seine Schwester empfindet das Gleiche wie er.

Das Paar könnte verschwinden, ihnen wäre es egal. Niemand braucht Betrüger und Schwindler als Eltern.

Wer seine Kinder so behandelt hat, kann sie nicht lieben. Das ist nun mal Fakt und keine Fiktion.

Wieder knurren die Mägen der Kinder, als auch der Magen von Jim. Nun war es Zeit, endlich was zu Essen.

Bevor sie gemeinsam runter gehen wollen, stoppt Jim sie.

„Was ist denn los, Jim? Wir wissen, dass du unser Bruder bist und der erste Thronfolger der Unterwelt. Aber was hast du jetzt vor? Kann das nicht warten? Wir sind so hungrig und Durst haben wir auch."

Sagt Julian ungeduldig, genauso wie seine Schwester. Sie wollen schnell in die Küche.

Jim beschließt mit seiner Angelegenheit zu warten. Seine Geschwister sind ihm sehr wichtig, ebenso ihr Wohlbefinden. Auch er selbst hat Bedürfnisse, die er gerne gestillt haben möchte.

Die beiden Kinder würden es so wie so sehen, was er ihnen sagen wollte. So war es am Einfachsten.

Gemeinsam gehen sie zur Küche. Aber Julian und seine Schwester wundern sich, dass plötzlich alle aus dem Haus verschwunden sind.

Doch ihr Hunger ist so stark, dass sie erst später mehr darüber wissen wollen. Also Essen aus den Kühlschränken von den Buffet Platten bis sie satt sind, sie trinken Limonade und Jim tut es ihnen gleich.

Nachdem sie alle drei fertig gegessen und getrunken haben, möchte Julian das Personal rufen damit sie die Küche aufräumen. Er ruft, drückt zusätzlich einen Ruf Knopf weil er keine Antwort bekommt.

„Das kannst du dir sparen, Bruder. Es wird niemand kommen um Aufzuräumen. Auch für alles andere wird niemand kommen. Wir werden niemanden brauchen, glaube es mir, Julian. Dort wo wir hingehen, ist genügend Personal die auch aufräumen und dir alles bringen was du brauchst."

„Und das Beste ist die Leibwache, die euch Tag und Nacht beschützen. So lange bis eure Kräfte vollständig ausgebildet sind. Denn unser Vater hat eine Menge zu tun, Natur Gewalten, Hungers Nöte, Mücken Plage, Krankheiten und die Süden aller Menschen zu verwalten. Glaubt mir beide, dass alles kann schon ziemlich anstrengend sein. Ich selbst bin schon seit vier Jahren in Ausbildung bei unserem Vater, als sein persönlicher Assistent. Also, bin ich nicht einfach einer seiner Söhne."

Genau so wird es auch bei euch sein, sobald ihr zwölf Jahre alt seid. Also genießt eure unbeschwerte Kindheit.

Und bedenkt, die Jahre in unserem König Reich gehen schneller vorbei als auf der Erde.

Was hier ein Jahr ist, ist bei uns eine Woche. Also, macht es euch bewusst.

Vater erwartet euch, also lasst ihn nicht warten. Schließlich hat er sehr um euch kämpfen müssen."

Jim wirkt sehr ernst bei dem Gesagten. Doch es ist wichtig, dass die Kinder wissen was auf sie zukommt.

Denkt er sich. Aber er wollte sie auf keinen Fall loswerden.

Und sein Vater hat ihn ja beauftragt, diese wichtige Sache den Kindern mitzuteilen. Seinen Vater wollte er schließlich auch nicht enttäuschen.

Das war aber nicht alles, denn die Julian und Emma sollten wissen, was mit dem Rest der Familie, auch was mit den Gästen passiert ist.

„Jim wo sind denn alle geblieben? Es ist so ruhig, niemand ist hier zu sehen. Ganz schön unheimlich, doch die Ruhe ist im Moment hilfreich. Damit uns niemand stört, oder an den Türen lauscht. So ist es sicherer."

Julian macht mit seinem Bruder Shake Hands, sie klatschen sich gegenseitig in die Hände.

Als ihr Spiel zu Ende ist, drängt Jim seine Geschwister, dass sie schnell ihre Kleidung und ihre Lieblingsspielzeuge einpacken für ihre Reise nach Gehenna.

Das lassen sie sich nicht zwei Mal sagen. Schnell laufen sie voller Vorfreude in Windes Eile die Treppe hinauf.

Sie räumen ihre Taschen und Koffer ein.

Beide wollen noch unbedingt das Puppen Haus, zusammen mit den Puppen mitnehmen.

Emma will die das mit Jim klären, sie dreht sich um. Da steht er schon hinter ihr. Er erklärt es Beiden.

„Macht euch keine Gedanken über das Puppen Haus. Das kommt natürlich mit, es ist schließlich das Geburtstags - Geschenk. Sicherlich fragt ihr euch wie wir das Haus zusammen mit eurem Gepäck transportieren. Kommt, stellt euch hier hin, dann zeige ich es euch."

Die Kinder stellen sich hin, sie beobachten gespannt ihren Bruder, der mehrfach in die Hände klatscht.

Wie durch Zauberei löst sich das kleine Haus in Luft auf, bis es unsichtbar ist, das Gleiche passiert auch mit dem Gepäck. Alles ist verschwunden, die Geschwister sehen Jim verblüfft an.

„Ist ja nur Magie, keine Sorge. Diese Art von Zauberei werdet ihr auch noch lernen. Doch jetzt ist es erst mal wichtig, dass ihr gesund und munter zu unserem Vater kommt. Er hat mir über Telepathie kommuniziert, wie auf einem Anrufbeantworter. Das ist sehr praktisch, vor allem wenn es schnell gehen muss."

Grinst Jim selbst zufrieden.

Jetzt müssen sie zusammen ihr Geburtshaus verlassen, denn eine dämonische Stimme schreit laut:

„Schnell, alle raus aus dem Haus! Es fliegt gleich alles in die Luft. Beeilt euch! Die Uhr des Zünders der Bombe ist aktiviert. Die Zeit läuft. Mein Sohn bring deine Geschwister nach Hause."

Dann sehen alle Drei eine riesige Standuhr, mit der Bombe im Uhrenkasten. Sie ist aus dem Nichts aufgetaucht.

Die Uhr steht im Hausflur, neben der Treppe. Plötzlich steht sie nur einfach da, ohne ein Geräusch von sich zu geben und ihre Zeiger stehen auch still. Die Kinder wundern sich über diese seltsame Uhr.

Gespannt bleiben die Drei für fünf Minuten davor stehen und warten ab was nun passieren wird.

Da hören sie plötzlich das erwartete Geräusch, das Ticken der Standuhr.

Die Zeiger der Uhr bewegen sich im rasanten Tempo, sie laufen rückwärts. Emma muss darüber lachen.

Aber ihre Brüder bleiben ernst, sie können darüber nicht lachen, denn sie wissen was das bedeutet.

Das Mädchen ist noch zu klein, um die Gefährlichkeit einzuschätzen.

Deshalb packt Jim seine kleine Schwester und trägt sie im Laufen aus dem Herrnhaus.

Während Julian ihnen genauso schnell hinterher läuft. Sie laufen weit genug vom alten Gebäude weg, so dass ihnen nichts passieren kann. Aber noch nah genug um zu beobachten was mit dem Haus geschieht.

Bewunderung und gleichzeitiges Entsetzen zeigen sich in den Gesichtern der Kinder.

Denn sie vermuten, dass sich irgendwo im Haus, noch ihre Mutter, Michael und ihre Gäste mit dem Personal befunden haben. Julian denkt, dass sie alle bei der Explosion umgekommen sind.

In Gedanken versunken, vergisst er für einen Moment, dass sie bald alle ein neues zu Hause haben werden.

Auch denkt er nicht daran, dass ihn sehnsuchtsvoll sein Vater endlich in die Arme schließen will.

Aber nur in dessen menschlicher Gestalt, um ihn am Anfang nicht gleich zu erschrecken.

Erst später zum Kennenlernen sollten er und seine Schwester seine anderen schrecklichen Gestalten begrüßen.

Julian lässt aber trotzdem die Frage nicht los was mit den Anderen geworden ist.

Er denkt nicht wirklich, dass sie tot sind. Seiner Schwester scheint das nicht zu kümmern, ihr sind die anderen Mensch völlig egal. Für sie zählt nur, dass sie gemeinsam so schnell wie möglich zu ihrem Vater kommen.

Emma versucht ihn aus dem Trance Zustand aufzuwecken. Es gelingt ihr nicht, Julian reagiert gar nicht.

Sie zieht an Jims Kleidern und schreit Jim an:

„Was ist mit unserem Bruder, warum reagiert er nicht, Jim?"

Er kann sich nicht erklären, was mit seinem Bruder Julian ist. Egal wie sehr die Geschwister an ihm rütteln, es geschieht nichts, er zeigt keine Reaktion. Mit dieser Reaktion seines Körpers haben sie nicht gerechnet.

Verzweifelt reist Jim sich heulend ein paar Haare aus. Emmas Fragen er nicht beantworten, obwohl er es so gerne würde. Was hat er bloß falsch gemacht? Was soll er denn seinem Vater Belphegor sagen?

Schließlich sollte er seine beiden Geschwister unbeschadet zu ihm bringen.

Doch jetzt muss er seinem Vater sagen, dass er versagt hat. Eine Riesen Enttäuschung gilt es jetzt zu bewältigen.

In seiner Betroffenheit kommt ihm eine geniale Idee. Sein Vater hatte ihm die Telepathie beigebracht.

Er ist darin voll ausgebildet, daher kann er über das Unterbewusstsein mit Anderen kommunizieren.

Also stellt er sich vor Julian, drückt seine Hände gegen dessen Schultern.

Seine Augen sind verschlossen, sein Körper fängt stark an zu Zittern. Weißer Schaum bildet sich um den Mund. Es sieht so aus als hätte Jim Tollwut.

Das hält einige Minuten an, bis die Symptome plötzlich aufhören und er einfach dasteht, als wäre nichts passiert.

Dann reißt Jim seine Augen auf, die Pupillen sind nicht zu sehen. Nur das Weiße der Augen kann man erkennen.

Die kleine Emma erschreckt sich ein wenig, als sie seine Augen sieht. Aber sie hält es für besser ihn nicht zu stören, also bleibt sie ruhig stehen wo sie steht.

Die Kommunikation zwischen den Brüdern ist im vollen Gange, dass erkennt sie, weil auch Julians Augen weiß geworden sind. Aber im Gegensatz zu seinem älteren Bruder bekommt er keinen Anfall, nur Nasen Bluten.

Nach zehn Minuten ist diese Art von anstrengender Kommunikation vorbei.

„Es hat funktioniert Emma! Freut sich der erschöpfte Jim. Unser Bruder ist wieder zu sich gekommen, er ist wach. Und die Fragen über die Leute und den Rest der Familie die im Haus verschwunden sind, haben sich genauso aufgelöst in Luft aufgelöst. Das ist so besser für dich, mein Bruder. Wenn du diese Erinnerung weiter in deinem Kopf getragen hättest, hätte dich dieses scheußliche Mitgefühl am Ende noch selbst umgebracht. Sei mir nicht böse, dass wir es auf diese Art und Weise auslöschen mussten, dieses letzte kleine Stück deiner erbärmlichen Menschlichkeit. Du bist jetzt einer von uns geworden. Du wirst dich an nichts mehr erinnern, nur an die Reise zurück zu unserem Vater und wie man euch aus unserem Reich als Babys entführt hat. Der Täter waren zwei dunkelhäutige Männer mit den Namen Jake und Michael."

Emma ist so froh, dass jetzt alles wieder in Ordnung ist. Obwohl sie weiß, dass es ein enormer Prozess ist, der mit Risiken verbunden ist, der vielleicht ihrem noch jungen Gehirn schädigen könnte, will es trotzdem wagen. Sie wollte sich genauso mutig sein wie ihre Brüder und dazu gehören. Sie wollte ihren Herrscher Vater stolz machen. Jim lehnt das ab, da es zu gefährlich für sie ist, da ihr Körper zu jung für Telepathie ist. Sie könnte zu Schaden kommen, nicht alleine Körper, sondern es könnte passieren, dass ihre kindliche Seele denken könnte, sie müsste den kleinen Körper verlassen. Und Jim wäre Schuld am Tot des Körpers seiner kleinen Schwester Emma.

Diese Schuld wollte er keines Wegs auf sich nehmen, denn er liebt seine kleine Schwester Emma und wollte sie nicht verlieren. Das war der winzige Teil seiner Menschlichkeit der ihm von seiner Mutter geblieben ist.

Dieselben Gefühle hegt er auch für Julian, seinen jüngeren Bruder.

Nichts desto trotz müssen sie ihre gemeinsame Reise zum Königreich Gehenna (*lateinisch Hölle)* antreten.

Und das mit froher Erwartung ihren geliebten Vater kennen zu lernen.

Sie konnten hier wirklich nichts mehr tun. Jim würde später zusammen mit Belphegor ihnen alles erklären.

So machen sie sich endlich auf die langersehnte Reise. Ihre gemeinsame Vergangenheit lassen sie zurück.

Emma und Julian hoffen, dass der Weg zu ihrem Vater ins Reich nicht so weit entfernt ist.

Denn sie wollen nicht so lange laufen und ihre Ungeduld spielt auch eine Rolle.

Jim nimmt es ihnen nicht übel, sie haben so lange warten müssen um zu erfahren wer ihr richtiger Vater ist.

Doch sie haben Glück, etwa zehn Minuten vom Grundstück der ehemaligen Villa mitten im Wald auf einer Anhöhe scheinen sie ihr Ziel erreicht zu haben. Auch wenn die beiden Kinder sich nicht sicher sind ob sie hier wirklich richtig sind, denn nichts deutet auf einen Eingang zur Höllen Unterwelt hin.

Aber Jim wird es wissen, denken die Kinder. Schließlich vertrauen sie ihm; sogar mehr als früher.

Und sie haben Recht, denn er weiß was er tut. Bis jetzt hatte alles funktioniert was er sich vornahm.

Jim bittet seine Geschwister sich gemeinsam mit ihm auf die Anhöhe zu stellen, sie sollen sich im Kreis aufstellen, sie an die Hände fassen. Gesagt getan, haben sie sich es wieder nicht zwei Mal sagen lassen.

Und dann geschieht es, kurz nach dem sie sich aufgestellt haben.

Unter ihnen taucht plötzliche eine Runde Öffnung auf, die endlos in die Dunkelheit führt.

Schreiend vor Schreck fallen alle in das Loch, aber sie landen sanft auf einer Rutsche.

Als Kinder das bemerken, lachen sie und amüsieren sich. Denn die Rutsche erinnert sie an die zweihundert Meter lange Rutsche in ihrem Freibad. Deshalb ist das für alle ein riesiges Vergnügen.

Sie johlen, klatschen und schreien vor Freude. Es ist ein fantastisches Abendteuer, fast ohne Ende.

Doch irgendwann muss auch mal dass tollste Erlebnis enden. Auch wenn so viel Spaß macht, auch Jim.

Die Kinder sind mehr als begeistert, wenn es nach ihnen ginge dann würden sie ewig weiter rutschen.

Sich immer wieder Wiederholend wie in einer nichtendenden kosmischen Zeitschleife.

Aber nicht alleine zum Rutschen sind sie gekommen. Ihr Vater erwartet sie im Thronsaal.

Woher die Drei das wissen, liegt daran, weil Belphegor sich telepathisch wieder bei Jim gemeldet hat.

Zudem kommen ihnen zwei Berg Trolle als Wachposten entgegen.

Sie informieren die Kinder, dass ihr Vater auf seinem Thron nach seinen Kindern fragen lässt.

Nach deren Vorstellung, drängen die zwei Meter großen Trolle die Kinder in den Thronsaal.

Die kleinen Geschwister des Kronprinzen bitten die muskulösen Trolle, die Kinder dort hin zu tragen.

Nach etwas Murren taten sie es auf den Befehl des Prinzen. Seine kleineren Geschwister werden direkt dorthin getragen. Während Jim die hässlichen Trolle, die die Kinder etwas mit ihrem finsteren Blicken erschreckte, alleine lies. Denn er hat etwas Dringendes zu Erledigen. Es duldet kein Aufschub, wie es sich später noch herausstellen wird.

Darum kümmert sich nun der dunkle Herrscher selbst. Jim ließ sie deshalb bei Belphegor, ihrem Vater alleine.

Der selbst sehr froh ist, dass er seine lang vermissten kleineren endlich in die Arme schließen kann.

Seine menschliche Gestalt sieht wieder so freundlich aus, wie auf den Fotos mit seinen Kindern als Babys.

Julian und Emma fühlen sich sehr wohl und geborgen, bei ihrem Vater.

Nichts in der Welt und niemand kann sie von ihrem Vater wegbringen und das Gleiche empfindet er auch.

Kapitel Vierzig

FÜR IMMER GEHENNA

Kinder haben nun endlich das Gefühl das sie wirklich willkommen sind und hier im dunklen Reich Zuflucht gefunden haben, wo ein Vater ist der sie liebt. Auch mit Jim würde es ganz wunderbar werden haben sie das Gefühl. Damit sollten sie Recht behalten, denn zum ersten Mal sehen sie einen Höllenfürsten weinen.

Das es echte Tränen sind bemerken die beiden Kinder denn beim gemeinsamen Kuscheln mit ihrem Vater wurden sie mit der salzigen Flüssigkeit auf ihren Wangen benetzt. Etwas gelang davon in ihre Münder.

Was ihnen aber nichts ausmacht. Sie kichern so herzlich, dass Belphegor vor Freude schneller schlägt.

So etwas hat er bis jetzt noch nie erlebt. Deshalb beschließt er seine schöne menschliche Gestalt vorerst zu behalten. Aber tief im Inneren ist es den Kindern egal wie ihr Vater aussieht.

Andere Werte sind ihnen viel wichtiger.

Man weiß nicht genau wer ihnen diese Erkenntnis beigebracht hat, aber das sollte sowie so keine Rolle mehr spielen. Denn viel wichtiger ist, dass sie jetzt alle vereint sind.

Auch Jim ist inzwischen wieder aufgetaucht. Er entschuldigt sich höflich bei allen das es etwas länger gedauert hat. Er beichtet seinem Vater, dass im Zimmer der gestrandeten Seelen eine riesige Unordnung geherrscht die er inzwischen mit zwei dunklen Zauber Elfen beseitigt hat.

Belphegor ist nicht wütend über seinen Sohn, er fragt sich auch nicht wer diese Unordnung angerichtet hat, viel mehr ist er stolz auf seinen Nachfolger.

Ihm ist bewusst, dass er sich auf Jim verlassen kann, das gibt ihm das gute Gefühl das er der Richtige um einmal das gesamte dunkle Reich zu führen.

Es ist gut, das der Herrscher nicht weiß, wer das Chaos in Wahrheit verursacht hat.

Denn es war verdammt viel Arbeit die Seelen Kugeln aus Glass herzu stellen. Es waren Millionen von ihnen.

In jeder von ihnen sind mehrere Seelen einer Familie aufgebahrt.

Einzelne Seelen hatten kein Recht eine Kugel zu bekommen, denn nach kurzer Zeit würden sie schwarz werden und kaputt gehen. Die Seelen sind schließlich die Nahrung der Glass Kugeln und je mehr von einer Sorte desto besser. Natürlich fragt man sich warum man sich, warum man Seelen nicht anders wo aufbewahren kann.

Das erklärt sich so: Aus anderen Gefäßen würden sie fliehen und es wäre schwierig sie wieder einzufangen.

Und einige konnten schon entkommen und sind dann fälschlicher Weise im Himmel gelandet.

Dort wollte man sie dann auch nicht haben, weil sie sich dort nicht an die Regeln hielten.

Nach kurzer Zeit wollte Gott der Chef vom Himmelreich sie wieder loswerden.

Ihm blieb nichts anderes übrig, als die unerwünschten Seelen gefallene Engel wieder auf die Erde zurück zu schicken. Denn sie machten seine Büros unordentlich. Die Beamten von Gott hatten Mühe alle Kartei Karten über jeden Menschen und jedes Tier zu ordnen.

Gott hatte dann so viel zu tun, das er Überstunden hatte und keinen Sonntag mehr frei. Seine weißen Telefone verfärbten sich von weiß in rot. Sie klingelten ununterbrochen. Der Boss vom Himmel war deshalb gestresst.

So konnte es nicht weiter gehen. Alle mussten Überstunden machen, deshalb konnte niemand von ihnen auf der Erde aufpassen was dort passiert. So konnte mein Ur-Ur-Großvater dem Land Ägypten einen Besuch abstatten.

„Kinder, ihr könnt mir glauben, dass das für ihn riesiger Spaß war. Dort hat er sich richtig amüsiert. Ich erinnere mich da an in die Heuschrecken Plage, die Hungersnot durch die Dürren im Land wegen der Hitze und wie die Ägypter krank wurden. Sogar der einzige Sohn des Pharos starb. Was den Herrscher dann zornig werden ließ und er beschloss die ältesten Söhne der jüdischen Bevölkerung töten zu lassen."

Seine drei Kinder sind fasziniert von dieser Geschichte. Und Jim ist heilfroh, dass niemand weiß, dass ihm einige Kugeln runtergefallen sind. Nur sein Freund und Lieblings Dunkel Elf Miraculous ist einzig und alle eingeweiht.

Und der ist dem Prinzen Jim bis in den Tot treu ergeben. Um ein Geheimnis aus ihm herauszubekommen müsste man ihm schon die Zunge heraus schneiden. Doch das ist gar nicht nötig, denn niemand erpresst ihn.

Belphegor vertraut seinem Sohn. Er möchte, dass seine Familie zusammen bleibt und sich alle gegenseitig vertrauen. Damit sich alle im dunklen Höllenreich der Unterwelt wohlfühlen.

Für einen Moment lassen der dämonische Herrscher und der erste Thronfolger die beiden Kinder alleine um den Seelen Raum zu inspizieren, ob auch wieder alles ordentlich aufgeräumt wurde.

In dieser Zeit unterhalten sich Julian und Emma während sie den ganzen Thronraum inspizieren:

„Zuhause hätten wir für so eine Unordnung ziemlichen Ärger bekommen. Selbst wenn wir es nicht gewesen sind. Kannst du dich noch daran erinnern, Emma was Michael für einen Aufstand gemacht hat, als mein Zimmer so unordentlich war und ich keine Lust hatte zum Aufräumen?"

Sie denkt einen Moment nach, als sie sich auf einen kuschlig weichen Teppich setzt. Ihr Bruder setzt sich zu seiner Schwester und lehnt sich an sie. Dann stimmt sie ihm zu.

„Ja Julian, ich erinnere mich sehr daran. Seine Schreierei hat mir oft Angst gemacht, dass ich weg wollte. Und das war nicht das erste Mal. Als die Kinder vom Stallburschen und seiner Frau in der Scheune gespielt haben, haben wir Ärger bekommen, Tom und Lisa aber nicht. Total unfair."

Als die Kinder sich darüber grämen, kommen plötzlich ohne irgendeine Vorankündigung zwei Dobermänner aus dem im Feuer Schein beleuchteten Flur hinein in den abgedunkelten Saal und knurren die Kinder an.

Ihre drohenden Gesichter machen den Kindern Angst. Mit den Hunden haben sie in dem Moment nicht gerechnet. Sie kommen ein Stück näher, bellen wütend und wollen angreifen. Doch bevor einer von ihnen zum Sprung ansetzen will, laufen die Kinder zu einem Schrank mit Teilen von alten Ritter Rüstungen.

Sie klettern an den Seiten hoch. Durch ihre Kletterei gerät der mittelalterliche Schrank leicht in Bewegung.

Seine Türen öffnen sich und mit lautem Radau fallen Brustpanzer und Helme aus dem Schrank.

Das erschreckt die Hunde so sehr, dass sie jaulend aus dem Saal laufen, die extrem lauten Geräusche tun ihnen in den Ohren weh.

Der dämonische Herrscher Belphegor und sein Sohn Jim kommen zurück, die Hunde laufen ihnen über den Weg.

Sie wundern sich warum die Tiere fluchtartig weglaufen. So ein Verhalten kennen sie nicht von ihnen.

Irgendetwas muss sie erschreckt haben, denn noch nicht mal von ihren Herrchen wollten sie sich streicheln lassen zu Beruhigung. Stattdessen liefen sie einfach weg. Auch noch als der dunkle Herrscher darüber ungehalten ist.

„Dave und Daven, was ist mit euch los? Habt ihr zu viel rohes Fleisch gefressen? Wahrscheinlich war es von minderer Qualität und es ist euch nicht gut bekommen. Naja, Bauchschmerzen können einen verrückt werden lassen. Ich muss unserem Koch sagen, dass er nicht mehr bei diesem rumänischen Metzger einkaufen soll. Denn das Land immer noch teils von Vampiren heimgesucht und inzwischen habe ich Gerüchte gehört, dass die Vampire inzwischen auch auf Tiere wie Kühe, Schweine, als auch auf Hühner zurückgreifen."

Kurz bevor sie ankommen, machen beide Halt. Sie setzen ihre Unterhaltung fort. Der Kronprinz teilt die Meinung seines Vaters. Er äußert sich kurz darüber und dann ist das Thema erledigt.

Aber nicht so wie sie es sich denken. Gleich werden Vater und Sohn eine Überraschung erleben.

„Ja, Vater davon habe ich auch gehört. Die Vampire saugen die Tiere komplett aus, bis kein Blut mehr da ist. Da musste der Metzger erfinderisch werden und selbst Lebensmittel Farbe aus roten Früchten herstellen."

Im Thronsaal zurück sehen sie schließlich das Chaos, denn alles was im Schrank gewesen ist liegt auf dem Boden. Direkt sagten die Kinder, dass sie damit zu tun hätten, weil die Hunde sie angegriffen haben.

Sie wollten wissen wem diese Tiere gehören. Ihr Vater erklärte ihnen, dass die Hunde Brüder ihm und Jim gehören. Sie bitten die Kinder um Entschuldigung. Es würde sich um ein Missverständnis handeln.

Die Wachhunde Dave und Daven haben Wache gehalten, das heißt Verteidigung mit Angreifen Falls nötig.

Sie haben die Kinder für Eindringlinge gehalten, weil sie sie noch nicht kennen. Inzwischen wissen Jim und sein Vater warum die Hunde so schnell wegelaufen sind. Das Geräusch der fallenden Teile auf den Boden war für sie unerträglich. Ihre Ohren sind sehr empfindlich, zehnmal mehr als beim Menschen, bei Halbgöttern, Göttern und Dämonen. Jetzt ist es wieder ruhig geworden, nachdem zwei Dunkel Elfen gekommen sind, zauberten bis alles wieder im Schrank ist. Die Rüstung ist wieder vollständig, alles ist wieder an seinem Platz wo es hingehört.

So setzen sich alle gemeinsam auf den weichen Teppich. Die Kinder fingen an sich in ihrer Umgebung wohlzufühlen. Nach dem sich die Kinder wieder beruhigt haben, ruft Belphegor nach seinen Haus Tieren.

Die dann auch nicht lange auf sich warten ließen. Hinter ihnen tauchen die Dunkel Elfen Fancy und Jasper auf, die Eltern von Miraculous, dem persönlichen Assistenten von Jim.

Sie wollen den Tisch zu decken, um danach das Abendessen zu servieren. Das ist zum richtigen Zeitpunkt denn alle sind hungrig. Innerhalb von Minuten deckt sich die Tafel von alleine, kurz nachdem das Elfen Paar Zaubersprüche leise vor sich hingemurmelt haben. Der lange Tisch sah so aus wie die Tafel eines Menschen Königs reich mit Gold verziert, goldenem Geschirr und natürlich auch mit goldenem Besteck.

Als alles fertig ist, springt plötzlich die hintere Dienstboten Türe auf.

Mehrere kleine Kobolde kommen mit Tabletts um warmes Essen zu servieren. Alle sitzen am Tisch und machen sich gierig über den Braten, das Gemüse, Kartoffel - und Süßkartoffel Pürees her.

Zu Trinken gibt es für die Kinder verschiedene Limonaden, für den Teenager Prinzen und seinen Vater Rotwein.

Das warme Essen ist komplett aufgegessen.

Es wird alles wieder abgeräumt, nachdem das geschehen ist, wird der Nachtisch serviert. Der Koch und seine Helfer haben sich wieder Mühe gegeben. Der Nachtisch lässt Kinder Träume wahr werden.

Eine riesige, glitzernde Eisbombe mit vielen Eissorten, verschiedenen Süßigkeiten, Obst Stücken, Waffeln, süßen Soßen, Sahne und als Krönung mehrere sprühende Wunderkerzen oben drauf auf dem Berg aus Eis Creme.

Jeder nimmt sich von diesem traumhaft sündigen Dessert. Sie essen sich so satt, bis nichts mehr davon übrig ist.

Als alles aufgegessen ist entfernen sich die zusammen gefundenen Familien Mitglieder und die Elfen tun ihren Dienst um Ordnung zu machen, erneut mit Magie.

Zufrieden wollen jetzt alle gerne etwas gemeinsam spielen, nachdem sie alles so kulinarisch genossen haben, besonders die Kinder interessiert es, was alles an Spielzeug vorhanden ist.

Im Thron Saal ist nichts zum Spielen, aber das wird sich schnell ändern.

Doch vorher bekommt Belphegor noch die Idee, denn er hätte es fast vergessen den Kindern ihre Kinder Zimmer zu zeigen, die er noch zum Schluss persönlich mit Jan hergerichtet hatte. Denn nur Jim weiß, was die Kinder an Spielzeug mögen. Als er sich noch als guter Freund getarnt hat, erfuhr er es selbst und konnte deshalb seinem Vater helfen mit dem Einrichten. Genau so war es mit den Möbeln, der Tapete, den Teppich Böden, Gardienen, Bettwäsche, Dekoration und Stoff Tieren.

Nun sind die Zimmer von Julian und Emma fertig eingerichtet. Sie warten auf den Prinzen und die Prinzessin damit sie sich ihre König Reiche zu Eigen machen können. Sein Zimmer ist komplett in Gold, Türkis – und Blau Tönen gehalten. Ihr Zimmer dagegen in Gold, Rosa und Pink Tönen gehalten. Der Herrscher Vater und sein Teenager Sohn haben einen Volltreffer gelandet. Die Zimmer gefallen den Kindern so sehr, dass sie sofort drinnen Spielen wollen. Denn schließlich fehlt kein einziges Spielzeug.

Es ist alles vorhanden wovon Kinder nur träumen. Selbst das Puppenhaus wurde nicht vergessen, es hat seinen Platz mit den Stoff Puppen auf dem Tisch unter dem Fenster in Julians neuem Zimmer.

Julian ist begeistert von seinem neuen Zimmer, genauso wie seine Schwester Emma. Sie fallen ihrem Vater um den Hals um sich beim ihm zu bedanken. Ihr Vater weist die Geschwister darauf hin, dass das nicht alleine sein Verdienst ist; sondern dass Jim mit daran beteiligt war. Also wiederfährt ihm das Gleiche wie seinem Vater.

Er genießt es wie sein Vater. Denn selbst ein Prinz der Unterwelt liebt es zu kuscheln.

Und selbst Belphegor wird zunehmend feinfühliger. Früher hätte er nie zugegeben, dass er gerne Schmusen mag.

Die Kinder verbreiten zunehmend immer mehr gute Laune in der dunklen Unterwelt.

Für ihr Dasein, ihre Treue zu ihrem Vater, dem Herrscher, die Akzeptanz, das Jim eines Tages den Thron als Erstes besteigen wird und die Ablehnung gegen ihren Stiefvater Michael und dessen Bruder Jake als Belohnung die Kinder Zimmer erhalten haben.

Deshalb will jedes Kind für sich alleine die Zeit im neuen Zimmer vertreiben. Dort werden ihre Träume war, nichts fehlt. Vom kleinsten Auto bis zum Größten, über sprechende Kuschel Tiere, sprechende Puppen, die neusten Barbies, Spiele Konsolen mit den allerneusten Video Spielen. Also ist alles vom Neusten, Teuersten und Besten vorhanden, sogar Kinder Kleidungs-Stücke, als auch passende Schuhe von bekannten Designern aus verschiedenen Ländern. Keine Wünsche sind hier unerfüllt geblieben.

Jedes der Kinder Zimmer hat die Größe wie die eines Hauses in dem eine Familie wohnen könnte.

Mit einer oberen Etage, wo man eine Hochbett-Leiter hinauf klettern muss um hinauf zu gelangen.

Wenn man sich dann auf die Rutsche setzt, gelangt man in einen schnellen Rutsch nach unten.

Überhaupt hat man das Gefühl, als befände man sich in einem Indoorspielplatz für Kinder.

Die Möbel in beiden Zimmer sind so wie Spielgeräte auf einem Spielplatz geformt und die Decken sind voll mit bunten Helium Ballons.

Der dunkle Herrscher und sein ältester Sohn tun wirklich alles um die Kinder von ihrem ehemaligen Zuhause abzulenken, zumindest an den Gedanken daran. Aber ob es ihnen gelingt ist fraglich. Denn auch Kinder haben Gefühle, sie wollen beachtet und geliebt werden. Denn Zimmer die so vollgestopft sind mit so vielen Sachen können irgendwann erdrücken. Langeweile wird aufkommen, weil Menschen fehlen die bei einem sind.

Zusammen mit anderen zu spielen macht einfach mehr Spaß, als alleine.

Über diese Umstände hatte sich niemand Gedanken gemacht. Doch bald sollten sie eines Besseren belehrt werden. Sie würden auf eine wichtige Lektion lernen, die sie niemals in ihrem Leben erfahren hatten, aber auf

eine ganz andere wunderbare Art und Weise, die sie so schnell nicht vergessen werden.

Doch noch sind die Kinder längst dem Charme ihres ihrer verzauberten Zimmer erlegen.

Sie dürfen diese auf keinen Fall verlassen, dass beschließen der hinterlistige Belphegor und der dennoch unerschrockene sechzehn Jährige Jim. Hatte der Teenager sich nicht nur als älterer Bruder und als hilfsbereiter guter Freund der Kinder bewiesen, so ist er jetzt zum Spielball seines teuflischen Vaters geworden, der ihn als Komplize des Bösen zu missbrauchen, um die Kinder wie Gefangene zu halten.

Gleichzeitig um seine Ex-Verlobte Diamond mit seiner Eifersucht zu bestrafen, das sie ihn damals mit dem gemeinsamen Sohn Jim verlassen hatte. Er fühlt sich heute noch hintergangen und betrogen.

Aller Welt hatte sie klargemacht, dass alles Belphegors alleinige Schuld gewesen wäre. Natürlich kaufte man das ihr ab, dass er Diamond verführt hätte, Quasi sie vergewaltigt. Sie selbst war nicht unschuldig an dem was passiert ist, was trotz ihres jungen Alters recht seltsam war. Doch Lolitas beherrschen die Kunst des Verführens.

Niemand ließ ihm eine Chance das Gegenteil zu beweisen, weil er ja der Teufel ist. Für die Menschen ist der Teufel immer schuldig. So ist es vom Anfang an, seit der Schöpfung von Himmel und Hölle.

Gott entschied, dass der Höllenfürst sich Prüfungen unterlegen müsste, oder es anderswie die Wahrheit beweisen sollte, mit oder ohne Hilfe von Anderen, das war seinem Chef ganz egal, nur untereiner Bedingung, dass er ihn nie wieder bei der Arbeit stören sollte. Denn er erinnerte sich nur ungern an ein gewisses Maleur zurück.

Das Chaos war unsagbar unerhört schrecklich und er bekommt heute noch davon Kopfschmerzen.

Also erwartet Gott vom Teufel Belphegor, dass er endlich mal Abhilfe schafft und die Dinge in Ordnung stellt, dass die Wahrheit ans Licht kommt, auch wenn es in der Hölle nur ab- und zu vom Feuerschein hell wird.

Vielleicht hilft die Anwesenheit der Kinder, aber nicht als seine Gefangene, sondern als seine Kinder.

Seine teils versteckten Vatergefühle sind hier hilfreich. Die Kinder sind sehr klug und denken sich bei all den Spielsachen, dass sie ihren Vater und ihren Vater vermissen. Plötzlich ist ihnen für einen Moment klar, dass ihre neue Familie ihnen viel wichtiger ist, als das teuerste Kleidungs-Stück oder das beste Spielzeug.

Kurzer Hand läuft Julian zu seiner kleinen Schwester, um mit ihr gemeinsam zum Thronsaal zu gehen.

Sie mussten dringend mit ihrem Vater reden. Durch ihre Klugheit bemerkten die Geschwister, dass die Puppen von Julian den verschwundenen Familien Mitgliedern verdammt ähnlich sehen mit ihren menschlichen Haaren.

Kurz nach dem Julian die Puppen alle aus dem Haus genommen hat, um sie ihrem Vater zu zeigen, knallt es laut.

Das Puppenhaus fällt in sich zusammen, bis nur noch Schutt übrig ist. Irgendwas, oder Irgendjemand muss es zerstört haben. Julian ist enttäuscht, da es das Geburtstags-Geschenk war, welches er von Emma bekommen hat.

Die selbst sonst so ruhige Emma bekommt einen Tobsuchts-Anfall:

„Wer war das, wer hat das Puppen Haus kaputt gemacht? Das ist total irre! Ich habe so lange daran gearbeitet. Und dann das! Ich schwöre…"

Dann bricht sie Mitten in ihrem Satz ab, als plötzlich ihre Mutter Diamond vor ihnen steht. Zuerst sagt sie gar nichts, betrachtet ihre Kinder seelenruhig. Sie sieht noch so aus, als sie im alten Herrenhaus gesehen haben bevor sie verschwand und es explodiert ist. So nimmt sie den Korb, in dem die restlichen Puppen sind und nimmt gleichzeitig ihre beiden Kinder in die Hände. Verwundert gehen die Beiden mit ihr mit.

Sie sind mehr als froh sie lebendig wieder zusehen. Sie würden gerne mit ihrer Mutter in Ruhe reden, doch im Moment war leider keine Zeit dafür. Die Eile trieb die Drei im schnellen Tempo zu Belphegor in den Saal.

Der Herrscher weiß schon längst von seinem Elfen Personal, dass seine Familie zu ihm unterwegs war.

Deshalb hatte er Vorkehrungen mit seinem Ältesten getroffen, die die Herzen aller anwesenden Familien Mitglieder höher schlagen lassen. Diamonds, Julians, Emmas und Jims Herzen schlugen vor Freude so stark, das das Klopfen sogar von außerhalb des Körpers zu sehen, als auch oh Wunder zu hören ist.

Der ganze Thronsaal sah jetzt aus wie eine zur Hochzeit geschmückte Kirche. Es scheint so als würde jeden Moment eine Trauung stattfinden, ganz romantisch, so wie es sich gehört.

Das ist das Geschenk von Gott, denn er hat versprochen, wenn Belphegor es schafft Ordnung zu schaffen, dann würde er sich revanchieren. Hiermit hat er es schließlich getan. Das ist sein Geschenk zur Findung der Wahrheit.

Nun ist Belphegor nicht nur dreifacher Vater, sondern ein hoffentlich glücklicher Bräutigam, der nun endlich seine wahre Liebe Diamond heiraten kann, ohne dass ihr gemeinsames Glück wieder zerstört wird.

Diamond als frohe Braut von einer schweren Last befreit und voller Zuversicht das Richtige zu tun.

Sie will vor der Trauung bei dem Pastor die Beichte ablegen, der ein guter alter Bekannter ist, nämlich der Chef des Himmels persönlich, gut verkleidet nimmt er ihr allzu gerne die Beichte ab, er verlangt das vor ihrer Familie zu tun. Diamond stimmt dem zu, denn schließlich hatten sie alle das Recht die Wahrheit zu erfahren.

„Der richtige Moment dafür ist nun gekommen, euch etwas Wichtiges zu sagen. Denn es ist viel Unrechtes geschehen. Ich habe gelogen wo ich es nicht sollte. Ich weiß, dass es nicht fair war, aber ich hatte einfach keine andere Wahl. Das waren damals andere Zeiten, im 19. Jahrhundert. Unsere Eltern hatten seit unserer Geburt schwer, in der angesehen Gesellschaft von New Orleans. Der feinen Gesellschaft, wo du nur akzeptiert, also angesehen wirst, wenn du einen guten Familien Stamm Baum nachweisen kannst und makellose Nachkommen.

Also sollte niemand sehen, wie meine Schwester und ich in Wahrheit aussehen. Noch wo wir her kamen.

So wurde es verschwiegen. Durch Zauberei veränderten wir unsere Gestalten, so sahen wir aus wie Menschen.

Wisst ihr wie toll es gewesen ist, überall anerkannt zu werden. Unsere Baumwoll-Plantagen brachten deshalb so viel Profit ein, wegen der Kontakte zu reichen Interessenten in aller Welt. Ich konnte mich noch an die Partys erinnern, wo die Verträge geschlossen wurden um zu expandieren. Und heute ist Kleidung ohne Baumwolle nicht mehr wegzudenken. Und was ist geblieben, außer der gesamte Reichtum?" Diamond senkt traurig ihren Kopf.

Belphegor nimmt seine Braut in die Arme. Er tröstet sie zärtlicher als jemals zuvor, denn er erinnert sich in einer Rückblende daran, wie verzweifelt die Eltern der Mädchen vor deren Geburt versuchten alles Mögliche zu tun um ein Kind zu bekommen. Selbst er muss weinen, denn die Eltern baten ihn damals mit Hilfe von afrikanischen Schamanen um Hilfe. Denn Sterbliche konnten niemals Kontakt zu ihm aufnehmen, seit Millionen von Jahren.

Nur die afrikanischen Medizin Männer- und Frauen beherrschten die Gabe Kontakt zur Unterwelt und dessen Bewohnern aufzunehmen. Also die ältesten Mitglieder der Völker Stämme, die es von ihren Vorfahren über Generationen hin weg gelernt hatten. Manche von ihnen wurden auch schon mit dieser Gabe geboren, ohne dass sie es lernen mussten. Sie besaßen aber noch andere Begabungen. Eine von diesen waren kinderlosen Paaren zu helfen. Hierfür nahmen sie Mitglieder des eigenen Stammes, oder deren Familien Mitglieder um deren Körper zu Verfügung zu stellen, damit die dunklen Elfen aus der Unterwelt mit Hilfe von deren Magie in deren Körper eindringen konnten. So hatten dann die Auserwählten die Möglichkeiten ihre Gestalten zu wechseln.

Die Kinder Julian und Emma sind erstaunt von dem was sie alles hören. Am liebsten wollten sie auf dem Schoß ihres Vaters Belphegor setzen, um weiter zuhören, der sich inzwischen auf eine der Kirchen Bänke gesetzt hat.

Diamond setzt sich neben ihn. Inzwischen hat sie aufgehört zu weinen, denn der Vater ihrer Kinder macht es ihr leichter die Wahrheit zu sagen, er unterstützt sie damit sozusagen. Alleine durch das gemeinsame Ansehen dieser Erinnerungen die wie von einem Kino Projektor an die weiße Kirchen Wand gestrahlt werden, aus seinem Kopf.

Das sollte der Beweis sein, damit ihre gemeinsamen Kinder ihnen glaubten. Jim ist fasziniert über die Fähigkeit seines Vaters, Erinnerungen als Filme aus seinem Kopf an eine Wand zu projektzieren. Diese Fähigkeit kannte selbst sein ältester Sohn nicht. Auch wenn sein Vater ihm schon viel beigebracht hatte.

Auch wenn sein Vater ihnen nicht diesen Film gezeigt hätte, hätte sein Sohn Jim ihm trotzdem vertraut.

Aber es ging um weitaus mehr, als nur um Erinnerungen. Es sollte der Beweis der innigen Liebe untereinander, mit dem Zusammenhalt der Familie, zum Verständnis an die jüngeren Familien Mitglieder damit sie wissen wo ihre Wurzeln sind. Jede Familie hat heute noch schließlich Fotos und Videos voll mit Erinnerungen an die Vergangenheit, als wertvollen Schatz. Es wird von Generation zu Generation weiter vererbt, wertvoller als Gold.

„Wow, besser als Piraten Gold? Fragt Julian seinen Vater, Belphegor. Bist du ein Zauberer, Papa? So wie Merlin in der König Artus Sage? Haben Emma und ich auch diese Fähigkeiten, so wie Jim und du? "

Der dunkle Herrscher lächelt seine jüngeren Kinder an und nickt. Er streichelt ihnen über ihre Köpfe und küsste Beide auf ihre Stirn. Sie kichern fröhlich. Hiermit hatten die Geschwister ihre Antwort, ohne dass er es ihnen genauer erklären muss. Sie damit sind mehr als zufrieden. Nun wollten sie sich den Rest des Films anschauen, zugleich um Jim, wie ihrer Mutter Diamond, ihrem dämonischen Vater und allen anderen genauso zu verzeihen.

„Kinder, wollt ihr es wissen wer eure Großeltern sind, ich meine nicht die menschlichen Hüllen, sondern die Wesen die eure Mutter und deren Zwillings-Schwester Crystal kreiert haben? Fragt sie leicht belustigt, ihr Vater. Übrigens, ja ich bin ein Zauberer, aber wesentlich mehr als das. Ein viel Besserer als Merlin. Lach…Er war mein Schüler. Ach, wie lange ist das her. Ich werde euch mal mehr über ihn erzählen. Aber nicht jetzt, besser später."

Seine Kinder sind damit einverstanden, selbst Jim, dem schnell als Teenager langweilig wurde. Also lief der Film weiter, nach der kurzen Pause. Die Dunkel Elfen Fancy und Jasper schlüpften in der nächsten Film Szene in die Körper von Elaine und Elijah, die sich gemeinsam beim Liebesspiel vergnügten. Als Diamond einen Schreck bekommt, denn ihre Kinder sollten in diesem Alter noch keine sexuellen Dinge sehen. Sie will zu Wand laufen um mit ihrem Körper diese Szene zu verdecken. Im richtigen Moment spult ihr Bräutigam wie bei einem Video Rekorder den Film vor. Jim, hat das bemerkt. Er lacht kurz über das Verhalten seiner Mutter. Doch sie lässt sich dadurch nicht ablenken. Im nächsten Abschnitt sieht man wie die Zwillings-Mädchen zur Welt kommen.

Sie sehen aus wie Dunkel Elfen Babys, mit kohlenschwarzer Haut, roten Augen wie glühende Kohlen und spitzen Elfen Ohren. Über ihren Anblick waren Elaine und Elijah so entsetzt, dass sie sie zurückgeben wollten.

Direkt nach der Geburt bat die enttäuschte Mutter ihren Mann Elijah, die Kinder wegzubringen.

Was Elijah auch tat. Erst kam ihnen der Gedanke die Kinder zu töten, aber das brachten sie nicht übers Herz.

Sie wollten zumindest, dass die Kinder in Sicherheit sind. Niemand sollte je von der Schande erfahren, dass dies ihre Nachkommen gewesen sind. Da kam ihrem Vater Elijah die Idee, dass sein bester Freund Melvin ein Sammler von seltenen Tieren und mysteriösen Gegenständen aus aller Welt war. Das war die einzige Lösung. Schließlich dachte das Paar, es wäre vom Bösen verhext worden, als Rache der Sklaven, damit das Paar nicht reich wurde und nicht noch mehr dunkle Leute versklavten. Doch da waren sie im Irrtum. Wären sie bloß nicht so ungeduldig gewesen und nicht nur alleine auf das Aussehen bedacht, dann wäre es nicht so weit gekommen.

Das Dunkel Elfen Paar war die ganze Zeit in der Nähe des Paares. Sie hatten die Gestalten der zwei Brüder Michael und Jake angenommen, in deren menschliche Körper geschlüpft. Die Elfe Fancy war sogar während der Geburt als Hebamme dabei. Doch dann geschah ein Unglück, das das Herren Haus zum Brennen brachte.

Elaine und Elijah starben in den Flammen. Die Mädchen nahm Melvin mit sich, während sie verwandelten.

Doch dann war es zu spät. Ihre Eltern waren nun tot, also waren die Kinder Weisen ohne Eltern.

Zu Hause wartete Melvins Frau Jenny auf die Mädchen und ihren Mann, denn sie war Elaines Hebamme, die in ihrem Inneren Fancy verbarg. Was Melvin erst nicht wusste, aber kurz vor seinem Tod erfahren hat.

Liebevoll zog das Paar die Mädchen auf, ohne mit ihnen über ihre wahre Herkunft zu sprechen.

Sie hielten es für besser so, denn es könnte vielleicht zu Problemen führen, denn so haben schließlich ihre Eltern das Leben verloren. Elaine wurde so verrückt, dass sie vor Aufregung die Öl Lampe umstieß.

Elijah versuchte erst den Brand zu löschen, doch gab schon nach kurzer Zeit auf. Er hielt alles für sinnlos, für ihn war nur noch wichtig, wie für seine Frau, dass ihre gemeinsamen Kinder lebten. Deshalb dieses Opfer aus Liebe.

Die Familie sieht wie Elijah sich neben seine Frau ins Bett legt, ihr zärtlich ins Ohr flüstert wie sehr er sie liebt und sie wiederholt das Gleiche, küsst ihn zum Schluss auf den Mund, schließen ihre Augen als sie verbrennen.

Danach kommt das nächste Kapitel im Schnelldurchlauf, in dem Jim verdeckt gezeugt wird, durch Belphegor selbst in seiner menschlichen Gestalt. Aus Rücksichtnahme wegen der Kinder, damit nicht alles zu sehen ist, bis er schließlich zur Welt kommt. Die Kinder sehen auch durch wen sie entstanden sind, durch den Teufel in der gleichen Gestalt, wie er es bei der Zeugung von Jim zu sehen war. Und Michael sehen alle im Zimmer nebenan.

Mitgenommen von dem was sie gesehen haben, doch dennoch froh jetzt die Wahrheit zu kennen, wollten die Kinder mit den Puppen spielen. Aber der Korb ist seltsamer Weise leer. Sie suchen sie mit Jim in der Kirche.

Aber statt der Puppen, sitzt auf den Bänken der Rest der Familie. Jetzt waren Julian und Emma bewusst, wer die Puppen gewesen sind. So sind alle so wiedervereint, das das Leben wieder weiter gehen konnte.

Der Film ist schließlich zu Ende. Die Hochzeit zwischen Belphegor und Diamond kann endlich stattfinden.

Darüber freut sich die gesamte Familie und der dunkle Herrscher bedankt sich persönlich bei Michael, weil er auf seine Diamond aufgepasst hat. Für ihn war es wichtig, denn er wollte den Auftrag seines Masters richtig ausführen. Denn Belphegor konnte sie nicht beschützen, da ihre Pflegeltern Diamond einredeten, dass er sie nur für seine fiesen Pläne missbrauchen wollte. Aus Angst zurück in das Dorf nach Afrika verstoßen zu werden, dort wo sie einst mit ihrer Schwester kreiert wurde, wollte sie unter keinen Umständen wieder hin. Sie wollte zu Hause bei ihrer Familie bleiben, nicht in der Fremde. Dies hatte ihm die Fancy berichtet, da sie eine Zeit lang im Körper der Pflege Mutter als Spionin bleiben konnte, bis ihre Energie aufgebraucht war.

Doch jetzt war der Albtraum vorbei, Belphegor und Diamond konnten sich endlich das Eheversprechen geben, um für immer zusammen zu bleiben. Nie mehr würde die Familie wieder getrennt werden. Zusammen haben sie nun ihren Platz in Gehenna gefunden. Denn schließlich konnten sie als Geister nicht wieder zurück zur Erde. Gehenna ist nun zu einem Zufluchts-Ort und einem zu Hause für alle geworden.

Generationen im Himmel und in der Hölle werden der Treibstoff für die Erde bleiben, damit der Planet mit seiner Natur, den verschiedenen Elementen, seinen unterschiedlichen Lebewesen für immer und ewig weiter existieren kann. In der Balance zwischen Gut und Böse, im *kosmischen Prinzip* wie *Yin* und *Yang* (chinesisch; *Yin* (Schwarz) steht für Dunkelheit, Ruhe, passives Empfangen, das Weibliche und Weiche. *Yang* (Weiß) hingegen bedeutet Sonne bzw. Helligkeit und Wärme, aktives Geben und Männlichkeit.) *Quelle: lotuscrafts.com*

ENDE

Danke, dass Sie *Das schlafende Haus* gelesen haben!

Weitere geschriebene Werke/Romane von Natascha Bialy werden in nächster Zeit veröffentlicht werden. Also, lassen Sie sich überraschen.

9 783759 734181

https://www.facebook.com/Goodlucknbackto1980

https://www.facebook.com/NataschaBialysartkitchen/

https://www.linkedin.com/in/natascha-bialy-96a313239/

https://youtube.com/@theatrecolonia?si=O_yjueJZpJHqFFhf

 ## Über Natascha Bialy

Die Autorin stammt aus einer deutsch-französischen Familie, die vor 44 Jahren von Frankreich nach Köln/NRW in Deutschland gezogen ist. Sie kam später in ein Weisenhaus und wurde dann von Deutsch-Polnischen Pflegeeltern bis deren Scheidung umsorgt mit der Annahme von deren Nachnamen, bis sie in ein Internat nach Trier kam.

Im jungen Erwachsenen Alter kam sie zurück nach Köln, um dort ihr Glück zu versuchen.

Neben dem Schreiben ihrer Romane hat sie sich mit verschiedenenJobs unter Anderem als Schauspielerin bei einem kleinen Theater und ist zusätzlich mit der Pflege eines alten Menschen beschäftigt.

Nebenbei arbeitet sie am Drehbuch mit gleichnamigem Titel ihres ersten Romans aus Liebe zum Film. Wenn Sie nicht schreibt, verbringt sie ihre Freizeit mit Musizieren, mit Theaterbesuchen, Cosplaying, Malen/Zeichnen als Ausgleich und Spaziergängen am Rhein.